星汉灿烂，
幸甚至哉

关心则乱 著

江苏凤凰文艺出版社

现在的问题是,这个世界女孩子该怎么努力呢?

目录

汉烂星灿 甚哉幸至

卷一
青青河畔草，郁郁园中柳

第一回　来之则安 / 002

第二回　假戏真做 / 021

第三回　首次家宴 / 051

第四回　迁居新宅 / 065

第五回　程家兄弟 / 082

第六回	第七回	第八回	第九回	第十回
书斋风波	花灯如昼	程家宴客	生存方案	尹府家宴
/	/	/	/	/
104	120	138	148	167

灿烂星汉

慧哉幸至

第十一回

小惩大诫 / 192

目录

卷二

青青陵上柏，磊磊洞中石

汉烂星灿

甚哉幸至

第十二回 旅途遇险 / 238

第十三回 楼氏求亲 / 265

第十四回 岁月如沙 / 288

汉烂
星灿

甚哉
幸至

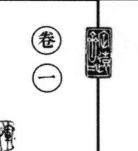

卷一

青青河畔草，
郁郁园中柳

背书识字，足不出户，呜呼。

第一回 来之则安

这是一座泥砖所砌的一层建筑,通体呈一字形,均匀地横向分为三间,正中是厅堂兼人多时的饭堂,两头俱是居室,俞采玲就住在东厢这一间。居室很简单,黄泥敷粉的墙壁打磨得干净光洁,地上砌了一座大大的方形火炉。火炉似是陶土所制,外形古朴,不过取暖效果尚可。接下来,饶是俞采玲素来镇定,也差点吓昏过去——

屋内没有床架凳椅,只靠里侧以光漆木头在地上如阶梯般筑起一层平整的木地板,占了整个屋子三分之一。在上头铺一层被褥算是床具,旁边几个小小的圆形棉垫充当座椅,另一个小小的方几做进餐饮浆之用。俞采玲看过几部黑泽明的老电影,觉得此处颇像贫瘠的古代日式室内构建。

十几天前刚醒过来时,她除了头痛欲裂,首先便是被这猜测吓到再度昏过去,恨不得再死一次。实则她老家那闭塞的江南小镇环于山坳之中,"百里不同音,千里不同言",统共见过两个千辛万苦跋山涉水而来的鬼子——还是后来在外头大城里做工的年轻人回家说起,才知道那般形容打扮的是鬼子。老里长很是义愤填膺地说了一番话,遂令乡民们以后若是再遇到,定要在相赠的红薯萝卜干中下些耗子药才是。可惜再没鬼子来过,耗子药也没用上。

直到后来政府开山劈坳,修路铺桥,广钻隧道,老家才渐渐成了四方山村之中唯一一个小镇。

"女公子,该饮药了。"一个中年妇人端着一个粗木方盘进屋,转身对身旁举着重重棉帘的小女孩道:"阿梅,把帘子放下,外头冷。"

俞采玲忙回过神来,端正地跪坐好。那妇人将方盘放置于案几上,盘中是一大一小两个陶碗,大碗里是热腾腾的汤药,小碗里是三个小蜜饯。俞采玲举起陶碗默默一口饮下,顿时苦涩盈满口腔,实是比敌敌畏还难喝,诚然,她并没有喝过敌敌畏。

然后她拈起糖渍的蜜饯慢慢含着，一边打量踞坐在对面的妇人。这妇人叫俞采玲唤自己为"苎"，俞采玲实不习惯用一个字来唤人——因为这会让她想起镇上多功能综合性发廊的老板娘嗲嗲地呼唤她那些妍头时的统称——却苦于不知当地风俗不敢乱叫，前日才听阿梅讲左邻一个做噩梦胡言乱语的孩童被巫士灌了一壶符汤险些去了半条命，是以只能含糊过去，谁知道后来才晓得她的确唤妇人为"苎"即可。

妇人苎脸方身壮，神情肃穆，身着一件灰白色的麻布短裾深衣，自膝盖以下露出裤管，想是为了做活方便，不似自己，虽也不见半分丝帛，但厚实的棉布深衣足足绕了腰身一圈，长及脚背。至于旁边十岁小女孩阿梅的衣着就更简单了，直接一身棉衣短褐，露着厚厚的花布棉裤满院子乱跑。

十几日前，俞采玲半昏半醒地躺在褥上，眼皮似有千斤重，只听见一个尖厉的女声正在叱骂："……你这无能的蠢妪，我家女君给你这个差事，你竟怠慢至此，小女公子若真有个好歹，将你全家都喂了狗也不及！"然后一个喏喏的女声道："当初是你叫小人别理睬她，任她叫骂摔砸就是，犯了过错在这儿受罚的，先杀杀性子再说，谁晓得就烧了起来……"尖厉女声道："混账，她再有过错，也是主家的女公子，轮得到你轻忽！"

俞采玲又昏昏沉沉睡去，只觉得有人在喂自己汤药，彼时她求生意志正强，便努力吞咽，恍惚中又听见那尖厉的女声笑着道："……我也不瞒你，这是个烫手山芋，轻不得重不得，如今病成这样更没人肯担责了，你倒好，这几日一径央我……"

随后是妇人苎温柔却缓慢的声音，她笑道："女公子不是病成这样，这好差事也轮不上我，我只盼着让主家念我些好，待来日我家阿梅阿亮也有个前程。"然后是一阵"丁零当啷"铜币的声音，是那尖厉女声满意道："也行，你既然认下这差事，就好好办吧。"而后离去。

逻辑学几乎满分的俞采玲同学哪怕烧熟透了也能推理出来，自己现在应该是某个古代贵族之家犯了过错的一位小姐，目前正在乡村受罚。

当第一眼看见妇人苎时，俞采玲以她那十分浅薄的古代知识分辨，只盼着她身上穿的是旗装或唐装。可惜，她全不认识这种深衣是古代什么时候的穿着。俞采玲垂头丧气了三天，直到第四日养好了身体跟阿梅去看了回新娘送嫁才忽地高兴起来——自然，彼时阿梅全然不知平时郁郁寡欢的女公子怎么无缘无故开了怀。

妇人苎也在打量俞采玲，为着病愈，医工已是下足了料的，这般苦涩的药汤便是自己来喝也要皱眉，可小女公子除去头一回喷了，之后次次都是一口仰尽，一声不叫苦，那咬牙抿嘴的样子很是倔强硬气。自己也算寡言了，不想这小小女君更寡言，除了与阿梅还多说两句，常常整日郁郁不发一言——怎的跟外头的形容全然不同，苎有些疑惑。

吃了汤药，圆脸阿梅偎到俞采玲身边，讨巧地说："女公子，今日外头暖和，咱们去耍耍吧。"俞采玲也跪坐得烦了，颔首答应。妇人苎笑道："晒晒太阳也好，不过今日护卫不在，你们不许走远，叫阿亮跟着。"

俞采玲奇怪地看了苎一眼，这妇人寡言，今日不但话多了，居然还允许她在没有成年男丁陪同下出门去玩。

阿梅朝母亲扮了个鬼脸，连忙服侍俞采玲穿好翘头厚底棉鞋，然后裹上厚厚的大氅，两个女孩高高兴兴地手拉手出去玩了。

走到屋外，俞采玲长长吸了口气，迎面一股冰雪之气，令胸内的炭火气尽消，满是清新冷冽的气息。抬头望这北方乡野的天空，方觉得小学时念的蓝天白云不是假话，看那高高阔阔的穹苍，干净得好像清凌凌的冰水一般，俞采玲觉得十分畅快。

再回头看这座小院，宽宽的篱笆绕着房屋远远一圈，虽是乡野小屋，也盖得屋顶高耸，里面三间屋子都是宽阔高旷，没有半分畏缩郁郁之气。

俞采玲满意地点点头，一边拉着小阿梅，一边领着个七八岁蹦蹦跳跳的小男孩就要出院子，却远远望见两名短打穿着的骑士飞驰而来，伴着泛起的积雪和点点尘土，眼尖的阿梅忽道："是阿父，还有阿兄……"随即扯着嗓子摇着手臂大叫，"阿父！阿兄！"

两名骑士到院门前利落地勒马，翻身下马，带头那个中年汉子一见了俞采玲便抱拳低头作揖，笑道："女公子。"后头那个十七八岁的青年骑士也跟着一般抱拳行礼。

俞采玲点点头，仰头微笑道："符乙回来了。"中年汉子抬起满面虬须的头，开朗地笑道："女公子出去玩耍吗？适才我看见前头水祠在祭溪神，你们去看看热闹也好。"他回头对儿子道："登，你先别回屋了，一道跟着去。"那青年低声道："喏。"然后解下辔扣交给父亲，跟着俞采玲一行人踩着"咯吱咯吱"的薄薄积雪出门去了。

这个符乙是妇人芷的丈夫，原先还有两名侍卫，俞采玲听他们叫符乙为符头儿，便也跟着学了，谁知符乙很是惶恐，死活不肯。头回见他时，她见他与妇人芷举止亲密，还以为是妇人芷的姘头，很是八卦了一番，谁知是人家的合法配偶。

出得院去，往西走了十几分钟，闻得溪水叮咚及人声喧嚣，只见一条宽十来米的小溪就在眼前，溪水清澈见底，浅处不过半米，深处也只有三四米。虽只是条小溪，但一年四季鱼虾不断，很是补贴了乡民的生计。是以在上游不远处的岸边，此乡三老领着众乡民建了一座小小神祠，供奉左右的山林溪水之神，盼着能得神灵庇护，多些鱼虾果蔬。

一看见水祠在前方，阿梅就紧拉着俞采玲往里奔去，掏出两枚五铢钱跟门口的老女巫买了一竹筒的土制香，又跟挽篮叫卖的姑娘买了些俞采玲叫不出名字的果子。那姑娘瞧符登生得俊，朝他扔了个橘子，笑嘻嘻地看着他，符登的脸顿时比那橘子还红。倒是阿梅笑道："我阿兄快定亲啦！"俞采玲戏弄道："你既喜欢他，为何还收我们果子钱？"那姑娘爽朗道："他人虽俊，但我家里还得吃饭哩。"一众乡民及俞采玲等人均哈哈大笑。

所谓神祠也就是两间堂屋前后叠起来的大房子，乡民们曾见过俞采玲一行数次，只知她是附近大户人家的女公子，便纷纷让开路叫她们进去。前面一间屋堂香烟缭绕，只见高台上立着几座奇形怪状、神情狰狞的神像，神像脚处还泼着几摊血迹，一旁是用很大的木盆盛着的三五只尚死不瞑目蹬着腿的鸡鸭——俞采玲几次摇头，这年头神像制作得如此可怖，祭拜方式如此原始粗糙，让信众怎么进入忘我的崇拜情绪进去掏钱掏感情？

不过这显然只是她一人的想法，周围一众妇孺老幼显然很受用，或跪拜或肃立，双手合十念念有词，阿梅赶紧递了几支香在她手中，拉她跪到草席团上。

俞采玲感慨，她上辈子最后一次跪拜还是跟三个室友去爬山，四个小姑娘很虔诚地拜倒在三清神像下，短信妹祈祷期末能再拿全额奖学金，博客姐祈求她暗恋的隔壁班帅哥能赶紧跟女友分手然后和自己一见钟情，扣扣希望能提前获得NZND公司的实习机会，她则请求前天刚写的入党申请书能过关。

祷告再三后，四人一起齐声念"阿米豆腐"后高高兴兴地出门去玩了，全没注意一旁跪着的老婆婆很奇怪的表情。

俞采玲拜过后插好香，轻叹了一声，也不知三个室友的愿望实现了没有。俞采玲深恨自己运气不好，煮熟的鸭子都飞了，便严词拒绝了阿梅叫她进里面一间堂屋去听巫士解说最新传出来的图谶。

上次见那巫士，他还忽悠俞采玲做一场巫事去去晦气呢，大约他也听说了俞采玲是叫长辈赶出来的大家小姐，当她是棒槌。她就算有钱，宁可学她那凉薄的暴发户老爹去救风尘，也不用在神棍身上，救风尘好歹能为和谐社会作一份贡献呢。

"大家都说里面那位巫士可灵验了。"阿梅扯着俞采玲的袖子道。俞采玲板着面孔道："真要那么厉害，达官贵人早请去了，还在这小地方？"其实后来凉薄老爹的生意做大了，也开始相信这些神神道道的，但关键是要找有真本事的，免得插错香炉拜错神。

"这可难说，阿母跟我们说，当年给皇帝陛下相面的那位严神仙不肯做官，如今隐居乡野之中，日常只披着皮裘钓鱼呢。"阿梅颇有见识。

符登不满道："那位严神仙本是经学大师，几十年前做学问已是一等一的了，相面解谶不过是闲暇为之，又不是专做巫士的。"

阿梅只好哭丧着脸答应去溪边玩耍，小阿亮很高兴，俞采玲便拉着姐弟俩出了庙社，往溪水边去。

溪边果然都是孩童少年，嘻嘻哈哈玩得热闹。此时民风古朴，小孩子的玩意儿不过是拿扁平的石子飞水面，忍着透骨冰凉的溪水摸几只钝钝的小蟹小虾，最奢侈的也不过是用自制的高脚木屐在溪水里踩来踩去玩。看着阿梅阿亮姐弟在岸边嬉戏，俞采玲退了几步，四下探目，只见一处被日头晒得干燥的大圆石，便坐了上去，符登静静跟到一旁，不发一言。

俞采玲瞥了符登一眼，苎为人沉稳，非有要事绝不多说一句，三个儿女中大约只有符登随着她——也就是说，她打听自身情况的难度非同一般，阿梅阿亮太小答非所问，知事的却又都是锯嘴葫芦，问多了又怕惊动他们的母亲苎。

这是一个很迷信的社会。来这里不过数天，俞采玲就发现了。

自己病好了，苎便请了两个巫师唱歌跳舞一番酬神；在院里起一座新的灶间，苎又杀了一只小羊，祭了好几碟果子给灶君；就连前日下大雪，苎都神情凝重地祭了两坛子冬酒，也不知是求雪快停还是下更大点；昨日太阳好，地上积雪渐渐化去好采菌菇野菜了，苎又高兴地杀了一对活鸡活鸭。虽然至今俞采玲还不曾见过有人牲，却也不敢轻易问东问西，最可怜的莫过于她现在连这个身子的名字都还不知道。

前方传来阿梅的大叫大笑，一个男孩欺负了阿亮，阿梅便从草丛间拾起一块未消融的冰块塞进那男孩后领给自家弟弟出气，那男孩如虾米般又跳又叫，众孩童哈哈大笑。

俞采玲也笑了，实则她十分感激苎一家。

十几日前她虽昏昏沉沉，但也能感觉出周围环境并不好，身下是硬邦邦的木板薄棉絮，四周屋子阴冷潮湿，空气中弥漫着一股难闻的味道。可自打苎来了之后，身上衣裳被褥统统换了又暖和又厚实的好料子，又找了些乡野妇人艰难地合力搬来一座大火炉烧来取暖，把整个屋子烤得暖烘烘的。打扫数遍后，苎更是拿着点燃的艾草把那么大的一间屋子一寸寸熏过，细细检视，生怕还留有细小虫蚁，随后又砌灶堆柴，日日煮汤烤炙给俞采玲补养。如此，她的身子才一日好过一日，而苎却累瘦了一圈。

不过一场要了一条人命的病哪那么容易养好，尤其在医疗水平低下的古代，便是今日俞采玲心情那么好，还时不时觉得气虚，走路不能快，只能慢慢踱着。为了叫她开心，苎还寻了一辆牛板车，叫两名护卫拉着她和阿梅在乡野走走看看。

俞采玲虽不是很懂古代的规矩，但也知道大户人家总是府里的仆妇更高级些，但似苎这般眼明心细的不凡女子居然只在乡野，这其中绝对有问题。

既来之则安之，人总要先活下去才能想怎样活得好，继而再由背井离乡感到孤独寂寞冷。俞采玲秉性再自私实际不过，伤感细胞几如濒危物种，现在生存且境况不明，哪有工夫伤春悲秋？

这边厢俞采玲想着阿苎，那边厢符乙夫妻也在议论着她。

"今日我看女公子精神多了，我刚来时她那样儿，真吓死我了。"符乙洗过后，靠躺在暖洋洋的西居室里休息，让妻子给他篦头发。

苎停了一下篦子，抿了抿嘴，方道："你来时已是好多了，那日女公子险些没了命。也是我疏忽，晚了几日，原以为阿月……"提起这个名字，她阴了脸色。

符乙看妻子神色，道："人心易变，十年光阴啊。夫人和将军离去前小女公子才刚满三岁，我记得将军骑在马上还不住往回看，眼眶都红了。你也别说阿月了，她前头的男人在将军麾下没了，她新找的本就与葛家有些干系，她焉能对夫人尽心？"

苎把篦子往案几上一拍，提高声音道："刀剑无眼，部曲随大人去挣前程本就是没准的事，夫人抚恤孤寡向来丰厚，是少了她吃还是少了她穿，也没拦着她改嫁！那回误传你死在了南定城，我让孩子们都戴孝了，便是要再找一个来嫁，难道我耽误过女君的差事？！怕死，哼，怕死就该像阿绀一样让男人留在庄子里，虽说没了前程，好歹一家平安。既要前程，又要平安，哪有那么好的事！"

符乙抽了抽嘴角，其实那次南定城之战后他迅速托人回家报信，前后也没几个月，是以他很想对妻子打算再嫁的想法做些评论——咱是不是过一年再考虑改嫁会比较妥当呢？

最后符乙还是换了话题，道："你莫气了，对了，我前几次回来都听说她愈大愈顽劣，脾气暴戾，动辄打骂奴婢，行事不堪。可如今我看小女公子为人很好，孩儿们也很喜欢她。"

苎冷哼了一声，又拿起箆子给丈夫箆头："我一直不在府里，不曾见过女公子，只以为是那些贱妇教坏了她，想着反正还小，待夫人回来再教便是。谁知，哼，小女公子明明好得很，醒来后说话和和气气的。我怕她心里头郁住了，就叫了阿梅带她四下玩耍。那日秋大娘子出嫁，我叫了你给我的那两个侍卫陪她们去看热闹，回来后果然好了，爱说笑了。"

符乙满意地点点头，顿了一下，忽道："秋老翁又嫁女儿了？"他每回回来，仿佛都听见这个老庄头在嫁女儿，"他到底有几个女儿？"

苎笑道："我都说了是大娘子，你听什么呢。秋家有二子，女儿只一个，还是老来女。你上回来是秋大娘子改嫁，这回是她三嫁。"

符乙摇了摇头："秋老翁也太姑息这女儿了。寡妇再嫁倒无妨，可她这郎婿好好的，却总因为看上旁的男子而闹绝婚另嫁，邻人要说闲话的。"

苎笑笑，道："她那新招的夫婿的确生得好，性情也温柔。"

符乙看了妻子一眼，苎不动声色地看回来，符乙顿时怯了，随即又自我安慰，仆随主家，比起将军来他的夫纲还算振些。那日夫人在万将军府上看杂技，夸一健壮伎人美甚，将军不但不敢反驳，还端酒凑兴："还是我家夫人眼光好，虽说那人比我差些，但众伎人中算是最有模样的了。"万将军直接将酒水从鼻子里喷了出来，也不知是吓得还是气得。

符乙看向案几上放着的一片小小木简——这是他这次飞马带回来的，便问妻子道："夫人信简上说了什么？"他不识字。

苎瞥了一眼那木简，缓缓道："一切都预备好了，只等夫人回来。"

符乙点点头:"什么时候?"

"就这三五日了。"

……

玩耍到日头正中,溪边的孩童们渐渐散去各自回家,一名来接弟妹的乡野少年偷瞧了俞采玲许久,红着脸递了三条肥头肥脑的鱼在阿梅手中,然后慌里慌张地跑了。阿梅欢天喜地地对俞采玲喜道:"女公子,有人瞧上我了呢。"

俞采玲磨牙,扭头板脸对符登道:"阿登,你还没有找到好本事的磨镜人吗?屋里那面铜镜我什么也瞧不清。"她好想看看自己现在长什么样,顺便也让阿梅好好照照自己。那乡野少年朝这方向偷偷看了好几眼,这大圆石旁只有自己和符登两个,总不会是来看符登的吧……呃,应该不是吧。

符登笑道:"正旦要到了,想来游方的手艺人都回家了。"他又对自家妹妹道:"你胡说什么,那鱼儿是给女公子的。"他早注意到那少年一眼接一眼偷看自家女公子了。

俞采玲无话可说,闷闷不乐地走在乡间小道上。这贫瘠的古代,要啥啥没有,那堪比哈哈镜的铜镜还有溪水,她连自己的眼睛嘴巴大小都看不清,只知道皮肤还算白皙。也不知那送鱼儿的少年审美是否正常,万一他审美清奇呢。

譬如她那凉薄老爹,年轻时喜欢有文化有脑子的俞母,顶着成分差距娶了她。成了暴发户后,老爹开始喜欢没头脑的小狐狸精,如此风流数年,某次差点被生意伙伴坑破产,俞父才大彻大悟,娶了一位自强不息的女汉子寡妇,没什么文化但心眼儿踏实会过日子,夫妻同心继续致富。

俞采玲虽然讨厌那位凉薄老爹,但深知自己遗传了他的灵活脑子,自打来了这里就没停过为自己打算。提着肥鱼左看右看,叹了口气,她真希望自己能生得好看些,现代女子长得丑还能靠读书工作,可古代还能有几条路子,难道勤学武艺去当女山大王吗?话又说回来,她总算没有穿成奴仆贱妾什么的,还有人服侍,也算运气了。

皱皱眉头,她发觉自己最近愈来愈爱回忆上辈子的事了。话说为什么穿成个女子呢,穿成男子多好,进则读书为官退则商贾耕种,这世上必有不少穷苦艰难的帅哥等待她来拯救的。

腊冬的寒风吹着很清爽,回家后俞采玲将鱼儿交给苎,笑道:"前几日的豚油可还有,将鱼头煎得焦焦的,拿那些新鲜菌菇熬鱼汤吧,阿梅的阿父阿兄远道而来,喝汤最滋补了。"此时并没有足够的工艺制作完美的铁锅,炒菜是不行了，油水煎一下还是可以的。

此言一出，符乙和符登还未开口，阿梅和阿亮先欢呼雀跃起来，阿梅拍掌道："那鱼汤最好喝了，还有鱼尾，咱们跟上回一般拿姜椒和豉酱烤炙来吃吧。"

苎笑了。此时世人多以蒸煮烤及干煎来烹饪食物，谁知前几日女公子跟着阿梅去看乡民杀豚，买了一簸箕豚腹上的肥脂回来，叫她在烧热的铁锅中熬出油脂来，那油脂和油渣香气四溢，险些连数里外的邻人都引来了。油渣用来拌饭或拌凉菜，油脂用处则更多，拌饭加豉酱也好，直接煎制菜蔬鱼鲜，滋味俱是美不可言。

她问女公子这法子谁想出来的，阿梅抢道："杀豚分肉时，恰好有一块肥肉掉入一旁的火盆沿上，铁盆贴着肥肉，油脂渗出香气四溢，女公子这才想出来的。"——实则她当时正忙着与孩童玩耍，并未看见肥肉掉火盆，是事后女公子告诉她的。

"那些早吃完了，不过昨日杀了几只鸡，我以鸡腹脂熬了些鸡油出来，尝着味道也甚好。"苎笑道。其实这也不是什么稀奇法子，早先也有人在炙烤肥肉时，将渗滴出的油脂接住，拿来煮菜拌饭也很是美味，只是没想到煎过的鱼肉入汤会这般好吃，全无腥味。这法子好归好，就是太费柴薪和肥油了，若非宽裕之家也负担不起。

想到这里，她越发觉得女公子聪慧过人，将来嫁婿掌家定是一把好手，外头那些难听的传闻必是那些贱人捏造出来坏夫人名声的——其实苎实是个精明妇人，若非忠心太过，往一厢情愿了想，早该瞧出俞采玲的不妥。

俞采玲闻言心中一凛，别以为古人笨，其实除了现代的见识，她并不比古人强到哪里去。熬猪油的法子她才教了一次，苎立刻举一反三学会了熬牛油鸡油鸭油，甚至试验着往里头加入姜片花椒茱萸等调味，制出香油和辣油来，还便于保存。如果不是有这么个聪明的妇人在，俞采玲早就对阿梅盘问此时的年号朝代、这个身体的父母身家祖宗八代了。

"刚刚蒸熟了麦饭，浇上酱肉羹，配了鱼汤，女公子多用些。"苎看着俞采玲的目光慈爱得简直能化出水来了。

此地饮食流行拌饭和盖浇饭，常将肉羹或菜羹浇在蒸熟的饭上便是一顿，富裕人家还会配些炙烤的鱼肉或小菜佐餐。俞采玲本就喜欢阿苎的手艺，便做出略羞的样子，低头进屋净手等吃饭。

午食果然香甜可口，酱肉羹拌饭浓香扑鼻，菌菇鱼汤清爽鲜美，不单几个小的,便是符乙符登父子也吃得胃口大开。原本时人一日只用两餐,不过俞采玲大病初愈,芷恨不能一日五顿给她进补,自然也便宜了阿梅姐弟,两张小脸儿这几日吃得溜光水滑的。

饭后,捧着一只甜蜜的柑橘,烤着暖洋洋的炉火,听着阿梅叽叽喳喳地讲乡野中的八卦,俞采玲顿时觉得这日子也不坏,这罚不妨一直受下去。

谁知芷忽道:"明日府中将会有人来接女公子回去。"这话顿如一瓢冷水浇在俞采玲头上,她愣了半天,却不知从何问起。

所谓寡言和饶舌的区别在于,如果俞采玲泫然欲泣地说一句:"我想我阿父阿母了。"饶舌的人会顺势把俞采玲的老父老母从相识相恋、成亲生子,一直扒到怎么离了女儿。而寡言的人,如阿芷,要么默默低头不发一言,要么沉沉叹一句"是呀"。

若俞采玲故作孺慕地问:"芷,你知道我阿父阿母是怎样的人吗?"芷就会中规中矩地回一句"主家的事,咱们做奴婢的怎敢多言",别的再没多一句。以至于俞采玲连这身子的老父老母是活着还是挂了都不知道。

类似的旁敲侧击,这些日子俞采玲不知试过几次了。可她又不敢直问——问现在府中谁当权,问谁来管她的日常起居,问她亲爹亲娘的情况,聪明人一听就知道不对了,何况像芷这样水晶心肝的人。

看俞采玲一副失魂落魄的样子,芷心有不忍,想要告诉她些事,却想起夫人嘱托不敢多言,低声道:"女公子不要怕,此去把心定下来,该如何便如何。"

俞采玲定定地看着芷,心道必须直接问了,可脸上装得可怜,戚戚然道:"芷,我真的犯了那么大的过错吗?"这句话问得羚羊挂角,无懈可击,她都忍不住给自己点个赞。

芷愤慨道:"女公子有什么错!一没杀人放火,二无偷盗强取。"

不是刑事案件就好,民事诉讼能对未成年人罚出什么花来,俞采玲松了口气,含糊地可怜道:"那……为何罚我至此?"

芷怒道:"那些都不是好人!欺负女公子没有……"她狠狠刹车,吐了口气,道,"女公子放心,她们不敢对你放肆的。"

难道这个身子的爹娘真挂了?!俞采玲疑惑,她听出芷想说什么却忍住了,很是扼腕,想了半天,只好低声道:"我怕我这一回去,会没命的。"

想到十几日前病得奄奄一息的女孩,芷叹了口气,握住俞采玲的手,道:"婢子最后道一句,谁也不敢动女公子的性命的。"她还是忍不住漏了口风。

俞采玲心里有底了。

当日下午，听着众人在外头"丁零当啷"忙了半天，当夜饱饱睡了一觉，次日起床就发现整个小院又不一样了，那些温馨贴心的日用家什都不见了，灶间的瓶瓶罐罐酱料饴盐都少了一大半，整个院子显得冷冷清清——尤其要紧的是，符乙符登父子天不亮就走了。

谁知府里人迟迟不来，一直到俞采玲刚睡下午觉时才见两辆马车姗姗来迟。苎心中鄙夷：从府中到此处不过半日的路程，倘若天不亮就出发，午前就该到了，显是那贱妇的心腹们早已养懒散了，直到日上枝头才出发的。

俞采玲是睡得迷迷糊糊中被拉上车驾的，苎本欲再嘱托几句，可惜在众人目光下只好作罢，倒是阿梅阿亮依依不舍。车内本是堆锦积绣，熏炉被褥一样不缺，可惜古代马车没有防震设备，不过两炷香的工夫俞采玲就被彻底震醒了，听一个絮絮叨叨的尖厉女声从上车开始便不住地说话——其实是一直在数落她如何如何没有淑女风范，如何如何桀骜难管教，她家夫人如何如何辛苦教养云云。

俞采玲抬头看看这干瘦妇人，眯起眼，适才听苎叫她"李管妇"，她很不喜欢这个妇人。而李管妇看看俞采玲，显然她也不喜欢自家这个女公子。

李管妇一身深蓝曲裾深衣，腰间倒围了一条猩红色锦缎腰带，上头缀了不少金银，与日常只在脖后绾一个圆髻的苎不同，她的头发足足绕了三个大髻，鬓边两个髻呈弯月状垂在耳边，头顶一个三角髻耸得老高，狠狠直插了三支粗壮的金钗，好像三炷香一般，脸上的白粉没有一斤也有八两。俞采玲对这个年代的审美绝望了，再次担心自己的长相。

"适才我说的话，四娘子可听清了？"李管妇声音越发尖厉了。

俞采玲也不悦了，她又不是什么和善人，幼时父母离异后她本想当"不良少女"来着，谁知道行差踏错读了大学当了良民。

"没听清。"她淡淡地扯平宽大的袖子。

李管妇一肚子火，本想俞采玲在乡野间吃了这许多天的苦头已然老实了，没想到还这般难伺候，只得强压怒气，拣要紧的说："我说，夫人宽大，已宽宥了四娘子犯的过错，这回四娘子回去，可要乖乖听夫人的话。"

俞采玲眯起眼睛，她这人很讲道理，谁对她好，她便硬气不起来，要多乖顺有多乖顺，谁要是对她横，那她也不会客气，她到这个破地方可不是来忍气吞声的，大不了要命一条，回去重新投胎！

"那么多夫人，哪个夫人？"

"夫人便是你叔母！"李管妇拔高音量，"你连你叔母是谁都不知道了？"

"自然知道。"俞采玲皮笑肉不笑，"叔父的老阿母嘛！"

"你，你……"李管妇险些没昏厥过去，手指指着俞采玲不住发抖，"你可知何为孝悌？何为温良恭俭？如此出言不逊，莫非还想挨罚？"

她颇觉得奇怪，这女孩也算她自小看大的，最是欺软怕硬，对着下人蛮横霸道，可一对上比她更厉害的就软了。这些年夫人每重罚她一次，回去再多加笼络抚慰，她便更听话些。

俞采玲眉头一挑，道："我大病一场，险些没死了，凡事也看开了，我就是这个性子，你要拿捏到我头上来，休想！有本事就别来接我！我现在就下车回去！"

这十几天她也没有白待，日日出门看乡野风情，听妇孺家长里短，所谓上有所好下必甚焉，贵族与民间的社会风气总不会割裂太过。这片乡野本就是几个豪门贵族的私产田庄交汇之处，短短这些日子，她已听乡农们说主家故事中有三桩绝婚四桩改嫁，还有一桩新婚夫妻互殴——她隐隐觉得此地民风粗犷豪迈，礼法远不如她所知道的古代那么森严。

李管妇见女孩凶蛮，赶紧打出长辈牌，高声道："你阿父阿母不管你了，你叔母教养你这十年，日里夜里，何其辛苦，你竟这般不逊！"

听了这话，俞采玲第一个反应是"原来这身子的老爹老娘没死呀"，第二个反应是"难道殊途同归，这个身子也是自幼父母离婚的命"？

俞父俞母是当时镇上第一对离婚的，虽然之后又有许多对离婚，可当时小镇人们的热议程度却是空前绝后，连累得还在上幼儿园的俞采玲天天被人指指点点。但她没被舆论压得自卑胆小，反而奇葩地反向进化，练出了一副厚脸皮和硬心肠。

俞采玲拔下簪子，"啪"地挑开案几上的小手炉盖，裹袖拿起手炉，摆出小太妹的派头，恶狠狠道："你这个贱婢，信不信我把炭火泼到你脸上？！"

李管妇看看那隐隐闪着火光的炭火，张口结舌——现在她开始觉得粗鄙蛮横的四娘子又熟悉起来了，以前她发脾气打骂奴婢也是这副样子。不过她可从不敢对自己这样呀，生了一次大病，反而胆子大了？

俞采玲看了她一会儿，冷笑着放下手炉，回手插簪，冷冷道："你再敢跟我多说一句无礼的话，我就跳下车，是死是活都绝不跟你回去。"若她没几分厉害，跟着寡居的老祖母生活的小姑娘没爹没娘，便是有大伯父，也叫镇上人欺负死了。

"你，你……"李管妇愣了半天，原本做奴婢的给主家骂了也是常事，可这四娘子素来是巴结讨好自己的。

正想骂回去，想起眼下的情形，李管妇不由得闭上嘴。

其实前面听到"大病一场险些没命"时她就心虚了，这事原是她的不妥，夫人当初可没叫她送了四娘子的小命。原本夫人预备用几个月工夫慢慢炮制这丫头，先叫她狠狠吃些苦头，再用数月慢慢贴心贴肺地温抚之，好叫四娘子在亲爹娘回来之前彻底服帖了自己。谁知那对头这般狡诈，信中说的还要几月方能返回，昨日却忽带口信说这几日就到。她们顿时措手不及。如今这可怎么办才好？李管妇也有些傻眼。

看着俞采玲倔强的面孔，李管妇只能忍下这口气，暗想着待回去了让夫人收拾你云云。

俞采玲不去管她，自顾自地找了个抱枕靠着假寐，心中想起当日在乡里听见的一桩典故：传前朝某人被豪强所害，仇家知道其膝下无子无侄，女儿已经出嫁生子，不由得暗暗高兴。谁知该出嫁女负刀寻仇，终将仇家砍死在都亭之中，然后去尊长跟前认罪服法。结果该地的刺史太守一齐上表朝廷禀奏该女子的义烈行为，不但大赦放回，还刻石立碑以显天下。

这与她印象中的古代大不相同。

在她印象中，封建礼法对女子的约束条例那是要一勺给一盆，要一簸箕给一箩筐，大至妇德妇容，小至走一步路要跨几公分，说一句话能抬头几寸高，都宛如国际度量衡一般有明确严格的规定。妇女们被管制得毫无生气，跟木人似的。

可在此地，人们的思想似乎都那么活泼自然，很有一种此可彼也可的意味。天下之大，没什么不可以，女儿家贞静贤淑固然众人称颂，但刚烈敢为也一样被人晓晓夸口。

如那秋家，虽然秋大娘子嫁了一回又一回，但因她性子果敢悍毅，不论是两个兄长在外打仗期间，还是落了残疾回家后，每每父母家小受了欺侮，都是她领帮众去争抢打骂，怪不得秋老翁夫妇尤爱这个女儿，一众孩童都服气这位厉害的小姑母。乡人除了在婚礼上说荤话笑闹，那种"好马不配二鞍"之类的酸话居然没听到。

结论是，女子温顺和善固然好出嫁，但泼辣凶悍也不如后世那般被人喊打喊杀。

……

仿佛是为了印证适才俞采玲所说的病情不假，马车行到半途她又发起低烧来，颠颠簸簸之际，吃了不久的午膳都吐了，吐到最后连胆汁都吐出来了。李管妇心中害怕，叫驾夫快些赶车。最后好容易到了府中，俞采玲的低烧成了高烧，头痛欲裂，昏昏沉沉，压根儿没看清府邸长什么模样，只觉得马车一路驶入宅院。

李管妇急于摆脱这个包袱，眼见到了庭院门口，也不摆谱让仆妇扶了，自行一跃而下，急急扶着扯着俞采玲下车往大屋而去。亏得女孩身量尚未长成，便是背负着走也不费劲。

俞采玲烧得脸颊烫红，心中冷笑：在乡野时每回出门，苎必要等日上三竿晨寒消除才肯点头，出门时更要将她裹得严严实实才肯罢休。可这帮人，就这样将仅着一身曲裾深衣的病孩子从暖暖的车厢里扯出来，急着交差罢了。再要说这所谓叔母有多疼爱这副身子的主人，她是绝不信的，等以后有机会，非得给这些混蛋每人吃一顿打出出气才是！

好容易半拖半负到大屋门口，只见十几个打扮金贵的妇人站在台阶之上，俞采玲眼前有些模糊，看不大清，想那簇拥在当中穿紫色锦缎裹着皮裘涂着一张大白脸的便是她那"好叔母了"。一见这"好叔母"俞采玲就想笑，倘若李管妇瘦得像根筷子，这"好叔母"就是另一根筷子，主仆俩站一块儿都能夹菜了。

葛氏见此光景忙问如何了。李管妇慌忙道："夫人，这下可麻烦了，四娘子病得不轻，我这一路上是又累又急，只怕耽误了您的嘱托！"

葛氏看了眼这些日子被苎补养得白胖、脸蛋红红的俞采玲，犹自摆架子，慢吞吞地不信道："别是装的吧，小孩子哪那么多病。"庭院中众人俱心想：女君这话好奇怪，愈是小孩子愈容易发病吧。

此时一只有茧的手忽抚上俞采玲的额头，只听一个苍老的声音道："不妙，烧得厉害。夫人，这要闯祸的。"然后提高声音，道，"来人，快去请医工！……请城南那位张姓的！"

"傅母。"葛氏对那老媪似有不满，然后自己也伸手去摸摸俞采玲的额头,触手烫热,顿时吓道,"哎呀,这么烫?快快,快去请人!"

俞采玲使出最后的力气抬眼看了看,只见一个头发花白的老媪站在葛氏身旁,然后就眼前一黑,不省人事了。

接下来便是熟悉的灌汤灌药过程,俞采玲也不知自己睡了多久,糊里糊涂地吃了不知多少药,只觉得这回的待遇极好。身下睡的被褥比小院里的更柔软馨香,屋子暖和,也更均匀通气,便是给自己宽衣擦身的手也有好多只,可惜动作都不如阿苎那么温柔。

稍有些力气,又被抬起来吃药,俞采玲简直厌恶极了这个苦涩恶心的味道,想到原本自己都快好了,都是这帮子不知所谓的神经病害自己再病倒,又得吃药,把罪重新受一遍,不由得恶从心头起,挥起一条胳膊便打翻了一旁的碗碗盏盏,"丁零当啷",褐色的药汤流了一地。惹得葛氏跳脚大怒,又想生气叱骂俞采玲,又顾及此时得让她尽快好转,直得强忍怒火。

谁知医工来来去去,吃了好几日的药,烧也不曾退下去,眼见女孩脸上身上那点腴肉迅速消失,怒火顿时转成了忧心,葛氏便打发左右走开,时不时呆坐在俞采玲榻前,忧心女孩如若真有个万一,该如何寻推脱的借口。恰好这一日俞采玲吃了药,半梦半醒间,正听那日见到的老媪与"好叔母"在说话。

"……夫人你又何必折腾这么一个小小孩童呢。你只是瞧不惯萧夫人罢了。"那老媪道。

葛氏恨恨道:"我就是看不惯她!破落户,二嫁妇,还敢在我跟前摆架子!我葛家比她富贵,来历比她干净,凭什么要忍让她?!"

老媪似是叹了口气:"萧家原也风光的,谁晓得碰上天下大乱,不是流民就是盗贼,她家才破落的。那会儿在咱们乡里,她也是数得上的女君,程家那时可远远不如。说到底,你何必非与大夫人斗法呢,无冤无仇的。"

俞采玲本要睡着了,闻听顿时精神一振,她就知道天下人总不会都精明如苎,不会那样守口如瓶,总有大嘴巴会给她讲从前的故事。她便装睡,竖起耳朵细细听着,连发烧都似乎好了几分。

"无冤无仇?"葛氏不自觉提高了音量,随即听到"嘘"的一声,想是那老媪示意葛氏放低声音。葛氏果然放低了声音,道:"原本该是我嫁给婿伯的!我为诰命,我领封君!"

"这话说岔了。老身是瞧着你长大的,你何时看上过程家了?倒是萧夫人,头回嫁人那次,家主就唱着歌跟了一路,乡里谁人不知?后来天下大乱,没过几年萧夫人和前面的夫家闹翻了，还没绝婚呢，家主就前前后后地帮忙。说句不中听的，便是咱们葛家真去跟家主提亲，家主也不肯应的。"

葛氏更怒了："都怪阿父阿母，非将我嫁到程家！"

俞采玲迅速推理：嗯，这家人姓程，兄弟人数多于两人，老大家就是这身子的亲爹娘，没有死，而且貌似混得很好。

只听"扑扑"的声响，似乎是那老媪在拍葛氏的肩背，道："你又说胡话了。那萧家是怎么败的，才隔了一个县的事，谁不知道？不就是大夫人的父兄一股脑儿都死在强人手里吗？当初她萧家不但富有，萧太公还是乡里的三老呢，为了抵抗流匪劫掠乡里，带领家丁出阵伤了好多贼人。谁知叫那贼头记恨上了，假作败退，待大家松了提防，趁夜潜入将萧家一门老小杀得干干净净，幸亏贼人不知咱们那处的大户人家惯打地窖的，这才藏下几个妇孺。可惜成年男丁和财物，俱是没了。"

那老媪似是喝了口水，继续道："那阵子乱的呀，是个莽夫招几个贼人就能称王称霸了，看谁家富庶就杀人抢钱，妇人们更是遭罪。咱们葛家这么大一块肥肉，多险呀。程家虽贫，可家主在乡里有人望呀，自己有本领不说，还领了一群能打能杀的帮众。那时咱们老太公就说了，他不敢学昔日吕太公相赤帝子，只求不做第二个萧家罢了。那会儿家主刚求娶了大夫人，程家老三还小，你不嫁给郎婿，还能嫁给谁？"

"你说这说那，不过要劝我给她低头！"葛氏似是怒了，"你不想想，我与她前后脚嫁进来，不论人才钱财我处处胜她，可我过的是什么日子？我拿嫁妆的钱补贴程家，她拿程家的钱补贴娘家！还日日趾高气扬的，我怎么气得过？"

"那我问夫人，这些年来夫人的嫁妆还是原样吗？"老媪轻声道。

葛氏语塞。

老媪乘势道："刚成亲那会儿，夫人的确拿嫁妆补贴过程家，可没几年将军就起势了呀。每打过一仗，就一箱一箱的钱财布帛往家里送，咱家的嫁妆早补足了，怕还多呢。那些钱萧夫人拿些去补贴娘家，也没什么。"

葛氏冷笑道："父母在，不置私产。还没分家呢，兄长的钱合该由君舅君姑来管，三个兄弟三房人都有份！"

老媪再叹气："道理没错。可钱是程大人上阵搏来的，萧夫人一直跟在身旁，钱总是先过她手的。外头乱糟糟的，到处打仗，谁还管这些规矩？就是现在，走出咱们皇帝管得住的这些个州郡，外头且还乱着呢。"

这时屋里一阵安静，想是两人都无话了。俞采玲一边耐心等着，心想原来这会儿外面还在打仗，也不知形势如何，一边心中催着，接着八卦呀，别停呀。

"如此，夫人就要取了四娘子的小命，是跟萧夫人置气吗？"那老媪道。

葛氏冷笑道："我原是想留下那贱妇的，谁知她那般心狠，宁肯留下孩儿也要跟着婿伯走！婿伯自是帮她，她手段了得，请了厉害的巫士来说谶纬，愣是把儿子们都带去了，只留下这么个女儿。没错，我是想教坏了四娘子，叫她脸上无光，可我没想要她命！"

听到这里，俞采玲心中也是冷笑。看来她就是没有父母的缘分，上辈子是父母离异，这辈子父母没离异，也还是把她给扔了。

俞母年轻时是插队的女文青，当初想娶她的当地青年不少，不乏拳头更硬势头更旺的，但俞母独独看中了俞父，她很清楚过生活里子比面子重要，那些人整日领一帮兄弟吃五喝六，可家里没几斤存粮有个毛线用。俞父就不同了，精明滑头，老母又和善。

俞母不满足于只在小镇上当个会计，恢复高考后立刻开始复习，硬撑数年考上大学，还在大城市里分配到了一个前程光明的职位，更"偶遇"了早年门当户对并"刚巧"离婚的青梅竹马——接下来的事，就顺理成章了。唯一的失算，大约就是生下了她。

这边俞采玲思绪有些远了，那边葛氏越想越冤，恨声道："除了怠慢教养，我也做不得什么呀。傅母难道不知，我们一有动静，隔壁那万媪就使奴婢来看，我是能责打四娘子，还是能罚她不吃饭哪？"

那老媪似是叹了口气："夫人听我一句，如今的程家早不是当初的程家了，咱们葛家却还是当初那个葛家呀，时候不同啦，您别拧着来了。这回我本是趁正旦前来看看你，过几日就要随儿孙们去青州了，陛下打下那儿后，这几年总算肃清了流寇，可以种的荒田可多了，正贴告示召人去呢，赋税又轻，只消耕种几年那地就是自家的了……"

葛氏一惊，道："这么早？这才过了冬至呀，为何不过了正旦再走？"她虽然早知道傅母一家在打点往青州置办产业的事，但她事到临头依旧不舍。

老媪笑道："你保兄这几年做小本营生攒了几个钱，兴头足得很，早寻了个巫士卜卦，说什么迁徙至远地置业，要将祖先一道请了去，才好保佑全家，是以咱们打算到青州去过正旦，到时全家人好好祭祀一番，保佑将来家里人丁兴旺。"

葛氏默默一刻，轻泣道："傅母，你这两年虽已多住在外头，可我想见你时总能见到，如今你要是去了青州，我可怎么办？我不是说要给你儿子寻个前程吗？"

老媪笑道："去青州挺好的，老身几个侄儿也要阖家去的，一大家子去人多势众也不怕受欺负。何况……"她顿了顿，道，"夫人想想，这些年咱们葛家的子弟可有谋到过前程？连太学都没能进去呢。何况老身？"

葛氏恨声道："都是萧氏那贱人，婿伯还不是看她的眼色行事。"

老媪笑笑，不再说话了。

俞采玲虽烧得头昏脑涨，可脑袋没坏掉，不用那老媪说她心里也能替她补足——这叔母，只知把脑筋动在歪地方，你整天和人家萧夫人别苗头，还想人家老公给你娘家帮忙？！

俞采玲自觉十岁的自己就比她脑子灵光了。打了人家左脸，还想要别人舔你手指不成，那萧夫人有受虐倾向？你实在应该冷静一下，现在你身边唯一脑子清醒的都要跑路，大约是对你的智商绝望了。

"夫人如今预备如何？看四娘子的病，大约这几日是养不好的。"老媪道。

葛氏央道："傅母与我想个说辞吧。四娘子是不好，可惜都是些鸡毛蒜皮的小错。与别家女公子斗嘴骂架，还在游园会上打人……若是四娘子犯个大错便好了。是我大意了，以前年纪小也闯不出什么大祸来，如今大了却没布置好，以为有几个月慢慢来呢。那奸猾的萧氏说要几个月才回，却这几日就要来了！"

那老媪又叹气，道："老身想想。嗯，有了，那就往小了说。前日二娘子不是又回来哭她君姑不好吗，你就道小女公子们如今都一个个大了，眼看就能相看夫婿了，总要端庄贤淑些才好，谁知四娘子还是这般不懂事，于是您就狠下心来要好好罚罚她，谁知下仆疏忽管教。对了，李追手底下那个贪婪的老妪，要紧的话就拿她顶出去……"

葛氏喜道："傅母说得好，就这样办。要是那萧氏跟我啰唆，我就把这些年来四娘子在外做的荒唐事都讲一讲，看她觉不觉得孩儿该教导。"她喜完又气恼道，"有甚好怕，她还能吃了我不成！"

话音未落，只听外头一阵呼喊，一个年轻侍婢的尖叫声传进来："女君，不好了，家主他们回来了！车驾已在大门口了！足有十几辆大车呢，老夫人叫咱们快去。"随即外头一阵慌乱的脚步声，外加一连串此起彼伏的呼唤声。

葛氏闻言，惊道："怎么这么快？"顿了顿，"不对呀，隔壁万将军家怎么一点动静都没有,我一直使人看着的!兄长不是一直跟着万将军吗?"她又提高声音呼喊道,"来人,快去寻夫主来!"

那老媪一把搀起葛氏,急道:"女君糊涂了,郎婿这会儿如何在家,别管这些了,先出去迎人,不可失了礼数……不不,还是先去你君姑那儿,跟她一块儿去!"

葛氏重重跺脚,怒道:"看看阿父给我寻的好亲事,郎婿成日读那些什么经学的,季叔小他许多岁,如今都有好几百石的官秩了,只他读几年也不见读出个名目来!君姑则装傻充愣,只顾自己舒服……"

说话声渐渐远去,俞采玲艰难地撑胳膊换了个睡姿,摸摸自己滚烫的脑门,身上酸软濡热,一阵阵发虚汗。她一时也没什么头绪,唯有睡死过去方是良策,否则简直对不起这些日子吃的"敌敌畏"!

这姓葛的没本事跟冤家对头正面杠,却来寻小孩子的晦气,活该老公窝囊没出息。寻妯娌和侄女的麻烦能让你内分泌顺畅容光焕发吗?真是个祖宗十八代不积德的"十三点"!

第二回 假戏真做

这一昏睡，俞采玲就做起梦来，梦见同镇上的邻家哥哥，就像祖母院中那棵梧桐树一样俊秀高挑，小小的自己站在他身旁仰望，满心倾慕。

她自小就有一个执念，为什么同样是本地男和插队女知青的结合，人家夫妻就能恩恩爱爱？哪怕后来发了财，人家显摆的风格是跟着妻子多读书，给镇上捐个公共图书馆或给小学设个奖学金啥的，而不是像自家老爹去繁荣风俗业。

年幼时俞采玲常常扒着墙头看这美满的一家三口，又羡又妒，待大了些就开始对人家儿子发花痴，结果只等来他领着女朋友回家，指着自己笑说"这是我邻居家的妹妹"——呜呼，比发好人卡更悲惨的，就是被发了哥哥卡或妹妹卡。

话说当年在系戏剧社中，咸鱼社长暗戳戳对自己有意思，若非一直惦记童年的他，俞采玲也不至于到死都没有好好恋爱过一场，真是亏大了。

沉湎往事不知多久，半昏半醒的俞采玲手足酸软无法动弹，只感到被人扶着坐起来，喂入一口口清凉辛辣的汤汁。没喝几口俞采玲就觉得脑袋有些清醒了，试图睁开眼睛，仿佛一个紧紧闭合的箱子被硬生生撬开道缝隙一般，几乎能听见箱子销轴艰难地咯吱作响。

"醒了，醒了！"

俞采玲听出这是"好叔母"葛氏欣喜又松口气的声音。

"宫里的侍医果然了得，几服药下去就见效了，贺喜君姑，贺喜婿伯，贺喜姒妇……"

不待葛氏热切地说下去，只听一个阴阳怪气的老妇声音道："别一头热了，旁人还以为咱们把他们女儿怎样了呢。十年不管不顾，咱们一把屎一把尿地拉扯大，没功劳也有苦劳，小娃娃哪有不病的？不过烧了几日就鸡飞狗跳哭哭嚷嚷的。这么不放心，不如自己养去。"

俞采玲好容易睁开眼，只见屋里拉拉杂杂跪坐了十几个仆妇奴婢打扮的人。她循适才的声音看去，只见一个肥壮高大的老妇被一众奴婢围着，端坐在一张漆刷得油亮的檀木胡床上，身着一件暗紫色直领长袍，隐隐约约绣了好些金线花纹在上头，腰上宽宽松松地用一条四五指宽的玉带系着，头上只一个后脑的圆髻并一支长长的发笄，细细看去，那长笄居然通体黄金，粗若烧柴棍，又看她耳垂上串了好大一枚赤金珰，几乎把耳朵坠掉，在夜晚的烛火下，看着亮闪闪的。

俞采玲看得火大，心道你开金铺的吗？怎么不往鼻孔里插两支金筷子充充大象镶金牙？

这老妇面庞拉得老长，眼神不屑，仿佛时时不满似的。身旁踞坐着葛氏及三五个奴婢，或端漆盘，或掌手炉，排场甚大。只有一边的葛氏双手空空，不安地看着俞采玲这边。

俞采玲这才发现自己床榻旁正坐着一对中年男女。那男子高大魁梧，因脸上蓄了一把大胡子看不清面目，里着赤色絮袍，外披暗紫色大袍，袒右臂，双腕皆扣了一副暗金沉铁的护腕，一副武将打扮。

这男子明明已卸了甲胄，却无形中流露着一股子血海里搏杀出来的雄浑气息。他正着紧张地望着俞采玲，眼中却流露出一股关切之色。那女子却一直低头不言，不知长得如何，只觉得身形婀娜高挑，前凸后翘。

听了那老妇的话，一直低头跪坐在轻泣女子身旁搀扶的妇人忽地直起身子，只见她身着青色深衣，生得眉清目秀，虽人至中年，声音倒十分清脆："老夫人说的真乃笑话，仿佛四娘子是我家女君不愿养才留在家中的。妾不敢僭越，但也知道当初留下四娘子是为了给老夫人您尽孝，若非那巫士的卦象，我家女君难道愿意抛下三岁的孩子？"

俞采玲立刻明白这老太婆和那女子是谁了，一边赶紧四下张望一番，发觉这已不是原先"好叔母"安置自己的屋子了。这屋宇有些小，装饰也简略得很，照旧是油光闪亮的木漆地板，不过铺了厚重的杂色毛皮地毯，暖炉将里头烘得暖洋洋的，众人皆着厚袜。

地上放置了几个矮矮的小方枰，有些像《棋魂》里面那种有脚的棋盘，上面铺了绒皮垫子。有人跪坐在上面，大约是凳子的用途，不过更多的人是直接跪坐在光亮的地板上。

"阿青，休得胡言。"轻泣的萧夫人抬起头，赶忙斥责，又对程母道："君姑见谅，阿青就是这么副脾气，她这是心疼四娘子。"

程母却不肯罢休，大怒道："贱婢，安敢造次！来人啊，掌杖……"

话还未说完，谁知那武将却冷冷打断道："造次什么，难道阿青说的有错？当初留下嫋嫋就是为了尽孝，如今却说的仿佛是我们夫妇不肯养育，反不孝烦劳了阿母。为阿母尽孝应当，但话也该直了说。"

"始儿，你……"程母最听不得"我们夫妇"这四个字，她又惊又怒，心道这长子虽素来听妻子的胜过老娘，但这般当面顶嘴的时候却是不多。

俞采玲一阵头晕目眩，她只关注到一个重点，她叫"鸟鸟"？明明是个女孩儿却叫"鸟鸟"，莫非是缺什么补什么？

阿青转过头，看见俞采玲目光呆滞，神情萎靡，柔声道："四娘子精神可好些了？这许多年不曾见阿父阿母，好歹先行个礼吧。"一边说着，一边示意俞采玲身旁的两个侍女。

俞采玲曾见过符登给芷和符乙行礼，但不知这里是否有异，便虚弱地抬起双臂，做歪歪斜斜的样子。两个侍女十分机灵，立刻上前轻巧地托住俞采玲的臂膀和身子半跪在榻上，将她右手压在左手上，笼下袖子遮臂，举手加额，鞠倒在榻上。一个侍女在俞采玲耳边轻声道"女公子问阿父阿母安好"，俞采玲依言行事，然后被扶起身，再把手提起来至齐眉，最后放下手臂，方算礼成。

那萧夫人正眼看着女儿，神色有些复杂，只道："好。"

俞采玲这才看清萧夫人的面貌，不由得暗叫一声好，来这个年代许久了，就没见过几个齐整的妇人，不是龅牙就是突目，不是虎背熊腰就是瘦竹竿，没想到萧夫人生得这般白皙秀丽，比俞父身边那帮小狐狸精都俊——她顿时对自己的长相期待起来。

可能因起身有些快，俞采玲又是一阵头晕目眩，歪在侍女肩上半昏迷的样子，这副模样一半是真，一半是做出来的。

程始见女儿瘦小，适才说话声音稚弱可怜，脸畔还有睡时留下的泪痕，靠在侍女身上更小小一团如纸娃娃般单薄，脸蛋只有自己巴掌一半大，想十三岁的小娘子在寻常农家都要嫁人了，自家女儿却这副可怜孱弱的模样，顿时心疼，遂大声道："吾在外头镇守杀敌，那般艰难的光景，吾妇都能照看部曲养育孩儿，前头三子并后来生养的幺儿都好端端的，只有嫋嫋在这都城的乐宅中，居然能养成这样！难道我们问一句都不成了吗？"

这话说下，作为养孩子实际负责人的葛氏脸色白了。程始显然是在责备她。

然则程始真是冤枉她了，除了这回急病的确是自己怠慢所致，其余日子都是好汤好饭地供着，毕竟万家老夫人就在隔壁，时不时过来阴阳怪气一番"可怜这没父母在身边的孩子，你若养不好不如送回程校尉身边去"——程母老迈懒散，只要留住四娘子旁的一概不管，自己要出气也不敢用过分阴损的法子。

只可气这女孩生来一副纤小伶仃的模样，吃多少鸡鸭鱼肉都白搭，兼之生得脸幼骨小，五岁看着像三岁，十岁看着像七岁，十三岁了还一副没吃饱饭的饥荒模样，旁人见了都只道是叔母刻薄，可这十年来自己除了刻意纵容娇惯，时不时拿捏责骂，实也整治不出花样来。

那边厢程母被儿子抢白一顿，顿时怒了，当即捶胸大声哭号道："果然人老了，招人嫌弃了，这许多年不回来，一回来就只记挂着小的，自家亲娘是好是歹也不问一句，这些日子我也是病得不轻……"一边说，一边赶紧干咳几声以示真实性，接着哭道，"当年你阿父过世时你们怎么说的来着？要孝顺我，如今不气死我就算是好了！"

一边哭一边捶打胡床犹自不够，她还一下直起身子，双眼通红，野猪似的嚎叫起来："你若是还不满意，不如我死了给四娘子赔了命吧！"

程母本就乡野农妇出身，兼之身形高大，这一发作起来顿时整个屋子都震动了般，一旁的李追见机，忙暗推了葛氏一把。葛氏赶紧上前道："君姑莫伤心，婿伯是做大官的人，当今陛下不是最讲孝道的吗，婿伯哪能不孝呢！"

程始不能对老娘发脾气，便转头对葛氏道："数年前阿母身子好了，我曾使人来接嫋嫋，那时娣妇是怎么在信笺上说的？说嫋嫋在家极好，处处都好，怕去了外面反倒不妥！"

俞采玲心中大乐，好极好极，这程老爹完全没有绅士风度，对付女人毫无压力。

葛氏被这洪钟般响亮的呵斥吓住了，忙缩到一旁。程母见状，尖声道："你不用拐着弯来骂我，是我不让四娘子过去的！巫士说了，那时我虽好了，可谁知四娘子一走我会否有个好歹。"前头葛氏的话也给她提了个醒，她忙又道，"外头孝顺的大官，为了父母病好流血割肉的都有，一个女孩儿病了，你倒着急上火！"

看着一旁低头恭敬跪着的萧夫人，程母又狠狠一笑："不然，这回你们出去，把少宫给我留下，反正他们是龙凤双生，留下哪个都一样。如若不然……

哼哼,你是我儿子,我舍不得,可你这好新妇,我非去告她个不孝不可!"

程始急道:"这与她有什么干系?阿母你何必总寻她不是!"

萧夫人始终低垂着头,俞采玲眼尖,从这个角度看过去,正看见她嘴角露出一个讥讽的笑容,可待她抬起头来时又是一派伤怀恭敬的模样。

只见她向着程母长长作揖,纳头拜倒,哀声道:"君姑莫气恼了,知子莫若母,大人是何等性子难道君姑不知道吗?这些年在外头,大人总懊恼不能亲自侍奉您膝下,可他心中想得好,未必嘴上能说出来。"

程母讥诮地看着她,道:"我哪有你本事?适才始儿不是说了,你如何如何能干,部曲孩儿都照看得好好的,我却连一个小小孩童都顾不住。早些年程家什么事始儿都与我商量着办,可自从你进门后,不论大的小的里里外外,但凡你张嘴,始儿便是'对对对,是是是',还把我这阿母放在眼里吗?"

听了这番酸溜溜的怨言,俞采玲脖子不敢动,心中却大摇其头。人家老娘自觉年富力强想延退,你们做儿子儿媳的却不让人家继续发光发热,活该被埋怨。

程始头痛道:"圣人曰,有弟子服其劳。新妇也是为着孝顺阿母才将家事管起来,好叫阿母享享清福……"

这话不说还好,一说程母更怒:"圣人个屁!再享清福我就该入土了!外头那些贵胄夫人只交口夸你贤惠,却看不上我这老媪,寻常连结交都不得。万将军的阿母就住在隔壁,可这些年来跟我话都说不上三句,但凡见了面不是夸你新妇在前头相夫教子不容易,就是询问四娘子可好,仿佛我和她叔母要吃了她!这次你们在外头又得多少赏赐,俘获多少,你们不说,也没人来透风,我就是个瞽媪!"

这长长的一番话,俞采玲只同意第一句,最后两字她不知道是什么意思。

萧夫人连连拜伏倒,赔罪道:"叫君姑不快,是我的不是。天色不早了,您赶紧回去歇息才是。"

程母不去理儿媳妇,只看着儿子程始冷笑道:"我歇息到棺椁里去,你们才如意了。我不管,这次你回来,非得给你舅父进上几百石官秩不可,他也辛辛苦苦了这许多年。还有,另寻出两万钱来给你舅母,董家要娶新妇了。"

程始忍无可忍:"我已知道了,那不是娶新妇,是纳妾蓄婢!内兄弟比我还小几岁,这都多少个了,又不是没子嗣,还要这许多钱……"

程母看了看跪倒在地上的萧夫人,抬头对着儿子,再次阴阳怪气道:

"这些年你给萧凤读书娶妇使了多少钱,眼都不眨一下。你新妇的兄弟是兄弟,你阿母的兄弟就是外人啦!何况,多寻婢妾来伺候郎婿和君舅君姑是永儿新妇贤惠,不像旁人……哼,你若真孝顺,也多纳几个来服侍我才是。"

程始深觉母亲无理胡搅蛮缠,气极道:"读书娶妇是正理,可纳婢妾……"

萧夫人忽地转身,轻轻打断丈夫道:"大人莫说了,照君说的办就是了。"她背对着程母和葛氏及一众奴婢,朝着丈夫眼神微闪,似有示意,而身后的程母等人均不得见她脸上神情,俞采玲倒看了个真切。

程始闭了闭眼睛,无奈地拱手道:"阿母说得是,天色不早了,阿母该安置了。"

看儿子儿媳都屈服了,程母心满意足地起身离去,后头尾随了七八个奴婢,摇头摆尾,活像东海龙宫的龟丞相。葛氏连忙跟上,心中暗喜总算过了四娘子生病这一关,看来萧夫人依旧忌惮君姑,不敢多过问,自己前几日是白惊慌失措了,连备用的借口都没用上。出门前还得意地看了心腹李追一眼,仿佛在说:看吧,平安无事。

李追自是凑趣,赶忙上前搀扶,心中却奇怪,十年前这种婆媳大战频频发生,大多以萧夫人低头赔罪告终,闹得厉害了程始便跟自家老娘互斥一番,不快散场。

可今日萧夫人虽也连连赔罪,态度却不甚着急,甚至有几分敷衍的意思;而程始更奇怪了,以往这般情形非多闹几句才对,今日竟这么轻易了结,甚至都没急着将地上跪拜的萧夫人扶起来。想归想,李追却不敢多言,她深知程母未必多喜欢自家女君,不过是太讨厌萧夫人了,拿葛氏做筏子对付她罢了。

看着程母和葛氏两拨人如流水般退出屋子,萧夫人脸上的笑容消失了,转头过来,静静地看着程始,不发一言。程始叹息着坐到适才程母坐的胡床上,转头看看靠在侍女身上已再度昏睡过去的女儿,又叹了口气。

阿青起身,叫那两个侍女服侍俞采玲躺下,细心地摸了摸她的额头,又亲自放下床栏上重重的锦缎垂帐,然后默不作声地以手势指挥其余侍女——退出,关上房门。

在这么一个私密的空间内,俞采玲面朝里侧身躺着,努力调匀呼吸继续装睡,握拳闭眼,掌心生汗,不知这对夫妻私底下会说什么——她现在对这身子的父母好奇极了。

其实萧夫人生性谨慎,若非葛氏不及准备,仓促间只腾挪出了几个屋子给程始一干人等，她又不肯再把女儿放回葛氏处，绝不会留在女儿屋里说话。

过不多久，阿青从里间一扇门进来，领进来一个妇人，那妇人行礼称呼，俞采玲立刻就听出来了，来人竟是阿苎！

"阿苎，起来吧。"萧夫人亲上前去扶，"这些年，可苦了你，只能和阿乙零星团聚。"

阿苎含泪望着萧夫人，泣道："女君一点未变，大人倒是威武更胜往昔。"

程始自进门至今才展开笑容，摸摸自己的大胡子，转头对妻子道："阿苎还是老样子，不说话则已，一说话，尽说大实话。"

这话一说，从装睡的俞采玲到冷静的萧夫人全都抽搐了嘴角，阿青掩袖轻笑。

寒暄数语后，萧夫人正容端坐，道："你说说看吧。"

阿苎肃穆揖手，道："当年我奉女君的命令待在咱家庄园中，数年未有动静，只依稀听说女公子顽劣的名声。月前，听闻女公子在赏梅宴上与人争执，也不知真假，便被葛氏罚到园中思过了。听命照管女公子的是李追的堂房从母，最是好酒颟顸的一个老媪，那样滴水成冰的日子，就把小女公子孤零零丢在荒废许久的阴寒砖房中，热汤热饭也没有，没几日女公子就病了。待我赶着买通李追去服侍时，女公子已经烧了许多日了……"

程始大怒，一掌拍在胡床的扶栏上，只听那雕栏应声而裂，道："这妇人甚是可恶，正该叫二弟休了她！"

阿苎忙拜道："都是婢子的不是。"

萧夫人淡淡地摆手："不与你相干，待命在那个庄园的不是你，你能及时赶去，很好。"

"阿月……"阿苎才开了个口，萧夫人干脆道："不必说了，我有数。"

俞采玲暗暗咋舌，听着萧夫人此时果断干练的口气，简直不敢相信是刚才那个低头跪拜软语赔罪的妇人，果然是扮猪吃老虎。

阿青看着男君女君的脸色，眼珠一转，对着阿苎玩笑道："那是你头一回见女公子吧。听说女公子脾气不好，她可曾责打你？"

阿苎轻声泣道："责打甚？我赶去时，女公子都奄奄一息了。可怜那么小个人，浑身烧得滚烫，躺在那又湿又冷的地铺上，人都烧糊涂了，药也咽不下去。当时婢子好生惊惧，生怕女公子有个好歹，辜负了女君的嘱托！"

程始又望向帷幔低垂的床榻，想起刚看见的女儿那么荏弱稚小的样子，又想到留在身边的四个儿子各个壮得跟牛犊似的,更是痛惜。

"至于女公子的脾气,苎不敢多言。只请大人和女君待女公子病愈后自己查看。"阿苎愤愤不平道,"到底是不是有人刻意传言,一切俱知。"

符乙夫妇随程始十几年,他深知其性子,阿苎敢这样说,自家女儿必不是外头传言那样。

阿青细细观察程始脸色,转头又笑道:"还是夫人有计较,早在庄园上留了人,不然呀,可要坏事了。谁想到,仲夫人这般狠心。"

程始又阴了脸色,萧夫人瞥了他一眼,却对着阿青缓缓道:"没法子,谁叫我遇上的是蠢人呢。遇上聪明人不怕,你好歹晓得人家不会做蠢事,可是遇上蠢人就不好了。"

说到此处,她又轻蔑地笑了声,好似闲聊般地慢悠悠道:"那年乡里的东间家娶的那个继妻你可还记得?原配家里又不是没力的,郎婿也不是个瞎子,谁知她一生下儿子,转头就趁男人们外出巡视盗贼,将原配所出的一儿一女给卖了,还说什么走失了。把众人吓得,直惊道怎会有如此蠢妇。可世上就有这般蠢货,总觉得自己为非作歹后还能安然无恙。"

阿青接上道:"后来将那妇人揪出来审问时,她还一径嚷嚷如今薄家只有她的孩儿、不能打杀生母呢。不过后来东间氏族长做主,还是叫她自尽了。唉,只可惜她那亲生孩儿,没几日就夭亡了。未几,东间家又迎了新妇进门,再度生儿育女,谁还记得她呢。"

萧夫人道:"我可惜的却是那原配生的儿女,便是杀了元凶,两家人再心痛又能如何?好好的金童玉女一般,再也没能寻回来,也不知在外头怎么受人糟践呢。"话音一转,"更何况咱家还不如东间家呢,倘若嫡嫡真病故了,大人还能为了一个小辈打杀了她叔母不成?再说上头还有君姑呢。"

话说到这里,萧夫人目光就注在程始脸上,程始看着妻子,不言语。

阿青看着家主夫妻目光来回,轻声道:"妾愚钝,想来在府里再受责骂到底不会出大事,可若出了大门,就保不准了。"想得再阴暗些,小姑娘到了庄园没有奴婢看管保护,若碰上无赖闲汉被欺辱了都未可知,到时这闷亏吃不下也得吃下。

萧夫人看着丈夫阴沉不悦的脸色,讥笑道:"亏得咱们家是乡野出身,家底不丰,这些年统共置了两座小小的庄园,倘如袁家楼家那样,累世清贵,家产不知繁几,庄园绵延两三个县,我便是防也防不过来。"

程始闭了闭眼，沉声道："你不用说了，这些我都明白。阿青，你去叫程顺到前院等我。"

阿青面露喜色，忙应声而去。阿苎见状，也躬身告退。

四下无人，萧夫人缓缓站起，走到丈夫身边，双手抚着程始浑厚的肩膀，柔声道："书上不是说了嘛，阿意曲从也是不孝。这些年来，君姑实是……"

程始一手盖住妻子在自己肩上的手，道："我懂的。以前家贫时，阿母不是这样的，但有些余粮，她也愿意周济邻家贫人，虽嘴巴坏些，心眼儿却实在。反倒这些年富贵了，阿母越发跋扈，动辄给舅父要官要钱，还被挑唆着侵吞人家的田地。更别说舅父了，我在前头拼命，他在后头收钱，仗的不过是阿母罢了。"

这时阿青回来了，道："大人，程顺已经到了。"程始起身，对妻子道："这一路你也累了，早些安歇。过几日，孩儿们跟着万将军一行要到了，你别累着。"说完，便推门出去。

阿青跟在后头，赶紧把门关上，转身笑道："女君，看来大人已下定决心了。"

萧夫人不说话，眼光转向床榻。阿青会意，立刻过去轻手轻脚地拉开垂帘看去，只见小女孩深深沉睡，探得鼻息滚热，才放下垂帘，转头道："看来烧还没全退，睡得可沉了。"

萧夫人扶着腰坐到胡床上，道："病去如抽丝，侍医看过了，说再吃几服药就好了。"

俞采玲装睡装得炉火纯青，心中好生兴奋，她这辈子的妈比上辈子的还精彩，人格转换毫无压力！

阿青走过去，给女君轻轻地揉着腰，道："大人应是定了心意的。"萧夫人道："大人早想动手了，碍着君姑而已。"阿青叹道："太公过世得早，老夫人寡居也是不易。"

萧夫人忽笑道："便是君舅活着，难道君姑就易了？"

阿青不由得莞尔。

萧夫人嗤笑道："爱唱赋作曲的落拓公子家道破落，那会儿庆帝乱政，人人都没饭吃了，谁还听曲唱歌？娶不到人痴财巨的卓文君，便成不了司马相如，眼看饥馁加身了，只得讨个殷实的农家妇人。君舅活着时，连话都不耐烦跟君姑说，大人才置下新宅，就急急占了间大屋自顾自风雅，还说什么每日多见老妻儿面，饭都吃不下了。"

想起程太公生前嫌弃程母的神气，阿青笑了："太公对女君倒好，生前一直护着你。"

"自然，他写的那些音律，全家上下只我看得懂。做了几十年夫妻，儿女成群，君姑还以为君舅是在学巫士画符，曾想叫他摆摊占卜，添补些家用呢。"

阿青终忍不住，"扑哧"笑出来。

谁知萧夫人却没笑，叹道："后来世道越发乱了，程家又不富庶，也全亏了君姑操持，还能糊口。自小眼看阿母劳苦，阿父又那般冷落，大人做长子的，能不心疼吗？"

听到这里，俞采玲不怀好意地暗笑，她现在明白程母的怨气为何那么大了。

阿青幽幽叹了口气："若太公还在世就好了，必不会叫老夫人欺负您，您也不会和女公子分别十年。"

谁知萧夫人却叹了口气，半晌才道："若二位老人只能有一位长寿享福的，实应是君姑。"

阿青被吓了一跳，道："女君您糊涂啦？"

谁知萧夫人道："君姑不喜我是一回事，我心中却敬重她。上山采蔬，下田耕种，回家要纺布浆洗洒扫，还有郎婿孩儿要吃饭，天要塌下来时，她便是腰累垮了还得直起来顶住天，不是那个操弄丝竹的君舅。如今就该她享儿孙的福！"

听这话，俞采玲对萧夫人略生了几分敬意，觉得虽然这妇人很会算计，但还算是非分明。

停了一会儿，萧夫人又道："况且君姑这般，比我阿母强多了。"

阿青怎敢议论主家生母，只得岔开话题道："女君您看见没？小女公子生得像她外大母呢。"

萧夫人冷淡的面容再一次浮起复杂的神情："别性子也像就好了，一点用处也无，还不如似她大母呢。"

"可别。"阿青忙笑道，"性子不论，样貌还是像您阿母的好。"

想起程母那副肉山似的尊荣，萧夫人轻笑了声。

觑着萧夫人的脸色，阿青又道："其实我觉得老夫人劳苦啥呀，大人十岁上就撑起家计了，老夫人也没劳苦许久。"随即又担忧道："那，大人能狠下心对付老夫人？"

"大人若是那种妇人之仁，早死不知几回了。"萧夫人自信道。

她抬头，看向高高的屋梁，自言自语道："天下呀，哪有斗不过君姑的新妇？不过是郎婿不肯帮手罢了。"

俞采玲被这番高论震惊了，忽然发现她这辈子的老母不但是个出色的演员和宅斗家，居然还是个具有唯物主义辩证思维的哲学家！

不过话说，为什么她总是遇上这么厉害的妈，前人这样出彩，后人很难突破欸。她觉得自己应该先设定一个小目标，例如，重新投个胎？

人类的恐惧大多源于无知，之前俞采玲患得患失郁郁寡欢一半以上是因为对未知前途的担忧，但经过这几日的偷听，她已基本定了心。父母精明能干，家境富裕，自己有兄弟若干，其中包括自身的龙凤胎兄弟，这样的基本盘在手，再怎样她也不会委屈到什么地步。

一旦心定下来，这一觉就睡得格外香甜，且貌似这回便宜爹娘带来的汤药很有劲头，一觉睡到天亮，睁眼时就觉得心肺通畅，手脚虚浮都少了几分。

喜滋滋地转头，只见阿芷已跽坐榻边张罗碗碟杯盏，俞采玲又惊又喜忙问情形，这才知道原来在萧夫人的授意下阿芷已做了自己的傅母，阿芷身后跪坐的两个婢女貌似也是萧夫人指派过来服侍自己的。

俞采玲本想叫好，然后接着问阿梅阿亮，忽觉不对，忙道："我阿父阿母都回来了吗？这回可不走了吧？那我原先的傅母和奴婢呢？"感谢咸鱼社长送她的"斯坦尼斯拉夫斯基"，她总算没忘记一个演员的自我修养——好孩子怎能不惦记爹娘而先问玩伴呢？

阿芷脸上肃了肃道："女公子大了，该知事了，主君主母回来后，您万事都有他们做主，以前叔夫人为你指的那些人一概都不要了。"

这话说得很有内涵。俞采玲一面掩饰心中所想，一面假作不快，嘟嘴道："阿母既知道叔母待我不好，为何不早些使人到我身旁服侍？叫我吃了这许多苦。"不懂事的小女孩嘛，她扮起来毫无压力。

阿芷微笑道："早些年外头乱得很，书信都不能好好送达，再说内宅的琐碎事务，主母就是知道了些什么，也不能及时管束。家里由叔夫人做主，主母便是指派了人又有何用？"其实萧夫人的原话是：忠仆难得，如今正是用人的时候，别折在内宅妇人的勾当中去。

俞采玲自小嘴巴伶俐刻薄，本还想再刺这"贤明万能"的萧夫人两句，但看见阿芷疲惫的面容心中生出不忍。

自来到这地方,她最亲的莫过于面前这寡言忠厚的妇人,当时阿苎为着行事谨慎不敢多寻奴婢来帮手,一概事务全都亲力亲为:俞采玲咽不下东西时阿苎拿药汁一点点喂;为了给自己退烧,那样寒冬白雪的天气下,阿苎也一日数回烧水给自己擦身换衣,结果井水冻住了只能舀积雪来化,阿苎原先保养得还算不错的手指直生出冻疮来;为着自己嫌弃肉汤油腻,她亲自到山间翻雪挖土寻来那点点菌菇菜蔬来入汤——想来阿苎这些日子应该都没好好歇息,还是给她省些事吧。

俞采玲低下头道:"我听傅母的。"若叫以前朝夕相处的人过来,自己难保不露馅,倒不是怕有人说她不是本尊,就怕这帮迷信的家伙来灌她符水说她鬼上身什么的。

阿苎很满意,服侍俞采玲漱口进粥食。

实则如果原先的傅母和奴婢们在这里的话,不免惊异自家女公子怎么变得这么好说话。不过阿苎照料俞采玲这么多日子,始终觉得她是个本性淳善的好孩子,所以也不以为异。

酒红色的漆木小方盘里放了三个同色漆器小碗,碗壁上以玄色描绘了一些奇怪小兽,当中那个略大的漆木碗盛着浓香扑鼻的米粥,俞采玲一闻即知是自己喜欢的牛骨菌菇粥;一旁略小的碗里是用海盐和醯腌渍的酱菜,咸酸可口,正是阿苎的拿手本事;最后一个圆角方边的漆木小碗居然盛着两小块奶香四溢的甜乳糕,也不知里头放了多少糖。俞采玲知道此时糖渍并不易得,在乡间有两片饴糖已能引得众孩童垂涎了。

都是自己爱吃的东西,俞采玲吃来分外开胃,阿苎在一旁笑盈盈地望着她,仿佛女孩吃进嘴里的东西是进了自己肚子一般满足。

进食间俞采玲问起阿梅姐弟,阿苎笑道:"承蒙主母不弃,阿梅以后也来服侍娘子,阿亮也不知能跟哪位公子。不过他们在乡间野惯了,如今青苁夫人正寻人教他们姐弟规矩呢。"然后又将身后两个婢女一一引见。

那个圆脸婢女略小,才十三四岁,名唤巧菓。另一个鹅蛋脸的略年长,十五六岁,名唤莲房。按照阿苎的说法,"贤明万能"的萧夫人自数年前就留意给女儿寻找可靠忠诚的心腹婢女,这两个显然是千挑万选的结果。

俞采玲抽了抽嘴角,心腹难道不应该是自己培养才靠谱吗?

"那青苁夫人是谁呀?"俞采玲啃着小甜糕问。

阿苎笑道:"是夫人的结拜姊妹,这些年夫人多亏有她帮衬,你以后可要恭敬对待。"

俞采玲点点头，原来是小姨妈。

用完膳，巧菓端着食盘下去，莲房赶紧将暖在棉巢里的半尺高的漆木圆筒拿出来，兑了热水在一个铜盆里给俞采玲洗漱。其实俞采玲还没吃饱，阿苎却只给她七分足，只道："待会儿还饮汤药呢。"洗漱好，阿苎把本想赖回被窝接着睡的俞采玲拉出来，绕着小小的屋内走动起来，"外头冷，女公子体弱，还是屋里走走吧。"

俞采玲心里不愿意，可现实是，昔日跳舞能劈叉、打架能劈砖的俞女侠不过走了两圈就气喘吁吁了。明明之前已经能绕着乡野远足了，结果一夜回到解放前，又得从头吃药养病。俞采玲一肚子火气，走一走歇一歇，歇一歇骂一句，咒那对姓葛的主仆出门摔一跤，拐弯扭着腰，回头时再碰上一个骗钱骗感情的拆白党才好！

她气喘吁吁地在屋里走到第八圈时，圆脸巧菓端着热腾腾的汤药进来了，一掀起绒布夹棉的厚帘子，迎面便是一股辛辣苦涩的气味。

阿苎扶俞采玲坐到榻上，紧巴巴地将药碗凑上来，俞采玲才啜了一口，只觉得从舌尖到脑门都苦麻了，苦中带酸，酸中带辣，辣中还带着腥味，种种精彩冲得俞采玲立刻就冒出泪花来了。阿苎见状，忙道："这是宫中侍医开的药，苦是苦了些，可好生灵验。昨日女公子一剂药下去，立时就退烧了呢。"

废话，若不是贪图快些病好，鬼才吃难吃的发霉东西。俞采玲边腹诽边含泪将嘴再次凑到碗边去，正在此时，只听门外莲房的声音道："主君主母至。"

随即，门帘掀起间带入一股微微寒气，程始和萧夫人只带了青苁进屋来。刚才还在絮叨这药里添了多少稀罕材料的阿苎，忙将俞采玲手中的药碗拿开，扶着她伏到光亮的地板上，双臂作揖行礼，口中称喏道："向阿父阿母见礼，问阿父阿母安好。"

抬头看，只见程始今日褪去一身戎装，只着一件宽敞的深色绣金丝襜褕长袍，束玄色缕银大带，腰间一应金玉饰物全无；萧夫人则是一身紫色大花的曲裾深衣，衣下露着两掌宽的浅紫色褥裙下边，领口还围着一圈雪白狐狸毛，正梳半高髻簪金凤白玉笄，耳畔白玉玎珰，更映衬得容色秀美飞扬，气度不凡。

程始看见女儿比昨日精神好多了，心中高兴，却不知从何说起，只能笑呵呵地坐到榻上。青苁扶萧夫人坐到一旁，作为子女的俞采玲只好继续低着脑袋跪坐在下方的蒲团上。

不单是程始不知从何说起，饶是萧夫人机变多谋，此时也不知从何说起，只能轻咳一声道："吾儿可安好了？"俞采玲略略抬头，小声回道："好许多了。"她不是有意的，只是对着便宜爹娘心头发虚，自然声音就弱了。

不抬头还好，这一抬头，程始就看见女儿泪汪汪的，急道："我儿怎落泪了？"

正想说老子都回来了，哪个还敢欺负我闺女，看老子去寻场子回来，却听女儿弱弱道："是……药太苦了。"

俞采玲不知道现下自己的样子有多可怜。骨架羸弱，双肩如削，大病初愈之下皮肤白得几乎半透明了，纤细的脖颈艰难地撑着脑袋，光是跪坐在那里都摇摇欲坠得仿佛要歪到地板上去了，一开口更是声音细弱。程始觉得自己一蒲扇抓过去都可以把女儿跟幼鸟般捏死了，这下不但心软了，连声音都软了："不如往药汤里添些饴糖？"

这话引来萧夫人的一记白眼，郑重道："大人浑说了，医士开的药能乱添东西？良药苦口，只能吃了药再含糖。"

程始忙道："夫人说得是。"又转头对女儿道："要听你阿母的，待病好了，阿父带你去骑马，看正旦后的灯会。"

认下这对便宜爹娘到现在，只有这话最入耳，俞采玲高兴地朝程始笑了笑，苍白的肌肤晕出几丝孩子气的淡红，可爱得宛如一尊玉娃娃。

程始心中大乐，真觉自家女儿委实是天底下一等一美貌的小娘子，万将军生的那一窝小女娘全凑起来攥成一把喇叭花都比不上，下回饮酒时必要夸口两句得意一番才是。萧夫人见了俞采玲这副模样，依旧神情复杂。

程始自顾自地畅想犹觉不足，转头对妻子笑道："咱们嫡嫡生得好看呢。"然后又添了一句，"都是夫人的功劳。"

青茞无语望天，她一直知道自家大人是个睁眼瞎，小女公子分明与爹娘生得都不像。照她看来，女公子这皮相虽还不错，却可怜兮兮不甚大气，如何与萧夫人那般神采飞扬相比。

时人审美本就偏好高挑丰健的女子，也不知将来好好养着，小女公子能否多长高些胖些。当初的萧老夫人柔弱归柔弱，身段却不差什么……青茞正想着，不经意转目间，看见小女孩儿正颇有兴味地望着程始和萧夫人，大大的眼睛黑白分明，神气宛然，生机勃勃，仿若林间初生的幼兽一般灵动野性，她顿时怔了。

俞采玲此刻正在打量旁人，她跪坐的位置平目而去，刚好是萧夫人的胸部以下。她心中暗乐：按照阿苎说的，连同夭折的孩子在内这萧夫人生了有七八个，可身材还这么辣，有前有后的，程老爹真有福气。

萧夫人不知心腹和女儿都在胡思乱想些什么，板脸对丈夫道："……大人可别出去胡说，女孩家整日夸口美貌有甚用，多些才学德行才要紧。"知夫莫若妻，她一眼就看穿丈夫想干吗，程始只好讪讪。

萧夫人看他这样，想起自打女儿落地丈夫有多心热，为着老母和妻子的坚持不得已分别十年，这会儿正喜欢得不知如何是好，她顿时心软，叹气柔声道："大家都是生眼睛的，待咏儿兄弟几个随万将军的家眷车伍一道回来了，咱们就带嫣嫣去外头赴宴游园，哪个看不见了？咱们不说别人也知道。"

一家人正说闲话，不待俞采玲有机会发言，只听远处传来一阵既尖厉又粗犷的老年女子的大叫，前声带些凄惨，后调带些哀婉，主旋律是愤慨，尤其是后面"啊啊啊……"的尾声延续了七八秒之久，竟未停顿。

俞采玲心中生出奇葩的仰慕，能在洪亮悠长的叫声之余兼顾情绪的投入，这把好嗓子简直是女版帕瓦罗蒂啊，接着又想，再怎么洪亮的叫声能这么清楚地传过来，这程家宅院看来不大嘛，那这程老爹到底混得如何呀？

想完这些有的没的，看见一旁的青苎面上毫无波动，上头的程始夫妇默契地互看对方，她才意识过来——好戏开场了。

程母的叫声很快转为声声呼喊："大郎我的儿……我的儿呀……"声音由远及近很快就到了，俞采玲越发觉得这座宅邸不是很大。

夫妻俩打完眉眼官司，程始轻咳了一声，站起身来要去迎程母，萧夫人却不慌不忙地帮丈夫理了下衣带，还不忘记朝俞采玲吩咐一句："别愣着，赶紧饮下药汤。"

夫妻俩正要出门，却低估了程母的行动力，走在前头的青苎还不及掀开门帘便被一股大力猛冲了回来。只见程母犹如中了箭的野猪一头拱了进来，险些将门帘都扯下来。

这次她身后没有摆那一长串仆妇的排场，只领着葛氏及另外两个俞采玲不认识的妇人：当头一个与程母岁数相当，相貌的粗糙程度也相当，鼻涕眼泪糊成一团；另一个却生得俏丽精明，看着三十多岁，就是粉涂得略厚了些，也在啼哭。

程母形容十分狼狈，华丽的衣裳扯得襟口都散了，粗如烧火棍的大金簪也不戴了，风火轮般的大金耳坠子只剩了一个，眼泪鼻涕挂在脸上，嘴里还不停地说："……你可要救救你舅父呀……这要人命啦……"

她一见程始扑上去就是一顿撕心裂肺的呼号，众人只能眼睁睁地看着程母两只酒钵大的拳头擂在主君雄壮丰满的胸膛上，发出令人惊惧的沉声，同时还不忘抽出手来捶捶儿子，发出"咚咚"的闷声，饶是程始身板健壮也被捶得踉跄数步。

萧夫人看得嘴角直抽，一边心道可惜君姑投错了胎，若生成个男儿身定是员勇将，一边小心避开些，免得飞来横拳错伤良民。谁知一扭头，正看见自家女儿与自己一模一样的动作挪着避到角落，还扭头与阿苎说了句什么，混乱间只听见"……大母该去当将军……"数语，话没说完，小女孩就被阿苎硬塞到身后躲藏起来了。

萧夫人一愣。

阿苎瞧情形混乱，本想把俞采玲扯出屋子，可俞采玲此刻如何肯走，正兴奋得不要不要的。

阿苎一扯不动，见女孩紧紧捧着药碗缩在角落，小小身子还有些颤，就理解成小女孩被吓坏了发抖。想着如今眼看病愈可不好出去吹风，何况夫人没发话，丢人的也是程母，阿苎也是不痛不痒。

阿苎还在转思路之时，俞采玲已经从程母的号叫中听出了端倪，顺便结合适才阿苎说的散碎过往，将前因后果捋清楚了。

——程老夫人娘家姓董，当年天下大乱之时董家也跑的跑死的死，只有程母幼弟一家熬到了程始发迹，至此董家便依附程家过活。

可惜萧夫人指缝严实，落到程老夫人手中的尚且不丰，何况漏给董家的，授人以鱼不如授人以渔，为着让董家多多沾光，"机智"的老夫人就叫程始给董舅父谋差事，可惜董舅父既不会读书商贾又嫌农事繁累收益慢，在外头屡屡碰壁。

最后于两三年前，老夫人听闻前方战事渐缓和，便逼着程始给董舅父在军中谋得职务，想着有自家外甥照看，总不会再受人欺侮，萧夫人也再无借口了。

果然，这两年董舅父腰也直了背也挺了挣钱日多，还能时不时将程始夫妇受赏房获的消息传给自家阿姊。程老夫人越发得意，动辄向儿子索要钱财田地——姐弟俩过得不知多惬意。

这几日程老夫人原本正等着弟弟回来汇报儿子最近的发达情形，谁知未等到人来，却等来了一个噩耗，原来董舅父私盗军械军粮在外卖钱，已是事发被告了。

　　这等罪名，就是打个折，也要罚没家产家人充为官婢不说，首犯还要腰斩弃市。

　　一听闻消息，董舅母就领着儿媳来求救，程母听了险些没晕死过去，于是"大雄"就来寻已经讨了老婆而且不太听话的"哆啦A梦"了。

　　程始拿出勇冠三军的力气奋力剥开老母的大掌，回头飞快看了妻子一眼，见萧夫人眼神微闪，这不过一秒钟的动作却被俞采玲看个正着，心道：戏又来了。

　　程始深吸一口气，甩开皱着的袍袖，长身作揖，然后直挺挺给程母跪下了，虎目含泪，这演技看得俞采玲暗暗叫好。程始哀戚地长叹一口气："阿母！这事我今早已听下属说了，本想来告知阿母，可……可实在不知从何说起呀……"

　　青苁再度无语望苍天，她就知道自家大人能装傻成真傻，明明一大清早先来看望女儿，因为低估了董舅母婆媳的行动速度才被堵在这里的，你说谎也说得周全一些好不好，真是白瞎了夫人辛辛苦苦教了一夜。

　　扶着程母的葛氏见缝插针，娇声道："到底是舅父，阿兄再如何为难，也要救一救呀！"一边说，一边打量高大挺拔的程始。

　　俞采玲直犯恶心，心道：又是一个缺好镜子的，你和萧女士的身材相貌气质见识至少差了十八个潘金莲，你还是省省吧。

　　萧夫人立刻上前一步，对葛氏森然道："大人跪拜的是阿母，弟妇还不闪开，是也要受这跪拜吗？"

　　不等葛氏说话，程母已是反手一个耳光过来，怒骂道："你还不滚开，赶着来这里看老身娘家的笑话吗？"自己娘家丑事，她本就不想太多人知道，偏这葛氏一听到消息就上赶着要跟来，程母哪里不知道葛氏的肚肠，不过原先懒得管而已。

　　这一巴掌打得又响又重，葛氏颊上立刻浮起大片红肿，她羞愤难当，再不看旁人，捂脸哭着跑出门去了。

　　萧夫人一句话逼退妯娌，便静静站到一旁，不再言语。倒是一直扶着哭哭啼啼的董舅母的新妇董吕氏飞快抬头看了萧夫人一眼，谁知萧夫人仿佛侧颊生了眼睛，一转头正对上她的眼睛，深深看了她一眼，似有深意。

　　董吕氏心中大骇，忙低下头去。

那边厢，程始还跪着对程母解释："……我之前就在信中与阿母说了，舅父手脚不干净不是一次两次了，亏得我就在跟前，能补上的补上，能瞒过的瞒过。可半年前的宜阳之战，万将军在后头养伤，我被调去了韩大将军麾下领兵，我总不能领着舅父到韩大将军麾下去管军械吧。走前我千叮万嘱，谁知舅父连这几月都忍不过，叫人逮住了。阿母叫我怎么办？难道叫我放过这般大好机缘，不去博取富贵功名，只为着看牢舅父一人？"

程母一时语塞，她早知幼弟盗窃，不过仗着儿子遮掩一直睁只眼闭只眼，如今被问及，哽了好半天才道："那如今你舅父怎么办？难道叫他去死？被抄家？"一听见"抄家"二字，董舅母哭得更大声了，鼻管下滑出两道浓黄，俞采玲恶心不已。

程始很官腔地表示为难："非是不愿，实是不能。"

一听这话，程母顿时撒起泼来，拿出当年上山下田的健壮臂力和雄浑体魄，一脚踢开地板上原本放俞采玲汤碗点心碟子的小案几，把屋内陈设砸得一片狼藉，又将双手铁钳钳般地揪住程始的前襟，伴着口沫横飞又哭又骂："你这黑了心肝的竖子！你就这么眼睁睁看着你舅父去死呀……我，我这就去告你忤逆……"

儿女不孝可以去官衙告忤逆，轻则罚钱挨杖，重则罢官免职——这个馊主意还是葛氏贡献的，这些年程母常用它来拿捏儿子儿媳，效果甚佳。

程始努力扯着自己的领襟，恼怒道："阿母去告好了，国事家事孰重孰轻，舅舅盗窃之罪已经上告，我因为不肯听阿母之命去打点脱罪，这等'不孝行径'就是告到皇上那儿去也是不怕的。"

程母一个乡村妇人如何知道这许多，只知道"不听话"就是"不孝"，"不孝"就可以告，还一告一个准儿；现在听来，比"孝顺"更大的还有国家，她没了办法，只能号啕大哭，同时倒在榻上，如野猪肉般乱滚一气。

俞采玲看得津津有味，摸着碗中汤药快凉了，赶紧一口仰尽，有戏看，竟不觉得药苦难吃了——谁知却叫萧夫人冷眼看个正着，青苊一直注意着萧夫人，顺着她的目光看去，正好也看见了俞采玲这般作为，一时不知心中该如何感慨。

萧夫人沉声道："阿苎，给嫋嫋裹严实些，领到我屋里歇息。"祖母和父亲打架的戏文总不好让小辈一直看下去。

俞采玲大失所望，却也不敢反抗。阿苎手脚麻利地给她穿外袍裹大氅，一旁的莲房、巧菓也七手八脚地拎起隐囊靠垫另几匣子零食，三人拥着俞采玲飞快地出了这间屋子,绕过十来步长的游廊,闪身进了另一间屋子。

这间屋子显然也是临时收拾的,屋内布置之简略犹胜自己那间。俞采玲一边啃着蜜饯,一边伸长了耳朵听那边隐隐传来的哭骂声,想象那边战况如何。可惜,她再未遇上今日这般现场直播。

之后数日,俞采玲照旧是吃饭饮药睡觉绕着屋子转三圈。程始和萧夫人似是十分忙碌,一天之中有大半日不在家,也不知在做甚,只有青苡夫人日日来俞采玲屋里小坐说话,询问身体恢复得如何了。

青苡夫人相貌只是寻常,胜在眉眼干净柔和,两边嘴角自带笑纹,不笑时看着也像在笑,叫人望之亲近。俞采玲原本以为她是来给自己做规矩的,谁知青苡夫人只是言笑晏晏地同她拉家常,有时带些俞采玲不曾见过的美味小点心,有时是几个小巧的玉笄金簪或耳珰,几日下来俞采玲便渐渐收了防备。

"夫人和大人给小女公子带了好些物什,都困在后头大车里了,连拆都不曾,这些日子琐事繁多,待回头安顿好了才好开箱笼。"青苡夫人微笑道,双手交叠摆在膝前,恭身正坐。

俞采玲点点头:"嗯,快要过正旦了,阿父和阿母必是忙的。"

青苡夫人眼中闪了一下,不置可否。

因着日日聊天,俞采玲才知道自己大名原来叫程少商,还有一个孪生哥哥,名唤程少宫。据说原本祖父程太公早已沉疴数月不起,眼看气若游丝了,一听萧夫人诞下了龙凤双生,大喜过望,顿时咳出一口浓痰,居然又多活了大半年。虽说后来还是挂了,但这大半年对于彼时正处于战阵角力要紧关头的程始却是大幸。

世人皆道这胎是祥瑞,音乐家程太公一高兴,就拽了一段文,曰:"吾不意还能见到这俩孩儿。神农之琴,上有五弦,文王增二弦,是为少宫,少商,以此为名吧。"

毫无意外,除去彼时读书在外的程三叔,全家只有萧夫人知道程太公在说什么。也因此,原本预备给新生女孩的名字"程嫋"就成了乳名。

"兄长们何时回家呢?"程少商笑眯眯地接受了新名字,毫不可惜地弃了俞父起的名字。

"小女公子勿急,实则后头还有好些车马部曲另一些杂物要几位公子照看,夫人和大人赶着先回来的。"青苡夫人道。

程少商听见"杂物"两字笑了下，心领神会，同时又有些奇怪，为何程始这一房的人都爱叫自己"小女公子"，明明自己是这一房的独女，但若要将程家三房都加起来，那三叔母还生了更小的女孩呢。

……

程少商的身体渐渐好了，就是日子无趣得快淡出鸟来了，她不免带着希冀的口气日日问一句"董家之事如何了"。

阿苎倒也不瞒着少商，可她实在没有八卦的天分，回答只有"大人不肯"以及"大人还是不肯"二选其一，偶尔超水平发挥一下，也不过是"大人无论如何都不肯"。

与忠厚寡言的阿苎不同，在旁服侍的莲房颇有计较。她是程始部曲之女，自小照料家中一大堆弟妹，看小女公子两眼放光却心有不甘地被困在屋中，心中便有了计较。此后数日，莲房时不时与程少商讲些外头听来看来的"好戏"。

巧菓看了不解，私下问道："青苁夫人当初教导咱们要少说多听多做，阿姊你总把外头的事说来给娘子听，怎么成呀？"

莲房笑道："娘子与主母尚且十年未见，如何会亲近咱们？我们二人将来一定是要跟着娘子的，娘子如若不信重咱们不亲近咱们，岂不枉费了青苁夫人的一番教导。何况，我说的这些事原本就是阖府尽知的，教娘子解解闷罢了，有何要紧？"

巧菓听了，忙谢莲房指点。

未几日阿苎便发觉了莲房传嘴，原想呵斥一番，谁知莲房却笑眯眯地辩解："搬弄口舌是将无影的事儿编造出来，歪曲以邀得主家欢心，可奴说的并无半点虚假。"

看阿苎神色依旧不满，她接着道："青苁夫人常夸咱们女君明理能干不输男子，说女君六七岁起就帮着掌管家事，难道咱们要将小女公子一辈子捂在被笼里，不叫她知道外头风雨？倘若我说的不对，您打骂我就是了。不论好坏都叫女公子知道些，方能学着分辨不是？"

阿苎看了莲房半晌，心道：这话虽不错，不过这婢女未免不够稳重。

但又想着叫小女公子知道些长辈恩怨也好，免得她因着惦记十年养育之情而疏远了亲爹娘。此后她便不再言语，只暗中注意。

莲房的口才与阿苎天差地别，讲起传闻来声情并茂，程少商这才觉得日子有了些滋味。

原来那日程家母子不欢而散后，程母骂骂咧咧说要自己掏钱给董舅父去打点，可惜钱箱子空了一半，没盼见效用，倒盼见坐着囚车的董舅父被押送到了，姐弟俩抱头痛哭。据跟着一道去的仆妇们说，董舅爷憔悴狼狈得不行。

程母又找儿子闹了几场，依旧无用后便祭出"绝食"这一终极绝招，据说前朝几位太后就常用这招数来对付皇帝儿子。可惜程母当初过苦日子时早就饿怕了，这些年来无肉不欢，这才饿了两顿就抵受不住。据庖厨上的仆妇们说，程母复食后的头一顿就吃了一只熏鸡半只烧鹅两只酱渍蹄髈三大碗麦饭，为着消食还找了一回医工开药。

程母这边折腾着，而董家情势却更加不妙了，董外弟也被拘了，董家在外头的田庄和铺子已然被封查起来。倒是董吕氏表现上佳，为了表示不能叫程母孤身奋战，她一气卖掉了董外弟屋里二十来个婢妾，凑了好大一笔钱给程母周转，程母顿时觉得这真是百世修来的好侄妇。

最近的消息是，这些日子董舅母日日都要来程家哭上一阵。这日程母饭后饮了两盏酒，酒壮人胆，直接操了把裁布小刀再次去威逼儿子，言道如若儿子不肯相救，自己就死给他看，然后再去告他忤逆——程少商深觉这个顺序有问题。

程始不堪甚扰，随口道："也不是没法子救董舅父，就是儿自去顶了这罪名，就说董舅父盗窃都是奉了儿的命。然后儿去杀头换回董舅父，咱家被抄家换回董家，阿母你看如何？"

程母当即就哑了，她虽然疼弟弟，但也绝没想过拿儿子去换弟弟。谁知一旁的董舅母倒得了启发，脱口而出："外甥是大官，便是犯了罪过也不会如何的，顶多罚钱了事，不如叫外甥去认了这罪？"话一出口，程家母子全都气得脸色煞白。

旁人更会想，幸亏董家无能，连狱司都进不去，见不着董舅父，不然串通一番，怕是董舅父真会攀诬程家也说不定。

程始当即大发雷霆，也不管有没有人听见，冲着立在厅堂中的程母大喊："成！百善孝为先，只要阿母吩咐一声，我这就去北军狱出首自告！以后阿母就随着二弟三弟过活吧！"

这一顿里里外外不少人都听到了，仆妇管事纷纷道自家老夫人真是疯魔了。只萧夫人躲在屋内微微而笑，骂无好言，一旦争执开头了，多好的情分也会伤的。

这时，程母酒也吓醒了，奋力扇了董舅母一个响亮的大耳刮子，就自己萎在屋内不出来了。哪怕之后听闻程始吩咐家奴再不许董舅母踏进程家半步，哪个放人进来就打断哪个的腿，程母也不敢置喙。事情就这么僵住了，直到董吕氏第三日上门来赔罪。

按照莲房传话过来的青苁夫人的说法，董家父子，老的爱财，小的爱色，董舅母又是个昏货，董吕氏是董家唯一一个明白人。不过，这份明白也是拿许多苦头换来的。

董吕两家原本都是家境殷实的农家，两家祖父早早为孙辈定了婚约，谁知董太公早亡，兼之天下大乱，随即家业一日不如一日，而吕家尚能维持。吕太公为着守信，还是将小孙女嫁入连饭也吃不饱的董家。初初几年，董舅父董舅母对这新妇还算不错，谁知程始同志太过给力，没几年就起了势。再看程家几兄弟娶的新妇非富即贵，董家老两口就觉得儿媳眼睛不是眼睛鼻子不是鼻子了。若非董吕氏已生下若干儿女，又善于奉承，怕是早被休了。

也不知董吕氏与程母说了什么，从天光放亮一直说到晌午，说得程母脾气全消。到了晚上程母就期期艾艾地使人去唤程始和萧夫人过去，表示服软。

听到程母传唤之时，程始与萧夫人正叫了程少商一同用膳，顺便联络亲子感情。看见跪在门畔的那个婢子不安的样子，青苁夫人笑了笑，道："倒比夫人预料的早了些，看来这吕氏口才了得。"

萧夫人笑而不语，起身就要出门，程始临出门时还不忘嘱咐女儿，道："嫋嫋，你自己先用饭，多用些肉！"

程少商原本起身抬臂的姿势顿了顿，才道："喏。恭送阿父阿母，阿父阿母早些回来。"

女孩声音软软的，好像揉着个粉面团，程始心中欢喜，笑眯眯地点头出门。

程少商继而跪坐下，低头闷闷用饭。一旁的阿苎有些奇怪，青苁夫人看了，笑道："女公子勿要不快，夫人和大人以后会常来陪你一道用饭的，今日实是有事。"

程少商低声应了。

可惜，纵然是七窍玲珑的青苁夫人也猜错了，程少商不是在想这个——她不喜欢别人叫她"嫋嫋"，因为她自己是有乳名的，叫"玲囡"，虽然叫她的人已经故去了。

……

每次走进程母的居室，萧夫人都觉得眼花。程母对屋子的要求很简单，富贵，富贵，再富贵，从地板到桌几，床具坐具，但凡能嵌金的地方统统嵌了金丝金帛。

一开始程母说话还有些不好意思，话匣子打开了就越说越顺了。她拉着程始的手，一把鼻涕一把眼泪道："你外弟妇说得好，老了老了还能依靠谁，还不是靠儿子？你这些年血里火里讨功劳，我才能过上吃肉饮酒的好日子，我怎会把你的死活瞧得比旁人重……"

程始与萧夫人互看一眼，俱不说话。

程母继续哭道："你外大父临终前叫我多照看家里，可我没看住，你其他舅父死的死，散的散，只剩下这么一个。我觉得对不住过世的父母，这才想着多贴补董家，以后你不乐意，我绝不多事还不成吗？……"

萧夫人心中对吕氏刮目相看，这才大半日就把程母彻底说转了。她看了丈夫一眼，程始会意，道："阿母，吕家弟妇还说了什么？"

程母牢牢记着董吕氏的话，示弱，一定要示弱，便戚戚道："她说，只要你升官立功，董家自然沾光，叫你舅父去军中当差是挖你的墙脚，拖你的后腿。"说到此处，她语气一变，咬牙切齿道，"原来这些年来，董家也没存下多少钱，不是叫你外弟拿去寻妇人嬉闹了，就是被你那歹毒没心肝的舅母拿去接济她的娘家了！"

程母虽然自己很爱贴补娘家，但是讨厌别人贴补娘家，为着萧夫人当初贴补娘家她骂了好几年，如今知道自己贴补弟弟的钱不少都给弟妇搬回了娘家，自是怒不可遏，心下算计着哪日有工夫了，杀上门去揪着董舅母的头发好好打上一顿出气。

"儿啊，"程母一下一下地拍打程始的胳膊，"你就救一回你舅父吧，他们田地也有了，屋舍也有了，饿不着冻不着，以后我绝不再来寻你的麻烦了！"又转头向萧夫人，道："以后家里的事也全都由你做主，我老了，享享清福就是了。"

萧夫人的目光犹如一泓深潭，波纹不动，进屋这么久，方才开口道："看来君姑是想明白了，其实舅父也不是不可救……"

本来程母一边抹泪一边偷偷转着眼珠子，萧夫人这话未说完，她就一跳三丈高，暴声道："好哇，你舅父果然是被你们两个没心肝的陷害的，就是为了来拿捏我，我是你阿母，是你阿母，你居然敢这样，我要，我要……"

"君姑要把我怎样？"萧夫人冷冷地打断道，"君姑能把我怎样？"

程母一时语塞，程始纹丝不动，屋内一片寂静。

萧夫人缓缓起身，将门帘掩实些，转身道："不过休了我罢了。想君姑也听到些风声，这些年在城池之中，在战阵之余，我也略有些微薄功劳，且不说你能不能逼着大人休了我，便是休了又如何？我还活着——"

她微微一笑，嘴角带起一种奇特的讥嘲弧度，一字一句道："我还活着，旁人可就不一定了。"

程母犹如被泼了一盆冰水，呆住不动。

萧夫人静静地看了她一会儿，道："吕氏说了那么多，难道没说这个？"

程母身上渐渐颤了起来，儿子用弟弟拿捏自己，自己不是没想过用新妇拿捏儿子，可董吕氏说的话言犹在耳——

"我在外头听说，萧嫂嫂在阵前救治伤病，安抚战乱中的百姓，上上下下好些人夸呢，朝廷都下了表彰，便是您硬逼着将军休了她，那又如何？她还能饿死冻死羞死不成，不过是叫人家都说您糊涂恶毒呢？将军一肚子火还不是发到董家头上，您弟侄二人还能有命吗？待您百年之后将军再迎回她，她照样儿孙满堂地享福，可董家呢……"

看着萧夫人静如寒冰的面庞，程母声音被堵在了喉咙里，颤着手指，转头对程始道："我的儿，你就看着她这样欺负我？"

程始沉声道："我知道阿母总觉得我向着元漪，可阿母想想，难道我是一成亲便如此的吗？这十几年来，元漪的所作所为，阿母您的所作所为，儿都一一瞧在眼里。"他扭头看了妻子一眼，回头对程母道，"元漪的意思，就是我的意思。董家不可继续姑息，阿母，你也该歇歇了，不该您管的，您以后就不要管了。"

程母顿坐地上，浑身无力，说也说不出，骂也骂不出。程始心中生怜，抬头瞧了萧夫人一眼，只见萧夫人微微点头，程始便道："你先回屋，叫人把门关严实了。"

萧夫人看着程始微微一笑，道："喏。"

程母呆呆地抬起头，看着儿媳出门而去，还带严实了门。屋内只剩程家母子二人，当中那个鸡首蛇身盘旋的镏金铜盆中的火炭发出轻裂声。

程始松开绷紧的双臂，恭身扶起程母坐到胡床上，一改适才冷硬，柔声道："阿母，您十年未见儿子了，您看看孩儿，可变了模样？"

这句打头词的柔和语气萧夫人教了七八遍，他自觉已经十分到位。

程母一听这话，顿时泪如雨下，颤着手掌去抚摸儿子粗糙风霜的面庞，又是心痛又是恨："你……你……个没良心的！"

看儿子鬓边已染了霜色，走时还是二十多岁的爽朗青年，回来已是威严陌生的中年将军了，便满声问起这些日子可好，可有受什么伤痛。一时间母子俩说了好些体己话，可没抚慰几句，程母又忍不住埋怨起来。

"你是阿母的头生儿子，是阿母身上掉下来的肉，阿母怎么不惦记你了？偏你的心肝全给了你婆娘，再无一分留给我这老媪！"程母越想越伤心，"这十年来你统共有过几片竹简回来，不是记挂四娘子，就是云里雾里说些听不懂的，你……你可知我是怎么过的……"

程始咧嘴一笑："我倒是想给阿母写几句，可阿母也不识字呀。"说到这里，脸色一沉，"我不乐意叫葛氏拆读我给阿母的话。"

程母边擦泪边道："她就这么让你看不上眼？不就是……那么个名字吗？"

程始沉声道："娓儿不到两岁就没了，她倒好，才生下二娘子就起名婥，早早晚晚'婥儿婥儿'地叫，安的什么心？"

这事程母知道，娓婥同音，葛氏愚蠢，本和程母一样以为男儿必重儿子，原只是为了戳萧夫人的心，谁知其实最伤心的却是程始。

那小小女孩生得粉雕玉琢，既似萧夫人秀丽明眸，又像程始浓眉广额，彼时程始初为人父，真是心爱得不知如何才好。萧夫人产后体弱，家中又无多余仆妇，程始一得空便将褓褓绑缚在自己怀中到处走动。可当时正值程家最艰难之时，日常只够温饱，何况各种补养的东西，许多事情都顾不上，唉！

程母性子粗，事隔许多年才渐渐看出儿子的心中隐痛，不过再想想，萧夫人这么聪明的人居然什么都没说，故意叫葛氏惹下大祸尚不自知，可见这女子有多么厉害能忍。

"我和你娣妇说了，可她说那名字是葛太公的意思，不好违了长辈。"程母忍不住替葛氏说了句话，虽也不喜这儿媳，但这桩婚事是她做主的。

程始冷哼一声："她也只会拿老父来挡了，若非葛太公忠厚诚实，当年与我多有相助，我早教二弟休了她！"

"哼，这种妇人，平日无事生非，挑唆饶舌，恨不能阖家不得安宁，她便心里痛快了，好端端一个家，就教这种人搅坏了！"程始越说越气，"前几日我去瞧二弟，直是满身暮气，凡事不管，仿佛老朽一般……"

程母插嘴道："二郎本就不爱说话,他幼时……"

程始打断道："不爱说话又不是死气沉沉!他幼时虽寡言,爬树射鸟也是会的,我起事之时他也跟着四处结交,哪里比旁人逊色了?!"所谓长兄如父,几个弟妹便如程始的儿女一般,自己可以骂,但哪容人家看轻。

"讨了个丧气长舌的婆娘,天天指着鼻子数落他这也不成那也不成,二弟还能成什么事?!"程始一掌拍在胡床边一个小案几上,那小案几发出"咯吱"轻响,"当初实不该贪图葛家富有,害了二弟!"

程母看着那微微摇晃的玄色鹤纹漆木小案几,这是她照着隔壁万老夫人屋里的那个叫匠人打了个一模一样的。万老夫人每每一拍案几,万将军那般魁伟的汉子也缩成一团跪拜在地,不住磕头哀恳老母。她曾见过数次万老夫人发脾气,好生羡慕,想着自己也能这样拿捏儿子就好。可惜,她一次都没这机会用上的案几,如今儿子倒用上了。

"说起来都是阿母的不是,当初我还在犹豫,说要看看葛家娘子的品行,阿母就忙不迭地应了!"程始想起来就一肚子气。当时他正因为娶了萧夫人惹老母不快,于是也不敢在与葛家的亲事上过分坚持。

程母心虚,且暗暗叹气——长子少年老成,小小年纪就背负家计,隐隐便如一家之主般,但有疑难之事自己倒要去问他拿主意,这叫她如何拍案几耍威风。

"我知道,阿母是为着贴补舅父,看上了娣妇的陪嫁!娣妇还以为是元澌吃用了,哼,我程始顶天立地,再不济也不会拿娣妇的陪嫁来养新妇!"程始数落起来一桩接着一桩,"为着董家的脸面,我不曾说破,舅父他还得了意了!"

一提到弟弟,程母也拔高了声音："难道就看着你舅父一家饿死不成?!"

母子俩一个脾气长相,吼起来也是一个赛一个雄壮。

程始当下就不客气地回道："一样的田地,人家能收十斗谷子,舅父只三四斗,自来农事靠勤快才有好收成。舅父自己拈轻怕重,还顿顿都要精食,吃过一餐野菜粗粮就来寻阿母哭,还有脸怪旁人?"

程母艰难地辩解："你舅父自小不曾劳作,又体弱,如何……"

"天下大乱,外头的州郡都易子相食了,舅父还金贵呢!我们兄妹几岁就干活了?"程始冷冷道,"阿绫上山挖野菜时才四五岁大,有一回险些被野狼叼走了,十个指头裂开得没一个好,晚上还得学着拿针,痛得睡都睡不着,倒不见阿母心疼!"

自来家境艰难，最受苦的必然是长子长女。程母辩无可辩，忙中抓住一桩："那萧凤呢？他也光吃不干活，你还不是一路养大，还给他读书娶妇呢！"

程始嗓子也扯高了："萧家出事时阿凤才几岁？比老三还小呢，那会儿咱家至少饿不着了，我连老三都舍不得使唤，还会叫阿凤干活？可舅父几岁了？阿永外弟几岁了？好吃懒做，怕连秧苗都不识吧！"

程母恨恨咽下一口气，道："好，这都罢了，那你还帮着重立萧家呢！萧家都破落成什么样了？大宅早被贼子一把火烧了，你还要重建起来……"

"阿母不必说了！"程始利落地打断道，"定又是葛氏与你说的，这长舌妇！"

程母回过头，不去看儿子的眼睛。程始不屑道："我不怕与阿母说，我不但帮阿凤重建了萧家大宅，还买回了不少当年萧家抵卖出去的田地，但凡能寻到的萧家老仆也都赎回了！"

程母气急败坏，指着儿子："你，你……"

程始得意道："当初元漪就说，她要嫁个能帮她振兴萧家的男人，做牛做马都成，我若不能，她另寻别人去嫁！我一口应了。"想起妻子当年的艰难，程始面露不忍，声音都软了，"元漪可怜哪，堂堂萧家女公子，却被逼迫到那份儿上了。"

程母恨铁不成钢，举起拳头用力捶了一下儿子的肩头："你这不成器的，那么个二嫁妇，家破人亡，财物都抵卖光了，你还这么稀罕！她不嫁你这傻子，还能嫁谁？"

"儿就稀罕！"程始捂着隐隐发痛的肩头，毫不在意道，"儿小时在萧家大宅头回瞧见她时，儿就稀罕上了，除了她，儿谁都不想娶，亏得天下大乱，不然儿哪有这份运气！"

话锋一转，他又道："阿母也别说这便宜话，萧家虽破落了，当初想娶元漪的也不是没有。你当她是阿息吗？一次两次倒贴那么多陪嫁才许得出去。"

提到幺女，程母气也馁了，只有叹息的份。

程始接着道："元漪乃女中豪杰，说话算话，这些年来她跟着儿风里雨里，刀山火海，多少次儿命悬一线，多亏有元漪才撑得过来！"

"是是是，天好地好，只有你新妇一人最最好！"程母赌气道，哪怕知道是事实，她也不肯认这个厌。

"元漪自是好的！"程始大声道，"阿母抬头出去看看，如今建功立业的那些将军、侯爵，十个里头七个都是原先乡里的豪强大户，不是行商有钱的，就是世家出身的，剩下那三个虽出身贫寒，却是早投了陛下，立下从龙大功的。可咱家呢？"

程母心知这话不假，隔壁万家原就是当地州郡的大豪族之一，万将军的亡父留下了大笔财帛田地另好些部曲，这就是万将军发家的本钱。

"起事靠什么？要人要钱，就算儿能振臂一呼召集些儿郎，可军饷呢，粮草呢？将士们伤了残了要抚恤归置吧，难道看着他们的孤儿寡母活活饿死，岂不冷了旁人的心？咱家原先不过一略有些余粮的农户，哪里拿得出来？"程始想起当初的艰难，声音都哽咽了，"打下城寨虽有俘获和富户贡献，可也不能穷尽搜刮呀，一旦坏了名声，与土匪强盗何异？！"

"偏偏咱们乡没龙气，陛下也好，当世几位驰骋天下的英雄也好，竟没一个在邻近的。"关于家乡的地理位置程始也很郁闷，他不是有野心的人，当初不过想赶紧找一个靠谱老大投了，以后好好效力，谋一份前程就是。明明家乡也山灵水秀，怎么就是不出带头大哥呢？

"从戾帝篡位天下群雄逐鹿算起，到儿结交了万将军，短短十来年，多少扯旗起事的人马被灭得无声无息。昨日还在喝酒吃肉，美貌妇人环绕，今日头颅就被挂在城门之下或旗杆之上。妻儿老小不是战乱中丢弃了，就是死于非命。元漪对儿说了，咱不能学那盗匪行径，只图一时痛快，大有大的闹法，小有小的保全之术。"

程始起身，在屋内来回踱步，嗓门越发大了："那会儿得来的一分一毫都要小心计算着花用，要修葺兵械城墙，要休养伤病，还要四处招揽有能之士！咱家也没什么大名望，人家英雄豪杰凭什么来投，不就是凭一个仁义惜民爱兵如子的好名声吗？元漪自己舍不得吃舍不得穿，连缴来的丝帛锦缎都要拿去换粮草。若非如此，姬儿……姬儿也不会……"

一想起长女，程始不禁红了眼眶："就这样，一边抵御盗匪和外来掳掠的残兵散将，一边安抚乡里，方圆几个郡县的豪族和百姓也肯认儿这个名头，儿才渐渐立住了根基，不致与那盗匪一个下场。阿母总觉得儿有钱，不肯拿出来给阿母花用，却不知儿难哪！"

程母实则也并非爱财，不过是萧夫人进门之后眼见儿子把什么都交给萧夫人管理，心生妒意而已。这些说辞她之前也听过，可总觉得儿子是在推托，把钱给新妇那般爽快，给老娘却推三阻四，是以越来越气。这回见儿子眼泛泪光，听来却是信了九分。程母嗫嚅道："后来不也有几个有名望的将军来招揽你吗？"

"招揽？！哼，拿儿当替死鬼罢了！"程始冷声道，"遇上万将军之前，儿吃了多少次亏。那些听起来好大名头的什么大将军，知道儿出身寒微，都不把儿放在眼里。好声气的，还会拿金银珠宝来说是'邀君共商大事'，托大些的，只满嘴空话，一石粮草也无就叫儿过去听他们命令行事！"

程始瞪着程母道："亏得元漪机警，一直防备着。她对儿说'冲锋陷阵易，良臣择主难'，一定不能轻易托付家小，是以才将阿母你们始终藏在乡里之中，倘若不妥，儿和元漪当即可以轻骑脱身而走。就这样，阿母还整日埋怨儿'只带元漪在身边享福，却叫父母兄弟在乡间吃苦'！后来结交上万将军，儿不是快马加鞭把你们从乡间接来了吗！"

程母倨厚的脸皮终于也泛上些羞红，讪讪道："难怪这些年大郎怎么总把咱们一家安顿在万家边上呢。"

"元漪有眼光，前头几个什么'讨贼大将军'，她没看几天就说不成，不是眼大心空没本事，就是心狠手辣不把麾下当人看的。只有万将军，虽才能未必当世一等，但慷慨豪迈，仁厚大度，儿好好帮衬，两股力气攒一块儿，总能在这乱世上活出一条路。若非这般，哪里能等到效命陛下的一日？"

说起妻子的好处，程始真是气也壮了理也足了："万家是隋县第一豪族，不算万将军的部曲，万老夫人自己就有家将卫士百余众，寻常匪徒盗贼近不了身，护卫女眷足矣。元漪劝儿，既与万将军结了兄弟之盟，不妨将家小托付，既能保平安，又显诚意，两全其美。"

说到这里，程始顿了顿，定定看着程母，道："程家能有今日，元漪居大功，当日我在军帐中发下重誓，今生如有负元漪，不得好死！"

程始自觉已经表态清楚了，谁知程母耐着性子听儿子夸了新妇半天，早已忍不住了。她自来是个蚌壳性子，最恨有人用大道理来压她，哪怕心中已服气了，嘴上也不肯服软。

程母这会儿醋意上涌，连董舅父也忘了，恨恨道："你张口元漪闭口元漪，那阿母呢，你可有想过阿母日子过得可好？！"

"吃好穿好，富贵荣华，阿母有甚不好？"可惜程始这辈子所有的柔情细思都用在了萧元漪一人身上，完全不理解母亲到底在不满些什么。

程母眼中几乎滴下泪来："五个孩儿中，我最疼爱三郎和你，可你们一个两个成亲后就只顾念新妇，有什么话都只与新妇说，再不理阿母。阿母膝下空空，心头也空空，如何好过？！"

她是农妇出身，并不惧怕吃苦受累，只是儿子自打起事后无论做甚自己都被蒙在鼓里，相反萧夫人却时时相伴身边，没她不知道的，显得自己倒成了个外人。

程始觉得程母的抱怨匪夷所思："男儿成家立室，本就如此呀。便是百年之后，阿母是与阿父合葬，儿子们也是与新妇同室而葬。"

说着一顿，程始看了程母幽怨的神色，"很聪明"地理解到其他地方去了："自阿父过世后，阿母多有寂寥，儿也知道。不知阿母是否有可心之人，若有，何妨改嫁？"他心想只要母亲喜欢，哪怕多贴补些嫁资也无妨，总该叫母亲晚年快乐才是。

程母原本湿润成南美雨林的眼睛立刻干成撒哈拉，怒目如火地看着儿子。

程始还自觉很大度，道："阿母不必羞赧，阿母为程家劳心劳力，孩儿们都看在眼里，阿母若要改嫁，儿子和两位弟弟绝无二话。何况程家人口单薄，若神灵护佑，将来阿母生下新的弟妹来，也是好事，儿子必待以同父手足！"

程母终于忍无可忍，提起那黑漆木小案几重重朝程始砸去："你这竖子，给老身滚出去！将来你若先走了，老身一定给你新妇寻个好人改嫁，再生他一群新孩儿！"

——这就是这对十年未见的母子谈心的最后一句话。

……

那边厢，青苡正为萧夫人轻轻捏肩，听见不远处传来阵阵含糊的喊叫，微笑道："大人和老夫人都是大嗓门，也不知说得如何了，只盼老夫人回心转意，一家人总要和和气气才好。"

萧夫人微微弯起嘴角，道："左不过一些陈芝麻烂谷子，先头硬过了，如今就该来软的了。我叫大人多夸夸君姑当年的辛劳，多说说母子如何相依为命过日子的，少提我和萧家，亲母子俩有什么过不去的。"

青苡眉开眼笑："夫人睿智，大人这回一定成了。"

第三回 首次家宴

萧夫人并未愉悦多久，待程始回房，她看见丈夫额角上一个包，问清楚原委后，顿时气不打一处来，拿起一个漆木酒卮在他另一边额角也砸出一个包来，给程大将军恰好凑成一对。

当夜，程始等到程母的气劲消了，额顶一对匀称的包再去了程母屋里，终于把白日里不曾发挥的演技外加真感情好好展现了一番，母子总算和好了。

接下来就是巩固战况。

先是程始将一名面目劳苦头发花白的老媪领出来，程母一见顿时泪如雨下。当年董家丰足之时，董太公曾雇过一些佃农，这位老妇人就是当初在董家的帮农之女，程母与其一同在乡野玩耍长大，颇有姊妹之谊。后来家计日益艰难，董太公不得已遣散帮农。

萧夫人颇有心计，在随夫四处征讨之时，一直留意寻找当年四散逃难的同乡同族，本想寻几位董家的远房族亲为其助力，结果找来找去都没有音信，显见董家族人的确死散得差不多了。

结果还是程始一路征战，名声日盛，这胡姓老妇人自行寻上门来。说来也巧，当初这胡媪随新嫁的夫婿离乡之时，程母才诞下程始不久，刚起了大名，倘若换作程家其他儿郎，胡媪就未必敢上前相认。

萧夫人顿觉奇货可居，赶紧安置好胡媪伤重的儿子和病重的孙子，一路带回都城。原本一回来程始就要将胡媪领出来，却被萧夫人劝阻，定下计策步骤一二三四。

"君姑是自家长辈，不是大人征讨的敌军，一锤子下去死伤不计，战胜即可。"萧夫人微笑道，"要慢慢来，先叫君姑把这十年的火气给出了，大人母子之间消了芥蒂，再来一个老姊妹相认，方能水到渠成，事半功倍。"

程母果然喜出望外，搂着胡媪又哭又笑，又拍打程始又笑骂为何不早将胡媪请出。程始赶紧托出腹稿，道："彼时阿母正在气头上，我将人领出来显得我别有所图似的，现下阿母不气儿了，好叫阿母知道，我只是为了叫阿母高兴罢了。"程母听了，果然更加感动，又知道程始将胡家儿孙归入部曲，并留胡媪在她身边陪伴管事，只觉得儿子待自己真是用心了。

胡媪在外吃了几十年苦，谙于世故，能哄会劝，琢磨程母心思的本事更远胜董舅母之流，那是她打小练出来的。她已见识过萧夫人的厉害，自然知道自己该如何说话行事。

更妙的是，整个过程，萧夫人十分乖觉地呈全面隐身状态，自顾自忙碌家务安抚伤亡部曲的遗族，留这对母子叙述离别之情，一会儿鼻涕眼泪地说战事艰难，一会儿唾沫横飞地讲外头风光，外加胡媪在旁帮腔抹泪。一时间，母子俩简直情比金坚。

程母又听了胡媪说前方战事如何惨烈，多少将军都缺胳膊断腿少了眼睛耳朵，她摸着儿子身上的陈年旧伤，简直心都要碎了。想到儿子这样不容易，董舅父还要在后头挖墙脚捞钱，恨不能立刻割下弟弟的肉来给儿子炖补。

葛氏有数次想要去程母处给萧夫人上些眼药，不是碰上程始正在讲故事，被不想要第三人插足的母子白眼一齐瞪出来，就是撞上程母和胡媪沉浸往日情怀，被没好气地骂出来。

程少商自是不知道具体过程，只知每日程家老爹似乎比前一日更高兴些，直到程始告诉她家中多了一个胡媪。略略知道一些前因后果后，程少商不由得感叹，之前萧夫人是忙于和丈夫打拼家业，大事为重，没工夫和程母葛氏计较，一旦腾出手来要收拾家事了，简直分分钟搞定这帮无知妇女，实力碾压。

这日早起，阿茞眉目含笑地对程少商说："今日午膳全家人一道用。"她顿时闻到了一股打扫战场的味道。

饮完药在屋内转三圈的当口，青苡夫人捧来了一件簇新的深衣和一口漆木匣子，米白色锦缎上织就茜红梅花枝的锦衣，领口袖口镶四指宽朱红光缎，中衣是全新的雪白色细棉布。深衣宽大，需莲房和阿茞一起动手给程少商穿上，精美的织锦一圈一圈束起，再配上一条同四指宽的暗红色缀玉饰的腰带，即使没有全身镜，程少商也能感觉到衣饰的华美。

然后青苡夫人亲自动手给程少商梳头，对着模糊的铜镜，程少商隐约看见她给自己梳了俏皮可爱的双鬟，后面多余的头发则简单束起。这时莲房打开那个小小的漆木匣子，青苎夫人拿出一对耀眼生辉的明珠，一边一个扣在程少商的双鬟上。

阿芑看了，略略皱眉道："青君，这——"

青苎夫人笑道："不怕。"又低头对程少商道，"这些好东西夫人给四娘子攒许久了，总算可以用上了。"

因为程少商年纪还小，耳上只穿了一对轻巧的金丝丁香花，腕上一对金丝穿鲜红珊瑚珠的细镯。阿芑和莲房巧菓在一旁观赏再三，一齐夸赞。

走在游廊上，程少商裹着一袭花灰皮毛斗篷，不着痕迹地四下打量——真是不大的庭院呀，一眼就能望见前方的二门。她心中越发疑惑，看自己这一身衣饰这样华贵，为何府邸却这么小，难道这里的房价也是天价？

走不到五六十步，就到了程母的居处。莲房服侍程少商除履上阶，又卸下身上重重的毛皮斗篷，雪白的绒布袜子踏在暗红色的漆木地板上，越发显得脚丫子娇小玲珑。时人用膳都是分餐式，一人一个案几，分排于厅堂两列。程少商抬头一看，只见旁人俱已到了，自己是最后一个，她立刻暗叫不妙。

果然，坐在左首第三个位置的"好叔母"葛氏按捺不住了，只听她尖声道："哎哟，长辈都到了，只等四娘子你一个呢。叔母往日是怎么教你的，要孝悌懂礼，今日……"

还未说完，坐在最上首中间的程母已经不耐烦了，粗声道："你少说两句，这儿除了小的，人人都比你大，我们都没张嘴，有你什么事？"

程母农家出身，讲话直来直去，早年给萧夫人没脸时也是这样当面让人下不来台，彼时葛氏极喜欢听程母骂人，如今落到自己头上就不大舒服了。

阿芑忙扶着程少商伏倒，一一给长辈行礼，先是首席正中的程母，然后是略偏于其席位一旁的董舅父，接着是分别位于右首和左首位置的程始夫妇，然后是右二位置的董外弟，程少商须称外叔父，继而是左二位置坐的董吕氏。不待程少商行礼完，董吕氏就笑着站起离座，笑着拉起程少商，道："嫋嫋生得真好看，平日还觉不出，这几日叫长嫂一收拾一打扮，竟是变了一个人呢。"

程少商行礼行得头晕眼花，没反应过来，旁人却都知道董吕氏的意思。葛氏直起身子，不满道："你这是什么意思，说我平日里待四娘子不好吗？"

董吕氏略瞥了一眼萧夫人，回头笑道："次嫂想多了，我是说四娘子与父母久别重逢，这人一高兴呀，精神就来了，气色就好了。"

葛氏愤愤坐下，谁知董吕氏回座位时，用旁人都能听见的"轻声"道：

"可怜的孩子，明明是自己阿父在外头拿命搏来的好衣裳好东西，每回我来，看见她只能得旁人挑拣剩下的来穿戴。"

这话一出，葛氏以及端坐在末席上的一个女孩都涨红了脸。程少商揉着额头立刻想到葛氏这货一定贪下程老爹给自己的东西了，还不待她接着想，阿苎又按下她给二叔程承和葛氏依次行礼，葛氏已被气得发抖说不出话来。

末席设了三个座位，程少商位于正中，右侧是还在红脸的那个女孩，左侧是一个白胖男孩，堪堪能好好用箸的岁数。二人俱是穿金戴银的富贵打扮，那女孩的皮肤浅蜜色，浓眉大眼，就是一股子无精打采的样儿，瑟瑟缩缩，好像日子过得比程少商还惨。

这时，仆妇鱼贯入屋，一一给各座上菜。家常小筵，一道焦香四溢的炙烤豚肉，一道冬笋蒸肥鸡，一道鹿肉汤，另两个腌渍的菜蔬，大人案上还有酒浆，程少商等三个就只有一壶新打的米浆，热腾腾香喷喷的。

董舅父举起一个漆木制的双耳碗盏，朝程始道："这第一卮酒我先敬外甥，这回能平安回来，都靠了外甥，我，我……"

程少商偷眼看去，只见董舅父与程母生得颇像，都是高大肥硕的身量，不过他仿佛最近进行了一段过于急迫的减肥，两颊皮肉松弛垂了下来。他十分惧怕程始，目光都不大敢跟程始正面对上，说话结结巴巴的。

葛氏眼睛闪了闪，轻笑道："舅父怎的好像受了惊吓？自家亲戚，这么怕做甚。"

萧夫人看了她一眼，缓缓道："北军狱里也太不讲究了，虽受了大人的请托暂缓处置，却当着舅父的面，将另外同罪的几个活活杖毙，舅父大约是吓着了。"

这话一出，董舅父连酒卮都拿不住了。其实程始领他出来时，还特意请他一路经过各个刑室，里头鬼哭狼嚎，各种刮骨剔肉鞭打之酷刑一一入目，董舅父腿都软了，险些走不出来。

葛氏也不知如何接这话，董吕氏忙道："还是多亏了将军，不然君舅还不知要受多少罪呢。"一边说着，一边瞪了对面的自家夫婿一眼，董外弟连忙也举卮朝程始致谢。

董外弟有一个戏文里很著名的名字，董永，也生了一副戏文里常见的小白脸模样，眼神闪烁不定，面皮松弛，显是酒色过度。他一边道谢，一边还偷偷瞧了萧夫人两眼。

程少商顿时乐了，心道董永同学难道以为别人都是瞎子，没看见程始老爹的眼珠子突成比目鱼了吗——为了这两眼，第二日董永同学就在路上被不明人士痛打一顿，卧床数月，此后再没进过程府。

瞪完董永，程始也举起酒盏，一饮而尽，道："舅父该享清福了，以后好好管置家中田地商铺，安闲度日就是了。"

董舅父急了，赶紧道："这怎么成？所谓打虎亲兄弟，上阵父子兵，外甥这话就见外了，你在外头辛苦搏命，我怎好享清福，怎么也该帮衬……"

程始不耐烦听他废话，直接看向程母。显然这几日母子沟通得非常顺利，程母一拍餐案，重重道："快闭嘴吧！我儿当初刚起事时怎么不见你打虎亲兄弟？我儿挣命时怎么不见你上阵父子兵？你少帮衬两把，我儿还容易些呢！"

董舅父惊异地看着自家老姐，道："阿姊，你，你……"

他看了程始夫妇一眼，很想说"阿姊你若无我的帮忙怎么斗得过你新妇"，可当着人家的面怎好直说。他眼珠一转，笑眯眯道："阿姊你是体贴弟弟，不过外甥和外甥新妇终日忙碌，姐姐您日常想听些趣事，谁来跟你讲？"

程母面无表情道："以后我闲了，叫侄媳进来说话就是，你们父子到底是男丁，这一府的女眷，进进出出也不方便，以后没事少来。"看了看在旁服侍箸匙的胡媪，又补充道，"家里有事也叫吕氏来说，总之你们别来了。始儿这官秩要升上去，家里也得讲些规矩，总不能跟在乡野时一样，随便什么事小舅父大兄弟就往家里乱逛。"

董舅父张口结舌，瞪了儿媳吕氏一眼，面目狰狞地骂道："你这贱妇，你跟阿姊说了什么？"董永也一下立起，撸起袖子要去掌掴吕氏。坐在一旁的程始身形未动，伸一臂拽下董永，也不知怎么一转一按，将董永反臂压在地上，然后另一只手微动，只听"啪"的一声脆响，董永脸上立刻肿如猪头一般。

程始冷冷道："这是程家，轮不到你耀武扬威。"又深深地看了一眼董舅父。

程少商心道这可真是亲母子，一个两个说骂就骂说打就打，一点也不婉转。

席上众人神情各异：程母转过头，装作没看见不在意，程二叔低头不知在想什么，是真没看见也真不在意，董舅父被程始看得浑身发抖，董吕氏以袖掩面，嘴角却微微翘起，萧夫人若无其事，只有葛氏和末席的两个孩子看得目瞪口呆。

萧夫人抿了一口酒，优雅地放下，道："舅父和外弟好大的威风，不知道的还以为程家都由你们做主了呢。"转头对吕氏温和道："君姑平日寂寥，你多来走动，陪着说说话。"

董舅父知道了程始夫妇的打算，立刻伏地大哭道："阿姊你不管弟弟了，难道阿姊你忘了阿父过世前你答应过什么了吗？你对得住阿父吗？"

区区小计，如何能逃过萧夫人的谋划，程母早就被胡媪教过了。她反嘴道："我哪里不管你了？如今你穿的是织锦细棉，吃的是鸡鸭鱼肉，进出都有奴婢使唤。可比以前舒服多了，阿父在时哪有那么好的日子。我哪里对不住阿父了？"

董舅父结结巴巴道："可阿姊你们绫罗绸缎，过得更……"

"更什么更？！"程母打断道，"程家如今的好日子是我儿血里火里搏杀出来的，跟你有什么干系？当初你若肯出力一二，现在也能过这样的日子。"

董舅父眼泪都出来了，愤愤然："阿姊你自己穿金戴银，弟弟就只能过得比农家略强些的日子吗？"程少商已在后面听得大乐，心道只怪你们董家起点太低，进步的空间太大。

程母一拍木案，瞪眼道："那不如我将程家的库房搬一半给你？"她吃软不吃硬，倘若弟弟温言好求，没准儿事情还有转机，可惜董舅父用错了法子。程母大骂道："这些年来，你吃程家的用程家的，如今还想和程家摆威风不成？！你弄弄清楚，你是董家子，我是程家妇，虽是手足，可祖宗已经不一样了。我总不能把程家都拿去补贴了你吧？"程母说起来直白粗暴，效果却很好，董舅父有些蒙了。

程始对自家老母的表现十分满意，顶着一脸大胡子朝程母乖巧一笑，程少商不禁哆嗦了下，程母却受用极了，越发高兴。

董舅父蒙过劲头，赶紧组织语言，低声下气道："阿姊这话说得，我哪敢在外甥跟前摆威风。不过如今外甥愈加出息，我，我……"说着他泣道，"我不过想沾些光，谁叫弟弟我没出息呢，文不成武不就，将来真是没脸去见阿父了……"说到这里，直接淌下眼泪来。

一看弟弟服软，程母又有些不忍。萧夫人轻轻哂笑一声，略侧身对董吕氏温言道："回头把孩儿们带来我瞧瞧，十年不见了，也不知什么样了。"程始赶紧帮腔："没错，到时候该读书的读书，该谋职的谋职，别学得跟他们父祖一般，只知好逸恶劳，偷奸耍滑！"

董吕氏精神一振，她有丈夫还不如没丈夫的好，如今一腔心血都倾注在几个儿女身上,有程始夫妇的这句话,她有何不从。

程母受了提醒,立刻对弟弟道:"你也别哭了,都知天命的年纪了,大半辈子都不成器,难不成老了还能忽然变样?永侄也是,真有心气也不会等到今天了。既然没出息,就过没出息的老实日子,别整日想着占便宜没个够,仗着你外甥的名头欺压别人,回头给程家惹出祸事来。赶紧教导孩儿们要紧,这才叫对得起阿父呢!"

董舅父此时也不知该说什么了。

看弟弟嘴唇一动一动,仿佛还不服气,程母赶紧道:"你也别整日花言巧语欺我了。前朝那个……什么什么太后,不就是老想着贴补娘家,结果贴来贴去,把夫家整个江山都贴给娘家侄子了,这才天下大乱,闹得多少人家破人亡!末了才知道悔恨,晚啦,我看她有什么脸面去地下见先帝!"

程少商诧异:哦,还有这种奇葩太后,我怎么没听说?才想起自己是纯得不能再纯的理工科生,历史课什么的,好像已经几辈子没上了。

历史上著名的太后她只知道慈禧和武则天,外加半个孝庄。孝庄是想给也给不了,因为她孙子是康熙皇帝呀。慈禧要是把江山给娘家了,可这服饰对不上。难道他们说的是武则天?程少商疑惑地低头看了看自己的胸口,那为什么衣领这么高,胸脯一点都没露出来,唐代的衣服这么保守?就算自己是平胸,那萧夫人可波涛汹涌呀,怎么也不露一点。

与这倒霉催的太后相比,程母觉得自己简直太有分寸了,十分得意道:"还有那东闾家三房的婆娘,也是整日贴补娘家。那时寄居在东闾家的王先生说要去跟严神仙读书,只能带一个弟子,她居然偷着让娘家侄子去了。哼,难道偌大的东闾家找不出一个机灵的孩童?她自己的两个儿子就挺能读书的,后来可好了,她娘家是读书做官了,东闾家反要去巴结。哼哼,真该让全天下的妇人都知道知道!"

说着,程母还故意看了一眼萧夫人,谁知萧夫人神情自若。程始尴尬道:"阿母你说什么呢?"前一个故事是萧夫人叫他说给程母听的,后一个是程母自行发挥的,"倘若外侄们真有出息,我自是要帮的。何况,东闾家难道现在差了?"

程母一瞪眼,道:"那是他们豁出儿孙的性命,投到你麾下搏杀出来的官秩!哪及得上坐在书庐中舒舒服服做官的!"

程少商听得津津有味,若非怕挨骂,她真想问一句那个吃里爬外的媳妇后来怎样了。

程母越说底气越足,冲着董舅父道:"你也别再想东想西了,这回你盗窃军辎,给你外甥惹的祸可不小,怎么,你还想接着连累他呢。发财享福你来,受罪搏命我儿去,哪有这般好事?你是程家祖宗呀,非得供着你不可!"

话说到这份儿上,董家父子已经什么都不用说了,整个屋子一片寂静,只有董永捂着脸轻轻呜着。程始十分满意,扭头对董家父子狠狠道:"倘若叫我知道吕氏有个损伤,我原样给你们爷俩造上!"

程始拼杀血海多年,这一发狠气势非同小可,董家父子本就是软脚虾,闻言只能"喏喏"。程少商心中叫好,这点子太天才了,处处兼顾,毫无破绽,家里家外都没话说了。

程始瞪着董家父子,沉声道:"都听明白了?"董永离得近生怕再挨打,忙不迭点头,董舅父慢了一拍也赶紧点头。

"那就用膳!"程始一声喝,董家父子赶紧回到席位上提起木箸,窜得比兔子还快。

众人也都提箸用起餐来,全席上只有葛氏焦躁不安。从前几日董舅母被逐出去之后,她隐隐觉着一切都不对劲了,程母仿佛与萧夫人达成了谅解,这几日碰头时婆媳间也不置气了,无论自己怎么挑拨,都只找了个没趣,无人搭理。

她看看对面的丈夫,又看看上首的程母,适才暴风骤雨般的一顿争吵,她插嘴都插不进,何况事涉董家,前几日那个耳光还隐隐作痛呢。

忍了又忍,眼看气氛缓和下来,葛氏还是忍不住,强笑道:"君姑……"
程少商开心得像只快乐的小老鼠:来了来了,欠揍的来了。

谁知不等她说下去,程始便道:"今日宴饮,一则替舅父压惊,二则吾有一喜事要说。"

打断了程少商看好戏,她没好气地心想:什么喜事,难道你要讨小老婆?

不等程始说下去,程母便道:"老身知道,吾儿这回又立功了,皇帝要加你的官秩呢!"董吕氏插嘴笑道:"加官秩是自然的,大人劳苦功高,还要大大地奖赏金银田地呢。"

程始笑道:"皇上仁厚,从不叫有功之臣落空,这有何可说的。我要说的是另一回事。"他看了众人一圈,目光落到程少商身上,满脸慈爱道,"加上嫋嫋,我与元漪有四儿一女,好在四子随护万将军的家眷慢慢走,没与我们一起回来,不然家宅狭小,都无处可住了……"

葛氏赶紧插嘴道："兄长，这可不能怨我，你们信上说要过半个月才回来，谁知说回来就回来，须臾之间，我哪有工夫理出屋子给你们……"

程母喝道："住嘴。当时来不及，现下他们都回来好几日了，你难道就理出屋子来了？老大才是这一家之主，你倒好，占住了最大的屋子，动都不肯动。"

葛氏辩解道："当初我搬过去，君姑您也是答应的，是巫士说那处居舍有利子息。您看，没多久我就生了讴儿……"

"什么没多久，这都几年了，而且也才一个讴儿。"程母一指那个低头猛吃的白胖男孩。她自己能生会养，自然对儿媳也有同样要求。

葛氏气得半死。程始夫妇赴任之后，程承埋怨她在其中作梗，夫妻感情不好，之后要么不肯配合，要么出工不出力，她怎么子嗣繁茂？！

想到这里，她眼珠一转，对着萧夫人泣道："我是个没本事的，不如妯妇有福气。可千不看万不念，也要念在您二弟的面上，可怜他年过而立膝下只有一子，将军已然子息旺盛，那谶言宁可信其有，说不定天可怜见……"

程母不同意了："旺盛什么？老大也才四个儿子，听说那虞侯都有十三个儿子了，那才是家大业大的世代豪族气派呢！若那屋子真的风水好，更该叫老大两口子住了，反正你住着也无甚效用……"

葛氏不服气："虞侯有一屋子的姬妾美人，十三子可不是虞侯夫人一个人生出来的！"

程少商窘：亲，你们歪楼了。

"——好了！"程始大喝一声，"东拉西扯地胡说什么！这喜事你们还听不听了？"他真是烦死这帮破娘们了，好端端说房子，被扯到哪里去了。他又去看萧夫人，生怕她不悦，谁知萧夫人好像完全没听见，连耳畔的玉坠都没晃一下。

"姬妾与子息有什么干系，外弟的姬妾少了？可生儿育女的还不是吕氏一个。"程始道。

董永赶紧缩了脖子，董吕氏骄傲地挺起胸膛。

"姬妾这事，爱纳的就纳，不爱纳的就不纳，我是不爱纳的，儿女也不少了……"程始扭头瞥了一眼低头喝酒的程承："……二弟嘛，倒是不妨纳上几个。三弟成婚晚，都有一女二子了，看来葛氏是不行了……"

程少商又窘：你也歪楼了。而且，什么叫不行了——她隐隐有一种感觉，这位将军老爹在飞黄腾达之前，应该是一个嘴欠又八卦的欢乐汉子。

葛氏尖锐的声音响起："婿伯这话什么意思？怎能如此非议……"

"大人——"萧夫人终于忍不住打断了，她闭了闭眼，道，"说正事吧。"对于这家的吵架风气她十几年了都不曾习惯。

程始捋了捋胡子，清清嗓子，道："阿母，日前三弟来信说要回都城述职，今年能在家过正旦了。难得这回咱们三兄弟能齐齐整整地团聚在阿母膝下，定要好好热闹一番。儿觉得家里儿孙繁息，这个宅子委实不够住的……"

程母喜极而泣："老三也要回来了，这可是老天保佑，总算你们兄弟三个能团聚了。这些年你们俩一个东一个西，我日日担心你们有个不测，这下可好了。宅子小就小些，自家人住得挤些也无妨，人回来就好。"

程少商注意到，说到三房要回来时，一贯半死不活的程承也直起了身子，面露喜悦之色。

程始笑道："现在挤些是无妨，可将来若二弟和三弟儿女越来越多呢？就算女孩儿们能嫁出去，可咏儿几个也大了，将来娶妻生子了，一群小的咿咿呀呀，阿母你搂都搂不过来，屋子里挤都挤不下……"

这些话正是程母最爱听的，想到将来一屋子滚来滚去的小小孩儿挤在自己身边热闹，她简直喜悦得要飞出去了，连连点头道："对对。"

"是以，年前儿就想要给家里换个大些的宅子。"程始道，"可惜，儿寻来寻去，大些的空宅子大多离中枢远，离中枢近的好宅子都教别人家住去了。可将来无论儿上朝还是孩儿们去太学读书，都是越近越好……"以前是家境拮据，一个钱要分两个用，十年征伐后钱财倒是富富有余了，可无处可买合意的宅邸了。那些从龙的大将军众列侯皇亲国戚，大多是意气风发年富力强，哪个肯将好宅邸售出。

程始说到太学时，葛氏神色动了动，没敢插嘴。

只听程母叹息道："谁说不是。早来早占，谁叫咱们来得晚呢。"

程始笑道："谁知不用儿找了，宅子自己来了。阿母，前街那个布家你知道吗？就是年初谋反的那家！"程少商嘴角抽动：程老爹你说起造反这么高兴，你家皇帝知道吗？

程母尚有些迷茫，董吕氏却机灵道："知道知道，不就是趁着陛下前方鏖战正苦时，带着兄弟妻儿逃出都城的那个布家吗？我听说他们逃至海上了，一路纠集之前的部下呢。"

萧夫人颇赞赏地看了一眼董吕氏，道："正是这家。还是看了三弟的信简，得知琅琊太守追击其残部，已将他们全部诛杀了。"

董吕氏叹道："咱们陛下多好呀，待臣下又仁厚。这家真是，那么高的爵位，跑什么？白白送了全族性命。"

程少商心道，再高的爵位也没当皇帝爽呀。

程承忽道："布文公本是海内枭雄，败于陛下之手，迫于无奈才降了，自是不肯甘心。"

程始见二弟终于肯开口，高兴道："献上自家盟友首级才降了陛下的，算什么英雄。二弟你在都城，还听说了些什么？"

程承道："不只布文公，还有数家心有不甘的，或蠢蠢欲动，或暗通外贼。前阵子陛下诏令下狱了好几位封侯之臣。陛下不容易呀……"

这是一幕很熟悉的戏码：天下大乱，群雄并起，今天这个自立为王，明日那个被推称帝，宛如蛊王竞逐，很残酷也很科学，厮杀到最后的那只蛊虫，不是最强壮，就是最好运的，或者是既强壮又好运的。

程老爹投靠的这个皇帝当初只是天下众多小头目之一，立国之初四面环敌。可萧夫人眼光一流，挑老板和挑老公一样了得，经过这些年打拼已渐露出统一宇内之势，但还有心存侥幸之徒想要再搏一搏。

"可……这与宅子有什么干系？"程母一脸茫然。程少商赞：正楼得好。

程始笑道："万将军这回立功受伤，陛下着意抚恤，已将布家的那座大宅子赐给万将军了。万将军知道儿正到处置换大屋，便将隔壁的大宅相让了。"

"让？"程母声音发抖，"吾儿的意思是，他们把宅子送给咱们了？"不用花钱？！

董舅父也大吃一惊。万宅和程宅合起来俯视看，犹如一个头小身大的葫芦，万宅大了程宅四五倍，两家只隔着一堵墙。当初皇帝不过群雄之一，势力尚弱小，虽定都此处，不少豪族巨富却不看好，忧虑此处将有兵乱，是以纷纷卖宅回乡避祸。

万家豪富，甫来都城就一气买下这两座毗邻的宅院，并将一旁小宅半卖半送地给了程家，两家好有个照应。董舅父也曾巴结过万将军，结果人家连眼皮子都不搭他一下。

"正是。"程始笑道，"头日回来我去拜见万老夫人时，老夫人就说了，索性正旦之前就搬过去，在新宅祭祀天地鬼神和祖先，还叫儿也早些搬，这样开年才旺盛！"

程母喜得不知说什么才好，连连点头。

葛氏赶紧道："万老夫人这般仁义，咱们怎可不帮忙，婿伯，到时可要叫上你二弟呀。"

萧夫人眸子一闪，道："不用了。万将军身上有伤，不好搬来搬去。实则，万老夫人自十几日前就开始陆续搬运家辎，咱们也没帮上什么，这几日已搬得差不多了。待万将军回城就可直接回新宅休养，咱们到时上门吃贺乔迁酒就是了。"

程母已经喜得只会说"好好"了。

葛氏惊异道："十几日前就开始搬了，我怎么一点不曾听说？"她一直叫奴仆看着万家的动静呀。

萧夫人别有深意地看着她，道："万老夫人乃当世豪杰，治家如治军，能而示之不能，用而示之不用，令出如山，明明家里搬动迅速，明面上看去却如一潭深池，竟无甚大动静。"

葛氏心头发凉，赶紧低下头去，心中暗骂万媪真是死老婆子。

程始笑道："阿母，儿都想好了，直接打通那堵墙，将两座宅子连起来。到时阿母就住到万老夫人如今的居处，儿和元漪就住原先万将军那儿。二弟不是喜欢清静地读书吗？这下地方可大了，哪处随他挑！"

程母激动得浑身直哆嗦。她后半辈子最艳羡的就是万老夫人了，又威风又肃穆，说一不二，万将军是个孝子，将宅中风景最好最舒适的一处给母亲住了，以后自己也能过上万老夫人那样的日子吗？

她不由得老泪纵横，心中软成一片，虽说吵了十年的架，可儿子心里还是惦记自己这个老娘的，顿觉天好地好都没有亲儿子好，什么弟弟侄子都先靠边站，自己以前真是糊涂了，再不能为董家父子伤儿子的心了。

董吕氏很乖觉，赶紧大声道："恭喜姑母，贺喜姑母，以后可是享不尽的福气了。"

席上众人一起直身相贺。董永尚且懵懵懂懂，董舅父却知道大势已去，外甥是下定决心要把阿姊和自己隔开来，不叫自己再占便宜了。

葛氏也笑道："每回去隔壁，我心中都好生喜欢，真没想到有一日咱们可以住进去。"

程始翻着白眼，没好气道："娣妇就不用去了，你不是说你如今住的那屋利你嘛，你就好好住着，谁也不会来碍你的子息。"

程少商心里笑得不行，你叫人家老公去万宅任意选地方，却叫人家老婆别搬了，那葛家婆娘怎么旺子息呀！

葛氏面孔酱紫，一时被噎住了，想说夫妻不同房怎么生孩子，却羞于启齿，只能"你，你你"地结巴。她其实早想过，等萧夫人回来大约会跟她要回管家之权和主屋，前者自己虽不能拒绝，但也可以为难一二，至于主屋她是坚决不让的，逼急了她就哭闹。

谁知萧夫人自回来至今不曾半句提过要权换屋，原来是在这里等着呢，自己好不容易养熟了这老宅里的奴仆，萧夫人干脆一个不用，连问都不问，直接用自己的心腹填满新宅，到时候哪有自己说话的份。

葛氏脑子忽然前所未有地清楚：妯娌数年相处，当初她也领教过萧夫人的手段，若她猜得不错，万媪已快搬完了，说不定此时守新宅门户的就是萧夫人带回来的家将。那些人她哪使唤得动，自己若搬去新宅，萧夫人顶多叫她带几个仆妇，那她这十年来花的功夫还有什么用？

没等葛氏想出答话，董永面露羡慕，笑道："姑母，万家那宅邸我还没去过呢，阿父和阿母倒跟着你去看过的，我能不能……"

"能什么能？不能。"程母一口回绝，"刚说了不许你再来程家，你以为老身白说的。以后除了程家有大事办宴席，否则你就别上门了。"

萧夫人眼露鄙夷之色，董舅父虽贪婪，但到底是聪明人，会看脸色会钻营，这董永就全无一点长处，一把年纪了还以为可以在姑母跟前撒娇耍赖呢，只仗着脸皮厚扮牛皮膏，回头她就找人好好撕撕这块牛皮，叫他知道知道天高地厚。

葛氏病急乱投医，赶紧笑道："我是妇道人家，外头的事我不懂，不过咱们都是自家人，舅父和外兄犯了过错，君姑做阿姊的责罚就是了，怎可断了来往？"董舅父可是她对付萧夫人的好帮手，董家人来了她才有赢面。

萧夫人笑了，看了看丈夫，程始沉着脸，胡媪笑吟吟地去看程母，那眼色的意思便是"您看如何，叫我说中了吧，她果然会这么说"。

程母当下拍案几吼道："我们董家的事有你什么干系？我和老大都说定的事你还敢啰唆，这家里你算老几？你这么舍不得董家，索性滚到董家去好了！老身不拦着你快活！"

要说还是庄稼人实诚，骂起人来直接朝下三路出手，程少商简直听得两眼放光。

此话一出，葛氏脸涨如猪肝色。她虽是乡野长大，但到底是葛太公的掌上明珠，自小仆妇服侍，哪里受过这样粗俗的辱骂，只听哀号一声，她一把推开案几，以袖捂脸跑出屋去。

　　程少商看热闹不嫌事大，赶紧去窥视程二叔，谁知程二叔面色一点未变，依旧只自斟自饮。屋内众人居然无人有反应，如董舅父、程始是早知程母的战斗力，如萧夫人、董吕氏则是早知道今日的戏码。

　　一轮算下来，只有坐在程少商席位旁的大眼睛女孩满面通红，双拳紧握，脸上露出又尴尬又羞耻的神情。而那个胖男孩一直在胡吃海塞，大约都没听懂发生了什么事。

　　喷完儿媳，程母意气风发，胡媪给她满上酒浆，笑道："说了半日，赶紧润润喉。"又用食匕给程母切下鸡腿肉，"这是我今日下庖厨蒸的，您尝尝是不是咱们小时候的味道？"

　　程母大口一尝，又惊又赞："就是这个味道！又香又糯。"对胡媪笑道，"你从小就爱弄吃的，多少年都没吃到你的手艺了。"又转头看向呆若木鸡的董永，道："看什么看？用膳！"

　　胡媪笑道："董公和公子生来就是富贵命，大约看不上这些乡野菜肴。"

　　程少商暗拍大腿，这老太婆说话好本事。

　　程母闻言，见程始吃肉正香，好像许久没吃似的，想来前方战事哪有好吃好喝，心疼之下，大声道："阿父在时有阿父看着，阿父过世后有我看着，他们父子俩哪里吃过苦，苦都叫我的孩儿们吃了！"

　　一旁的董舅父真是下筷子也不是提筷子也不是，只能赔笑。

第四回 迁居新宅

照程少商的说法，这是一顿团结的家宴，一顿和谐的家宴。

宴罢，众人该干吗干吗，程母多喝了几杯酒，又唱又笑就差跳一段了，胡媪赶紧扶着她回内室歇息。二叔程承起身就走，程少商这才发现他一足略跛。程始一把挽住不让他挣脱，说要兄弟间"促膝长谈"，程二叔被不情愿地拖拉走了。

白白胖胖的程讴小朋友打着哈欠被傅母领去，大眼睛的程姎小姑娘低着头在弟弟后头跟着。少商从适才吃饭就盯上她了，本想跟上去"交个朋友"，谁晓得被青苁夫人拉到萧夫人跟前，说要"送客"。

董家父子走得垂头丧气，董吕氏走得兴高采烈。萧夫人素来出手不凡，直接派给她两个护院，若是董家父子要责打她，立刻就能出手，等过上几年，她把董家里里外外拿在手里，也就不再惧怕什么了。

萧夫人心思缜密，走前还嘱咐了董吕氏两句话："至此，除了一事，董家父子再无可辖制你的了。倘若董外弟有一日丧心病狂，要去府衙父告子，以儿女要挟于你，你当如何？"

"你不妨告诉他们，若无儿女，你就绝婚再嫁。而盗卖军辎和侵占民田的事可没了结，他们不肯老实度日的，随时可以告发，看他们有无性命闹下去。"

站在萧夫人一左一右的青苁夫人和少商面面相觑，青苁夫人倒不是奇怪萧夫人说的话，而是惊异这种话怎么能让小女公子听见，少商心想的却是父告子很严重吗？

萧夫人转过头来，微笑道："吾儿，你觉得母亲适才的话怎么样？"

少商猝不及防，有些傻眼，扭头看看青苁夫人，再看看身边的仆妇俱低头跪坐在廊下七八步之远处，好像完全没听见这些话，而原本葛氏的仆妇全然不允许靠近她们一丈之地。少商再抬头看看高了自己一个半头的萧夫人，只见她耳畔的翠玉微微晃动，隔着远处枝头的雪色，透着一股沁人心脾的光华，映得她白皙的面庞越发细腻无瑕。

"自是……自是……"少商晃了晃神，"阿母所言甚是。"

"哦。何句话甚是？"

萧夫人的目光清冷而睿智，少商最初对上总不免心虚，不过她若是知道"怕"字怎生写，当年也不会去混小太妹了。

"阿母的话句句都对，对董家好，对程家也好……"少商含糊道。

萧夫人优美的嘴角微扬，颇带几分讥笑之意，定定看着少商，良久方道："先回你屋。"青苡夫人推了呆立的少商一下，再抬手间，周围恭敬跪坐的仆妇齐齐起身跟随。

大冬天的，少商居然生出一身薄汗，赶紧跟着回到那间狭小的居室。莲房和巧菓早已将屋内熏得暖洋洋的，见萧夫人一行人至，赶紧拜倒称喏。

萧夫人径直走到屋内正中的床上坐下，一挥手间青苡夫人已屏退众仆妇，少商赶紧跟上。莲房忙不迭将适才备好的润口果浆端给青苡夫人，自己连忙拉着巧菓退出。

青苡夫人将果浆倒入两个小耳杯中，先奉给萧夫人，再给少商。

"你我母女十年未见，有些生疏是自然的。"萧夫人抿了一口果浆，缓缓道，"我不知你叔母教了你些什么，我对你只有一句嘱托，有话直说。说假话虚话，有什么意思？"

青苡夫人紧张道："女君……"

萧夫人抬手制止她说下去，直视少商，道："这些日子吾亦是太忙了，无暇与你好好说话。可你阿父日日来看你，也日日说你聪慧，吾儿又何必装傻呢。"

少商慢慢放下耳杯，抬起头，坦然道："不装傻，如何在叔母跟前过下去。儿越傻，叔母就越得意。儿若自小聪慧，叔母不得寻出别的法子来收拾我？"

萧夫人微微一笑，道："是以，你就连字都不认了？"

少商也算脸皮老老之人，闻言不禁脸红。

她原本以为这里用的是繁体字，曾很自信地向青苡夫人要些书来看，顺便可以了解一下现在到底在哪里。可当青苡夫人用托盘捧出几卷重重的竹简时，她就暗觉不妙，果不其然，里面的字她全不认识。这些字要说起来也有几分眼熟，仿佛在某些电视剧或招牌上看见过，各种歪来扭去，很奇妙地端丽古朴，很眼熟可愣是不认识。

青苁夫人察言观色，又捧来几卷看来较新的竹简，谢天谢地，这次她十个字中能认出三四个了，她感动得险些流下泪来。

这下她的文化底细青苁夫人就摸清了，青苁夫人知道了，程始夫妇自然也就知道了。萧夫人还好，对这个在葛氏处养了十年的女儿早有更糟糕的心理准备。程始却是气得不轻，又嚷嚷了好几遍"休了那葛氏"。

少商嗫嚅道："儿也识得几个……"

萧夫人直接讥讽："那几个字也算认识？何况你所认识的那些字本是小吏所创，虽简明易懂，时人也多用……"她皱眉道，"可先秦典籍上的字却不是这些写就。"她就知道葛氏那种货色没几滴墨水，别说没想教，就是想教也教不出什么好来。

少商感觉回到了小学初中时代，天天被老师指摘学业，闷闷不乐道："我对叔母说我不爱读书，叔母别提多高兴了。"

葛氏也是倒霉，程始得知女儿是个睁眼瞎后第二日，领着女儿去看程母，恰碰上也来程母处"问安"的葛氏，当即斥责起来。葛氏赶紧说是少商自己嫌累贪玩不肯学习，饶是如此，还是被程始好一顿骂。

"仲夫人真是……"青苁夫人恨恨道，"女君这般学识，她居然让您的女公子成了，成了个……"文盲！程少商暗暗替她补足。她可以想象，每每看到程少商不学无术的样子，葛氏心里有多痛快了。

"无妨，"青苁夫人强笑着道，"来日方长，女公子以后都补回来就是了。您不知道，当年女君的学识别说是乡里，就是整个郡县，那也是有名的……"

少商隐隐觉得不妙，赶紧笑道："其实叔母也没全说错，我的确不爱读书，大概是随了阿父……"那日为了安慰不识字的小女儿，程始一直说自己其实也是文盲来着。

青苁夫人呆了呆，生平第一次有种"坐着也跟跄"的感觉，无措地去看萧夫人。

见多识广的萧夫人心中一笑，心道：外头对这女孩的传言全然不对。不过也好，她已经受够了葛氏那种蠢货，遇到蠢货你怎么说都不明白，非要撕破脸皮见了血才知道惧怕，聪明好，比蠢笨强。

"那就慢慢学。"萧夫人道，"你阿父自小忙于农务，之后又征战不停,自而立之年才开始习文,如今朝政奏章各地巡报他已能畅阅无碍。"

少商心中叫苦,只得称喏。

萧夫人又道:"这几日的家事你也都看在眼里,是否觉得我与你阿父太过咄咄逼人?"

"儿怎会这般想?"既说开了,少商也敢答了,"董家仗着大母袒护,便如一只吸血蚂蟥一般附在阿父身上,帮扶一二是小事。我听阿父说,他们还在外欺侮民人,将来闯出大祸怎么办?"她努力学着这几日听到的古人说话口气,自觉可以糊弄一下。

换作其他大家主母,就算要教导女儿,也是不会这样直白地将长辈的丑态公之于众,坦陈隐私之事,不过萧夫人少年遭逢大难,生平最恨将孩儿养得不知人间险恶。而程少商上辈子几乎可算是没有过母亲,这辈子又是个西贝货,自也不知道母女相处之道怎样才算妥当,便坦然讨论起来。实则,此时的正确回答应该是"长辈之事,做小辈的怎好妄言"。

不过萧夫人显然已把账全算到葛氏的"不教妄纵"上去了。

"不过……"少商略有犹豫,看了萧夫人一眼。她其实一直觉得萧夫人早看穿了自己的秉性,装傻充愣只会惹其厌烦,更显得自己品格不良,还不如有一说一。

萧夫人道:"直说无妨。"

少商道:"既然他们犯了错叫阿父拿住,为何不直接叫官衙处置了?到底是自家骨肉,杀头是不成的,可我听阿父说可以判流放。为何不送到外地去,岂不更清净?"

萧夫人皱眉道:"你小小孩儿知道什么是流放,就他们父子俩那吃喝玩乐的身子,流放还能有活路?实在有违人和。不过……"她忽然讥诮一笑,"这法子我倒也想过,你知道为何我不用?"

"为……何?"不是因为有违人和吗?你自己都说了还问我。

萧夫人低下身子,朝跪坐在地上的少商轻声道:"你自己好好想想。"

说完这句,萧夫人就起身离去了,留少商一人慢慢思索。

莲房和巧菓赶紧进来,服侍少商换下簇新的深衣,擦脸净手漱口然后塞进烫热的被窝,拉上厚厚的帘幕轻声细语请她午睡。

少商很想笑,她都被摆成这种姿势了,不午睡还能干吗?躺在床榻上,她忽想起上辈子镇上一对婆媳,那婆婆骂儿媳是个贼,贴补娘家那么多年,现在

068

连孙子的学区房钱都偷给娘家不知第几个弟妹办婚房了,非要儿子离婚不可。最后离没离她不知道,不过那家男人愤而出门打工,再不肯交钱给老婆了,儿子也跟着奶奶不肯理妈妈,于是换成儿媳整天在街上叫骂男人没良心了。

本质上,程家老太婆并不是个彻底纯粹的"扶弟魔",不像那个儿媳宁可自己和老公孩子吃糠咽菜,也要让娘家过上小康生活的那种。否则……嗯,那萧夫人估计也只能有违人和了。其实董家爷俩应该谢谢程老太婆,否则萧夫人不知会用何等手段收拾他们。

……

很幸运没有伤人和的萧夫人回到自己临时的居室,只见程始已经半躺在床榻之上,满身酒气,没被大胡子覆盖的脸庞红得很。

萧夫人一点不见怪,慢条斯理地卸下笄簪环佩,然后让青苙给自己缚起襻膊,十分熟练地松开程始的领襟,露出满是汗渍热气的胸膛,等仆妇打来一大盆热水,亲自给丈夫擦拭敷烫。程始悠悠醒来,接过醒酒汤一饮而尽,冲着妻子吃吃发笑:"元漪。"

青苙和几个惯常服侍的仆妇都在一旁掩面偷笑,萧夫人瞪了程始一眼,解下襻膊,屏退众人,坐到丈夫身边:"叫你与二弟好好说说,你倒好,喝成这样!"

程始一边拿热布巾拭面,一边道:"二弟寡言这么多年,我都不知该如何跟他张口了。这几日我与他说搬府宅之事,他总是一声不响,说急了,他就说自己不必搬,就留在这里读书好了。气得我,咳……不就腿有些不便吗?不趁这回二弟已有些醉了赶紧再灌他几杯,如何叫他说心里话?"

萧夫人凑近些,问道:"那,这回他肯说了?"

程始把热布巾搭在自己脸上,闷闷道:"他只反反复复对我言道,'兄长,你没有对不住我,是我没出息',我衣袖上都是他淌的泪。"

萧夫人也怔住了,想起往事,叹道:"咱们家,最委屈的就是二弟了。"

程始扯下布巾,低声道:"幼时家贫,无钱让他去读书。后来战乱,咱们倒是结识了几位儒生,有人引荐着到白鹿山去随桑老先生读书,可……"他双目含泪,"我们在外拼杀,总得有人照看家小,他自请留下,就让老三去了。"

萧夫人垂泪道:"后来三弟读书有成,得陛下嘉奖授官出任,二弟比谁都高兴。只……只可惜了他自己……"

程始一抹眼泪,道:"他与三弟不一样,他读书,不为任官发财,就是因为喜爱研读经学典籍，这回，我一定要如他的愿！"

萧夫人喜道："二弟答应了？"

"总算是点头了！"程始松了口气，想了想，又促狭道，"当年叫三弟去白鹿山读书也好，这竖子生得最似阿父，讨得了桑公的掌上明珠。如今咱家也算一只脚踏进门槛了，有人引荐，去哪位大儒的馆舍都成。"

萧夫人果断地一拍床榻，道："好，过了正旦就送二弟出门。正好我要晾晾那贱人！"

提起葛氏，程始也是一肚子火："晾什么晾，直接休了便是，有这么个婆娘日日在身边指摘'没出息、窝囊废'，二弟才这般消沉！这贱人，倘若只在内宅中搬弄搬弄是非也就罢了，居然还趁我们不在，自作主张要卖了阿鼎的家小！若非前方战事要紧，我立时就想回来抽她一顿鞭子！咳，葛太公何其疼爱于她，她既看不上二弟，早些改嫁多好，葛家也不会不肯。何必这般相看生厌。"

萧夫人讥讽道："你以为她没动过改嫁的主意？十几年前就动过了！"

"那她怎不改嫁？"程始好生遗憾。

萧夫人白了他一眼："这事你别管了。"一边说着，一边整理衣衫要出门的模样。

程始奇道："你往何处去？"

萧夫人回头，冷冷道："那贱人刚在席上受了我们一顿排揎，适才你在二弟处，她不好过去，如今你回来了，她还不去跟二弟哭闹？我们都回来了，难道还看着二弟受那贱人欺侮？！"

宅院不大，从程始夫妇暂居的客房到程承夫妇的主居处不过两道廊三个转，萧夫人领青苡夫人以及一众武婢几步就到了，果不其然听见从里屋传来葛氏尖厉的哭骂声。

"……你也算男人，看着妻子受此大辱，竟一句都不说，不如我将裙袍予你，你穿出去给别人看看吧！读书不成，做官不能，还是个跛子，你说，你还能做甚？我好生命苦呀，跟了你这样懦性的……"

此处本是程承的书庐，门口守着的几个仆妇，一见萧夫人就要上前阻挡，当前一个便是葛氏心腹李追。她见这回萧夫人带的不是寻常仆妇，而是持剑负弓的劲装武婢，已有些心慌。

她赶忙上前躬身行礼，赔笑道："女君您……"不等她说下去，里头又传来程承的声音。

"够了！你若愤愤不平，可以回葛家去，兄长会多予你金银……"

"休想！我嫁之时你们程家困厄交加，如今你家兄弟飞黄腾达了，你们倒想弃了我，休想！你要是之前叫我回去，我还敬你有几分胆略。怎么，你兄长回来了，你这软骨头长了胆啦，知道跟我顶嘴了，你一辈子就是窝囊无能的废物，只靠你兄长……"

萧夫人忍无可忍，几个武婢上前三两下就将葛氏的仆妇拗臂缚起，青茌夫人则直接一把拧过李追的胳膊，顺手就丢给后面人，院中发出此起彼伏的"哎哟哎哟"之声。不等李追等人出声高喊出来，只听"哐"的一声，主居处的门扉竟叫萧夫人一脚踢开。

被扭住胳膊的李追被吓一大跳——随葛氏在程家十几年，素来斯文柔致的萧夫人上来就是一脚踹门，可是从未见过，都忘了挣扎。

萧夫人径直走入屋子，只见程承半靠在床榻一边，酒气未散，已被气得浑身发抖。葛氏则站在他对面，正跳脚大骂。见到萧夫人进来，程承抬起头，满面难堪之色，又有几分委屈，目中含泪，道："长嫂……"

萧夫人心头一痛，她自嫁入程家，便将程始的弟妹都看作自己的一般，程续和程息出嫁，程止又远走读书，日常理家，实是只有程承对她多有辅助。如今见他满目枯槁之气，明明才比程始小几岁，却仿若垂老之人，直叫她恨得不行。

萧夫人也不多说话，示意青茌夫人将程承扶走。葛氏要上来纠缠，萧夫人上前一步，袖中笼拳，重重一记打在葛氏肚上，再反手一个响亮的耳光，用力之大，直接将之掼倒，当即将葛氏打傻了，呆坐在地。这时，青茌夫人已领人迅速退避关门而出。

"你，你……"葛氏肚皮剧痛，一手捂脸颊，一手捂腹，不敢置信道，"你敢打我？！"

萧夫人和程母不一样，是真正书香贵门教养出来的，这么多年妯娌，萧夫人连高声叫骂都不曾有过，如今竟然如此。

萧夫人目若寒冰，冷声道："我不但要打你，还要休了你！"

葛氏忍着疼痛，霍地一下爬起，骂道："我不走，当初程家穷得……"

"适才的话我都听见了。"萧夫人平静道，"那又如何？如今程家势大，葛家势弱，我想打你就能打你，想休你就休你，你能如何？"

她缓缓踏前一步，葛氏不由自主地后退数步，惧她再来打自己，道："你敢？！我父对程家有恩！"

"什么恩？资助粮草吗？乡里县里哪家大户不曾献过？"萧夫人冷笑道，"大人护卫乡里周全，使众乡亲不致沦入刀枪战火之中，保全了多少人阖家性命，出些粮草财帛也算是恩德了？怕是葛太公自己都不敢说对程家有恩吧？"

葛氏惊疑不定地看着萧夫人，道："你怎么……怎么……全变了？"印象中那个温顺和气，说话端庄细致，凡事不与她计较的萧夫人哪里去了？神情变了，说话变了，连举止都变了。

萧夫人冷冷看着她，并不说话。

葛氏有些明白了，咬牙道："那些年你做出低声下气的好模样来，君姑拿你没办法，君舅到死都在夸你温良贤淑，是程家之福，临终前还当着那么多人的面呵斥君姑不许为难你，你，你好会做戏……"

萧夫人轻轻一笑，忽又不急了，缓缓道："你以为我是你这种蠢货？彼时我势弱，娘家嗷嗷待哺，我如何有底气跟君姑顶嘴？我忍着，忍上十余年又如何，忍到今日，再来和你好好算账。"

葛氏又惊又惧，复又鼓气道："你待如何？不过是休了我。"

"不如何。"萧夫人缓缓走到葛氏身边，道，"其实，许多年前你就想过改嫁了吧。"

葛氏一惊。

萧夫人自顾自地说下去："第一回是你新嫁没两个月，你挑拨二弟自己另起炉灶，另扯大旗，以你的嫁妆为军资也做出一番事业，是不是？可二弟一口回绝了，你气愤地回娘家住了十余日，要家里给你择婿另嫁，是也不是？"

葛氏吓得不轻，脱口而出："你怎么知……"随即赶紧闭嘴。

萧夫人笑道："你总说我命好，嫁得英雄汉。有本事你自己也去嫁一个呀，你要真找到好的，葛太公也不会拦着你，可看看你自己挑中的都是什么货色。什么'镇山大王'，什么'宝泽胜天大帝'，你不是偷偷叫仆从去打听过吗？哼，什么东西，俱不过数月就叫人砍了脑袋，乌合之众作鸟兽散。可怜他们的姬妾和姊妹家小都教人分了，貌美些的还好，总有人要，容貌寻常的，也不知是充了粮草还是营妓，还有那个什么陈县宰……"

"你不必说了！"葛氏大声喊道。她满面通红，羞愤难当，许多年前的隐私连自己都快忘了，今日忽叫人说破，就如被扒光了一般。

萧夫人却不放过她，继续道："这回后，你老实了一阵，总算知道征伐搏杀是天下大事，不是闹着玩的。可生下二娘子不久，你的心思又活了。嗯，我想想……之前你那般老实，大约是怕自己不能生养吧……"

葛氏怒上心头，却不敢还嘴。她嫁入程家数年未孕，当时程母脸色已经不很好看了，加上萧夫人在旁边一个接一个地生，除了早夭的大娘子，后头两个都是健壮滚圆的男丁，外头谁人不夸萧夫人是兴家之妇，衬得她更加抬不起头来，彼时她只恐自己身子有缺憾，就是改嫁了也不会得了好，当然偃旗息鼓。

萧夫人兴致盎然地说下去："生下二娘子不久，你说要调养身子，就又回了葛家，这回你倒学乖了，自己不指东指西了，只缠着父兄给你择好女婿来改嫁。其实我知道你的意思，你不过是想压我一头，可后来呢，如愿否？"

当然没如愿，不然葛氏此刻怎会站在这里。

葛氏心中恨极。生下二娘子后，天下豪杰已差不多形成气候，不是之前那些占山为王，小打小闹就能起势的了，乡野之间，哪里去寻了得的英雄好汉来嫁。高门豪族倒是有，可却是做妾，葛氏自然不肯，这点志气她还是有的。可若嫁给寻常人，那还不如程承呢，至少程始眼看要出头了。葛氏在娘家消磨了半年未果，还是心不甘情不愿地回了程家。

萧夫人看着葛氏，毫不遮掩自己的鄙夷之情，道："你这样三心二意愚蠢不堪的妇人，也是二弟仁厚才容你至此，你还以为自己本事了得，将二弟驯服了不成？我们三日后就迁宅，你就别动了，留在此处，等葛家来人吧。"

葛氏一惊，嘴唇颤抖道："来，来人？你已经去找我家人了……"

想着萧夫人多年前就在窥伺自己，将自己的一举一动都暗暗记下，她心头泛着阵阵寒意，此时听到这话，惊惧之意无限，知道这回程始夫妇是真要动自己了。

现在该怎么办？该说什么？自己到底要不要和程承绝婚？离异归家后自己又该怎么办——葛氏慌乱之极，不知如何说才好。

萧夫人不管葛氏在想什么，只轻轻讥笑数声，缓缓向门外走去，走到一半，忽而驻足，回头道："你数次想改嫁都嫁不成，我这里跟你下个担保，哪天二弟与你绝婚，我第二个月就能给他娶一个贤淑貌美的好妻室，绝不叫他再多受一点委屈。"说完继续往外走。

葛氏已经真正害怕起来，昏头昏脑之际，忽大喊一声道："我没有苛待四娘子！"声音震得门扉都微微抖动。

萧夫人再次回头，冷下面孔，漠然地看着她。葛氏被她的目光看得一个劲儿退缩。

良久，萧夫人才微微一笑："今日天寒，青州又路途遥远，不知你傅母已启程否？"

这话没头没脑的，葛氏一时没想明白，抬头看见萧夫人嘴角的讽刺之意，心头一个激灵，破天荒聪明起来，道："难道傅母已和你串通……"

萧夫人笑道："你保兄很有志气，不甘碌碌一生，年少时就想着杀敌建功，可惜幼时因病不能上马，之后便想着要经商垦地来兴旺家业。都是一家人，我总要帮把手。"

葛氏浑身发抖，也不知是气得还是怕得，想起这些年来的种种，心道"难怪"。

萧夫人面上微露自负之色，道："不然万老夫人为何总能'恰时'地来程家。"

葛氏瘫坐在地上，不敢置信自己的傅母竟会这样背叛自己，周身寒意刺骨——怪不得每当自己打定主意要做些什么时，万老夫人总要过来敲打一阵。

萧夫人又道："她替我盯了你十年，办事很是老成。可惜，就在我回来前一个月，她忙着收拾家计准备阖家迁徙，就这么一点疏忽，你就将嫡嫡害到重病，几乎不治！"说到最后四个字，声音中露出森然之意。

葛氏害怕得跳起来："不不，我没有，我没想……我真不知道四娘子会病那么重，我我，我不是有意……"

"有意也好，无意也罢。"萧夫人一摆袖袍，淡然道，"倘若嫡嫡真有个万一，你以为你还能好好站在这里？"

葛氏嘴硬道："你能把我怎样，大不了我不做你们程家妇就是！"

萧夫人静静地看着她，看得葛氏浑身发毛，讪讪闭上嘴。心知萧夫人和自己不同，她十几年来随着程始东征西讨，举凡平抚乱民、查探细作，手上是实实在在沾过人血的。

萧夫人目似寒冰，缓缓道："没这么容易，你不是还有儿女吗？你纵然不心疼孩儿，葛家不是还有满当当的一家人吗？这天底下总有你心疼心爱之人，我自会好好回报！"

说完这句，再不回头地走出门去，不理葛氏在后面叫骂。

午后的庭院被冬日阳光照得温暖绚丽，原本院中葛氏的仆妇不见踪影，门廊各处恭立着两排奴婢。萧夫人站在廊下，对着迎上来的青苡吩咐："看好她。眼看要迁居了，大好的日子，别叫她坏了黄道正气！"

青苡知其意下所指，笑道："女君放心，不是妾看不起仲夫人，就是给她把刀子，她也舍不得自戕。"

多年宿怨，今日一朝得报，青苡深觉出了一口恶气。萧夫人瞥了她一眼，道："家门不幸，也不是什么好事，莫要喜形于色。"青苡夫人赶紧忍笑道："女君说得是。"

忍了半晌，萧夫人自己先笑了出来，笑过后，又叹道："当初恨得心肝疼，可这十年来随将军东征西讨，在外面见过那么多人间惨事，这些也算不上什么了。"想了会儿，摇摇头，自觉好笑。

绕着回廊走回屋子，只见程始已然酒醒了，正弓着魁梧的身子在屋里翻箱倒柜，不知在寻什么。萧夫人也不去问他，只管自己走到床边坐下，青苡忙帮她卸下身上的锦缎棉袍，然后出门去寻热水给萧夫人洗漱卸妆。

程始拢了拢敞开的襜褕，抬头讶异道："这么快就回来了？"

萧夫人瞪了他一眼，傲然道："三言两语的事，有什么好耽搁的，又不是两军阵前谈判。我已将她看管起来，过几日二弟和孩儿们一道和我们迁走。把她关着，到时看看葛家人怎么说。"过了片刻，她又叹道，"……我痛斥葛氏时试探了，她至今不知。"

"葛家到今日还没说？"程始又一惊。

他也不翻找东西了，坐到萧夫人身旁，良久才道："葛太公可是好人哪。他那条腿可是为着救我才断的……"他顿了顿，"应当是怕葛氏知道了，更加对二弟肆无忌惮，所以太公才特意不说的。"

萧夫人低头看着光亮的木地，低声道："都是我的不是。"

程始叹道："这也不能怪你，你这辈子只这一次看走了眼。也是那姓陈的匪贼太会做戏，咱们都信了他，险些被谋了性命。"

萧夫人心中难过，低声道："我们夫妻都是自私之人。为着这份恩情，明知葛氏不妥，还留着她，叫二弟受委屈了。"

程始一捶床沿，恨声道："当初你我在时，葛氏哪有这般跋扈，也是我们不在家中，里里外外由她把持，加上阿母包庇，她才越发嚣张了。"

一边说着，他又起身继续翻箱倒柜，边道："报恩，也得用别的法子，总不能拿二弟一辈子去抵吧。葛太公又不独此一女，那么多儿孙，总有用得上我们的地方，到时绝不推辞就是了。你不必太往心里去，二弟又不是垂髫孩童，大丈夫立于天地之间，受个妇人欺负也有他自己的不当，狠揍一顿就好了，偏他心慈手软……嗯，就是因为腿上不好，他才这样自卑自鄙。吃个亏也好，回头我好好跟他说，再出去历练历练，见见大世面，叫他硬气些就是了……咦，我明明留在身边呀，哪儿去了……"

"我可不是只看走眼这一次。"

萧夫人不知想起什么往事，程始扭回头来看她，只见萧夫人微微一笑，道："初嫁那回，我自己挑了郎君，便是走了大眼。"

程始咧嘴一笑，故意自夸道："这事上，我的眼光可比你好多了，一下就娶对了人，真可谓目光如炬，明察秋毫。"

萧夫人"扑哧"笑了出来，拂袖轻抚微红的侧颊，更显得人如美玉，只听她轻声道："就在你箭匣的锦囊里。"

程始晃了晃神，奇道："你怎知我在寻什么？"

"不是那块你要留给嫋嫋的玉珏吗？"萧夫人故意板起脸，"只惦记女儿，你倒不想想回头见了葛太公如何说？"

程始假作苦思片刻，道："嗯，这样吧。我就说，凭葛氏这些年在家中兴风作浪，本该打断她两条腿再休了的，如今看在您老的分儿上，就只休了算了。"

"莽夫！休得胡说！"萧夫人又笑又气，拿起一旁的锦囊朝他扔了过去。

不需要旁人告知，程少商就知道葛氏大概被解决了。不但每天不时闻于耳边的葛氏尖叫听不见了，到搬家那天她也没看见这位二叔母。

搬家是件大事，本应全家齐上，不过萧夫人也没指望程母或程少商能帮上什么，便自顾自地逐步安顿新宅，搬妥家什器具，整理林苑花草，将各屋的火墙火炉烧上几日，再将程母用惯的那些镶金带银的物件提前搬过去，也就差之不多了。

到了迁宅那日，天未亮程少商就被叫醒了，迷迷糊糊地被阿苎拉起来穿暖吃饱，然后披上热心的程老爹新送来的厚厚的皮毛大氅，就被拥上了一架四面围帘的步辇。

程少商四周一看，只见黄金爱好者程母，跛腿二叔程承，腼腆堂姐程妗每人一架步辇，便是昏昏欲睡的小胖堂弟程讴被抱在傅母怀中也坐了上去，一长串人鱼贯往门口而去。

其余人还好，不是清瘦就是年幼身小，只程母肥壮高大，足抵过两个半傅母，饶是萧夫人早有准备，特意找了几个虎背熊腰的健卒而非寻常仆妇来抬步辇，依旧有些摇晃，好似风中百合，雨打芭蕉……

程少商忍着深冬的寒意，哪怕喘着白茫茫的鼻息也特意从后面的步辇上探出脑袋往前张望，看得心中大乐。随行在步辇一旁的阿苎看了，道："女公子，赶紧坐回去，不用忧心你大母，她稳着呢。"程少商无言。

此时天空仿佛蒙着一层蓝灰色的薄纱，步辇两边的健仆每人手中或擎着火把或举着灯笼，寒冷的晨气衬着火光点点，此情此景，好像是梦里的情形，程少商不觉茫然。

其实原先的程家和原先的万家只隔着一扇小门，直接从小门过去更近。不过迁宅大事自然不可以这样，众人郑重其事地从原程宅那不大的门口走出，再更加郑重其事地绕行至原万家大宅的正门。

程始夫妇已在洞开的大门处笑而恭迎，以雁翅状堂皇站立了极长两排的侍卫家将和提灯婢女，从门往里望去，一群戴着狰狞面具身着五彩织羽的傩人已跪侍在里头。程始一见了众人过来，连忙三两步迎上前去，亲自扶着程母下辇，后面程承及几个孩子都由仆妇扶着下辇。程母心中高兴，却道："这样冷的天，可冻坏我儿了，早些开锣又何妨？"程始笑道："尊长不来，哪个敢开锣。不敬不孝，天不容。"还举手指天以表诚意。

后面冻得哆哆嗦嗦的程少商翻了个白眼，心道：你现在说得好听，好像几天前你们母子干的那场架没人看见一样。

这时，只见程始一挥手，驱傩大戏便随着古老的吟唱和铜锣铿锵之声开始了。程始扶着程母领头往里走去，傩人们始终在前不远处唱跳，再有随行在旁的巫祝一路高声呼喊驱傩迎新的福语。虽然天还未亮，可周围的火把照得犹如白昼一般。

出身乡野又不曾见过什么世面的程母何曾见过这样的排场，待到了池边柳前，程始还特意使人将已结了厚冰的湖面砸开，再将一桶不知是睡着了还是冻昏了的"活鱼"送到程母手中，让其放生，然后四周众人很应景地一齐拍手叫好。一番装模作样，程母心中畅快之极，再不记得什么董家葛家，只知道自己儿子还是孝顺自己的——只要自己不去惹萧氏即可。

这也是程少商第一次看见这个时代达官贵胄的宅邸，怎么说呢，虽说比不上北上广大公园的规模，但比比她老家镇上的公园是没问题的。至于建筑风格，既不像她以前看见的江南园林的柔软温和，也不像北方富贾巨大院落的封闭高耸。

这里的屋宅建得高大壮阔，屋脊笔直，屋檐清朗，所有的建筑都以十字轴线对齐，彼此间隔疏朗，哪怕就那么平白空在那里，无论主宅副苑，还有亭台楼榭，都有一种惊人的对称感。方就正方，圆就正圆，直就笔直，阔就平阔，绝无一丝矫饰感。

整座宅子不见得多么恢宏威严，但充满了一种质朴刚健的古典之美。

待到了新宅主屋，又是一通宰杀牲畜，祭奠这个神那个仙外加程家祖先，一会儿跪一会儿起，一会儿还要跟着程始念奇怪的赋词。程少商对此时的迷信体系毫无所知，只发现既没有观音菩萨，也没有地藏如来，心中甚是奇怪，又兼病后体弱，就趁机倚在阿茞身边轻轻喘气，只比又在傅母怀中睡过去的小胖堂弟略强，引得萧夫人不满地回头看了她一眼。

这般忙碌了足有两个时辰，直到日正当中才算完成全套仪式。程母依旧神采奕奕，轻松地从蒲团上一跃而起，一旁的胡媪都自叹不如。

程母回头一看，略皱起眉头，这样阔大的厅堂越发显得程家人丁稀少，于是秉性发作，又想喷儿媳几句。可葛氏被关起来了，三儿媳桑氏更在远方，大儿媳萧氏嘛——倘若儿子牛性发作，说什么"元漪生有四子阿母你才三子，你数落她还不如先数落数落自己，儿觉得程家列祖列宗一定对元漪很满意的"，那大家脸上可不大好看了。

程母努力按捺下舌头，转头问胡媪："怎么不请几位宾客，就咱们自家人多冷清呀。"

胡媪笑着低声道："大人还没受皇帝的犒赏呢，现下请宾客有什么意思？等升了官秩，再大宴宾客，岂不光彩？到时礼钱也能多收几个……这是我偷着打听来的，将来您千万别提礼钱什么的，回头我可要受大人罚的。"

程母眉开眼笑，连连点头。她身后的程少商现在是真累了，挨在阿茞身旁，奄奄一息地想着，倘若自己不病死的话，一定有资格排入程家智商前三。

接下来几日，程母都抑制不住兴奋地满宅乱走，满心喜悦地欣赏这座她心仪已久的宅院。想到万老夫人曾在这座亭子里坐过，哪怕北风呼啸，她也恨不能坐上一整天；想到万老夫人曾在这池边观过鱼赏过柳，她就恨不能把鱼儿穿上柳枝都烤了吃了；想到万老夫人曾住在主屋里如何气派威严，她就抱着床榻不想起身了。程始夫妇很满意这种状态，程家空前和谐。

程二叔分到一方清静优雅之处，边上还有一栋两层半的小阁楼，恰可以作为藏书楼之用——虽然现在只有楼没有书。没了葛氏在旁聒噪漫骂，不过几日程二叔连脸庞都红润起来，集中用膳时居然也能闲聊几句，接一接程大将军的冷笑话。

程少商也分到一座精美的庭院，前有花树后有竹林，一侧通着一条洁白圆石铺就的小径，甚是风情雅致。旁边相邻是一座空着的大屋，目前用不着，也许不久的将来可以用来堆放她的嫁妆——如果她嫁得出去的话。唯独不好的就是离程始夫妇的住所太近，倘若她想做点什么，萧夫人不用筋斗云也片刻可至。

日常无事，程少商常规养病，因身体虚弱，也轮不上学习文化知识，是以只能继续当文盲，闲暇时看看竹简猜字。不几日，程老爹在午后的茶点席上兴冲冲地告诉众人，皇帝不但升赏他官秩千石，还加封他为曲陵侯。

程少商抚掌而笑："阿父一定是在曲陵那里打了大胜仗，立了大功劳。"

程始看女儿最近面色红润，心中欢喜，笑道："那倒不是，曲陵那次不过小阵仗。真论起来，还是这回在宜阳，为父立下了寸尺之功……哎呀，宜阳大战，那才叫痛快！"他抚须长叹，侧脸回想，"真快哉，快哉！"

坐在上首胡床上的程母放下双耳杯，疑惑道："那为何封我儿为曲陵侯？做甚不封宜阳侯？"侍坐在一旁的程姎低头不作声，轻轻在她杯中倒满酪浆，举止柔顺，一旁的萧夫人看得暗暗点头。

程始促狭道："嫋嫋，你猜猜看。"

程少商歪头一想，道："上回阿父与我说，宜阳乃重镇，城池深厚，战况激烈，此战算是鼎定一方太平，嗯……"她目光一亮，"宜阳侯这名头皇帝陛下要留给旁人吧。"萧夫人手中牙箸一停，皱眉望她。

程始却拍案大赞："我们嫋嫋真聪明，如今的宜阳侯就是那位韩大将军！"又转头对程母道："虽说咱只是关内侯，不过也是意外之喜了，每年另有一份封赏。万家兄长就升赏了列侯，食邑有一个县呢。"程母喜不自胜，连连赞叹："……那我儿现在是什么官？"

程始夫妇互看一眼，彼此心中有数。萧夫人笑道："哪那么快，总得一层一层地封，万将军这才刚职入右将军呢。唉，不过，这回他伤了腿，不知以后能不能再上阵……"

程少商见了程始夫妇的眼色，慢慢将漆木匙放到自己跟前的案几之上。程母不悦萧夫人搭话，白了她一眼，道："这有什么，万家已经这么多钱财这么高爵位了，不上阵又如何，我倒盼着我儿也再不用上阵搏命呢。"说着举起双耳杯一饮而尽。身旁的程娱又给她倒了半杯，恭顺道："大母，过会儿就用晚膳了，饮多了酪浆，怕是晚膳用不好了。"

程母想了想，放下双耳杯不饮了，笑道："娱娱甚是孝顺。"一边说，一边故意去看程少商。谁知程少商却笑眯眯道："是呀，堂姊不但孝顺还很能干呢，我听说这几日二叔父和伛弟的日常都由堂姊照料，没人说不妥的。"

程母还想说什么，谁知程始已变了脸色，冷声打断道："看来葛氏当年将尚在襁褓中的娱娱送回娘家是送对了，葛太公家教更甚之前了。"

程娱眼含泪水，只低低跪坐不敢回嘴，程少商顿生一种"哎呀，我好像一个挑拨离间的恶毒女配"的有趣感觉。萧夫人瞧不下去，温言道："娱娱是好孩子，程家女孩儿都该像她才好。"说着横了丈夫一眼，不许他再说下去了，程母也讪讪地闭了嘴。

程少商低头啜了一口温热的米浆，心中自嘲骨子里果然还是一点也不善良。

用完茶点，程始夫妇躬身告退，程娱继续孝顺，程少商则老实不客气地跟着爹妈走出慈心居——当年万将军给老母居处起的名字。

新宅巨大，从慈心居走回程始夫妇的居处就要穿过五六个回廊和一片白石铺就的空地，走到一半，跟在后面的程少商忽道："阿父，您又要出征了吗？"

前头的程始吓一大跳，回头道："你说甚呢！"说罢连忙去看萧夫人，萧夫人满眼都是"我可没告诉她"。萧夫人挥手屏退左右侍婢，冷静地看着女儿，道："你如何知道？"她也不瞒着了。

"猜的。"少商心中一顿，皱起秀气的眉头，"爵位与财帛赏赐都下来了，想来阿父这回是立了真功劳的，可偏偏没有官位。我观阿父神色也不似遭了什么排挤忌惮，那便是上面对阿父另有所用了……阿父，可有风险？如今家里也不缺什么，能推便推了吧。"这是真心话，在这个家里，除了阿苎，她最喜欢的就是程老爹了。

"我儿实是聪慧之极！"程始听了小女儿稚声稚气的关心话，心中暖成一片，呵呵笑了起来，小心看了妻子一眼，赶紧道，"你放心，这回不全是征战，正旦后次月才动身呢。好啦，你身上还没好全呢，赶紧回自己屋去歇息，别又冻病了。"

……

回到夫妇正居，程始一边脱去锦缎厚袍，一边埋怨道："你要待嫋嫋好些，她受了十好几年的委屈，别老是夸姎姎，她小孩儿家听了不快。"

"她迄今为止统共来这世上十三载又数月，三岁才与我们分离，哪来的十好几年？"萧夫人提高声音，随即又道，"难道姎姎不该夸？"

她接过程始的袍子，道："生母是那样一个不成器的蠢货，又丢了这样大的人，可她不怨不怼，不卑不亢，每日做好自己身边的事，如今二弟和讴儿的饮食起居都是她管呢。孝顺父亲，照拂幼弟。你不知道吧，讴儿这些日子都不胡闹了，每日认的字怕比你闺女还多呢，二弟更不用说了，提起这女儿只有夸的。可再看看嫋嫋……"

"嫋嫋怎么了？"程始不悦道，"姎姎自小有人教，嫋嫋可有人教？葛家老大的新妇那是我们乡里远近闻名的贤良人，葛太公眼光还是有的，当年亲自相看长媳，费小半份家产的聘钱才讨了来。姎姎待在她身旁能差了？我们嫋嫋多可怜哪，跟着那么个货色！"

萧夫人不说话了，良久，方道："再可怜，也得教起来了，不然……"

"不然什么不然？"程始笑道，"她这么聪明那是随了你，猜什么中什么，一点就透。所以说，娶妻就要娶聪明的，对孩儿们好！"

"光聪明有什么用？品性正直才是首要……"

"这不是有我嘛，我品性正直呀！嫋嫋聪明像你，品性正直像我呀！"程始拍着胸脯，哈哈大笑。

萧夫人被堵了话，白了丈夫一眼，低头不知想些什么，半晌，莫名叹了口气。

门外，青苁夫人端着热水站在当处，听了这几句话，也叹了口气。

当年萧老夫人不可谓不聪明，举凡拿人话柄，猜人深意，推脱责任，那是无不灵光的。不过她只有小聪明，全无大智慧，还把那么点小聪明都用到了自己身上，只关心与自己有关的人和事，只知道要生活安逸，任由自己秉性孱弱爱娇，一朝大难临头，毫无担当。

第五回 程家兄弟

离正旦还有十日左右时，万将军和程家四子一行另巨大辎重队伍终于到了都城，两家一分，程家领回了七八十辆大车的"行李"。少商恍然：难怪需要四个儿子带部曲随行押送。

据大哥程咏说，万大孝子一见了都城大门，就虎目含泪，大喊一声"阿母我来也"，连招呼都没跟大家打一声，飞也似的驱赶车驾往新家奔去。作为负责任的程家长子不得不先将万家辎重押送过去，然后才回家。

"累得大母久候了。"程大哥形容沉稳，方面广额，甚肖程始，年龄将满十八。

"不累不累！一点也不累！"程母喜得语无伦次。

按照二哥程颂的说法，他们已经是回都城述职武将中的最后一拨了。本有人瞧着不顺眼想说两句，万将军一听到风声就寻上门去，当着人家的面抱腿痛哭"哎呀我的腿呀腿呀腿呀腿，我苦命的腿呀腿……"，嗓音浑厚，直传出三里营地去——程颂学得惟妙惟肖，逗得众人哈哈大笑，便是萧夫人也不禁莞尔，更别说笑出了两排后槽牙的程母。

"万将军的腿真伤那么重吗？"二叔程承疑惑道。

"腿筋伤了，行路，蹴鞠，或慢慢走马都成，马上疾驰是不能了。"阵仗之上高速骑马需要两腿夹紧马腹。

程承抓住了重点："可以蹴鞠，却不能跑马？"程始瞪了次子一眼，萧夫人苦笑摇头。

程颂自知失言，赶紧一本正经地补救："也就是凑个兴，慢慢走动罢了。不过……"他忽压低声音，对着程始和萧夫人道："适才万伯父一时心情激荡，眼看就要上马，城门口那么多兵卒校官都看着呢，亏我赶紧大喊万家的辎车过来。"

程始"嗯"了一声，对萧夫人道："回头咱们去跟老夫人说说。"萧夫人缓缓颔首。

那边厢，学龄前后的程筑小朋友将小手掌很有气势地拍在案几上，不满地叫嚷道："次兄真是，我还在那车上呢！一把就将我扯下车来往后抛去，要不是三兄接住了，我若掉在地上，牙齿都得磕掉几颗，这会儿还能吃饭吗？！"

程颂指着他，笑道："莫非我不抛你，你就不掉牙了？！你左侧那两颗牙可是我抛掉的？！"正处于换牙期的小程筑一下捂住自己的嘴，愤怒的胖脸涨得通红，恨不能把手中的牙箸当作暗器丢过去，一气戳他双刀四个洞！

众人哄堂大笑，便是程二叔也抖倒在案几上。程母笑得丢了牙箸，一把将程筑小朋友搂在怀里。程始的众孩儿中只有他是生在外头，打落地程母就未见过，是以一见面就又亲又抱"心肝肉"地叫着，吃饭也要他坐在身旁。

实则程讴自小在她跟前，原应感情更好，可葛氏得子不易，护得幼子跟玻璃罩子似的，旁人喂一口吃食要大惊小怪，去外面略透些风更要哭天抹泪半天，养得程讴骄纵又小气，程母实在不喜，哪如程筑这么虎头虎脑，随和活泼。

于是程母心中又暗暗自辩：不与萧夫人计较，不是怕了大儿子，而是看在这些孙儿面上，到底她养孩子的本事还是不错的。

这间宽阔的正房厅堂无论是万家还是之前的程家都无用武之地，今日众人笑声酣畅，语笑言飞，方有几分人丁兴旺的气派。厅壁上悬着尺余长的兽脂粗烛，焰火高高燃起，席上三巡，除了早早去睡的程讴，人人面前都置着比平日大上一圈的案几，摆着比平日丰盛许多的酒菜。

程少商低头打量，玄色漆木案几直接以笔直翘头线条打造，只在案沿以沉沉的朱红色绘有夸张诡异的兽类图案。忽察觉有视线在扫自己，她抬头往右边看去，只见一位白皙秀气的少年正在偷偷打量自己。

"少宫，你今日怎么不说话？"萧夫人笑盈盈地看过来。只见程少宫口气熟稔道："阿母，我在看阿妹呢。一胞双生，少商怎么和我一点也不像？"

萧夫人唇边的笑容有些凝滞。程颂赶紧抢道："适才刚见了嫋嫋，真吓了一跳呢，比我们兄弟几个加起来都好看。如今多年未见，做兄长的给你带了许多好吃的好玩的……"

程少商看出了萧夫人的不自在，暗哂一声，正襟危坐道："近来阿母日日训导少商多读书习字，少嬉戏玩耍，兄长们带来的少商怕是用不上了。"

谁知程咏笑道:"别理你次兄,他只想着玩闹。我给你带了许多上好的字帖笔墨,其中有一块松香墨……"程少宫忙打断,笑道:"这块墨可是好东西,是那年长兄拜师时受赠的,藏了许多年,平日连摸都舍不得给我摸一下呢。"程筑赶紧拆墙脚:"三兄你那是摸吗?要不是长兄看得牢,你就想顺走了吧!"

程二叔刚好喝了一口酒浆,险些喷出来。在众人的哄堂大笑中,程少宫恨恨道:"黄口小儿,你良心何在?早知今日就不接住你了,叫你摔个狗啃泥!"又转头道:"少商,你别听阿筑的,我要了来,也是给你留的!"

虽然四兄弟心性各异,但他们望向自己的眼神都是期盼亲近之意。程少商心中软了,收起玩笑神色,欢欢喜喜地柔声道谢,又顽皮道:"其实我自小爱玩耍的,只盼将来兄长们不要嫌我惹是生非就好了。"

女孩子皮相甚美,兼之语气真诚,眸子清澈,这话说出来便有加倍的功效。果然上至程始下至程筑都满心愉悦地笑了,觉得这个女孩漂亮得像个白玉人偶,那么小小个人儿,说话的声音都比旁人好听。

程筑小朋友还很贴心地加了一句:"阿姊你放心,你再惹是生非,也比不过我的,不信你问阿父。"他身旁的程母很想说"乖孙你可看错那孽障了",结果咏颂少宫三兄弟已经一齐点头。程少宫还颇有幽怨,细声细气道:"阿父也是,每回责打阿筑都要连坐咱们三个,一通打完,再嘱咐我们要手足和睦!我们都恨不能捏死阿筑,如何和睦?"

萧夫人再忍不住,直接笑倒在险些喷酒的程始身上。程母笑出眼泪,搂着程筑险些喘不过气来,余下数人俱是乐不可支,各自笑得仰倒俯卧。

程少商正笑着,忽觉裙边有动静,低头去看,只见一碟满满的蜜饯在地板上被轻轻挪到自己膝边,侧头就看见自家的孪生哥哥正笑眯眯地望着自己。

原来程少宫趁众人大笑,从自己宽大的袖子下将那碟子推了过来。程少商回头看见自己已然空空的蜜饯碟子,知道是程少宫见自己爱吃,特意留给自己的。她拣起一枚大大的蜜饯丢进口中,鼓着脸颊,冲程少宫笑得眉眼弯弯,瞳色晶亮。程少宫眼前生花,顿觉妹妹果然比弟弟强上百倍。

这番动作旁人没瞧见,坐在对面的程姎却看得清楚,她不免心生艳羡,神思游走间,想起葛家的表兄弟们,自小也是这样对自己宠爱疼惜。而程少商至今日才尝到这滋味,又对她生出怜惜之意……

程咏心细,瞥见程姎出神的样子,忙敛笑道:"险些忘了……姎姎,我们不知你已经回来了,是以未有准备。倒收了你手制的鞋袜与贺简,愚兄几个甚是惭愧,回头预备上好东西,再给娆娆你送去。"

程娆连忙回神,连连摆手,笨拙道:"不妨事的不妨事的,小小心意,兄长们不必挂怀。"萧夫人见此情形,心中满意。

又过了几巡酒,酒量不佳的程二叔率先趴倒在案几上。萧夫人便劝众人罢席:"可不能今日就喝坏了,过几日三弟来了,还要大开家宴呢。"听到心爱的小儿子将至,程母这才恋恋不舍地放下酒卮,由胡媪扶着回屋歇息,程娆则赶紧指挥侍婢连扛带扶地领走了自家父亲。

随后,萧夫人扶起微醺的程始从侧廊离席,程少商本该跟着一起走侧廊的,忽摸到袖中某物,心中一动,扭头目寻几位兄长。只见程筑因被程母喂了些许酒浆,正东摇西晃站不稳。青苡夫人摸着小男孩滚烫的脸颊,恼怒地叫人去将解酒汤端去各屋,程咏熟练地捞起幼弟抱在怀中,然后招呼两个弟弟回各自的居所。

"诸位兄长暂且留步。"

程少商几步赶上前去,从袖中摸出一串用麻线编成的虫儿,上头有小蚂蚱、小螳螂,还有小蝙蝠……编法不很精致,显是初学的。少商将之塞进昏睡的程筑怀中,装出自从上辈子考上重点高中之后就再没露出过的赧色,道:"我不识得几个字,也不会女红刺绣,就这还是在乡野时刚学的,回头等我学有小成,再给兄长们。"

这话入耳,程颂和程少宫又心酸又心痛,一时忙不迭地道"不用不用""慢慢来,不急""自家兄妹客气什么"以及"别太累了,身体要紧",等等。

程咏虽不说话,但看着比自己矮了近两个头,身形宛如稚女的小妹妹,提早生出一股老父滋味,他默默腾出一只手摸摸少商头上圆圆的小鬟髻,便微笑着告别了。

少商也躬身行礼告辞,面上甜甜的笑意一直维持到自己的居所都不曾消散。莲房一边为她卸下钗环,一边笑道:"女公子今日好生高兴呢。"

少商笑道:"见到了几位兄长,如何不高兴。"侧头看了眼正拿着炭壶给自己暖床被的阿芋,又道:"傅母,兄长们都待我很好呢。"阿芋直起腰,微笑道:"喏。"

笑的时间太长了,是以坐到床边时少商觉得颊边好生酸痛,她揉着自己的腮帮子,恨不能让老看不上自己演技的鲍鱼副社长来看看,如何叫作笑中带惨,如何叫三分柔弱化作五分无言的委屈——鲍鱼副社长总觉得自己能当女主角是咸鱼社长鬼迷心窍了——其实当初她自己也这么认为,还为自己才那么几分姿色居然也能走美色上位的路线而暗喜过一阵——如今看来,她只是潜力没爆发而已。

努力果然不是白费的,不等自己喝完解酒汤,几位兄长允诺的礼物便连夜被扛来了。半人高的箱子有三四口,打开一看,真是五光十色,各色各样都有——光润无瑕的玉璧数对,七八盒子因直男不懂配套首饰所以不成套但又十分名贵的钗环珰钏,十数匹精美柔软的锦缎,装在名贵檀木盒里的笔墨字帖若干,还有好些孩童的玩具,有陀螺、塞棋、弹棋、弹弓……居然还有各种蒲博的用具。

随来的小侍童还道:"还有大件的东西,都捆在大车那儿了,等拆了再送来。"

阿苎听了,难得露出笑容,领人过去整理装盒。

少商手上拎着一条金丝玉石坠细细看着,那玉石色呈半透明,在烛光下熠熠生辉,映着她半边面颊神色不明,不知在想甚。

莲房跪坐在地板上给少商解下厚袜准备濯足,小心地抬头窥了眼上方。

每当小女公子露出这样的神情,她总会生出一种敬惧之意。来这里之前,不论是听青苁夫人讲起还是听旁人传话,言下之意都是程家四娘子惧强而凌弱,面上跋扈实则心无主见。

可这些日子下来,莲房觉得这些传言真没一句是真的——首先为什么没人提及小女公子这般玉雪可爱,都一股脑儿地传她的坏脾气了,适才抬眼间,莲房觉得那玉坠的成色都没小女公子的面颊好颜色。

少商看了那玉石坠子半日,嘴角露出一抹奇特的笑意,又甜蜜可爱,又似乎在讥诮。莲房小心翼翼地微笑道:"不知女公子笑甚?"

少商笑得天真:"我投了个好胎呢。"孩子气地把那玉坠金链高高抛起。

"父母慈爱,兄长疼惜,家族和睦。"少商笑嘻嘻地两手合拢,稳稳接住从空中落下的玉坠——难道她不知道萧夫人对自己的看法吗?虽不知个中缘由。

她自小就知道,那些对自己早有成见的人,实在不用卖力讨好,费力又少功。

省下这份功夫,憋着一口气,她考上了重点高中,考上了名牌大学,于是整个镇上再没人啰唆斜眼,反倒要说什么"这孩子我早就看她不一样"云云的废话。不过能让一度面目无光的大伯俞镇长抬头挺胸,同时让其他父母整天叨叨"她还没爸没妈呢,怎么考得比你好",成为冷眼过她的孩子们的噩梦,她还是蛮高兴的。

现在的问题是,这个世界女孩子该怎么努力呢?又不能考学出头,难道去经商?也不知凉薄老爹有没有遗传给她一点奸商天分,或者学秋家大娘子当个乡野扛把子,打出一片天地?等有机会,她得好好考察考察才是。

三日后,程止一家终于到了。人还未至,少商就知道这位三叔父一定是程母最爱的儿子。

在完成每日给程母问安的功课时,她惊喜地发现程母都没工夫刁难自己了,准确地说,哪怕她不来问安程母也不会发现的。因为程母忙着对萧夫人连环十八问:从程止爱饮的酪浆一直问到洗脚水,从程止爱吃馕饼的馅料一直问到枕头芯子。联想力之丰富,发散性之无边无际,简直是国际级别赛事解说员的水准!

萧夫人吃不消了,一个眼色过去,胡媪赶紧出马,引着程母回忆"我家阿止"的往事。从幼年尿湿床褥的图形都与众不同,一直到喉结刚露尖尖角就有村姑或村姑的娘来勾搭,直把胡媪累得口干舌燥程母才算发挥了个八成功力。

此情此景,少商又三俗了——这知道的是要见儿子,不知道的还以为是要见分别多年的老姘头呢。

不过,待见到程三叔本人,少商立刻反省自己太狭隘了。

程止是个令人见之忘俗的美男子,望之不过三十上下,颔下蓄了几缕文士须,面色白净,眉目俊秀,朗朗如青山苍翠,一笑又如春风拂面。自少商来这地方,女子中相貌最美的固然是萧夫人,但男子中尚无这等叫她眼前一亮的人物。

少商在心中刚花痴了不到两秒,只听前面的程母已经"哎哟"一声娇叹,一手抚住激烈起伏的胸口,老目含泪,然后伴着一声"我的儿"就扑过去了,对着程止又是摸胸膛问"是否瘦了",又是搂胳膊笑骂"你个小没良心的这么多年才回来"。胡媪拦都拦不住,浑然将站在程止身旁的妻子桑氏当不存在。

少商一个趔趄,乐得差点打通了任督二脉——她的狭隘在于,一直把思路固定在古早婆妈剧模式上,这哪是老姘头,简直是老姐姐出钱出力捧在心尖尖上的小哥哥呀。

程少宫轻轻上前一步，凑到少商耳边："收着点，阿母看你呢。"少商眼睛一转，果然萧夫人正不悦地看着自己，连忙压平弯起的嘴角，肃穆而立。好在桑氏过来将萧夫人拉了过去，二人笑说些什么，萧夫人这才不再关注少商。

趁众人往正房大堂走去，程少宫又凑过来咬耳朵："你脸色转得也太生硬了。"少商愁眉苦脸道："阿母怎么老盯着我，我知道自己行止不谨，这不正慢慢改吗？"程少宫小声笑道："阿母这是怕我们平常习惯了，将来出门在外时不经意叫人捉住了不当之处，当年她没空盯着我们，还特意叫人来盯呢。"

"是以，后来兄长们都练得人前人后一个样啦？"少商满眼怀疑。

自打那日认亲后，前面两个兄长还好，忙着寻师访友，交际应酬。这位孪生哥哥却一天来找自己三回，不熟也熟了。

"没有，我们买通了来盯我们的人。"程少宫双手笼袖，笑得很规矩，很有教养。

少商：……

她板起脸，拒绝再和这个初中生说话，名牌大学生的骄傲还是要保持的。

双胞胎跟在众人后面，缓缓而行，程少宫侧眼瞥少商——倘若自己这位孪生妹妹当真如传言中那般愚蠢又跋扈，他未必会这样热心。不过，当初也想不到幼妹竟这样有趣，明明一副孩童模样，偏不时地老气横秋，满腹心事的模样；言语时而懂事乖巧叫你开心，时而尖酸刻薄叫你呕血。

至于何时乖巧何时刻薄呢，照她自己的说法"要么看心情，要么看天气"……程少宫当时就想将这矮了自己一个头的稚童按住揍一顿。

这几日见面，她不住地问自己外面的情形，什么"哪些地方肃清了盗匪""女子可否出门游玩""田亩收成多少石""百姓可做哪些商户营生"……林林总总，东一榔头西一棒子，有时便是最最寻常的事她也要问的，仿若幼儿一般，又似深山野人刚来这凡世，真正全然无知。

这样矛盾的奇特情形，想也知道葛氏之前是如何养育少商的——程少宫不禁黯然，是以至今未曾揍下手。

……

盛宴之上，各色菜肴齐备，萧夫人将预先料理了大半日的炙烤熊掌拿了出来，少商托福也分到了半个，觉得入口丰腴肥美，鲜甜细嫩，越嚼越有味道。

生平第一次吃到这种稀罕东西，少商吃得聚精会神，再抬起头来时只见程三叔已被拉到程母席旁，继续被又摸又亲昵的。程止终于潇洒不下去了，连筷子都捏不住了,"哎哎"了几声,不住朝兄长使眼色求救。谁知程始只哈哈坐在席前,摆出一副欣慰的笑容,不过少商还是看出他眼中分明是幸灾乐祸。

萧夫人似与桑氏十分交好,二人已经将食案合在一起,对酌而饮,言谈甚欢。与程三叔的丰神俊朗相比,桑氏容貌实在平凡,撑死了算是中等偏上,不过眉宇清秀,举止自然可亲,便胜过七八分的美人了。

程止夫妻育有二子一女,长女和程小筑差不多大,刚换了犬齿,容貌像爹,是个小美人坯子,二子三子也是双胞胎,和小程讴同龄,像桑氏一般文秀端庄,非常完美地符合遗传学定律。三个孩子因旅途劳顿已被傅母抱到居处用膳歇息去了。

程母的热情,好像一把火,不过只烧着了程止一个,浑然不觉还有旁人,除了桑氏向她行礼时淡淡地"嗯"了一声,之后便好像没有这个新妇了。

少商八卦之心上涌,含蓄地将案几朝侧边程少宫处挪了几寸,低声道:"大母也不喜爱三叔母吗?"程少宫四下一巡,见无人注意他们,便将案几挪出一尺有余,直接靠了上去,先装模作样地清咳两声,才低声道:"四妹何以说'也'字?"少商白了他一眼:"你若要说阿母和大母情意交融情意绵绵情比金坚,那适才那句话当我没问!"又开始假模假式了!

程少宫叹口气,一边将自己半个熊掌端到少商跟前,一边道:"三叔母是三叔父自己求娶来的,可大母老觉得三叔父能娶个更好的。三叔父少年之时,美名冠绝乡里呢。"

少商喜滋滋地看着眼前的熊掌,双手拱了个雪白的圆圆小拳头道了谢,低笑道:"三叔父这样好看,和阿父二叔父全然不像呢,是不是像大父呀。"

程少宫就喜欢小妹妹这副娇憨的模样,当下什么都说了。

程太公自然是个美男子,前朝末年民生凋敝,程家被盘剥得家破人亡。他一介书生除了音律并无一技之长,总算心高气傲不曾做那面首之类的龌龊营生,最终流落至乡野,叫程母一眼看中,便将就着结成了婚姻。

从此程太公有了个饱暖之处,乱世中不至于颠沛流离,饥寒交迫,闲来还可以摸摸丝竹,写写琴律。程母则得了个如花美男,虽然他说的话做的事她大多不懂,但每日看着美貌的丈夫饭都能多吃两碗,夜里睡在一处更如身处云端花丛,喜不自胜。

"真是一桩好姻缘呀!"少商不敢放高声音,只能轻轻击案。

程少宫瞪着她,觉得不是她的理解有问题,就是自己刚才的解说有问题。这对夫妻到了晚年几乎一日说不上三句话，怎么看都是怨偶。他们兄弟自小是看着父母的恩爱长大的，自然不认同这种冰窖夫妻的模式。

"什么叫好姻缘？能各取所需就是好姻缘。"少商压低声音，循循教导初中生，"将来你长大成亲了就知道了。"

为什么程二叔夫妇过不好，就是葛氏想要的程二叔给不了，这才成了个怨妇。而程始夫妇恰能从对方身上获得自己想要的，自然和睦美满。

程少宫看着她，正要反唇相讥"倘若我要成亲了，难道你就不用……"，谁知上首程母忽提高声音，怒冲冲地对桑氏道："我来问你，我将阿止交于你这些年，他怎么瘦成这样？"

双胞胎赶紧停止话题看过去，原来是程止终于忍受不住"母爱"，奋力挣脱程母坐回自己席上。程母见幺儿这样对自己，不免将一番怒气发到桑氏身上——虽然程止明显面色红润，体态适宜，健康状况良好。

面对这种明显是刁难的问题，桑氏不慌不忙地放下牙箸，笑道："外面自然不如家中好，若不是要在外为官，我恨不能叫子顾日日承欢阿母膝下，养得白白胖胖才好。不如……"她眼睛朝丈夫一瞟，毫不犹豫地将球踢了出去，"这回阿母随我们一道赴任如何？"

这下程止慌了，心虚地"呵呵"两声，道："我自然是求之不得，可哪有长子好端端的，老母却要跟着幺儿在外吃苦，这不是打长兄的脸吗？"

球被踢到了吃瓜群众程始身上，他不动声色，道："无妨，阿母真放心不下子顾，就跟着去住一段也好，只是……"他故意拉长声音，叹道，"外头不比都城，阿母挨得住就成。"

这下程母软了。

她早年是吃苦吃怕了的，这些年在深宅大院虽说寂寞了些，但日子已是安逸惯了，她虽爱幺儿，但并不愿再去吃苦——于是，这个话题就不了了之了。

少商兴味盎然地望着桑氏，谁知桑氏也望过来，朝她微微一笑，少商反倒一怔。待众人又酣酒畅谈之时，她赶紧低头去问桑氏来历。

程少宫道："三叔母是白鹿山山主之女，那会儿阿父官阶不高，三叔父又还在求学，名声不显，这亲事算是咱家高攀了。不过，大母还觉得三叔母配不上三叔父。"

少商嗤之以鼻："算了吧，难道寻个天仙美人配给三叔父，大母就高兴啦？何况……"她讥诮一笑，"大母自己难道就和大父配得很？"

程少宫看着妹妹，恍然道："少商，你似乎对大母并无敬意呀。"

少商一手持匕，一手持箸，慢慢拆解那半只熊掌："你看看二叔。"

程少宫不解，转头看去，只见二叔程承沉默不语，始终低头一盏接着一盏地饮酒，周身冷落孤僻。若非程始还时不时与他招呼说话，几乎就算喝闷酒了。尾席的程姎也是一般低头闷坐，偶尔轻声劝父亲少饮些酒浆——程少宫这才想起来，今日从程止回府起，程母几乎就当没看见这个儿子一般，再没和程承说过一句话。

"我听青姨母说了，二叔父的腿是为家里跛的。"少商脸上笑眯眯的，眼神却很冷漠，继续分割熊掌，"他埋没自己十余年，也是为着家里。阿父和三叔父在外，都城里不能没有人，哪怕做个耳目传消息快些也是要的。可他为家中所做的一切，大母可有半分怜惜？"

程少宫喉头"咕"了一声，说不出话来。

"都道世人势利，谁知，做父母的对孩子们也势利。大母倚重阿父，喜爱三叔父，这十年来却对二叔父不闻不问。"小女孩的声音很甜，话却像手中那银匕一样利，"她明明知道二叔母在欺凌二叔父，以她的威势，狠狠压一下二叔母又有何难？可她不，她只顾着自己日子舒服，其他便全然不管了。二叔母能讨她高兴，能帮着她做这做那，是以二叔父的苦楚她就当看不见了。"

少商放下匕箸，将分割好的熊掌分出一半又端回给程少宫："人皆有长短，做父母的，对子女如果也要以势取人，以貌取人，那做小辈的为何要敬重？"

程少宫怔怔地捧着碟子，少商已经开始吃自己那四分之一的熊掌了，吃得津津有味，仿佛刚才那番悲凉之语根本不是她说的。

少商吃了一会儿，忽抬头对他道："这话你可别传出去，回头我又要挨阿母的训斥了。"

程少宫梦醒一般，连声道："咱们的话，我绝不说出去。要知道，咱们可是一道在母腹中待上九个月的。除了父母，便是手足中，也是咱俩最亲的！"

少商眉开眼笑，看在蜜饯和熊掌的分儿上，她决定信任这个浓眉大眼的初中生。不过嘛，许多年后，她恨不能自打几个耳光……

当日夜里，程始夫妇居处中，左右立着两盏半人高的连枝兽脂铜灯，照得漆木地板色如墨玉一般光亮。一脸心虚的程少宫跪坐在父母跟前，赶紧将白日里幼妹的话挑要紧的复述了一遍，心道倘若少商在此，一定会破口大骂自己！

夫妻二人听罢，神色迥异。

程始抚须，叹道："嫋嫋重情义哪，这些年她二叔父受的罪她都看在眼里，记在心里呢。"说着眼眶都湿润了，"这家里，还是有人惦记二弟吃的苦的！"

萧夫人却皱眉道："孺子无知，怎可非议长辈？"

说完这话，夫妻互相瞪视着。

程少宫不理父母的眉眼官司，以袖抹额道："阿父阿母可千万别把我卖了，不然以后我再也不告诉你们啦！阿母你也别去训少商，不然她什么都知道了！"

不待萧夫人张嘴，程始一挥手道："你放心！嫋嫋不会知晓的。现在你回去吧。"

程少宫躬身告退，一边走一边还连连回头叮嘱"千万别露了馅"，被萧夫人不耐烦地训斥了才赶紧走了。

见儿子走了，萧夫人才瞪着丈夫道："她非议的是你阿母！"

"那又如何？"程始满不在乎道，"我也非议我阿母呀。"

萧夫人：……

"何况……"程始拿过案几上的解酒汤一口饮尽，重重放下，"嫋嫋哪句话不对啦？阿母就是恨不得将阿止日日圈在身边，娶什么天仙都一样。还有，阿母也的确势利嘛！自小就不把二弟看在眼里，动不动说他没本事，使唤起来却叫一个顺手！"

萧夫人不忿，刚想张嘴，程始又抢过话头："你别又来'长辈之非亦无非'那套！"

"我就看不惯那帮儒生的调调！长辈也是人，又不是神仙，永生永世不会出错吗？难道长辈错了小辈任他们错，这才叫孝顺？"程始牢骚道，"照你的说法，难道阿母要欺负你，我也看着？咱们家能混至今日，就是我和阿止没听阿母的话，分头出去寻生路，该干吗干吗，才有今天的好日子！"

这例子太有分量，萧夫人也不好反驳，良久，才叹道："道理是没错，可少商才多大的人，就这样大剌剌地品评长辈，实在不合适。还有少宫，耳报神的毛病依旧没改，看来他两个兄长当初还是没把他揍狠！这两个，将来迟早坏在嘴上！"

程始倒笑了："到底是双生子嘛，还是有相像之处的！"说着又叹，

"你的意思我懂，可嫋嫋心思太重了，等闲心里话不跟人说。本来我指望姎姎呢，小姊妹混熟了什么都能说，谁知姎姎见了嫋嫋就跟鼠儿避猫似的，好在有少宫。少宫也是关怀嫋嫋嘛，这事没做错！"

"行，你是慈父，我是严母！"

萧夫人佯怒，想了想，又道："你也别怪姎姎。依我看来，她这样才是懂理识礼所为。她心中能分是非，知道自己母亲不对，可子不言母过，难道要她跟嫋嫋说'对不住，我知道这十年来我母亲心思歹毒，对外欺凌部曲家人压榨庄户，对内搬弄口舌挑拨离间，几次三番拦住了不叫伯父伯母将你接到身边，实是坏事做绝'？"

程始瞪眼道："为什么不能说？是就是，非就非，把道理捋清楚了，一家人好接着过日子。阿母不是之处我非议少了？可我该孝顺继续孝顺，难道母子之情就淡薄啦？你们呀，就是读书太多，才这样为难。"

萧夫人被气了个仰倒，扭过头去不肯说话了。

谁知程始忽然话锋一转，悠悠然道："照我说呀，你就该学学我，时不时'非议'一下自家阿母，就心平气和了，也不会肚里的怨气越积越深，然后动不动指摘嫋嫋了……"

萧夫人背过去的身子微微颤了下，良久无话，才道："你看出来了？"

"我又不是瞎子。"程始将高大的身子慢慢挪过去，轻声道，"早些年我远远见过汝母，起先还没想到，只觉得嫋嫋虽好看却不像你我二人，后来才慢慢想起来的。"

他搭上妻子的肩头，宽大的手掌一下一下抚着，柔声道："当初葛氏没少叫你吃亏，可你说起姎姎却这样宽容，知道'母过不延其子女'。然而对嫋嫋却诸多挑剔……"

夫妻二人都没说话，只静静地互相倚靠而坐。过了许久许久，萧夫人才长长出了口气，笑道："你说得是，是我入心魔了，以后我得改了才是。"

程始大悦，用力在妻子脸上亲了一口："吾妻豁达之人，自该如此！"

萧夫人一把推开毛手毛脚的丈夫，笑骂道："你就把你那非议长辈的规矩传下去吧，将来总有轮到你的一日！"

程始一本正经道："非也非也。三代才养成世家，我们如今刚脱了草泽，自然可以非议非议，可三代之后就不成啦。也就是说，咱们孙儿那辈就不好再言咱们的是非啦！他们要敢，夫人就把圣人那套大道理搬出来，什么孝经孝典都砸过去，抄也抄死他们！"

萧夫人忍俊不禁，终于哈哈笑出声来。

萧夫人既决定摆正心态，说干就干。她想着，既然这个女儿在葛氏那样心术不正的人身边长大，必得从头教起，抢才不如先正心性。

她第二日就给少商送去十余筒竹简，分别是四卷《急就章》，四卷《凡将篇》，另数卷《仓颉篇》。不知是因为临近岁末不方便，还是这个时代根本没有请家教的风俗，总之萧夫人没给少商专门找夫子，平日青苡夫人和程少宫谁空了就来教几个字，倒是日日不辍。

有时萧夫人也会纡尊降贵来指点少商握笔的姿势，并表示学完这些，就要开始背诵基本典籍，儒家道家纵横家，诗经楚辞司马赋，制香标花投壶蹴鞠，各色都有，这样才不失为一个合格的高门淑女。

少商心中不以为然，她已决意将来要吃自家的饭，真正想学的根本不是这些。识字还好，可那些什么典籍……更何况，识字也不耽误学实务呀。忍了两日，她终于忍不住道："书不妨慢慢背，女儿如今更想懂些经济之学，庶世之务。"

谁知萧夫人轻飘飘一句话就把她打发了："读书明理是万事之根本，书读明白了，为人处世何愁不能有所成就。"

少商此时方明白当年小杨过的痛苦：你急着要学武功立命安身，她却不慌不忙让你背道德文章，真有一日挨起打来哪个靠得住？少商不是没跟大靠山程始提过，不过萧夫人引经据典一套套的，程老爹也扛不住。于是，她只能继续背书识字，足不出户，呜呼。

不日，外面下起鹅毛大雪，北地高阔寒冷，雪花落地不化，地上很快积出一片厚厚绒绒的雪毯，罩得天地间一片白茫茫的仿若面粉磨坊一般。

程家兄弟父子几人这日难得不出去访友应酬，便一家人像当年寒微之时般围坐在火炉旁谈笑饮酒。说到高兴处，程家三兄弟还以木箸敲着酒卮高唱家乡小调，歌声或粗犷或清亮，声线盘旋绕柱，唱到兴头处萧夫人和桑氏也来和声相应。众人唱得趣意丛生，便连外面巡扫的侍仆都相视而笑，小辈中只有程姎能跟上几句，其余便只能笑着拍掌击案。

程母自己是个音痴，半句调子也唱不准，如今看儿孙满堂，其乐融融，高兴得不行，连两个不顺眼的新妇也不挑剔了。谁知此时，侍婢忽来报："葛太公来了。"

程承举在半空中正待敲下的木箸"啪嗒"一声掉在食案上，面上一片惊慌。

众人面面相觑，俱不知所措。

程始虽遣人去葛家告知一切事宜，但以为至少要到正旦之后才会来人，谁知如今离正旦只四日了，葛太公倒亲自来了。程承手足无措，站起身时连酒卮都打翻了，只有程姎在听说葛太公带着长子长媳一道而来时，眼睛一亮，脸上难掩兴奋之色。

葛太公须发皆花白，身形富态，衣着简朴，大约因为赶路匆忙面上尽是风霜之色，身旁一左一右由长子长媳搀扶着。这家三人皆是面庞温雅，言语温和，属于让人一看就觉得是好人的那种长相，少商简直无法和满身阴瑟戾气的葛氏联系起来。听莲房说，葛太公还带了十余辆大车，似是装了一堆猪羊稻粟酒浆果干之类的年货。

程母不好拿架子，赶紧出去迎接，跟在后面的程姎忍了又忍，终于忍不住越众而出，跪倒在葛太公跟前，含泪道："外大父，舅父，舅母！"

葛舅母连忙上前扶起程姎，当时眼眶就湿了，满眼慈爱之色掩都掩不住，抚着程姎的面庞，喃喃道："我们姎姎长高了，好看了许多。"

程姎又哭又笑，搂着葛舅母不肯放，恨不能将脑袋钻到她温暖的衣襟中，乞舅母就此把她揣在怀里带回葛家才好。葛舅父不好放开老父自己过来，只能不住吊着脖子来看，脸上的关切神情是只有真正慈爱的父亲才会流露出来的，啰里啰唆道："姎姎，舅父给你带了许多东西，姎姎别哭，别哭啊，天冷，要冻伤脸的……"其实这话颇为失礼，不过并无人计较。

少商缓缓后退一步，脸上嬉皮笑脸之色缓缓退去，安静地倚到门廊边上，把自己隐没在角落中。直到众人寒暄过后往内堂走去，她才慢慢走出来，低下头，摊开捏紧的拳头，雪白的掌心有四个深粉色的指甲印。遥望着人群行去的方向，少商转过头，也不管待会儿萧夫人的训斥，径直回了自己的小庭院。

她对程姎没有意见，看其平日言行敦厚善良，就知道她被教得很好。

只不过，从她很小很小的时候就知道，这世上最可恶之事，不是父母皆凉薄，而是眼睁睁地看着身边左一对右一双很棒很棒的父母，自己偏偏轮不上。

……

萧夫人此时也无暇管她，仓促之间，既要张罗葛家三人的客房，又要安顿葛家随行车队的人。见她忙得脚不沾地，桑氏自告奋勇帮忙，去把关了许多日的葛氏从旧宅里提出来，拾掇拾掇，好还给葛家。

葛氏因无法出门，这些日子只能吃了睡睡了吃，是以不但没瘦，面颊居然还丰腴许多。知道家人来了后，她得意道："你们且等着吧！我这些日子受的委屈非要个说法不可！"

桑氏匪夷所思地看着她："你以为汝父是为你张目来了？"别说是如今的程家，就是当初尚未发迹的程家也不曾对葛家低声下气过。

葛氏一滞，她虽被关住了，外面的消息还是有人告知的。她也知程始如今升官发财，自家更是无法辖制了，适才不过是她惯性嘴硬而已。

桑氏觉得再和葛氏说下去自己的智商会受拖累，赶紧指挥萧夫人给的武婢把人连拖带拽地拉去新宅内堂了。

此时内堂依旧火炉燎燎，烘得整间屋子暖洋洋的，只是已不复刚才程家兄弟击厄高歌时的愉悦氛围。小辈被清空，酒菜重新置办，然而无人动箸，只余满室尴尬冷场，连素来满嘴跑火车的程始也不知从何说起，还是葛太公率先开了口——

"老朽怜她年幼丧母，娇惯过分了。知道她许多不妥，还是厚着脸皮将她嫁入程家，只苦了众位。这些年多有忍耐，这里老朽先赔罪了！"

说着就对程母和程始倒身要拜，两旁的葛舅父葛舅母也跟着要拜，程母被吓得不轻，整个人往后一缩，差点撞翻食案。程始手脚麻利地上前一步，大力扶起葛太公，连声称不可。

跪坐在一旁的葛氏尖叫一声："阿父！你说什么呀，是程家令我诸多委屈……"不等她说完，葛舅父再也无法忍耐，一下起身，几大步走过去用力甩了一巴掌在葛氏脸上，直将她打得半边脸酱紫，身子瘫在地上。

"自你出世，父亲对你无所不依，何等爱护，你可有尽过一日的孝心？日复一日地胡闹惹事！父亲今年已届七十，为着你，冒着风雪连日连夜地赶路，你至今尚无半分愧疚之情，你，你简直猪狗不如！禽兽也！"

葛舅父自己也是做了祖父的人，在乡野之中颇有威望，却还需为了不懂事的幼妹连日冒风雪来程家赔罪，想起老父之苦更胜自己，更是怒不可遏。

葛氏被打得昏头昏脑，抬头看见葛舅父恨得咬牙切齿，双眼充血，又怕又心虚，只好偏过头，不敢再张嘴。

葛太公看也不去看女儿，就着程始的胳膊起来坐下，继续说葛氏的种种恶行，一面说一面道歉，歉意满满，直说得程始都不好意思了，道："太公这般，倒叫我等汗颜了。想当日我起事之时，若非太公粮草相助，我焉能……"

葛太公摆摆手，阻止程始说下去，叹道："将军这话休得再提，只有吾女这等无知妇人才会日日把那些粮草挂在嘴边。当日天下大乱，兵乱匪祸盈野，像吾家这样薄有资产却无依仗的，不过饿狼嘴边的一片膏腴尔，外面破家者无数。亏得将军振臂一呼，吾等乡邻才得以保全。至于那陈贼之事，将军更不必介怀……"

说着，他苦笑一声："说句大白话。那陈贼到处劫掠富有之家，所过之处，寸草不留。抢夺财资就罢了，连人也不放过。当初将军若是陨灭，葛家必难逃覆灭一途。有何可言谢？"

其实这些话程始肚里也滚过几遍，自觉并不亏欠葛家什么，可如今葛太公自己说出来，还句句发自肺腑，他又觉得不好意思了。只好默默坐到一边，想这好人可比坏人难下手多了。

葛太公又朝程母，道："说句心头话，吾女这样的妇人，若给我家为妇，我也非休不可的，亏得程家仁厚，才忍耐至今。这十年来，我在乡野耳目闭塞，原以为她年岁渐长，性情也会慢慢变好，可听了来人回报，才知道这孽障何止没改过，还变本加厉，只苦了子容……"说着，他看向程承，泣道："我自己没教好女儿，却害了你……"

程承刚才已是坐立不安，此时"扑通"一声跪倒在葛太公跟前，也泣道："您别这么说，我也，我也有不是，她原本……"说着又要自陈其过。程始肚里暗骂他没出息，又不好开口。

谁知葛太公却不叫他再说下去，颤抖着老迈的声音道："你什么也别说了。你自小是老朽看大的，我能不知汝之品性？原想这辈子当了翁婿是大好的缘分，没想却叫你吃尽苦头，弄得志气消磨！老朽，老朽有何面目见你？今日，你就出具休书一封，我领了这孽障回去！以后，以后你若还肯认我这邻家老人，叫一声老伯便是了！"

说着，老人已是老泪纵横，程承更是哭得不能自已。

他虽然厌憎葛氏，但自幼对这位扶弱怜贫的仁善老人多有孺慕之情，小时还曾想若有葛太公这样的父亲该多好。初娶葛氏时，内心深处还暗觉满足，却不想落到今日这般田地。

程始本以为这破事还要纠结许久，没想葛太公这般干脆。他大喜过望，有心当场了结，可这会儿看葛家三人和程承都哭成了泪人，气氛何其感人，难道自己喜不自胜地立刻叫人铺好书案，挥毫写休书？这个，好像……有失厚道，太破坏气氛了。

一旁的程止终于直起身来，清清嗓子道："老丈，容小可说一句，如今岁近正旦，此时写休书……这个，这个未免不吉利……"

程始松了口气，道："正是正是。不如，不如……"他四下一瞧，才想起萧夫人借口安顿葛家已遁出去了，不由得暗骂妻子滑头躲得快，此刻哪里去找人出主意！

桑氏见不好收场，赶紧来拔刀相助，柔声道："不如这样。反正正旦后，次兄也要上白鹿山读书去了。不如太公先将人领回去，待日后……"她斟酌下措辞，"待日后不论有何定议，吾家再使人告知乡里就是。诸位大人，看这般可好？"

这话一出，程家众人都松了口气，俱觉得这个"先分居再离婚"的方案甚好，给两家都留了颜面，不至于当场了断。

门外的萧夫人听到这里，默默地收回脚尖，作为葛氏的受害者顺位前几名之一，她实在不想掺和进去。让她进去说什么？给葛氏说好话她心里不解气，可说难听话又不免有落井下石之嫌，想想葛太公确实是仁厚诚实的真君子，索性她还是不出面了。

走出庭院，一路厚厚的积雪被踩得"咯吱"作响，萧夫人想了想，闲着也是闲着，还是先去训女儿吧。谁知刚走到少商居所门口，不等她卸履上阶，就听见里面传来青茨温缓的声音。

"……适才女公子怎么好自行离开呢？都没给葛太公问安，太失礼了。"

然后是少商懒洋洋的笑声："太公这一行难道是来走亲戚的？人家是来办'大事'的。小辈在旁做甚，看二叔父写休书吗？这十年来二叔母可没少在我身上'出力'，难道要听太公对我这孙辈说'对不住'吗？前日阿母还跟我说，要避言长辈是非，我这不就躲开了吗？何况我走开不一会儿，三位兄长就过来了，定然是被遣开的……说来，青姨母您真是的，难得长兄和次兄有空跟我说太学里的见闻，您硬把人赶走了……"

女孩口才甚好，又讲道理又撒娇，青茨一时默然。

萧夫人在门外缓缓摇头，在她看来，自己这女儿可比十八个葛氏加起来还难对付，不过短短数日，青茨言语间已不是少商的对手了。

——自行离开和被长辈遣开能一样吗？亏她还如此振振有词。

"当然了，自行离开和被长辈遣开自是不一样的。"少商忽道，"是我没想周全，青姨母回头帮我跟阿母说说，其实我一走开就知道不妥了。以后一定改，一定改啊。"

这下青荇更无话可说了，一时怜惜女孩在葛氏手上吃苦不少，如今厌见葛家人也无可厚非，一时又觉得女孩说得有道理，见面问安难免尴尬，还不如悄悄避走来得爽利。

萧夫人皱起眉头，脑中立刻浮起两句话：智足以拒谏，言足以饰非。

当天晚膳后，萧夫人捉住打算去找兄长继续就太学问题聊天的少商，言道要给葛家众人见礼。少商知道伸头一刀缩头也一刀，就干脆应了。谁知到了客所居处，葛太公和葛舅父都不在，只有程姎伏在葛舅母的膝上，低低哭泣。

"……舅母，您带我回去吧。我要回家，我要回家！"

"唉，傻姎姎，这里才是你的家呀，有你的父母家人……"

谁知程姎哭得更厉害了："自小舅母教我孝顺。父亲落寞，我还能服侍一二。可母亲，母亲她……我来程家第二日，她就把嫋嫋赶走了，我后来听说嫋嫋险些送了性命！这些日子以来，她话都没跟我说上两句，每日只顾着溺爱讴儿，数落父亲，在大母跟前说伯母的坏话，算计些卑劣之事，我，我真是羞愧难当……这里我待不下去了，舅母，您领我回家吧……"

葛舅母听得心也痛了，程姎尚在襁褓之中就抱到她跟前，当时她还没有孙辈，其余儿女又都大了，这个小小女孩是她肉贴着肉养大的，从牙牙学语一点点拉扯大，从小乖巧懂事，敦厚老实，她实是爱逾性命。

她含泪道："姎姎，听舅母的，在程家你才有前程……"还没说完，程姎就哭道："我不要前程，我要舅母舅父！"

萧夫人叹气，赶紧叫侍婢通报。

一旁的少商心道：嗯，看来程姎跟以前的程少商也不熟，这倒是蛮好。

进屋时，少商看见葛舅母和程姎都在拼命抹眼泪，并整理仪容，萧夫人浑若未见般坐下，笑着打招呼。两边相对跪坐，寒暄数语，少商才知道葛太公年老体衰，已早早歇下，葛舅父却被程老爹拉去饮酒叙旧了。

拉刚协议离婚的前亲家去喝酒，这种事也只有丈夫才干得出来。萧夫人暗自腹诽，一边脸上带着微笑，一边催着女儿行礼问安。少商赶紧拿出这些日子培训的结果，双臂侧弯平举，一气拜倒，恭恭敬敬地行了拜头揖礼。想起葛家特意带来给她的年礼，这个礼行得也不亏。

葛舅母受礼后，自是满口夸赞，不过夸赞的重点是少商的相貌和行礼姿势，其余什么琴棋书画理家管婢等传统淑女才能，她很贴心地一概没提。

"我家女叔……"

原本葛舅母想再为葛氏赔罪一二，谁知刚开了个头就被萧夫人很干脆地打断了，道："阿姊别说了，咱们两家比邻而居，什么不清楚？难道阿姊就没吃过她的苦头？长嫂为母，可偏又不能像真母亲一般该打就打，该罚就罚，阿姊你吃了亏都没处说！"

葛舅母叹了口气，道："我的罪受完了，后来她嫁入你家，轮到你受罪了。"萧夫人摇头笑笑："这下她被太公领回家了，又得你受罪了。说起来，还是我对不住你。"

葛舅母摆摆手，笑道："我都这把年纪了，难道还会任她欺负。临行之前，君舅已吩咐人收拾好了邻庄，回去后让她住过去，好好修身养性！"葛氏以为自己还是当年那个金尊玉贵待字闺中的葛家千金呢。

萧夫人想起今天白日里葛舅父那愤怒的一巴掌，点了点头："那就好。"

两人一边议论着葛氏，一边打量着身旁两个女孩。只见程婤听到生母受议，神色难堪，双手撑膝，头几乎快低到地板上了。程少商却神色自若，既未愤怒，也无幸灾乐祸之意，只侧头打量这客居摆设，还挽起袖子，帮着端食盘进来的婢女将酪浆一一摆放在各人跟前。

葛舅母暗暗称奇，心想到底是萧夫人和程将军之女，虽被葛氏耽误了十年，但依旧气度非凡，不骄横也不卑怯，一点缩手缩脚的样子都没有。

萧夫人照例皱眉，觉得少商和葛氏到底相处十年，这样无动于衷，实在没心没肺。

葛舅母转过头去，将程婤拉出来，语重心长道："你不要一听到这些就觉得难堪，你越畏缩，就越有人来刺你。你不要把头低下去，自来生母离异甚至改嫁并不罕见，这不是你的过错。你是程家女儿，只管记住这个。我以前是怎么教你的，受之父母的不只是你的发肤，还有你的品性，如果父母品性得宜，你就好好学习跟随，如果父母有所不足，你就引以为戒。记住，你的言行才是你身上最好的佩饰。现在，把头抬起来！"

程婤努力将头抬起来，满眼含泪，但还是拼命撑住肩膀挺起。

萧夫人对葛舅母流露出敬佩之色，少商也收起心中轻蔑。原本她想能养出葛氏这种货色的家庭也好不到哪里去，如今方知自己短视了。

葛舅母又道："都说男儿志在四方，女儿难道就能永远依附父母而活？稚童长大了，总要自立门户，长辈做不了你一辈子的靠山。舅母年少时也想不到后来天下大乱，以前学的诗词歌赋一概无用，不得不和你舅父辛苦筹谋粮食扈众，日日担惊受怕。你伯母更不必说，谁能想到那样的滔天大祸会降临，可她硬是咬着牙，挺了过来！"

萧夫人泪盈于睫，泣道："当年我家破人亡之时，阿姊于萧家助益良多。"

葛舅母拍拍她的手，回头继续道："姝姝，倘若你一生顺遂，那是神灵庇佑。可一生很长，有很多想不到的事。只有自己心志坚毅，肢体强壮，才不惧山倒海枯，无论到了哪里都能像棵大树一样，不但自己能立起来，还能护佑树底下的幼弱花草藤蔓。你说，是不是？如今天下快要太平了，你只要学到你伯母三四分，以后就无虞了。"

少商心中对葛舅母肃然起敬，再看一旁泣不成声的程姝颤着肩膀连连点头，又牙酸得气不打一处来。萧夫人笑着拭泪，道："阿姊说的什么话？姝姝如今这样敦厚端庄，都是学的阿姊，谁人不夸赞。"然后两人你推我让，一顿商业互吹，少商暗自翻了个白眼。

扯了这许多，葛舅母最后引出重点，含泪将程姝托付给萧夫人，连连道："乡野小地方，没见过世面，也不懂都城中的规矩，你只管好好教她。姝姝人虽笨，但胜在老实听话，你别嫌弃。"说着还把程姝的一只手放在萧夫人手中，萧夫人郑而重之地应下了。

看这二人一番做作，少商心中吐槽：白帝城托孤也不过如此了。

因恐将来不易见面，程姝这夜就留下来陪着葛舅母说话。萧夫人领着少商回去，路上不住叫她牢记葛舅母的金玉良言。其实少商本就对葛舅母刚才的话万分赞成，如今被啰里啰嗦了一通反生了厌烦，赶紧出言打断道："不如咱们去寻阿父吧，也好给葛家伯父行个礼。可是太公怎么办，我还没给他行礼呢，怎么这么早就歇息了呀？"

萧夫人嘴角一弯，道："算了——老人家觉少眠浅，歇什么息？这会儿定是在训女。"

少商成功制止了萧夫人的训导，在踏出客居大门时回头看了眼，只见葛舅母居处以东隔了三四间隔梢的一间屋子里微微亮着灯光。

——葛太公此时的确在训女。

葛氏哭得满脸鼻涕眼泪，几乎要将刚才敷在脸颊上的药膏都冲掉了，只不住地磕头，乞求老父："阿父，真的没办法了吗？我，我不想和子容绝婚呀！我真不知是您不叫侄儿们入太学的，要另行拜夫子，我还以为是那贱……哦不，是妯妇从中作梗……"

葛太公脸色冷漠："你现在知道懊悔了？悔之晚矣。你也别怪萧氏收买了你傅母，细想来也是好事，倘若你真做下什么不可挽回之事，那萧氏岂肯放过你，放过葛家？今夜我是来告诉你，明日一早我们就启程，到时你莫要哭闹，好好上路。"

葛氏大骇，尖声道："阿父好狠的心，回乡我怎么办？被程家休了回来，岂不惹人讥笑。这十年我没有功劳也有苦劳，我……"

"乡人已经都知道了，"葛太公冷冷道，"嫁入程家这么多年，程将军如何行事你不知道？还是你觉得他会给你留脸面？来传报消息的是程将军的亲随，事无巨细，什么都说了。"

葛氏哑口，喃喃着："大家都知道啦。"她自小要强，在亲朋跟前从来都是不可一世的，如今却要丢这样大的脸，便越发不肯回乡了。

"我不回去，我就不回去！"葛氏忽然狂乱大叫，葛太公反手一个耳光，力道不重，却打醒了葛氏。他道："你以为程将军和子容一样好欺负吗？你不走，哼……当初趁乱霸占萧家田地屋舍的那几户人家现在哪里？他们是怎么走的？你不走，他自会派兵押你走！用鞭子驱赶，用棍棒痛打！你要那样颜面扫地吗？"

葛氏捂着脸，心中惧怕："不至于吧……程家这样对我，也不怕乡里非议……"

"就算不是程家，我也要你回去的。"葛太公悲叹，"牛羊受鞭打时，知道将幼崽护到腹下，母兽被捕猎，也知道自己挡在后面叫幼兽快跑。可当初你不满萧氏生了龙凤胎，就借口巫士之言，说姎姎妨了你子嗣，硬把她送回家来。刚满周岁的孩儿呀，赶那么远的路，你也舍得，当时为父就心寒了！你以前不懂孝悌，我当你年幼无知，可如今我不能再骗自己了！"

葛氏跪行到父亲跟前，抓着老父的衣摆，连连道："不是的，不是的……"

"你不单凉薄无情，还心肠歹毒！"葛太公继续道，"田家贫寒，一直靠程家接济，田家小儿便自幼跟在程将军身旁，起事后更是忠心耿耿。他是怎么死的？是为了给程将军殿后，万箭穿心而死的！乱军之中，尸骨无存哪！"

老人家说得满脸是泪："程将军怜他家老母寡妻都是秉性柔弱之人，光赏赐金银财物怕反受人图谋，就收在部曲中庇护，只等田鼎之子及冠就要给他袭职。这些事咱们乡里谁人不知，都夸赞程将军仁厚！可你呢，你……"

葛太公说着也上了火气："那年程将军派人回都城想接走女儿，你从中阻挠，田家妇人不忿，说了你的不是。你就要将人家孤儿寡母卖了，真禽兽所为！这事你以为无人知道吗？几年前田鼎的寡妻改嫁，她那后夫之家就在邻近，什么消息传不出来？乡里都在骂你不是人了！程家休了你，乡人们只有叫好！"

葛氏揪着父亲的衣摆不肯放，哭道："难道任由那两个贱人在外面败坏我的名声！"

葛太公一脚踢开她，骂道："其一，你想在庄园中安插自己的人手，田家妇人碍手碍脚，你早就有心除之！其二，难道她们说错了？你留下将军之女根本于你无益，你不过是想叫萧氏心里不好受！如此歹毒卑恶，世所罕见！"

葛氏无可辩驳，只能伏地大哭。

葛太公长叹一口气："多年来，你事事忤逆于我，是为不孝；对你兄嫂呼来喝去，对程将军夫妇巧取豪夺，是为不悌；你在夫家搬弄是非，欺负丈夫，是为不贤；贪图富贵，借着将军之名四处敛财，是为盗窃！这样恶形恶状，我都替你羞愧！你不走，明日我捆你走！"

葛氏见老父态度坚决，心中茫然一片，不知以后该怎样才好。

第六回 书案风波

是夜短暂，次日葛家就要启程回乡，大约正旦都要在路上了。程母的老心肝难得生出不忍，出言挽留，葛太公却道："不能将此恶女留下坏了程家正旦祭祖的吉气。"

程家众人苦留不住，只能阖家出门送行，一气送到郊外，还在依依不舍。少商左看右看不见葛氏，也不知是乖乖待在车内不出来破坏气氛，还是被捆成粽子丢进去的。

分手场面十分感人：这边厢程姎拉着舅父舅母含泪道别，互道保重；那边厢葛太公一手拍着程承的肩头，言辞殷殷——这是少商第二次经历这种和和气气的离婚场面了。

俞采玲的父母离婚时也是一点没吵，还在镇上第一家开的酒楼里办了三桌，当着两家亲戚的面说清楚分手缘由。除了黑着脸的副镇长大伯父以及神情呆滞的读书人舅舅，旁人都很自在，说说笑笑的。酒楼里的招待员还以为是办喜事呢，结账时差点要说"祝百年好合"。镇上人说起来像个笑话，小小的俞采玲也是这个笑话的一部分。

少商晃晃头，甩开阴魂不散的往事。只听葛太公在跟程承说道："子容，莫要气馁，你自小就爱读书，夫子在田塾讲课，你每日割草放牛都要去听上半日，夏日炎炎，雨天淋淋，你是一日不辍。苍天不负苦心人，你以后一定能学有所成。"

望着葛太公慈祥的面容，程承又开始鼻酸了。

"不要觉得自己不如人，自卑残肢，自卑年长，就此消磨了志气。"葛太公笑道，"伊尹本是奴身，辅佐商汤四代君王，孙膑受了剜骨之刑，还上能著书，下能征战。至于古来圣贤又有多少是一把年纪才成事的，你书读得多，老朽就不卖弄啦。"

说得程承不好意思道:"人家那是上古圣贤……"

"对呀,你拄杖都不必,年岁又不大,还有兄弟得力,岂不比他们更强?咱们不敢比圣贤的成就,比比他们的劲头总成吧。"

程承终于笑了出来。葛太公轻抚他背,叹道:"老夫知道你的心意。待到你将来学有所成之时,回到咱们乡里,开上一间书舍,给学子们讲课说经。不计贫富,哪怕还在放牛割草的,只要肯读书你就教,咱们就不枉此生了。"

这话说到程承心坎里去了,含泪而笑,大声道:"承太公之言,子容必不负所望!"声音斩钉截铁,响亮坚定。

听见这一直唯唯诺诺的二弟终于有了气魄和志气,程始既欣慰又酸溜溜的。

一旁的程止赶紧来咬耳朵:"长兄,你劝了次兄这么多天,还没葛老丈这几句话管用呢,你看次兄的脸色……"

"一边去!"程始没好气道,"叫你劝解他,你只会说些之乎者也的废话,读了那么多书,一点用也没有!"

程止笑嘻嘻道:"长兄都办不到,我哪儿成呀。"

少商站在后面,玩味地看这情形——非常典型的成长心理分析案例。

艺术家程太公只顾独自美丽,疏于教养,而程母又没有那种可以母代父职的大智慧,于是三兄弟就按着各自的秉性朝不同的方向放飞了:

程始天生具有领袖气质,又早熟强势,精明能干,早早担起家庭重担,更带领一帮小兄弟立下些局面。哪怕没有天下大乱,他跑马帮,走漕运,开作坊……将来发展也差不了。不过遇上改朝换代,就直接实现了阶层飞跃。程止与长兄相差十岁上下,理所当然地长兄如父了,不过他们更像那种哥们式的父子关系,恭敬不足亲昵有余。

程承最惨,虽然也很敬服长兄,但性格上一个豪迈外向,一个含蓄内向,没法情投意合,又只差了两岁,感情上做不到长兄如父,反倒自小有隐隐竞争的关系,并很早就全面溃败,还不断被邻人家人比来比去,于是日益自卑。葛太公才是他心目中高大的父亲形象,可惜葛氏太拉后腿,不然他全面倒向葛家后,性格往另一个方向发展也不是没可能。

想到这里,葛家一行的马车已渐渐行远了,咏颂少宫三兄弟奉父命骑马送人至前方关口,好叫葛家容易些通关。

程始松了口气,赶紧领着家人爬上自家车驾,呵斥众随从扬鞭回府。程母叫胡媪将车内的炉火拨旺些，手上牢牢抓着程止拽进马车，喃喃着："冻死我儿了吧，快到阿母这儿来暖和暖和。"却没有理睬瘦弱的程承已经冻得身子发颤了。

程始看不过眼，粗了嗓子道："阿母你再拨火，小心马车烧起来，到时候我可不来救火！"然后把马鞭丢给一旁的程顺，弃马不骑，一面拉着程承上了另一辆车驾，一面从腰侧摸出只小巧的兽皮酒囊，叫程承喝两口暖暖身子。

四个女眷自然一辆车。

程姎倚着车壁，犹在抽抽噎噎什么"外大父这么大年纪了，连日赶路不知安稳否"，萧夫人和桑氏不住轻声劝慰。少商最不耐烦这种磨叽性格，挨了半刻钟，终于道："堂姊放心，你那外大父可好生厉害，一切都安排妥当了，此去定然顺遂。"

萧夫人一眼瞥过去："又非议长辈了？没规矩。"

"……好吧，那我说点高兴的。"

少商无奈："堂姊，你外大父这般赶风冒雪，临近正旦也要将二叔母带回去，你不要太过心疼。将来二叔父和二叔母倘若有覆水重收的一日，绝是今日之功！"

"真的吗？"程姎脸上泪珠还亮晶晶的。虽然葛氏不慈，但她还是希望父母不要绝婚。

萧夫人"噌"地一下坐直身子，瞪着女儿道："这话你不许乱说。"想了想，又道，"尤其不许说与你父！"

少商以袖扇风，驱赶着炭火气，凉凉道："咦，昨日阿母还说，孩儿对父母应是知无不言，不藏不私的，怎么如今又不许我跟阿父说了？"

萧夫人怒目而视，闭口不言。

桑氏终于"扑哧"一声笑了出来，伸手去拧了少商的耳朵，佯骂道："你这个不省心的小冤家，听你阿母的吧！"

——除了懵懂无知的程姎，车内三人都心知肚明，倘若程始听了适才那话，知道程承和葛氏还有复合的可能，估计会被吓得明日就张罗找新娣妇了。

萧夫人却觉得这事不该这么仓促。程承窝囊半生，一直为兄长为母亲为家族而活，从没独立思考过自己的未来，如今是时候让他自己想想了。不论将来是分是合，抑或是遇到自己心爱的女子另娶，都应该由程承自己提出来，而非程始一手包揽。

少商知萧夫人所想，心中却不以为然：世人百态，有些人自幼有主见——比如她自己，小学没毕业就决定混太妹，奶奶哭半天也没用，浪子回头又决定退出江湖从良读书，大姐头软硬交加一样没用；可有些人就是没主见，需要别人来推一把。

程二叔又是心软之人，设想将来葛太公临终之时招至床边，一番泣涕嘱托，再看葛氏可怜模样，没准儿就答应复合了，那这牛皮糖岂非一辈子甩不脱了？照程始的做法，直截了当给程承找个温柔贤惠的女子，知冷知热会心疼人，岂不干手净脚？

桑氏看这母女俩各自心事，笑眯眯地不予置评，拿出随身锦囊翻了翻，把最后一颗牛乳饴糖塞入少商嘴里，算是封口费。

受人之托，忠人之事，萧夫人第二日处置家务时就带上了程姎。因要准备正旦祭祖敬神，萧夫人从摆放祭台贡桌，添置祭品贡果，询问庄头回报的收成和来年的打算，一直到给部曲以及孤寡家属下放年节钱物，甚至如何跟部曲女眷说话，都手把手地教给程姎。

至于少商，继续读书，写字，背书，足不出户——即使她心里火烧火燎地想知道外面的情形，想知道这世道是个什么样子。

总算还有两件高兴的事：

其一，少商长高了。阿苎按自己身高一比，高了两三寸，细腰柔肢，走动间有几分婷婷袅袅的意思了，不再像以前那般拙拙稚气的孩童模样了。阿苎笑着拆开少商的衣裤边角，放出多余的布料，直觉得自己这些日子鸡鸭牛羊奶蔬的没有白白喂养，同时应允少商多在庭院走动，哪怕跑跑跳跳也不劝阻了。

其二，受完岗前培训的阿梅来了。有这个活泼伶俐的小女孩在身边叽叽呱呱，少商方觉得日子不那么死气沉沉。

与阿梅一起来的还有十几个新婢女，青苁夫人一一指给少商认了，年龄从十一岁到十四岁不等，个子高矮胖瘦都有，方才从擅长针织刺绣到熏香驱虫再到力壮山河，各色配置齐备。至此，程四小姐的班底算是完整了。

这里和少商来的那个时代刚好相反。那时代物质空前丰富，可人力日趋昂贵，普通中产之家也只适合负担一个保姆顶多加个钟点工而已，可这里……看着眼前将近二十个服侍自己的婢女，少商一时也不知该如何想法，迷茫中迎来了她在这个时代的第一个正旦。

正旦这日，天还没亮，程始就和程止去参加大朝会了，回来时两兄弟都冻得脸色发紫。原来只有两千石及以上的公卿大夫才能入殿朝贺，像程始这样才一千石的只能站在殿阶上，至于程止这样才几百石的只能站到中庭遥贺——把程母心疼得险些想叫幼子辞官了。

程始故意说笑来安慰女眷们："亏得我们兄弟官秩低，朝贺完就打发了，万兄这会儿还等着皇上赐食酒呢。"又转头对桑氏道："我看见你兄长了。听说陛下采纳了皇甫先生的谏言，以后要在每年正旦朝贺群僚，毕会之后召人讲论经学。我看子怀兄领着一帮儒生呢，也不知他回白鹿山之前有没有空来家里一聚。"

"皇甫仪？他，他不是还在……"程止反应过来，不等他往下说，桑氏赶紧拧了他一把，笑着对程始道："自是要来的。我本想叫兄长住到家里来，谁知陛下不肯放人，一股脑儿都箍到论经台去了。"一边瞪丈夫一眼，程止只好讪讪地闭嘴。

这时，萧夫人招呼大家进去开始正旦仪式。

古代的正旦更多是一种仪式性活动，敬告神灵求保佑，祭奠祖先继续求保佑，然后就是看看驱傩舞，听听外面锣鼓响亮驱赶邪祟，再宰些牲口来搞搞迷信活动，最后自然是必不可免的家庭盛宴。程家众人不分男女，按老少而置座，依次向程母敬献椒柏酒，然后一齐举觞向老妇祝贺长寿康健。

程家三兄弟想到不久后又要手足分离，各奔前程，便聚到程母席前你来我往地敬酒，逗得程母哈哈大笑。萧夫人辛苦多日，被桑氏劝得多饮了些，映得面颊绯红娇艳，心中高兴，便指着这儿道"这是姎姎布置的"，又指着那儿道"那是姎姎安排的"，引得家宴上众人齐夸程姎贤良聪慧。

旁人就罢了，程咏素来心细，察觉有异，待宴罢后急步赶至萧夫人跟前，拱手问："阿母为何只教姎姎这些，却不教嫡嫡？"

萧夫人面色如常，笑道："嫡嫡连字都不识得几个，是能看懂族谱还是能朗读花册？何况做事之前先明理，好歹先读几卷圣贤书吧。凡事不能一蹴而就，须得循序渐进。"

程咏至孝，虽依然隐隐觉得不妥，却不好多问了，只是心中更加怜惜幼妹童年坎坷，不能如寻常官宦人家的女公子一般受到应有的教养。

想了半天，他将自己用了多年的那张麒麟四首紫檀漆纹书案收拾出来——这还是他十一岁那年读书小成时夫子赠予他的，吩咐随从清理一下捆好了明日给少商送去，算是给幼妹的新年礼物，鼓励她好好读书识字。自己先用旧书案应付应付，回头再找人打造一张新的。

手足情意如此拳拳，哪怕是少商这样的小没良心也是动容的。她知道古代读书人，别说多年用惯的书案了，哪怕一笔一砚一片书简都是不许人轻易动的。

不过少商也想不到，自己和萧夫人的第一场大型口头争斗居然就是因为这张书案。

正旦次日，诸事皆宜，包括吵架。

事发之时，少商正在写字。她写一撇看看字帖，画一捺再看看字帖，累得额头隐隐冒汗。这些日子她已察觉出这些文字似乎还更接近于象形文字，每个字都好像一幅小小的简笔画。"水"就是弯弯曲曲的几条线，好像水流，"河"就是水旁边有屋舍山林，"吃"就是唇喉形状的线条前有一个小碗在往里凑。

她放下笔，翻翻案旁的木简片，这是前几日程颂从坊间给她带来的民间趣味故事，每片宽约三寸长四五寸，面上不甚平整，边上还有小毛刺——坊间平民用的自然不如府内的竹简打磨得光滑。谁知少商越看越喜欢，因为这上面的字她几乎认识九成以上。

以及，她心里有点数了。

诸如字帖、典籍、族谱，甚至士人大夫儒生之间，大多还用着前一种图画般的文字。但在民间流传甚至小吏办事时，后一种她熟悉的字体已经大大流行开了。而这种字体，哪怕相隔数个时空，估计全国人民都能自动转换无碍。不过，她还是得认真学习前一种文字的，毕竟阅读相关资料文献用得着。

少商叹口气，提起笔继续在竹简上描着，一旁的阿苎用慈爱的目光看着她，同时在火炉旁一片一片烤着竹简。这时代通用的书写载体有布匹、丝帛、锦缎，甚至铜器，不过最常见的还是木竹类。萧夫人持家勤俭，不许儿女铺张浪费，是以少商练字用的木片竹简都是写了洗掉，然后晾干烤好，再用麻绳穿起来继续用。为了清洗方便，练字用的墨汁都是烟灰树脂掺了糠浆而成，自然不够黑亮芬芳，于是少商愈加宝贝程咏送给她的那块松烟墨了。

萧夫人是那种只问绩效不问工时的人，所以那种"你知道她有多努力吗"这种辩解纯属笑话。

这日程始早起，在萧夫人新布置好的前庭校场挥完一百遍大刀后，将尚在酣睡的两个弟弟从温暖的床榻里拖出来，言道一起去寻桑氏兄长桑宇"叙旧"。程承一听就用冷水抹脸出来了，程止却怏怏不愿——他这些年常能见到内兄，哪里有旧可叙？何况他今日原想给妻子画现下都城最流行的眉毛的，被程始一瞪眼后才反应过来，看着面前兴冲冲的次兄只好随行。

程母宿醉未醒，不过就算醒来大概也要昏沉一整日。萧夫人领着程姎在给奴仆布置今日之事——原本当家主妇不需事必躬亲，她为特意教导程姎故为之。

桑氏亲自做了几个小食，将自己的三个小儿女以及筑讴二童拢在一处，闲闲地给小朋友们讲小故事，并引他们一道做做游戏背背儿歌。

另一边，程咏想去拜访自己夫子的同门，程颂却道那些儒生一定还没给皇帝放出来，不如去找万伯父讨些酒喝。两兄弟争执不下，于是把三弟捉来卜卦，程少宫刚拿出龟壳卜钱，未等掐指算出方位，就有侍婢来报"萧夫人传三位公子去女君的正堂"。三兄弟都傻了。

程咏叹气："你俩又做错何事了？"

程颂大怒："早知道算啥卦呀，今日不论去哪里都比待在家里强！"

程少宫对身旁的随从道："快去请三叔母也过去。"昨日正旦才过，萧夫人就又要训人，显然不是小事，把和气的三叔母找来比较安全。

他们兄弟所居之处离萧夫人的九雅堂最远，是以最后才到。远远走近厅堂，透过宽大的门廊，只见萧夫人高居上首正中，身旁一左一右端坐着早到的桑氏和忧心忡忡的青苁夫人。程姎低着头，与傅母低头跪坐在左侧，比较奇妙的是少商，她居然独自跪坐正下首正中位置——难道今天的主角不是他们兄弟？

不等进门，只听萧夫人正在怒气冲冲地质问少商："……你做的好事！原本以为你只是不学无术，没想到还心胸狭窄，贪图旁人东西！"

少商是真摸不着头脑："阿母不妨明言，今日我自晨起，一直习字至今，连房门都未出一步，能做什么？"

桑氏微笑道："是呀，我也不知出了何事。本想请您尝尝我做的糖饵，却不想……"她肚里大骂程少宫，传话也不说明白，害她蒙了半晌。

萧夫人质问少商："你怎可抢夺你堂姊之物？"然后转头对桑氏道："你不知道，今日我与姎姎说完庶务，她请我去她居处歇息，谁知正看见这孽障的仆众在姎姎处打闹伤人，要把一张紫檀书案抢去！"

门外的程咏和门内的少商一起吃惊——书案？

正说着，青苁夫人的侍婢已从后堂领了五六个鼻青脸肿的仆众上堂来，当前一个正是莲房，只见她妆也花了，头发也乱了，衣襟还被撕破一块，满脸鼻涕眼泪。

少商失笑道:"我今早不过叫你将长兄赠我的书案扛回来,还拨了些人手给你,怎么弄成这样,你这是去打劫钱铺了吗?"

桑氏饶有兴味地看着她,萧夫人发起怒没几个人能扛的,这小小女孩倒镇定。

萧夫人听了这话,吃惊道:"那是子肃赠你的书案?"

不等少商张嘴,程姎身旁的傅母已出言道:"兴许长公子是赠了四娘子一张书案,可那张紫檀书案不见得是吧。"莲房急哭道:"就是那张书案,就是就是!"

那傅母微笑道:"既是长公子赠予四娘子的,怎么到了我们女公子处?这也不顺路呀。"一旁的程姎急得小脸通红,轻声道:"傅母别说了,别说了。"

莲房急道:"是菖蒲叫我搬过去的!"

那傅母瞪眼道:"胡说八道!菖蒲适才叫你们打在头上,晕过去至今未醒,你就把这罪名栽到她头上了?"

少商看莲房也被打得不轻,左眼红肿,脸颊高高肿起,说话都口齿不清了,便笑道:"这还不简单,让堂姊看看那书案是不是自己的,不就清楚了?"

那傅母眼珠一转,笑道:"四娘子不知。我们从葛家出来时,那边给置办了好些物件,许多连我们女公子都不认得呢。"

门外的程咏再不能忍耐,一边大声道:"那就搬来让我看看,是不是我的书案,我总还认识的!"一边大步踏入厅堂。

那傅母大吃一惊,实没料到内宅小姊妹的争执,萧夫人居然把三个儿子也叫来了。她却不知,萧夫人从前就习惯训斥一个儿子时把另几个也捉来一道旁听,同样的错误一人犯过其他人也不许再犯,收效甚好。萧夫人此时已收了怒气,挥手叫儿子们在右侧依序坐下。

程咏一坐下,立刻拱手道:"阿母,我的确赠了一张书案给嫋嫋,就是上官夫子送给儿子那张紫檀木雕有麒麟首的,您也见过。不如将那书案搬来一看,就知是非曲直了。"

萧夫人神色有些犹疑,青苁夫人略一凝思,起身悄然出去。

那傅母看情形不对,忙笑道:"有麒麟首的?哎哟哟,奴婢真是该死了。适才慌乱,没仔细看,若是雕有麒麟首的,那当是长公子的无疑。可又为何到了我们那儿呢?莫不是……"她眼睛一瞟莲房,"莫不是这贱婢故意扛着书案去向我家女公子炫耀的？"

程咏心道：这傅母好生奸猾。

莲房哭着道："没有没有！就是菖蒲叫我搬过去的！都是奴婢的错，是奴婢自作主张！奴婢存了招摇之心，谁知遭人诓骗！"

程咏冷冷道："是炫耀还是诓骗，把那叫菖蒲的婢子叫来一问便知。"

那傅母赔笑道："长公子，菖蒲如今晕了还没醒过来……"

程颂已是大怒，叫道："一个小小贱婢，倒碰不得了？用水泼，用火烧，剁她两根指头，看她还晕不晕！"

萧夫人拍案骂道："你叫嚷什么，是叫给我听的吗？"嘴上骂得虽凶，可她心中已然知道此事有内情了。瞥了一眼跪坐在左下首惴惴不安的程妷，她心生怜惜，想着可不能叫这老实孩子受了委屈。

这时青苡夫人回来了，身后还拎着一个衣襟濡湿的婢女，正是菖蒲。

虽名叫菖蒲，这婢女倒生了一副敦敦的模样，满脸的厚道呆愣，反倒莲房生得清秀聪明，谁知却被扮猪吃了老虎。菖蒲"扑通"一声跪下，连忙和盘托出，加上莲房在旁插嘴，众人总算补齐了内容——

原来今日一早，莲房指挥着四五个健婢去前院公子居住处扛书案，在回来的半道上遇到菖蒲。莲房爱说，菖蒲爱问，前者有心卖弄自家女公子受宠，后者便满脸讨好道："我家女公子最近也想打一张新书案，不知能否叫她看看样式？"莲房被捧得飘飘然，于是就入彀了。

等到了程妷居处后却不见正主，莲房当时就想回去了，谁知菖蒲叫了十几个婢女将他们团团围住，笑言："不如将桌子先留下，待我们女公子看了后再给你们送回去。"莲房如何肯答应，于是一言不合两边就"乒乒乓乓"打了起来，桌椅案几七翻八倒，狗血满地，刚好叫萧夫人看了个正着。

"如此说来，不是嫋嫋要抢妷妷之物，而是妷妷要抢嫋嫋之物？"程少宫冷冷道。

萧夫人立刻道："你攀扯什么？"

程妷涕泪道："都是我的不是，缘故竟是这样，我实是不知。给兄长们和少商赔罪了。"一边说着，一边连连给众人行礼拜头。

萧夫人道："你从今晨就和我在一处，与你何关？"

程颂愤愤道："那嫋嫋也从今晨一直在习字，阿母为何……"话还没说，就被程咏一把按住，以目示意闭嘴。

萧夫人闷了半晌，吐出一口气，缓缓道："两处的婢子都有错，都是自作主张！菖蒲，姎姎要不要这书案她自有主意，要你自作主张？莲房，嫋嫋叫你搬桌子就搬桌子，东跑西逛做什么！如今这番风波都是你引出来的，正该好好处罚！"

那傅母机警得很，连忙出来磕头道："女君说得是，都是我们管教不严，回去后好好教导。"还扯了程姎一下，程姎连忙道："伯母见谅，是我没有管好她们……"

萧夫人温言安慰了几句，程姎连哭带赔罪，眼见气氛逐渐和谐，一切不快都可以抹过。萧夫人又去看女儿，只见少商低头跪坐在中央，一言不发，不知在想些什么。

萧夫人心中不悦，冷哼一声。程家三兄弟赶紧向幼妹示意，叫她也哭两声说些场面话——可惜，低头的人是看不见眼色的。程少宫急了，低低叫了一声："少商！"

少商这才如梦初醒，抬头茫然看看众人。其实众人不知，她刚才不是在发呆，而是在考虑一个严肃的问题——

是默然忍受命运暴虐的毒箭，还是挺身反抗人世无涯的苦难？是像程姎一样哭泣求饶自陈过错，将一切就此抹去，让萧夫人满意，还是绝不低头，一定要为自己讨回个公道呢？

她选择第三条路。公道有什么用，不如捞些实在的！

"阿母，女儿有话要说。"少商难得正色肃穆。程少宫没来由地心头一跳，直觉告诉他，让这孪生妹妹张嘴是要出大事的。

萧夫人道："说吧。"

少商心中一笑，微微侧过身子，道："莲房，你过来。你可知你错在哪儿？"

莲房连滚带爬地过来，哭道："是，是奴婢自作主张……"

"其实吧，我挺喜欢自作主张的。"少商笑道，堂内众人目瞪口呆。萧夫人心中生厌，她生平最不喜这种油腔滑调。

"自作主张，要看自作了什么主张。那些只会听一句做一句的，岂不是木头？"少商悠悠地说下去，照她那个时代的说法，这叫主观能动性。不过莲房已经听傻了。

"譬如说，我让你去东市买豆豉酱……"

程少宫忍不住："东市不卖豆豉酱。"

"少宫！"

"少宫住嘴！"

——萧夫人和程咏齐齐呵斥！桑氏想笑，努力忍住。

少商不理他们，笑笑继续道："譬如我叫你去买豆豉酱，哪些事你可以自作主张呢——走哪条路，去哪个铺子，买你认为成色好的酱豉，甚至如三公子所言，你发现东市没有豆豉酱，难道就空着罐子回来给我？这可不成，你得另找地方买。这些你都可以自作主张。那什么不可以自作主张呢？买不到酱，你不可以拿醋来搪塞我，你不可以把我的酱倒半瓶给旁人，更不能决定我需不需要买豆豉酱。你明白吗？"按她那时代的说法，这叫发挥主观能动性。

莲房呆半天后才反应过来，眼含泪花大声道："奴婢以后一定好好买豆豉酱……啊不，是服侍女公子，好好服侍女公子……"

桑氏双袖拱面掩笑，低低闷笑。萧夫人抽着嘴角，强忍不悦。青苁夫人努力将嘴角压平，跪坐在萧夫人背后替她顺气。

程姝也傻了，满脑子都是豆豉酱在打转，至今都没怎么明白少商的话。菖蒲继续低头装傻，那傅母却已经面色不大好看了。对面的程咏三兄弟却有了些笑意。

莲房心中感激，脑门在地板上磕出"咚咚"之声。少商赶紧制止她，拍她肩笑道："我喜欢聪明人。不过，你要学会什么时候该聪明，什么时候不该聪明。回头你自己去青姨母处领罚。我没罚过人，也不知该怎么罚才合适。"

初中没毕业的小女生，历练还不够呢。少商挥手示意她退下，莲房抽泣着跪到门廊边又磕了个头才退出去。少商转过身，朝程姝身后招招手："菖蒲，你过来，我有话要问你。"

菖蒲似是受惊不小，战战兢兢地挪过去，一副胆小怕事的样子。

三兄弟心中不快。他们年纪虽不大，但自幼跟随父母历练，见过残忍凶徒，审过刁滑细作，甚至远远在备军中为父亲掠过阵。能掀起这么大风波的婢女怎会简单，又何必装模作样？加上那傅母，一个胆大嘴利，一个装傻充愣，葛家倒是送来了一对好帮手。

——他们要是连这点做作也看不出，就白瞎了萧夫人十几年的调教！

"菖蒲，我来问你。"少商笑眯眯道，"莲房见堂姊不在，就要搬书案回来，你拦住了她。可是莲房带着好几个健婢，你一人是拦不住她们的，所以你叫了十几个小姊妹来将她们团团围住。当时，你是怎么对你那些小姊妹说的？是说'别叫她们把长公子赠予四娘子的书案搬走'，还是'她们要抢我们女公子的书案，快拦住她们'？"

那傅母心中一沉，暗叫"好厉害"，一句话就问到了关节所在。

"我，我……"菖蒲这次不装傻了，是真不知道该怎么回答。

少商收起笑容，冷冷道："这么点微末小事，就把主家全都惊动了，说到底，不就是阿母以为我抢了堂姊的书案吗？彼时若有一人出来喊一声'误会'，不就什么事都没有了？菖蒲，你晕倒了不能说实情，你那十几个围着莲房她们痛殴的小姊妹可没晕倒。她们是不知道底细被你瞒骗了，还是她们知情不报，由着主家误会？"

萧夫人闭上眼睛，心中叹息。

以她之精明，如何看不出程姝身旁的傅母和婢女大为不妥，只是这时不好发作。葛氏刚被驱逐，连累儿女面上无光，程姝近来刚学着掌事，才立了些威信，是以打算眼下无论如何也要给程姝留些脸面，回头再收拾这两个刁奴。

"以一张书案，行离间骨肉至亲之实。这个罪过，要么是你背着，要么是那十几个婢子背着。你挑一个吧。"少商静静地看着她。

菖蒲汗水涔涔而下，一个字也说不出来，心知这罪名可不是"自作主张"轻飘飘的四个字可以含糊过去的。

程姝脸色惨白，惊呼道："不，不是的，不会的……这怎么会……"她完全乱了，心如团麻，自己都不知道自己在说什么。

桑氏低头微微一笑，青苁夫人听呆了，不自觉停了给萧夫人顺气的手。程家三兄弟看着自家幼妹神情自若，再对比程姝慌乱的模样，心中莫名生出一股骄傲。

萧夫人暗自叹气，若论伶俐机变，姝姝是一百个也比不上嫣嫣的。今日事发突然，想来嫣嫣事先也不知情，可不过适才短短几刻，她就想明白关节所在了，并反转了局势。

"别咄咄逼人了。"她沉声道，"你自己发落了莲房，姝姝的奴婢就让她自己发落吧。"

"成呀，就听阿母的。"少商无可无不可地笑笑。

萧夫人就是见不得她这轻慢的样子，不悦道："奴婢的过错，到此为止。书案只是小事，给谁都成。你们姊妹以后还须手足和睦，不可生了嫌隙。"

少商笑嘻嘻地点头，浑不当一回事。程咏和程少宫却不甚舒服，便是素日大大咧咧的程颂也觉得心口隐隐发闷。

本来事情到此为止了，谁知那傅母听了萧夫人的话，似是得了靠山，忽然大哭道："多谢女君为我们女公子说话。我们女公子没有四娘子聪慧，没有四娘子口舌伶俐，她是个老实人，女君您是知道的。适才四娘子那番话，哎哟哟，别说叫我们女公子自己想出来，就是写出来让她背都不成哪！四娘子有三位同胞兄长撑腰，可怜我们女公子势弱，统共就一个话还说不利索的幼弟啊！我们做奴婢的不免惶恐，日日担心有人欺负我们女公子，处处逞强要尖，什么东西四娘子有的，我们就觉着一定要给女公子也讨一份呀，这才犯下了过错……"

少商眯了眯眼，觉得自己高估了这老婆娘，还以为多聪明，原来是个不知见好就收的。行，你不肯罢休，那就不罢休吧。

桑氏忽然直起身子，冷冷出言："你这老媪，哪来的乡野小户之论，说的什么狂悖之言。姎姎哪里受欺负了，你是在指摘什么？程家兄弟骨肉至亲，几十年来亲如一体，从不分彼此。你说这话，是要挑拨程家骨肉吗？是谁教你的，是葛家吗？我倒要好好问问他们！"

那傅母戛然断了哭声，她立刻明白自己说了大大的错话，她可以说程姎老实蠢钝，容易受委屈，但万万不能攀扯到几位公子身上。她反应倒快，连忙拼命磕头，言道自己说错了。

萧夫人也皱起了眉头，心道这傅母断然不能留了。她六岁起管家理事，什么不知道。这些日子她带着姎姎到处走动，奴仆们只有更加讨好姎姎，怎会轻视，分明是这傅母在挑拨。

程咏直起身子，怒斥道："贱媪！竟敢议论主家是非！来人……"

"好了！"萧夫人喝断，"此事到此为止！"

少商等半天，等着萧夫人发落这傅母，谁知等来了这么一句。她心中自嘲一笑，得，还是只能靠自己。

"阿母，您觉得这老媪适才的话对吗？"她淡淡道。

萧夫人有心赶紧结束这错乱的局面，呵斥道："你们一个个没完没了了是不是？！"

"对就是对，错就是错。如果这老媪的话是对的，那我和兄长们岂不真落了欺负堂姊的名声？如果是错的，请阿母立刻发落了这老媪，以正视听！"少商静静地看着萧夫人。

萧夫人今日一再受挫，已是怒极，森然道："你敢忤逆！"

此言一出，青苁夫人首先吓一跳，桑氏也惊异地看向长嫂。

"阿母！"程咏大声道。忤逆不孝是何等重的罪名，一旦落实，幼妹就万劫不复了。

程颂不敢置信地望向萧夫人，程少宫也满心失望，颤声道："阿母，少商不是你的女儿吗？这老媪适才说了那样悖逆之言您都不惩治，反而要对少商说这么重的话？"

萧夫人自觉怒极失言，扭过头去，默然而坐。

少商心中冷笑。

这里厅堂高阔，门外肃立腰悬刀剑的武婢，今日她在写字时，萧夫人就是派了这样浑身寒气的武婢不由分说把她拘了来，连阿苎都不许她带，并且一上来就气势汹汹地一通责问。这样三堂会审的架势，寻常小姑娘早吓坏了，总算她是半个混过道的，当年大姐头的男票在台球室被打得断了三根台球杆她都没多眨一下眼，何况今日？

如今在程家，她虽身为家主嫡女，但处境并不乐观，今日不豁出去，一辈子就要被压着打，永远畏畏缩缩翻不了身，她可不是能忍气吞声的性子！

少商心意已定，转头对那傅母冷笑，狠声道："你刚才的话要是叫阿父听见了，他一刀一刀活剐了你都成，你信不信？"提起程始，那傅母抖如筛糠。

"阿母不肯斥责你，你知是为何？不是为了你这自作聪明的蠢媪，而是为了堂姊的脸面。"少商一字一句道，"你觉得兄长们偏心我，不必难过，这不有阿母偏心堂姊吗？"

"嫋嫋！"青苁夫人高声喊道，满眼都是惊慌。

萧夫人面沉如水："让她说。"

程咏觉得不好，想制止已经来不及了。

只听少商道："阿母适才说奴婢之错不该归到女公子身上。嗯，这话说得好。所以，才来到我身边几十日的莲房犯错，阿母就连问都没问清楚，将我拘来训上一顿，反正笃定必是我的错。而伴在堂姊身边十余年的菖蒲犯错，堂姊就一点也无碍。你说，这是为什么？"

那傅母张大了嘴巴，发不出声音，她只不过攀扯三位公子，搅浑水好脱身，谁知这四娘子更生猛，直接将生母拖下了水。

"这是因为阿母喜爱堂姊呀。"少商左掌击在右掌上，笑得冰冷，"我阿母文武双全，慧达强干，别说三个兄长，就是比三十个兄长加起来还强多了。所以，你不用为你家女公子忧心，有我阿母护着，程府之内保管无人敢掠其锋芒！"

"放肆！"萧夫人强忍怒气，"你这是在怨我了？"

少商回过头来，淡淡笑着："阿母，分别十年，您头一回与我深谈时，就叫我'有话直说，说假话虚话，有什么意思'，女儿牢牢记着，一点没忘。如今您觉得真话不好听了，想叫女儿说假话了？"

萧夫人怒气上涌，肃然起身，指着骂道："你这孽障，来人哪……"

程咏知道母亲要发作，忙扑上去紧紧抱住其双腿，哀求道："母亲，都是儿子的不是，是儿子思虑不周才酿出这样的事，惹得母亲大怒，都是儿子的过错！嫋嫋年幼，又自小没人教导，您别怪她！"

萧夫人听儿子口口声声都在为少商说话，怒火更旺，迁怒道："你知道就好！你当初要是送出两张书案，岂不皆大……"

"三张。"谁知程少宫忽冷冷道，"需要三张书案，娓娓也写字了。阿母心里只有堂姊，连娓娓也忘了？"

萧夫人呆了，停止挣扎双腿，指着程少宫，道："你……"对上三子不满的眼神，她心中一凉，生平头一遭儿子们一道反对自己，她忽觉四面楚歌声。

桑氏赶紧出来打圆场，笑道："娓娓才写几个字，要什么书案。一点家事而已，何必剑拔弩张的。"

程咏跪倒在萧夫人脚边，连连磕头："都是儿子的不是，阿母罚我吧。"

萧夫人气得浑身发抖："好好，就罚你，就罚你……"

"——母亲为什么要罚长兄？"少商忽道。

程咏急出了汗，回头吼道："你别说了！"

"不，我要说。"

少商跪得笔直，单薄的肩头仿佛蝶翅般一碰即碎，浅白色的阳光透过门廊照进来，照得她似乎整个人都隐没在光线中不见了似的。她雪白稚气的面庞没有一丝血色，神情冷漠，声音更是淬了冰凌一般。

"母亲可以罚我，但不能罚长兄，因为他一点也没做错。"

"为什么长兄只给我一人书案？那是因为我粗鄙无文，长兄可怜我，才将自己心爱的书案给了我，盼着我不要气馁，好好读书。又不是他特意去外面打造新书案时只打了一张，漏过了堂姊。长兄何错之有？"

堂内静谧一片，无人出声，只余程姎轻轻的哭声。

"阿母，我如今能写之字不过百，读过之书不满十卷，还都是些孩童启蒙之物。堂姊呢，该学的她都学了，还没学的您正在教。阿母，女儿今年几岁了，您还记得吗？我明年就要及笄了。"

　　青苁夫人都不知道自己眼眶已经湿了，然而那跪在中央的女孩一滴泪也没有，那样倔强骄傲，只把薄薄的背脊挺得笔直。青苁这辈子无论何事都是站在萧夫人这边的，可这回，她想站到女孩那边。

　　"有一个不能分割的麦饼，面前有两人，一个快要饿死了，一个却七八分饱腹，阿母，您要将麦饼给谁？抑或是，您要跟那将饿死之人说，为着公平起见，你先忍忍，待我有了两个麦饼，再给你们一人一个，可好？"

　　程咏侧头拭泪，逆光中回望身形单薄的幼妹，一时心痛如绞。

　　桑氏定定看着少商。忽想起多年前自己亲眼见过的一场小小战事，当时对方主君已死，战至只剩下数名兵卒，可他们还拒不肯降，奋力将残破的旧主旌旗高高竖起。后来他们全军覆没，尽数战死，落日余晖下，只剩土坡上依旧斜插着的断杆破旗。

　　她觉得少商就像那些残兵，身上有一种孤勇，一种令人心悸的光彩。

　　"阿母，您还要罚长兄吗？他没有过错。"

　　少商微一侧脸，迅速甩掉眼眶中的湿意，然后回过头，依旧笑容嫣然。

　　她眼前浮现起家乡那湿漉漉的青石板路，南方的冬天其实比北方更难熬，又湿又冷，就像她的童年。她早就不在乎了，可是还会痛。

第七回 花灯如昼

堂内一时静默，萧夫人胸口被堵住了般透不过气来。

她自来刚强果决，一旦下定决心的事，从不回头，可这次对着儿女们的反抗，她是骂不下去也罚不下去了。她只能不断对自己说"你没错，娭娭敦厚老实，若不护着她只有遭欺负的份，就该压着这孽障，不能让娭娭受委屈"——虽然她心里也知这样不好。

一直没插上话的程颂"呼"地起身，倒把众人吓了一跳。

程颂此时没有半分笑容，只见他几大步跨过去，一把揪起那傅母的发髻，横着将人活活拖至门口，然后臂膀用力，重重地将她摔在门廊外，只听一声惨叫过后，那傅母就没声了。

程娭惊呼一声，晕倒在菖蒲身上，菖蒲也瑟瑟发抖。这种抢夺别房娘子之物的事她们以前在葛家不是没做过，葛家女君素来都是高拿轻放，这才养得她们习以为常。如今，她终于明白，程家不是葛家，由不得她们自以为是，掐尖要强。

萧夫人本想痛骂次子，谁知程颂回过头来，眼含热泪，一脸悲愤，她竟骂不出口。程颂走回来，重重跪在程咏身旁，大声道："阿母要罚兄长，就连我一起罚吧！"然后程少宫也默不作声地走过来跪下，低头不语，显然意思是一样的。

萧夫人如何不知这是三个儿子在向她表示强烈的不满，她一口气哽在喉头无法下咽。眼见情势难以善了，桑氏忽然"哎哟"一声大叫起来，众人忙去看她。

只见桑氏一手捂腹，一手抓着萧夫人的手腕，痛苦道："姒妇，我好似又腹痛了，你上回那药丸可还有？快与我取两丸来！快，快！"

120

萧夫人有些蒙，正想叫青荇去取，谁知桑氏手劲甚大，生生将她拖了起来，嘴里还喊着："痛死我也，快与我取药丸！"然后就拉着萧夫人往内堂去了。

桑氏和萧夫人就这样一阵风似的离开，留下众人呆若木鸡，不知所措。

一到内堂，桑氏立刻不腹痛了，厉声屏退身旁的侍婢，然后一下将萧夫人甩在日常歇息的胡床上，瞪眼道："妣妇今日好大的威风，可把我吓住了！"

萧夫人适才被儿女们气得昏头昏脑，现在反应过来桑氏是在装腹痛，好给众人一个台阶下，免得闹到不可收拾。

萧夫人侧卧在胡床上，揉着自己的胸口，嘴硬道："我威风？你看看那孽障，一句句逼着我说，她才威风呢！"

"活该！谁叫你一招错，满盘皆落索！"桑氏在堂内走了两圈，然后驻足道，"你起手就错了，明明是委屈了嫋嫋，却一句好话都不肯说。自古以来，父不慈，子不孝，你自己立不住道理，倒摆母亲的威风，活该被逼到这地步！"

萧夫人恨恨道："这几个不省心的孽障，让一下又怎么了？一句钉牢一句，难道我看不出那老媪和小贱婢的伎俩，回头暗暗发落就是。姎姎的脸面……"

"你别再姎姎姎姎的了，我听着都恶心！"

桑氏从腰侧取下贴身的锦囊丢给萧夫人，不客气道："人心皆有偏向，这不稀奇。可你偏心也太过了！明明理亏，尽扯些全无道理之话，我都看不下去。少商不是你生的呀？就算是婢妾生的，你也不该如此待她！刚才你的话，一句比一句狠哪，连'忤逆'这样大的罪名都说出来了，真把嫋嫋逼死了，我看你怎么和婿伯交代！"

萧夫人从锦囊中取两枚清心丸含在口中，一股清凉辛辣直冲脑门，这才清醒了些，甩甩头，自嘲道："我是被气糊涂了。今日居然会做出这样的事来。"

她自小受萧太公宠爱，与兄弟们受同样的教诲，举凡谋略地形朝政世族无所不知，但若论对内宅人心细微之处的了解，却大不如桑氏。事实上，除在前夫家短暂的几个月，在内宅中她都是说一不二的存在，根本无须理睬几个奴婢的小心思。

她不得不承认，这一遭，她是牛心左性了，错了，也输了。

桑氏看她脸色渐渐还转，笑道："怎样，没想到吧。嫋嫋生了这样一副好胆色。你想仗着长辈的威风压服她，她可半分没怕的。"

萧夫人白了她一眼，就要起身，却被桑氏拦住："你出去干什么？还要再责骂嫋嫋吗？今日之事本就是你理亏，你再责骂她，只会叫三个侄儿更加对嫋嫋怜惜，他们不敢怨恨你，必会怨恨上姎姎。你若真为了姎姎好，就不要再出去添柴了。而且，你有没有想过今日之事婿伯知道了该怎么办。"

萧夫人坐回胡床，沉吟片刻，干脆道："将军那儿我自己会去说，我做得不妥，我不会瞒着。"这种事她从不拖泥带水，"那今日之事，就这样算了？总得结个尾吧。"

桑氏也很干脆："你别出去，我去。就跟那群小冤家说，你被他们气倒了，回头让孩儿们来给你赔个罪，你含糊一下，事情就算完了。"

萧夫人性格刚烈，实在不喜欢这种和稀泥的做法，低头不语。

"家里事又不是朝廷政见之争，没有黑白分那么清楚的，你就是斗赢了又如何？孩儿们心里不服气，只会骨肉离心。"桑氏劝她道，"你是明白人，废话我不多说了。今日之事若是发生在旁人家，你来做看客，你会作何想？只怕是个人都会以为少商是侄女，姎姎才是你亲生的！"

"胡说八道！"

"是是是，我知道姒妇是最最公正的。"桑氏一边笑着，一边起身出去，最后留下一句意味深长的话——"可这世上有些人呀，为了彰显自己公正无私，有时反而会厚待旁人，苛待自己的骨肉，你说可笑不可笑？"

萧夫人心头猛然一震。

……

九骓堂内，众人待过半晌，青苁夫人走过去轻轻掐着程姎的人中，并叫菖蒲退下。

少商看看几位兄长，他们也看她，彼此心知肚明三叔母的用意。

这时，程姎就幽幽醒转过来，然后手脚并用地爬到少商跟前，抓着她的袖子，痛哭道："嫋嫋，你别恨我。我不是有意的，我没想到你的委屈这么大，都是我的错，还有几位兄长，对不住，对不住……"她口齿不利索，来来去去只会拜头道歉，哭得气噎声堵，看得程家三兄弟反有些不忍。

"堂姊，我真没怪过你。"少商拦住不让她道歉，"只是，这世上的事从来都不公平……"她帮程姎抚平揉得乱七八糟的衣襟，"堂姊，你是处处无母处处母，我却是明明有母实无母。"

程咏低声呵斥："嫋嫋不要乱说。"少商摊摊手："那我不说了。"

程少宫却郁郁道："堂姊虽自小离开程家，可她舅母待她如珠似宝，回了程家后阿母又当她心头肉。可少商呢……"他没说下去，然众人都心头明白。

青苁夫人心里也为少商难过。

这世道真不公平，明明是龙凤双生，载福而诞，然后命运在她三岁时拐了一个弯。应该获得的疼爱无法获得，应该享受的荣耀不能享受，在两个再愚蠢狭隘不过的妇人跟前长大。而那明明作恶多端的妇人的女儿却能活在阳光下，万千宠爱，精心养育，快乐成长——这如何叫人心平？！

程少宫心中伤痛，低低道："少商，当初我也留下就好了，我和你一道留下。"

少商白了他一眼："那现在就有两个目不识丁的了，长兄哪来两张书案送我们？"

大家本来都是满腹愁绪，此时也不禁一乐。

程颂拍着胸脯，道："还有我呢，我的书案也送你！"程少宫例行拆台："算了吧。回家这几日次兄你根本没读书，你那书案都不知捆在哪里，怕是还没从行李车上卸下来吧！"程颂笑骂着就去捶弟弟。众人哈哈大笑，总算将愁云暂且驱散。

程咏笑罢，道："嫋嫋，以后你要什么就跟兄长们说，总要给你弄来的。"他暗下决心，以后哪怕拼着受母亲责罚，也要叫幼妹高高兴兴的。

少商大喜过望，她等的就是这一句，当下忙揪住程咏的衣摆，结巴道："我，我，我想去外面看看，什么东市西市，什么德辉坊流馨坊，我都不知道在哪里。我，我想知道外面是什么样子的，可阿母不许我出去。"

看着幼妹希冀的眼神，铁人都心软了，不等程咏开口，程颂已连连保证："你放心，哪怕阿母再训斥，我也要带你去见见世面！"

程姎在旁讪讪的，不敢开口说什么，还是少商回头道："到时堂姊也一道去！"程姎心中欢喜，程少宫也叫好："对对，堂姊也去，就不怕阿母责罚啦！"众人又是一齐大笑。

青苁夫人摇头，暗叹："年少真好！"

人人都在笑，少商尤其笑得开心，可她心里所想无人知道。

——费了半日工夫，难道她只是为求个公道或者怜悯吗？无法转化成实际效果的怜悯一毛钱用处也没有。何况，她从小到大都不肯白白吃亏。

这番做作，她的目标本来就不是萧夫人。

打动萧夫人？让她起恻隐之心？据理力争让萧夫人愧悔难当然后宠爱她？她想都没想过，不要试图叫醒装睡的人，人的心偏了再怎么努力都没用。

她要自自在在地行事，要光明正大地出门，要知道这世间百态、士农工商以及将来如何自立，她再也不要被拘在小小一方天地中坐困愁城了！

幸亏那愚蠢的老媪和婢女，不然她还不知该如何走出这一步。

少商的预料十分准确，程始回府得知此事，当下就要拎刀去"庖丁解人"。萧夫人好容易拦住了他，并且借口回赠年货，连夜将那傅母和菖蒲打包送回葛家。

因此，除了争分夺秒将这二人在启程前痛打一顿外，程始什么也没干成，这回他连萧夫人都一道埋怨上了，为表抗议，他连续三顿饭去和程承吃，连续两个晚上去和程止睡。程止委婉表示"长兄你这个顺序可以调换一下，次兄分居了我又没有"，结果惹来程始一顿老拳。

青茁夫人觉得这样下去不好，就恳求桑氏从中调解，桑氏顺水推舟给了程止，程止一把揪住三个侄子让他们想办法。三兄弟刚在老虎似的亲妈跟前磕头赔罪完毕，哪里还敢去惹饿狼般的亲爹，是以谁都不肯答应，最后职业叛徒程少宫急中生智道"解铃还须系铃人"，于是球被踢到了少商脚下。

原本程止几个还犹豫，没想到程四娘子豪气干云，一口应下，并且迅速解决问题。她只对程始说了三句话：

"如今府里只知那日是奴婢生事惹出的风波，阿父你再和阿母隔阂下去，二叔父想不知道内中因由也不成啦。

"不久二叔父就要上白鹿山读书了，少说也要数年光景才得返家。我盼望二叔父能安安心心上路，不要有牵挂，我想阿父当如是。

"堂姊不只是二叔母生的，更是二叔父的骨肉。二叔父不善言辞，但我知道他心中对堂姊不但喜爱，更是愧疚。"

看女儿正气凛然的模样，程始牙根发痒：这小没良心的，他究竟是为谁不平为谁愁呀。于是程将军开口了："吾女既如此深明大义，当日你为何非要不依不饶，就忍下这口气，让你阿母回头慢慢处置就是！"

少商迅速反驳回去："刀没砍在自己身上时当然可以深明大义。当日吃亏的是我，我自然不肯，如今阿父都替我讨回公道了，我自然可以深明大义！"

这句话翻译过来，就是慷慨可以，但要慷他人之慨，不要慷自己之慨。

程始惊异于女儿居然能把这样厚颜无耻的话说得这么理直气壮，他一直以为全家只有他一人具备这种技能来着。不过想想自己也算后继有人了，他也就消了气，就坡下驴去找萧夫人和好了。

萧夫人也不拿乔使性，十分大气地表示她也有错，这件事就此揭过，于是夫妻俩当夜就唯一的女儿坦率地交换了意见。

"……当时十万火急，君姑偏鬼迷了心窍，你我哪有工夫和她角力，何况连几时能回来都不知道。"

十年前，数位本已归顺的诸侯王骤起复叛，一时间原本就不大的皇城烽烟遍地。这对本朝大多数人都不是好事，程始尚在忧心时萧夫人却一语笃定——富贵险中求，此事对万程这样刚刚投奔的将领是个莫大的机缘。

事起突然，皇帝的心腹大将和人马都无法从前方调回，果然启用了他们兄弟二人上前应急。程始行阵，萧夫人照例是要跟随的，可这时向来体壮如牛的程母八百年赶上一回小风寒，葛氏不知哪里寻来个巫士，巧言龙凤胎乃祥瑞，要留在身边程母方能保康泰。

以萧夫人之智，此局不是不能破，不过召令刻不容缓，时间耗费不起。

何况大军开拔，辎重军械部曲召集林林总总，夫妻二人忙得脚不沾地。仓促间，萧夫人抓住那卦象中的漏洞，另行寻了巫士卜曰"双生子留其一即可"，随后夫妇俩旋即启程，连三个儿子都是由部曲随后护送去的。

皇帝果然对万程二人随召即应的态度十分满意。之后数年，兄弟二人指哪儿打哪儿，越打越远，皇帝越用他们越顺手，越顺手也就越信任。如今看来，当初的决定不可谓不正确。

"既然不得不留下孩儿，自然少一个是一个。我来问你，一样的儿女，是儿子能给家里闯出滔天大祸来，还是女儿？男儿上能从戎入仕，下能经商游历，你是拘束不住的！智襄子自以为聪慧天纵，想出'蚕食封邑'这样的计谋，最后兵败身死，阖族二百余口被屠戮殆尽，可叹智家上百年的基业毁于一旦！还有那晁大夫，谏言皇帝削藩收权，其父苦劝不住，结果被诛三族，这还是忠臣呢！佞臣毁家的，数不胜数！"

萧夫人侃侃而谈，每当这种时候程始只有低头听话的份。

义不掌财，慈不掌兵，夫妻俩都是刀山火海里历练过的，战场之上，片刻迟疑就可能情势如山倒。既然不能和程母纠缠，就要把损失降到最低。

"你我微寒起家，见过多少人家因为儿子行事不当遭了祸。说句不当之言，那李侯大人当初为着投奔陛下起事，他的父兄宗亲，六十多口被杀焚尸，真是骇人听闻！可是从古至今，能有几个女儿给家族惹出大祸？"

程始听到这里，忍不住道："如今李家不又兴盛了吗？"

萧夫人瞪眼道："那是李侯投了明主！若是投了僭主呢？当年天下群雄并起，那些称王称帝的身边也有不少簇拥，他们的家人亲信后来下场如何？"

程始投降了，连声道："好好好，我知道你的意思。儿子得好好教养，否则落拓邋遢还是好的，不过家里多养一口人。就怕坏了心志，成了奸佞邪祟之徒，小则败家，大则牵连阖族。女儿，女儿……"

他说不下去了，下面的话太阴损缺德，只有至亲可言——女儿将来总要嫁人，于程家，再糟也糟不到哪里去。只要不入宫为妃为嫔，不嫁显赫的公侯之家，在这太平岁月，总也掀不起大风浪来。

"话是这么说，可嫋嫋是我们亲骨肉，这样待她，我于心不忍。"程始叹道。

萧夫人望着丈夫的面庞，忽想到前夫曾说她生就一副铁石心肠，刚硬尤胜男儿。

她道："当初我主张撇下嫋嫋时，就已经做了最坏的打算。什么小奸小恶都不妨事。原本担心嫋嫋被养得秉性太弱，一个'弱'字，比奸猾邪恶更不堪。一个女子一旦秉性柔弱，毫无主见，那就活脱刀俎上的鱼肉，等着叫人糟践。是以我还让青妹给她挑了个伶俐却老实的婢女——别再我说有偏见了，十年前我可不知她日后会长得像吾母。谁知，谁知……"

"谁知你全然想错了。"程始满是骄傲，"当初你担心她弱，如今却担心她太厉害，横竖你是左看右看都看不顺眼她了。"

萧夫人叹道："这次叫你说中了。她也是太聪明了。"

程始若有所思："你却反而更担心了？"

萧夫人点点头："你别老说我偏心。姎姎笨虽笨，可本分安稳，我放心将她嫁到任何人家中去，她不会惹事。可嫋嫋呢……"她长叹一口气，提高声音道，"天不怕地不怕，若叫她不高兴了，她能将郎婿家祖宗八代的胡子都给你扯下来捻笔毫你信不信！到时就不知道，我们程家是跟人结亲还是结仇了！"

程始努力忍住不笑，又叹气："聪敏犀利，桀骜不驯，这两点合在一处，真是要命了。"他道，"那你想怎样？"

萧夫人平静道："日后，给她找个厚道诚恳的殷实之家嫁过去，平顺度日就好。哪怕以后夫妻吵起来，你们父子也能替她撑腰。这才是真为了她好！"随后又嘲道，"不过她这样厉害，郎婿未必能欺负了她，倒要担心你们父子以后是否要日日去亲家那里赔罪！"

程始皱眉，倘若孩子资质平庸，这样安排也就罢了，可小女儿身上的聪敏神采就是瞎子也看得出来。他道："你我自己从来都是力争上游。如今却叫嫋嫋耽于平凡，她能肯？"

"婚姻大事乃父母之命。为何不肯？"萧夫人道。

程始沉默良久，才道："你太自负了，将来不要后悔才好。"

萧夫人傲然道："落子无悔！我这辈子宁肯死了，也绝不后悔所做之事。更何况……"

她白了丈夫一眼："你以为外面的女君们都是瞎子聋子。是没听见嫋嫋跋扈的名声，还是看不出她桀骜不驯的行止？舜华告诉我，她第一眼看见嫋嫋就知道她断然不是寻常淑女！"

"你胡说！"程始道，"适才三弟还告诉我，娣妇说她极是喜爱嫋嫋。"

眼看二人又要争执上了，一直等在门外等着验收夫妻和好成果的青苈夫人忍不住摇头：就不兴人家桑氏就喜欢嫋嫋那一款吗？

事实上，程止对妻子的这种偏向也十分兴味。

因为短短这几日工夫，桑氏已经寻摸着送了少商一个玉钏、两支金凤以及三卷珍藏的书卷，要不是他死命拦着，桑氏差点将原先要织给他的一条锦带都改了给少商。

现下她正摩挲着一枚新得的衣带玉钩，叨叨着如何衬少商。

"姎姎柔善，怎么不见你像喜爱少商一般喜爱她？"并非挑拨，程止只是好奇。

桑氏抚摸衣带钩那温润的玉质，歪头想着——其实她也喜欢姎姎，但她不否认自己更喜欢嫋嫋。

寻常十余岁的女孩，不论多刚强也多少盼望得到父母的慈爱与认同。可嫋嫋截然不同，她似乎从不在意萧夫人是否理解她，怜惜她，甚至疼爱她。

她想要什么，就会想办法自己去获得。而这次，她想要的全得到了。

桑氏冷眼旁观，萧夫人手把手教姎姎处置庶务，少商却被困在家中不得动弹，眼馋得什么似的。可萧夫人性情果决，寻常难改主意，求之无用。谁知天降一场风波，给女孩送了个大好机会，一石二鸟。

其一，少商将生母的偏心挑破了。之前萧夫人的偏心都落在细微处，真吵闹起来，大家只会说少商忌妒堂姊，斤斤计较。这次以后，萧夫人可不能如以前那样依心随意了。相反，动辄得咎，丈夫儿子都会怀疑她是否又"偏心"了。

其二，少商想见识外面的世道，想自由行事，可萧夫人要她在内宅修养性情，两人都有自己的道理，又都是心志坚定之人。如今，萧夫人嘴上不说，但桑氏知她心里还是很不是滋味的。这两日几兄弟驾车载少商满城乱逛，萧夫人未曾说过半句，想来算是默许了。

回想那日九雅堂的情形，萧夫人雷霆大怒，青苁夫人好声劝说，三个兄长都极力制止少商继续说下去，可女孩依旧不肯低头。

为何喜爱她？细想想，也许是因为她也曾像少商一样，孤身对抗过全世界。

"元漪阿姊什么都好，就是有些执拗。"程止摇头叹气。萧夫人嫁来之时他还小，自小叫习惯了有时还会冒出来，"不过少商也不对，哪有这么算计的？"

桑氏将玉钩装入锦盒，笑眯眯地回头道："那我来问你。我们娊娊，你希望她将来是像姎姎呢，还是像嫋嫋呢？"

程止想了想，叹道："那还是像嫋嫋吧。我宁肯她算计我们，也不愿她像姎姎一样吃了亏都束手无策。这世上可未必处处有人护着她呀。"程姎是走了大运，可是谁也不能保证运气会永远跟随呀。

"我喜爱嫋嫋，正因她从不怨天尤人，有了难处就去想办法，哪怕是个馊主意呢。"女孩身上有一种鲜活的魅力，哪怕又傲慢又桀骜，也是生机勃勃的。

说着说着，桑氏又忧愁起来："不过吧，像姎姎一样天生好命，到哪儿都有人疼她爱她替她着想，自己只需要本分守拙，根本用不着筹谋算计，也许才是福气。"

——就这样，两对夫妻得出截然不同的两个结论。

长辈议论纷纷，作为话题人物的少商岿然不动，面对阿芑的欲言又止，程咏的欲语还休，甚至萧夫人的复杂神情，她全当没看见，不论是每日问安还是同室用膳，哪怕装也要装出来。

说句嚣张的，她从亲爹妈离婚那天算起，小太妹预备役——浪子回头刻苦读书——重点高中——名牌大学，直接吓傻镇上的八婆们，这一路下来她一直都是话题女王。

庸人才没人议论呢！像她寝室的短信妹，据说是她村里头一名大学生，简直震惊方圆百里内五个村支书，当年是敲锣打鼓彩旗飘扬扎着红绸大花送出村门口的！相比之下，她出镇那天的排场简直弱爆了，完全不匹配俞镇的暴发户名头！

——"苜蓿，这几日堂姊夜里还哭吗？"

少商揉着发酸的手腕，自打得了程咏的书案后，阿苎督促她练字的热情简直一发不可收拾。

那名叫苜蓿的女孩正帮着巧蒚将少商的食案摆好，秀丽的瓜子脸笑容可掬："她们好歹陪了我们女公子十几年，若女公子对她们离去毫不动容，那人们还不说她太凉薄了？再说了，都哭三夜了，也该好了——哟，今日还有炙烤鹌鹑呀，真香。对了，莲房姐姐的伤可好了？昨日我们女公子得了一罐药膏，叫我顺手带来给莲房阿姊呢。"

少商笑眯眯地看着眼前的女孩。

有那么句名言，退潮时谁在裸泳一清二楚，菖蒲和那傅母被赶走了，这原本不显山露水的苜蓿就显出来了。

书案风波的次日苜蓿就上门了，又是赔礼物又是替程姎辩白，之后日日都来坐一阵子，顶着婢女们和阿苎的冷脸白眼，始终摆着笑脸。有时帮着干点活，有时陪着说说话，讲点程姎在葛家的过往，讲点老家趣事，诉说程姎的不易，再时不时地恭维少商和众婢几句。

言语得体不说，还勤快爽直，没几日连阿苎都板不住脸了——到底伸手不打笑脸人。

少商却想，看来葛家送来的不全是蠢货。

"四娘子莫要跟我们女公子生气了，您不知道，我们那位傅母啊，仗着养育女公子十几年，常在乡里自称是女公子的半母，架子可大了。葛家女君本不愿她跟着女公子来咱家的，可我们将军这些年一直打胜仗受封赏，乡里谁人不知，她哪里肯舍下这富贵？哭着喊着都要来，葛家仁厚，只得答应了。菖蒲差不多也是这样……"

程姎当初刚被送过去时，葛家都以为过个三五年葛氏就会派人来接，所以仓促间找了傅母和几个小婢后也没想着换。谁知一年年过去了，葛家这才发现葛氏狠心如斯，根本没有接回女儿的打算。葛舅母就决心把程姎当自己女儿养了，悉心教养之外，还细细挑选陪伴之人，苜蓿就是这个时候被选出来的。

"那时女公子都九岁了，菖蒲比我们多陪了女公子许多年，情谊自然不一样。"

程妁在葛家的处境十分微妙。照理说她不是葛家本家女公子,属于生母不疼寄人篱下,但随着程始日渐发达,乡里时时传来喜报,葛家上下无不对程妁越来越恭敬。

水涨船高,那傅母和菖蒲她们早习惯了在葛家趾高气扬的日子,什么好吃好喝好用的定要先给程妁享用,便是葛舅母正牌的孙辈出生后,吃穿也不及程妁精细。

尤其葛舅母知道自己渐渐年老体衰,生怕难以照管周全,让几个儿媳侄媳怠慢了程妁,是以有意无意纵容那傅母和婢子一贯的霸道行径。

后来萧夫人给葛家去信讨要程妁,道"吾侄劳烦亲家多年,愚夫妇近日将返",葛家这才忍痛送还女孩。谁知回程府后,葛氏却不给她们脸面,她们略受挫了数月。好在程始夫妇回来后,萧夫人对程妁百般呵护千般看重,于是她们故态复萌了。

说到底,那傅母和菖蒲也非大奸大恶,否则葛舅母也不会放任她们留在程妁身边,不过是十几年来习惯了主角光环而已。

"我对我们女公子说呀,您不但不该生气悲伤,还要谢谢大人和女君帮您除了这两只蠹虫,他们这是为了您好。不然叫您自己处置吗?还是继续跟着您,接着给您闯祸生事?我们女公子都听进去了,十分懊悔纵容仆下。不过她生性腼腆,这些话只能由奴婢代说了,还盼着您不要跟她生了嫌隙才好。"

首蓿说得十分坦诚,在她看来,菖蒲她们真是愚不可及。依萧夫人对程妁的疼爱,程妁将来必然嫁入公侯之家,她们做婢女的自然会更上一层楼,针头线脑儿有甚好争的。

"我还说,就是我也得谢谢大人和女君,不然我这后头来的婢子,哪天能顶替菖蒲的位子呀!哎哟,真谢天谢地!女公子听了,追着要打我呢!"首蓿眉飞色舞,笑着捂住肩头,"我被打了好几下,不过没打疼。早知我们女公子这么没力气,我就不逃了,白费了我逃的脚劲。"

巧菓几个婢子都笑得不行,阿茞也是无奈摇头。少商挑挑眉:非典型的接受型人格,至少这位堂姊还懂得照顾父亲弟弟和管家。

不过高手在民间。经过首蓿不断开解求情以及小食贿赂,除了还在休养臀部的莲房,她这里上下都已不那么记恨前事了。就凭首蓿这战斗力,估计莲房被她说反转也只是时间问题。

葛舅母的确有两把刷子，话说自己怎么没投胎到程娭身上呢，这能省多少事呀。

不过自从那日争吵之后，萧夫人似乎气馁不少，不再时时训斥约束少商了，多少有些放任她自由发挥的意思。既然目的达到，少商这阵子也乐得扮乖扮和气了……

次日正月十五，元宵佳节，更兼难得太平岁月，四邻无战事，皇帝特意将这日的宵禁推迟两个时辰，并辟出从德辉坊到北宫前一段长长的宽阔街道，供臣民观灯游乐。晚膳后，除了流鼻涕的程娓三姐弟被留在家中，程家阖府出门游玩。

程始怕今日的灯市人多有碍，先以几辆巨大的安车将女眷运送至街边，再以家丁护卫将女眷们团团围住，方才得以出行。

少商兴奋得不行，一下车就长长呵了口气，白茫茫的气息须臾散去，越发冻得她唇红齿白，颜若朝华。桑氏正站在她身旁给她拉直皱起的衣裙。

萧夫人不悦地看了眼，再去看程娭，只见她身着一件朱红织锦的三绕曲裾深衣，边上裹着三指宽的金色绣缎，何其明丽。

——她明明为两姊妹准备了一样的衣裙饰物，好让她们今日穿戴出来。谁知她那不省心的女儿装傻，反而穿上桑氏赠送的绀碧色二绕曲裾配雪色百褶内裙。

倒不是不好看。不算性情恶劣，这孽障的容貌实是没说的，近日又长高不少，翠衣雪肤的小小女孩，那么婷婷袅袅地一站，当真稚弱柔娆，我见犹怜。

就这么下车不到十息工夫，已有几位经过的华服少年瞥眼过来偷看了。程始昂头挺胸走在最前头，故意装作没看见，心中得意难言。夫妻多年，萧夫人如何不知丈夫所想，心中不住摇头。也是，女儿貌美，做父母的自是有面子的。

时人崇尚古朴大气之美，这街道市坊宽阔敞透，最窄处也有二丈宽，两旁隔五十步便树立着一人高的灯炬，以尺余铜盘盛满火油高高架起，其中点起熊熊烈火，把这冬日寒夜照得犹如喧闹白昼。

程始对着那火油铜盆看了半天，喃喃道：“陛下这次很下本钱哪。这许多火油，一条街全加起来，可是不小的耗费。”

少商白嫩的小耳朵一抖，忙问：“阿父，咱们陛下很节俭吗？”

不等程始张嘴，萧夫人的眼风已经扫过来了，少商连连摆手："行行行，我不问了还不成吗？”这也不行那也不行，可真够烦的，莫不是祖上做了十八代教导主任吧！

程始耸耸肩，他从不在众人面前和老婆不对付，打算回去再跟女儿讲，然后一把揪过程止拉到一行人最前面去哄程母开心。

萧夫人沉吟片刻，道："有些事，回去叫你兄长讲与你听。"

少商一惊，三兄弟一喜，程颂与程少宫更是喜形于色，皆心想母亲与妹妹能和好真是再好不过了。萧夫人赶在他们开口之前道："咏儿你来说。"又对次子和三子道："你俩闭嘴，听你们胡说，还不如什么都不知道呢。"程颂与程少宫憋笑称"喏"。

萧夫人又转过头，柔声道："姎姎，你也去。以后在这天子脚下交际，该忌讳什么，该避嫌什么的，你都听听。"程姎高兴得屈身称喏。

自程咏以降，三兄弟的喜色莫名砍了一半。

站在后头的桑氏默默摇头：果然人无完人，像萧元漪这样文韬武略的女中豪杰，在处理儿女之事上居然这样大意自负。

只有少商全不放在心上，凡事得偿所愿就行。她自小冷言冷语不知受了多少，若事事敏感，她哪里活得到翻身吐气那一天。

街道两侧的楼坊上挂着最多的就是笼灯和走马灯。

笼灯是直接在合抱大小的圆形灯架内点上炽烈的焰火，粗壮的灯框外裹上各种染色羊皮，朱红的、碧绿的、嫩黄的、湛蓝的，今夜不少楼主店家为求灯火辉煌，引人注目，会将数个巨大的笼灯吊成几串，垂挂在门面外。

而走马灯多是圆柱形，里面灯油灼灼燃烧，待热气上涌，外面的活动灯架转起，只见绘制在灯皮上的图案缓缓浮动游走，甚是奇妙。

少商目不暇接，黑白分明的眼睛睁得大大的，一盏灯一盏灯看过去，有将士回家妻子来迎的，有小童顽皮追打嬉闹的，有武士弯弓射猎猛兽的，甚至还有鱼儿鸟儿头碰头的。

程始见女儿形容稚气可爱，十分豪气地叫多买下几盏灯给她回家慢慢玩耍。谁知少商摇摇头，只要了一盏，道："回家我自己做，做更好看的。"

她是理科女生，可以徒手开平方。虽然主修方向偏理论，动手能力不如工科弟兄们，但这么简单的原理，她觉得可以回去练练手。

灯市不只有灯，还有绢花、丝帛、首饰小食，甚至还有书简——

一个儒生打扮的人正声泪俱下地向程咏和程少宫述说"好好一个书香门

第被庆帝爪牙迫害至家破人亡，如今不得已贩售家中藏书"的故事。

程颂左右手各拉着筑讴二童，在一个猎户的摊位前观看一根据说是从吊睛猛虎身上抽出来的虎筋，用来制弓弦那真是万夫莫敌。

萧夫人和程承边走边说笑，句句鼓励他振奋读书，不要有顾虑，程姎笑呵呵地随行一旁。

程止见一店铺里的绢花做得新奇野趣，便买了朵给桑氏簪上。程母脸黑成砚台，于是程止赶紧再买一朵给老母戴上，程母却不依，非说桑氏头上的花更美。桑氏也坏，故意不主动说将绢花让给程母，只笑盈盈地看着，闹得程止手忙脚乱。

程始在旁捋须摇头，就不能学学他，买了绢花藏在怀里回家再给妻子戴吗？

少商却因沉迷看灯，拖拉在程家一行人的最后面，身边跟着两个武婢三个家丁，她也不担心安全问题，只慢慢走着，这时一个竹编的绣球缓缓滚到她脚边。

少商的脚侧受触，她呆了一下，低头看去，却见那绣球做得甚是精巧，洁白的竹签丝以十字结一圈圈细细相绕，明亮的湖蓝色锦缎裹缠几处，还拴了两三个小铃铛，滚动时清脆细声，宛如猫咪轻轻啼叫。

"这位女公子，在下失礼了。"

清亮的男子声响起，少商赶紧抬头，只见一位青年公子站在距她七八步之处，身形纤长，肩背挺直，一袭湖蓝色曲裾深衣泛着点点织金，双手笼在袖中。他身后是巨大的灯炬，焰光熊熊，他背光而立，少商竟看不清他的脸庞。

见少商呆呆的，那人仿佛轻轻一笑，缓缓走近，随立在旁的武婢和家丁立刻手按腰间。那青年公子仿佛没看见他们的戒备，一直走到少商跟前，躬身弯腰捡起那绣球，腰身柔韧，直起身子时整个人影笼住了少商。少商这才看见，他鸦羽般的长发在起身时微微飘动，焰光熊熊之下，仿佛丝丝浮光。

那人向少商端端正正地作了个文士揖，然后背身而走，直至人影不见。

这就完了？少商摸不着头脑。

这年代搭讪的画风十分清奇呀，难道不是应该将绣球留给她，以后来索要吗？人家白娘子和许仙就是这么操作的。或者，人家的确是来捡绣球的，是她自作多情了。

少商摇摇头，这方面她始终不曾好好修炼。

上辈子退出江湖太早，前平后瘪没有发育的豆芽菜无人问津，镇上小混混儿也是有审美的。而之后,她最青春躁动的年华也被邻家白月光男神和地狱式学习二一添作五了。

想不通就算了,少商本不是多情的性子,便悠悠然地继续沿着街边漫步观灯了。

所谓天下大势,合久必分,分久必合。程家一行人走到街角一处岔口,领导阶层发生意见分歧。

程始听到那头传来热火朝天的喝彩叫好声,提议去看杂耍斗技。萧夫人却看见前头不远处的凤始楼里亮如白昼,人声鼎沸,是以要去听儒生们论赋谈经。夫妻俩对峙而立,故作昂头瞪视对方之态,却遮不住满眼的笑意。

程家众人十分上道,齐齐侧过几步,十分干脆地选边站——桑氏、少商、程颂及筑讴二童站到程始身后;程承、程止、程咏、程少宫及程姎站到了萧夫人身后。

两派人马楚河汉界,壁垒清楚。

唯独程母十分为难。

感情上,她想和不久又要离家赴任的小儿子一处待着,理智上,她想看杂耍斗技。在理智与情感之间纠结了半只鸡腿的工夫,她决定压抑感情,跟随理智。

程承犹豫道:"讴儿还小,怕给兄长添麻烦,不如随我们吧。"毕竟杂耍处人多,难以照顾。

程小讴急了,赶紧抱住程筑的胳膊,奶声奶气道:"不要!我要和四兄一道走!"

幼儿园小班生看小学一年级生,本就带着崇拜。何况这些日子,程筑领着他满府玩耍,捉蚯蚓、斗蛐蛐、耍木剑……从前葛氏这不许那不许,如今一气全补上了,堂兄弟俩简直如胶似漆,恨不能晚上都睡在一起。

程筑意气风发,大剌剌摆出兄长派头,挺起小肚皮:"那你可要听我号令!"

程讴学着军中的抱拳姿势,圈起短胖胳膊,大声道:"喏!"

程始瞥着妻子,故作得意:"这位女君,你方可不如我方人多势众哪!"

少商很想提醒他,其实只多了一个。

萧夫人眉眼含笑:"君姑年老,孩儿年幼,而我方皆少壮。若大人待会儿遇上寻衅的,高呼一声,我等一定来救。"

程家众人齐声大笑,就此分头而去,只有程止一步一回头地看着桑氏,喃喃着:"不如我还是跟去照看两个小侄儿……"萧夫人见不得他这没出息样,使了眼色下去,随扈的家将直接上前将程止一把架走。听着弟弟"哎哟"连声,程承在后面放声大笑,笑得腰都直不起来。

程姎见父亲这样有兴头,生平第一次对盼望母亲返家的愿望产生了怀疑。事实就是,自从葛氏走了,父亲的颓唐之气渐消,一日日振奋开朗了。

她忽然好生羡慕少商的果决明利,遇人遇事从不纠结犹豫,倘若是她遇上这事大约片刻就有了主张,不像自己……

被羡慕的程少商此时正兴奋得脸颊通红,望着那些伎人在高高的绳索上跳跃来回,在空中腾翻自如,一忽儿颠盆,一忽儿倒缸——她从未这样近距离观看过。

还有表演喷火吐雾的,程母凑得太近,几乎燎到头发。程始赶紧将老母拽回来,又叫随侍的武婢牢牢拉住,自己将程小沤举过头顶架到肩上。程颂也想学样,不料程小筑可沉多了,他一个趔趄,兄弟俩险些齐齐倒栽葱,逗得桑氏和少商哈哈大笑。

众人大呼小叫的喝彩声中,大约只有桑氏最淡定。她笑着与少商讲些闲话,少商一面叫好,一面疑惑地问她为何不去凤始楼,话说桑氏可是个十足的文化人。

谁知桑氏戏谑道:"见一个酸儒就够叫人晕头转向了,见一楼的酸儒,岂非得昏死过去?"

少商捂嘴而笑。

程家众人,她最喜欢的人里如今要加上一个桑氏。虽为长辈,但二人日常谈笑宛如平辈,她上辈子和室友都没这么投契过。刚见时还觉得桑氏相貌平平,如今却知道她性情随和,风趣聪慧,属于相处越长越叫人喜欢的类型。三叔父真撞了大运!

她凑到桑氏耳边,大吹法螺:"我三叔父当初怎么娶到您的?您简直就是牛刀,配他绰绰有余!"

桑氏笑得耳畔叮当,屈指去敲少商的额头——居然敢说三叔父是那啥!

那边厢,倒栽葱两兄弟终于闹翻了,程小筑怼不过颂,便来拉桑氏过去评理。少商没有跟过去,慢慢退出拥挤的人群,站到一边,等待家人看完热闹。

伫立街旁,少商将身上厚绒绒的连帽斗篷裹紧些,侧脸挨了挨那柔软细腻的雪白兽毛,看这花市灯如昼的盛美景致,心中欢喜之极。前世她看过霓虹如织,看过烟花遮天,看过更拥挤的人群,更繁华的集市,却从未有今天这样的感动。

她仰头望去,星空宁静深邃。死过一次,方觉生命可贵,这次她定要细细品味生活中的每一份美好,再也不辜负这锦绣年华。

正想着,她忽觉有异,连忙回头四望。

只见五六丈远处的楼檐下垂挂着数盏朱红色的圆灯笼,灯笼下站着一位素衣青年,肩堆鹤氅,双手负背,身架高挑颀长,全身只有衣带和发色如墨般漆黑。这样喧闹的灯市人群,他就那样静静站着,连同身旁七八个身披重甲的护卫,俱是静默沉立。

少商极目去看,可这人个子太高,面庞被悬挂在楼畔的一盏走马灯遮去一大半,光影浮动游移,胭脂色旖旎的灯火染在他淡漠的曲裾长袍之上,艳极清极,风雅透骨。

他所站之处少商适才也经过过,记得那盏走马灯上绘制的是阖家团圆的故事。

正在此时,她的肩头忽被拍了一下,桑氏走过来,奇道:"你在看什么?"少商狐疑道:"好像,好像有人在看我。"是在看她吗?她不确定。

桑氏却笑道:"我家嫋嫋好看,有郎君看你,岂不寻常?"

少商支吾几声,回头再去看时,只见朱红色灯盏依旧,灯下已不见人影。

——好嘛,一晚上艳遇两次,却一张脸也没看清,她这运气真是绝了。

宵禁将至,城楼那边的钟声传来,程家众人也得返家了,两处各有所获。

萧夫人在凤始楼结交了几位儒生及其女眷,一番交谈,顺手就邀至后日的程家宴席,算给宴席添些书卷气。程始看中了那个杂技班子,打算招至宴客时表演,好添些热闹。

少商走得脚底起泡,在马车上就靠着桑氏的肩头睡着了。桑氏本来也想眯一会儿,谁知却瞥见对面坐着的萧夫人不满的目光,她心里知道原因,笑笑自顾歪头小憩。

果然,次日一早萧夫人就杀将过来,埋怨桑氏为何独赠少商锦缎做衣裳。

桑氏慢条斯理答道:"那幅锦缎可是真好。蜀地织工甲天下,偏那自称蜀帝的僭主眼下封了边,好东西都难以流出来。这还是前年家慈做寿时收的礼,可惜只得一幅,颜色又不衬我,少商肤白,自然给她了。"

萧夫人顿声道:"你这是厚此薄彼!"

不论她心中如何想,但两个女孩的吃穿供给向来是一碗水端平的。当初她偏帮程娱,也是顾及葛家的嘱托。嫋嫋乍看受压制,实则丈夫和儿子们时时记挂天天关照,外面看见什么好的俊的总要送到嫋嫋处。奴仆们又不是瞎子,怎敢怠慢。

桑氏道:"那颜色也不衬娱娱呀。"程娱皮肤是浅蜜色,她自己的肤色偏黄,女儿娓娓倒随了丈夫皮子白,不过小小孩儿用那样珍贵的锦缎做衣裳浪费了,锦缎又不耐久藏。

"那样鲜嫩的翠色,只有嫋嫋才衬得起呀。"其实萧夫人皮肤也很白,不过年近四十,也不适合。算了一圈,全程家还真只有少商才配那幅锦缎。

萧夫人:"你就不想想娱娱心里会否难过?"

桑氏故作惊异:"姒妇何出此言?娱娱这样仁厚诚善的孩儿,如何会做这样狭隘之想?"

萧夫人一噎。好吧,是她一直夸程娱品德敦厚的。

她奋力回击:"送就送了。可这嫋嫋为何非得昨晚穿?我明明为她姊妹俩预备了一色的衣裳……"

"这正是嫋嫋的体贴之处呀。原本姊妹二人就容貌有差,再穿一色的衣裳,娱娱岂非更被映衬得无可遮掩?穿得不一样还可说各有千秋。"桑氏对答如流。

萧夫人又被噎住了。

她瞪视桑氏,桑氏回看过来,眼神纯洁无比。不一会儿,萧夫人败下阵来。好吧,人有长短,她斗嘴从来不是桑氏的对手。

第八回 程家宴客

两日后，程家宴客，阖府张灯结彩，洒扫一新。

程母终于盼到大出风头的日子，精神抖擞地起了个大早，连吃三碗麦饭就肉羹才放下牙箸，高坐在慈心堂的上首等着宾客来见礼。程始领着兄弟和儿子们去正门迎客，萧夫人和桑氏则在内宅忙碌。

少商今日倒和程姎做一样打扮了，茜红色织灵芝纹的三绕锦缎交领曲裾，配上雪色内衬，甚是明艳——萧夫人在审美上绝无问题，有问题的是她现在的心情。

程姎大眼圆脸肤色康健，算得上端庄秀丽，可惜一样打扮下，少商虽说身形还未长开，但容色白皙幼美，明眸善睐，倒将程姎映得像个村姑了。

桑氏笑得春风拂面，故意去瞟萧夫人。萧夫人瞪了她一眼，想想又觉得好笑。

程母今日穿得跟个大红灯笼似的，浑身披金挂银，闪闪发光，那粗壮的赤金烧火棍果然重现江湖。少商目测程母脑后，发觉似乎又粗了。她凑到程姎耳边，轻声道："大母是不是重打了那支金笄？"

程姎苦笑："你看出来了？大母足足加了二两的赤金呢。"

少商故意逗她："你是大母的好孙女，就没劝劝她？这样岂不惹笑。"

程姎惊惧："我哪里敢！"

"你可以请阿母去劝大母呀。"少商笑得很坏心眼儿。

程姎无语，她只是反应不利索，也不傻。

姊妹俩正咬着耳朵，宾客已陆续而来，来最早的自然是万将军夫妇。

万将军大名万松柏，比程始年长五六岁，略矮五六寸，但相貌堂堂，顾盼神采，而且貌似足疾已愈。少商观他头戴金紫冠，腰佩赤金带，挺个将军肚，举止大开大合，霸气外漏，简直从三米开外就能闻到他身上的权贵气味。

相比之下，万夫人就没这么强烈的存在感，容色比丈夫还苍老几分，给程母见礼后就安静地坐在一旁微笑。

寒暄过后，程母喜滋滋地问候万将军老母。万将军答曰："前阵子家母偶感风寒，妾妾也染上了，侍医说再养两天就都好了。过几日吾家设宴，还请您老大驾光临。"

程母一脸端庄矜持地点头答应。

按照大哥程咏的科普，隋县万氏也是个传奇世族，即家主一系永远是代代单传，不论纳多少姬妾，不论祭拜多少神灵，一个不小心还容易绝嗣。最神奇的是，即使是曾经子息繁茂的旁支一旦入继主支，两代之内就会枝叶凋零，最后也只能苦哈哈地熬着独养儿子。

程老爹曾给结义老哥出过馊主意，表示应是万家祖坟的风水不妥。于是数年前万将军就重修了祖坟，但至今不见效果，反倒连之前源源不绝的两年一个女儿都断了，恨得万大哥狠捶了程老弟一顿。

但除了子息问题，万氏家族其余都很稳妥。虽只是地方望族，但财帛庄园能代代壮大，声望名气始终不堕。到了万松柏父亲那代，居然还很及时地由文入武，养出一群得力的部曲家将，不但没在乱世中灭亡，还跳出了地方格局，搏到皇帝跟前。

万将军目前的情况是，爵封奉侯，秩二千石，官居徐郡郡守，不久便将赴任，正是有钱有权有贤妻有美妾，还有练达睿智的老母一名，唯缺儿子一个。

或者数个。

少商曰：我佛慈悲。

万松柏和程母唠叨完，扭头就去看被结义弟弟吹嘘了一百零八遍的小女儿。因为少商始终低头跽坐，实际上他连脸都没看清就大方地摘下悬在腰间的一把光彩夺目的匕首递了过去。

少商双手举过肩，恭敬地接过馈赠，一看之下，顿时惊叹"我的乖乖"！

匕刃精钢铸成，明可鉴人，匕柄和匕鞘俱是繁复镂刻的黄金打制而成，上面镶满了各色宝石美玉——是真的"镶满"呀！满到少商几乎无从下手去握那匕柄，尤其是指头大小的红宝石和绿宝石，匕鞘两面正中间隔着嵌了好几颗！显然，万将军虽是正儿八经的世家子弟，但审美上很像暴发户。不过，她好喜欢啊！

少商笑得见牙不见眼，不但大声称谢，还抬头就给了老万伯伯一个阳光明媚的笑容，差点耀花老万伯伯的眼。他当时想这匕首送得蛮值的，再瞥见萧夫人沉下去的脸，他顿觉这匕首送得太值了！

万程两家相交数十年，万将军和萧夫人其实也承认对方的闪光点，但就是脾气不投，彼此看不顺眼。萧夫人不喜万松柏豪奢铺张，贪酒好色。万松柏不满萧夫人规矩架子摆得比丈夫还大，几十年如一日不许他带程始去"玩耍"，简直夫纲不振——虽然程始从不承认！

萧夫人总算还能克制，万将军则是有机会给萧夫人添堵，连夜起床也要去添；没机会给萧夫人添堵，创造机会更要去添！总而言之一句话，看见你不高兴，我就高兴了。

万松柏和程始好得恨不能穿一条裤子，程家那点家事他早就知道了，难得逮着萧夫人这么点痛处，还不使劲攮刀子呀！

"嫋嫋呀，我两家乃通家之好，汝父同我更是刎颈之交。将来你要是受了委屈，就来找我！伯父一定给你做主啊！"

万将军满眼星光闪闪，每颗小星星都是坏心眼儿，话中的意思不能再露骨了。

总算程老爹深知这位结义兄长和萧夫人碰在一起绝没好事，赶紧叫程咏过来将人拖走，托词是帮忙招呼宾客。众人这才松了口气，万夫人赶紧去和萧桑二妇说笑。

之后来的宾客们基本都是这个步骤，女客留下闲谈，男客跑去外堂，若有老媪则坐到程母身旁。程姎和少商跪坐一旁，始终充当着吉祥物，逢人便笑，趴下行礼，装出羞涩的表情接受长辈们的点评。饶是程姎这样厚道的好脾气，装到最后也装不住了。

客如云来，大多人的面孔和姓名少商都糊涂了，只其中一位尹姓夫人让她印象颇深。

她随侍婢女众多，衣着华丽，贺礼尤其贵重，看得程母心花怒放。浅谈之后，少商才听明白这是万夫人代请之客，程尹两家原先并无交情。

原来这尹夫人和万夫人虽然看来差了许多岁，却是自小交好的小姊妹，出嫁后就遇上天下大乱，二人被分隔多年不曾相见。萧夫人长袖善舞，桑氏言语有趣，妯娌俩有意结交，几位夫人很快说成一片，相谈甚欢。

这样足过了一个时辰，少商和程姎行礼行得几乎直不起腰来。总算桑氏见来做客的小女娘渐多，就开恩叫她俩领着去侧堂用酪浆点心，剩下的老中青妇女们也好谈些成人话题。

到了侧堂，少商委实不客气地把主人职责让给程姎，让她去待客说客套话，也顺便显露一把萧夫人多日训练的成果。她自己则拖了张漆木枰挪到角落里去坐着，莲房很机灵地端上吃喝，然后领着另两个婢子在旁跪坐下，半挡在她跟前。少商笑眯眯地点头，示意嘉奖。

其实这次程家宴席如果有主题，那一定是"告别昨日，迎接未来"。因为今日除了如万尹两家这样的，大多来的宾客……怎么说呢，家族、官位、层级都不很高。

如果用数字来标示：程家微寒出身，又从龙较晚，本来在这都城中属于4等家族。但程始夫妇十年奋斗后，现在明面上升至3等家族，等程始不久后完成任务，回来获授新的官秩和官位，应该会升至2.5等。至于未来能否爬至2等家族或跌落，那就不得而知了。

而且眼前这些来客依旧是和以前的程家"门当户对"的，甚至还有不如的。

如果他们之前交好的是程始夫妇，也许现在还能扯扯老交情，可惜过去十年中他们日常来往的是程母和葛氏。所以今日程始和萧夫人待客的态度，明显亲密不足，热络适宜，还隐隐带着一种上对下的恩威并施。

比如说，眼前这十几个穿红着绿的小女娘，虽然各个努力装出笑脸，但明显对程少商有愤愤之意。她们看少商今日穿戴清雅贵重，身旁侍婢环绕，而且神情自若，举止大方，和往日在葛氏跟前那个或瑟缩或嚣张的模样截然不同，都是心中不服。但她们记着家里的嘱咐，无论如何也要忍住了，不可以对少商出言不逊。

——少商很快乐。就喜欢你们这种看不惯我却对我无可奈何的样子。

不过究竟是十几岁的小姑娘，在程姎的热情招待一番，众人说笑一阵后，终于有人忍不住了。其中一个菱形脸庞的女孩故意道："今日我都不敢认少商了，到底是不一样了。"

少商眉毛都没动一下："那是自然。这些日子我足高了四寸。"

另一个绿衣女孩咬着嘴唇："不是说这个！是说你说话行事都不一样了！"

少商淡淡道："我以前行止不淑，已被阿父阿母训斥过了。如今自然改好了。"

——之后数人试图挑话，都叫少商四两拨千斤应付过去了。

她的回答客气而疏离，众女孩挑不出一点毛病，便如刺在一张湿牛皮上，滑溜溜、软塌塌的，水火不侵。女孩们愈加不快，终于最初那个菱形脸庞的女孩壮着胆气，大声道："程少商，你别装模作样了，你是什么人，我们还不知道。以前求我们和你交好，不知有多恭敬，现在倒会摆架子了！你可还记得不久前在梅林口出恶言，还殴打……"

她声音越来越低，不敢说下去了，因为少商正冷冷地看着她。

少商直起背脊，冷漠道："堂姊，你可要给我做证。我今日一点无礼之处也没有，一句不当之言也没说，是诚心诚意重新来过的，可有些人抓着过去不肯放呢。"时移世易，今日的程少商已不是当初的程少商了，这些人还搞不清楚状况。

程姎心里也气得不行，冷声道："诸位阿姊这么爱说以前，不如说说吾母，我家妹妹以前一直养在吾母跟前呢。"

母债女偿，葛氏犯的过错，就算要顶也该由她来顶，而不是无辜的堂妹。那次书案风波之后她就知道，自己再不能躲在舅母衣袖之下当孩子，该挺起胸膛担当责任了。

此言一出，女孩们噤若寒蝉，那挑刺的女孩更是脸色苍白。少商倒对程姎刮目相看。

众人尴尬相对，一时室内无声。

忽然隔壁正堂传来一阵妇女的惊呼嘈杂之声，一个邻近门帘而坐的小女娘似乎听到什么，惊喜道："啊，仿佛，仿佛是善见公子来了！"

女孩们俱是面露喜色，也正好借机打破此时尴尬的气氛，都齐齐拥到门帘处去偷看。

少商心中不耐，冲着程姎和几个没挤过去看的小女娘勉强笑了下，淡淡道："我略感不适，先告退了，请众位阿姊恕罪则个。堂姊，您多劳累了。"

说完，她团团行了个礼，然后转身离去，莲房连忙跟上。

——程姎素性厚道温和，和众人又没有陈年恩怨，等她走后，大家各退一步就又能和睦相处了。

只要她不在就好了。

少商冷脸站在廊下，深吸了好几口深冬的寒气，直冻得肺管子都麻了。

她很愿意忘记自己的童年，偏来这破地方后，闲言碎语，指指点点，有色眼光……全套又给她来了一遍！好容易闯过地狱高考，考上前十学府的最好科系，外加暗恋的质优学长一个，眼看未来可期，如今又要她重新奋斗一遍，贼老天真是不知所谓！

少商越想越气，连廊下都待不住了，让莲房给自己披上绒皮大袄，奋力走出庭院，一个婢女都不许跟着。

她自小心烦时就爱独自漫无目的地乱走一气，走累了也就没力气烦了。此时程府正堂和东院满是宴酢之声，宾客如云，奴婢如梭，少商冷漠地看了一眼，头也不回地往西侧院落而去。

这座府邸占地不小，程家搬入后人手和时间都不足，因此许多地方还没整理好。比如西侧这片小小的山坡，据说万老夫人喜好静僻，也不曾打理。于是少商放眼望去，就是三两处歪七扭八的山石，一小片结了冰的池塘，还有十余株分辨不出品种的老枯树。

若以上辈子的体力，少商大约可以把这座山坡踩个四五遍不止。但如今才爬至馒头顶她就气喘如牛，在艰难地溜回馒头底后，她抖腿挪到池塘边，找了块干燥冰冷的大圆石趴着。

慢慢在圆石上挪正自己的坐姿，少商忽想起上辈子读过的一个老故事——

刚退休的前任花魁无数次拒绝了苦追自己多年的痴心人，表示红尘疲惫，自己无意结婚，然后就隐没人间了。许多年后，那痴心人再次遇到花魁，发现她已嫁了个平凡的丈夫，并且生儿育女，每日柴米油盐。

痴心人崩溃：你既然愿意嫁人，为何不嫁我？你老公也没比我有钱多少呀？

花魁回答：你会弹琴唱歌，他连五线谱都看不懂；你遍览群书，他只爱看杂志报纸；你器宇轩昂，他比我还矮三寸。可有一桩好处，他以前从没见过我或听说过我，是以也不知道我的过去，只当我是个孤身的寡妇，所以我嫁他。

痴心人傻了：我从不曾介意你的过去呀？

花魁回答：不介意不如不知道，我累了，亦不是坚强之人，不想再为过去费心。

少商对这句"不介意不如不知道"真是心有戚戚焉，人没那么脆弱，不需要那么多同情抚慰，她自己能搞掂，只是不想别人知道而已。

所以她特别理解尹享哲怎样都无法接受更加高贵美貌体贴温柔的青梅，最后选择了傻白甜女主角。不是青梅不好，而是他其实并不需要你善解人意的眼神，不需要你感同身受的劝解，只需要你完全没见过他不愉快的少年时代。

少商在初高中时代，也羡慕过那些打闹嬉笑一起去食堂晚自习的女同学，也不是没有女生向她伸出友谊的小手，但仿佛有一道奇异的隔膜，她们无论如何也成不了好友。

反倒在大学寝室里，来自天南地北习性迥异甚至脾气都不很好的四个女书呆子，日日同进同出，打闹和好，反而非常融洽。

究其根本，大概是她们从来没见过俞采玲那狼狈的童年吧。

——可在这个陌生的世界，哪里去找不知道程少商难堪过去的女孩呢？想到永远无法再见的好友，少商一阵黯然，对着硬邦邦的冰面垂头丧气。

"女公子，别来无恙否？"

一个似曾相识的清朗男声传来，少商"嗖"地直起身子从圆石上滑下来站好。

只见一位身着宝蓝色织锦曲裾儒袍的青年文士不知何时走至池塘边，就站在距她五六步远之处。他二十出头的年岁，比大哥程咏还高了几寸，身形秀美清瘦。

少商首先感到的是警惕，并暗骂自己糊涂，居然一个婢女都没带。

她顾不得酸软的两腿，规规矩矩地行了个礼，微侧眼眸，客气道："不知这位公子有何见教？"她想即使萧夫人在这里，也挑不出她这番言行的一丝毛病吧。

那青年见少商陌生的神情，微微皱眉："几日前灯会方才见过，女公子贵人多忘事了。"

少商一阵尴尬，她在灯会上艳遇过两次，不知眼前这个是哪个。不过输人不输阵，她立刻道："虽然见过，但不知公子尊姓大名。"

那青年微笑道："姓袁，名慎，草字善见。"

少商心中"啊"了一声，抬头望去，只见这袁慎生得眉目隽秀，气质斯文清贵，只单单站在那里，便将这荒凉山坡衬得如同星楼云台一般风致高雅。

——程大哥这几日的普及课中提起过这个人。他出身胶东世族，其父为某地封疆大吏。三年前皇帝陛下初次召选天下大儒讲经时，他年方十八，代师辩经，就已名声斐然，后被皇帝赐官侍中。

仍旧用数值衡量的话，就是说，这位袁公子，出身于2等望族，父亲属于1.5等的重臣，他又年少得志，未来爬上1等阁臣简直妥妥的。呃，如果不犯错的话。

不过，话说他纡尊降贵跑来程家干吗？难道又是万家请来的？

少商晃晃神，恭敬道："袁公子大驾光临，程家蓬荜生辉，不过，不过……"她不大会绕客套话，只好单刀直入，"家父他们在前边！"她想这帅哥估计是迷路了。

"在下知道。"袁慎笑得斯文俊秀，"我是特意来寻女公子的。"他语音柔缓，吐字清晰，尤其那"特意"二字，他故意压重两分，打在你心上一般。

少商不笑了，右手在袖中缓缓抚平左手背上根根立起的汗毛。她静静看他一会儿，才道："莫非我对公子有得罪之处？"

那日灯会之后，她早就将艳遇抛诸脑后，混太妹时的经历告诉她，不要太自作多情。文眉姐就因为人家在台球桌上让了她两个球就自行脑补了一段刻骨暗恋，然后多年糟蹋自己倒贴男友，大姐头不知多少次用这个反面案例教育她们一干小的。

多情伤身，做女人的，寡情点更能健康长寿。

袁慎的笑意更浓了。

他暗中打探过程家，最后圈定程家四娘子为最好人选，原本想她若是寻常小女娘，哪怕性情坏些，他不妨多加言辞恳切，笑容温柔，必能打动其为自己办事。

幸亏那日灯会他特意去看了看，只那么几眼，他直觉这程四娘子和外面传言的绝不一样。

"女公子不如先问问我今日为何在此？"袁慎绕着圈子，"程将军大才，那日宜阳之战……"他还没说完，少商已经斜行数步，眼看就要绕过他回正堂而去。

袁慎身形一动，也不见跨过几步，正好拦住少商的去路。此时他已收起轻松的神情，凝重道："少商君，这样未免有些失礼吧？"

少商神情冷漠，道："你我素不相识，两家又无旧交，公子拦了我在此，才是失礼吧。"

其实此时风俗，男女大防并不严苛，不要说乡野之中就常见一起唱歌游玩的少年男女，就是贵胄世家中，相伴出游的未婚夫妻，相约在河祭私会的男女公子，也不是没有。

不过，任何时代都不会鼓吹放纵淫荡乱搞男女关系吧，谨慎点总没错。而且她的情况特殊，这不还有个厉害的萧主任嘛，回头捏住她的错处又得遭一通数落。

"公子大名,即便鄙陋如我也略有耳闻。"少商慢慢挪后几步,保持数步距离,"公子有话,不妨直说。此时此地寒风呼号,小女子体弱难当,公子难道还要从盘古开天地说起?"

袁慎嘴角一弯:"好,少商君快人快语。那在下就直言了……"他顿一顿,才道,"女公子有所不知,在下实是有事相求。"

少商疑惑:"求我?"这姓袁的不论社会地位还是才学名声都远胜于自己,她能帮他做甚。哼,王者求青铜,非奸即盗!

"只求女公子给令三叔母桑夫人带句话。"袁慎展臂拂袖,躬身给少商作了个揖。

少商更疑惑了:"我家并不迂腐,袁公子有话直接登门与我三叔母说就是了,何必绕这样大的圈子呢……"

能这样简单就好了。袁慎苦笑道:"有些不足为外人道的缘故,在下无法对桑夫人直言,是以,是以只能请女公子烦劳了。这事说大也不大,说小……"

"喏。"少商忽道。

袁慎一愣,迟疑道:"你刚才说甚?"

少商干脆道:"我答应了。你要我带什么话?说来便是。"

袁慎一阵默然。这女孩的言行他一样都没料中,明明他年龄大她许多,却有一种平辈而论的感觉。他原先还带着大人逗小孩说话的笑意,如今不由得郑重起来,朗声道:"那么在下就多谢了!女公子只消对桑夫人说'奉虚言而望诚兮,期城南之离宫。登兰台而遥望兮,神悦悦而外淫。故人所求,不过风息水声'即可。"

少商嘴角抽搐,心道:这还"即可"?

袁慎见她半晌无语,追问道:"女公子是否有为难之处?"

少商嗫嚅道:"能,能否将前面那些诗句去掉,只说最后一句?"

袁慎:……

荒坡,枯树,破山石。

冷阳,寒风,冰池塘。

袁慎觉得自己今日真是见识良多。

他面无表情道:"那两句不是诗,是司马夫子的赋。"还是最出名的之一。

少商也面无表情:"公子似乎正在求我办事。"

袁慎：……

所以，因为有求于人，就要抹杀士子之心将赋说成诗吗？她是赵高投的胎吗？

袁慎闭了闭眼。他想自己和个书都没读几卷的小女娘斗什么气，才道："成。女公子就传'故人牵挂，但求只言片语以安心'，即可。"

少商点点头，也对袁慎躬身行了个礼，然后绕过他迅速走回去，走得极其干脆利落。

袁慎转身目送，凝视女孩的背影许久。

适才他刚到这里时，只见那女孩缩成小小的一团，坐在圆石上垂头丧气，犹如一只被雨水打湿无家可归的小鹌鹑，羽毛稀疏零落，可怜之极。谁知一闻有人靠近，她立刻竖起了全身的刺鬃，满身的警惕戒备，顷刻间，鹌鹑变刺猬了。

从他十四岁起，外面的小女娘见了他，不是脸红羞涩就是欣赏赞美，也有故意做出或奇异或高傲之举来引他注意的。但如程少商这样全然不是装出来的怀疑戒惧，甚至忙不迭跑路的，他实是生平头一遭。

不过，袁慎很快就会知道，他对程家四娘子的见识依旧十分浅薄。

没错，因为某人根本不打算履行承诺。

第九回 生存方案

少商一边疾走，一边腹诽——

做太妹的还要言出必行吗？你以为拍电影学古惑仔义薄云天呀！当时为了脱身随口应了，就好像劫匪喝令"不许动交出钱"，难道你还真不动呀？

何况她那太妹本就成色不足！老家收获第一波改制红利后，四分之一的镇民成了暴发户，俞镇就业率空前高涨。哪有人才认真混道呀，都认真发财去了！而且基层管控那么到位，小混混儿小太妹们多是父母外出后祖辈无法有效管束的产物，日常活动也不过是流连些游戏房台球室喝兑水酒。

少商这下心情也不郁闷了，老老实实回到筵席上。程姎一见了她简直喜出望外，一把将她按在自己旁边的席位上坐下，同时还絮叨着："伯母刚才来看我们，我说你去更衣了。眼看要开席了，你再不回来，叫伯母知道了又得说你了……"

程姎急得额头出汗，她现在是真怕了这对母女斗法了。

少商脱下皮袄交给婢子，一边瞟着坐在对面的一众小女娘，奇道："她们都没说我？"

程姎咬咬嘴唇，低声道："她们敢，我就把她们气走你的话说出去！"

果然，那些女孩再无人敢冷嘲热讽少商了，筵饮气氛空前和睦，大家假装刚才的不痛快完全没发生过，说些不痛不痒的闺阁闲话。

古龙说过，一堆男人在一起不谈女人，就像一堆女人在一起不谈男人一样，是不可能的。也不知谁先开的头，女孩们果然谈起了适才的"善见公子"。这个脸颊晕红说"善见公子如何如何才华横溢"，那个两眼迷离说"善见公子如何如何礼数周全仪态万方"……

"那袁善见跑到侧堂来了？"少商有些吃惊，看不出这货这么浪呀，专往女孩堆里钻。

程姎撇嘴:"你听她们胡说,我们连善见公子的衣角都没看见。"

原来袁慎拜见程母之后,连眼神都没斜一下就溜回男客处去了,别说侧堂的小女娘们,就是那帮中老年妇女都没来得及说句话。这货倒是留了几个七八岁的童子,端了袁府新酿的果酒团团给女客们斟酒,连侧堂都有。

"是谁请他来的?我家与袁家有旧吗?"少商咬耳朵。

程姎摇摇头:"应无交情。不过袁公子说,大堂兄的那位上官夫子与他父亲曾拜在同一位恩师门下。"

这关系听来仅次于水晶宫到广寒宫的距离呀。少商心下一惊,立刻明白了。

那厮借口让小僮斟酒,是为了查看她在哪里,结果发现自己刚离开侧堂,稍一打听就知往西侧去了,然后这货就追过去"求人办事"了。根据年龄估计,那厮应是替某个长辈传话,她没猜错的话,八成是三叔母以前的烂桃花。

想到这里,少商忙抓着程姎的衣袖,轻问:"那啥,阿姊,我跟您请教个学问啊……"她有些不好意思,"有没有这样的赋,什么兰台,什么城南的宫殿……"

她话还没说完,程姎就笑了:"这不是司马夫子的名赋《长门》吗,嫋嫋适才跑出去一阵,原来是去想学问了,伯母知道一定高兴。"

少商假笑数声,又问:"这段赋很出名吗?"

程姎心中一阵刺痛,她忽然发觉自己一直活在多么安全温暖的地方,竟什么都不看不问。她强自柔声道:"也不很有名,不过许多人爱它辞藻浑丽雍容,又不涉政事,所以常给闺中女子读着玩的。"

少商点点头,这个程咏讲过。前朝末年,戾帝深惧世人映射其恶行,以血腥手段防范,后遗症至今未消。成了,袁慎那厮还不定如何在肚里笑话自己呢。

"堂姊,"少商笑问,"你觉得那善见公子如何?"对照眼前那帮女孩的花痴样,又见程姎面色如常,她倒生了几分敬意。

程姎苦笑:"从头到尾,我就没见过这位袁公子,有何可想的?"

少商哂笑。也是,花痴也要讲基本法。程姎才来都城几个月,不像那些在都城长大的女孩,早就或近或远地见过那厮本尊了。

不过程姎没想法,不表示别人没想法,萧夫人就很有想法。

袁家的家世权势虽高于程家,但也没到高不可攀,何况低门娶妇,两家差距尚不到她痴心妄想的地步。次日她就抓来程咏细细询问了一遍袁慎其人,程咏也是摸不着头脑。

"上官夫子的授业恩师乃严神仙的师兄,他老人家生平最爱开席授徒,聆听过他教诲的不知几百上千。这袁大人兴许也听过……"

萧夫人又赶紧问袁慎家中情形婚配与否,得知未婚,又疑惑道:"既是独子,又已二十有一了,为何还不成婚?"

程咏头大如斗,为难道:"这,孩儿也不知。只听说袁夫人是出了名地不管俗事,潜心修道。袁大人又镇守在外,兴许是婚事无人料理?不过……"他想起一事,连忙道,"前一阵不是儒生群聚论经吗,席间有位大儒十分赏识他,就想许配女儿还是侄女什么的……"

"然后呢?"萧夫人追问。

程咏道:"袁善见便说,家中族老对他的婚姻大事已有主张了,他不便私自许诺。那大儒不悦,自恃才高位尊,非纠缠着问相中了哪家女郎什么的。袁善见当时就冷了脸,拿了那大儒著书中的三四处谬误,言道'先生若多在学问中添些心思,少对别人婚配之事指指点点,就不会有这般疏忽了'。那大儒气得不行,当日就离宫回原籍去了。"

萧夫人听了,心中半喜半忧,喜的是这袁慎果然出色,忧的是这婚事怕不容易。她又问儿子道:"你觉得姎姎与他相配否?我欲找有德之人去说和。"长子口风紧,她也不怕说。

程咏摇摇头,心中不赞成:"这不好说。袁善见此人,面热心冷,看着随和,实则极有主见。除非他自己愿意,否则旁人如何敲打也无用,难道那大儒就没夸口女儿贤淑有德吗?还不是碰了壁。"说亲说亲,不就是媒婆各种夸耀优秀嘛。

萧夫人迟疑了,她还是很信任长子的判断力的。顿了半晌,她叹道:"可惜昨日没叫袁慎见见姎姎。"其实她于婚姻之事也不很擅长。

程咏用奇异的眼神望着母亲,忍了又忍,小声道:"阿母觉得……那袁善见一见了姎姎,就会愿意?"难道母亲认为堂妹的相貌能让人一见惊艳?

萧夫人瞪了儿子一眼:"少说那肤浅之言。娶妇难道不是看品性?"

程咏看母亲耍赖,立刻闭嘴了。

程始有时饮酒起兴,会对儿子们笑谈老爸老妈的浪漫史。话说,当年他远远第一眼看见萧夫人就跟掉了魂似的好几天,当然,成婚之后发觉妻子异常聪明能干,加上几十年同生共死,自然是爱上加敬,情意愈笃。

程咏是男人，还是知道青年男子心中所想的。况且，不论品性才干多么好，才见一面能有什么。除非是出名的才女，才有可能惺惺相惜，然而程姎还不到这水平。

事实上，叫他看来，还不如让幼妹出来相见呢，不敢夸口倾国倾城，至少与众不同，过目难忘。不过这话他不会说，好歹先把姎姎嫁出去，才好提嫋嫋的婚事，这叫长幼有序。嫋嫋还小，不着急。

萧夫人看儿子神色，不难猜其心思，实则她刚才也是嘴硬之言。若是让男方的母亲来相看，她对程姎还是很有自信的。可根据刚才的听闻，也知这袁慎虽上有父母长辈，但已隐隐自撑家门，婚配之事不是单单说服其父母就能成的。

可是如何让袁慎自行求娶姎姎呢？萧夫人不由得苦思起来。

她知道如何积聚粮草，如何布置营帐，也知道如何窥敌弱点，揣摩局势。可这男婚女嫁她是真不拿手，她自己两次婚姻都是对方苦苦哀求的，桑氏是程止在白鹿山待了数年后相中的，葛氏是父母之命的，程姎三样都不沾呀。

萧夫人不免暗暗埋怨葛氏为何不生得美貌些，不过想想葛太公夫妇都是敦厚之相，也不能强求什么了。她幽幽叹息，想起过世的父母俱是容貌昳丽，自己长得像萧太公，生个女儿倒像萧老夫人了。

想到女儿少商，萧夫人越发想叹气了。这些日子她放任女儿不管，少商居然一点也不慌乱，行事还有规有矩的。

每日晨起问安长辈，不论程母脸色好看难看，说话好听难听，少商都是一样的神情端坐，一样姿势行礼，然后掐着一样的时间离开。接着是每日读书习字，或是央求兄长领着出去转一圈。

她去的地方也很奇特，多是商铺贩场田地庄园，她会不厌其烦地询问粮价、布价以及日用物品，细细请教老农诸如稼穑畜牧之类的事。

趁这几日天放晴，还顺便跟少宫学了一套五禽戏。前几日更弄了些菜种，捂在室内，在熏炉边拿水土养着，活活发出几十株菜苗来，然后全家一顿就分吃完了。

——好嘛，即使母亲不待见，生活依旧多姿多彩。

萧夫人承认自己以前对女儿的看法有误，但丈夫也完全不对呀。什么她太自负，明明女儿才是这全府最自负之人，简直就是我行我素。

几个儿子不知多少次劝少商在程母处多侍奉一会儿，多说几句讨好的话显显孝心，又不费什么力气。可她那好女儿，依旧只说该说的，只做该做的，其余多一个眼神都不给。

弄得程母都没脾气了，无论她冷语讥嘲施压，还是温言笼络想和孙女缓和关系，都是石沉大海。她曾幽怨地跟程始说："嫋嫋是不是还暗暗怨恨我？"

当然，程始嘴里是只有女儿好话的。

于是程母抑郁了。她前十几年在听程始辩解"阿母您误解元漪了"中度过，如今开始要听"阿母您误解嫋嫋了"吗？

不过这回，萧夫人却莫名理解女儿了。少商这样，倒不是因为傲慢或自负，她只不过是拒绝原谅而已。

萧夫人隐隐有一种感觉，女儿根本不需要母亲，连前几日初来天葵，她都是不慌不忙地吩咐阿苎料理好一切的。可这世上怎么会有小女娘不需要母亲？即便刚硬如萧夫人自己，年少之时也曾对萧老夫人有很深的期待和依赖，虽然最后只有失望。

这种感觉很让人不舒服，甚至还有几分不知所措。

不过，此时少商也很不知所措。

天下之间，人要自立，无非三条路，要么有钱，要么有名，要么有权。也就是要么行商发明，要么著述学问，要么入朝为官。

现在已非乱世，她一个女子做官显然难度太大，何况就算身处乱世，她也没信心做女将军；做学问貌似也不大容易，毕竟她是多年的理科生，骤然转文科，没个一二十年的工夫出不来学问效果；那就只能做生意搞发明了。

很多发明她不是搞不出来，而是无法推广。

例如，她可以酿出比现在市面上更醇香更纯净的米酒。可如今大乱刚过，皇帝励行节俭，只差没颁禁酒令了，哪里可以拿那么多粮食做酒？

例如，暖棚种植的技术她不是捣鼓不出来，可是量少又靡费，连程家都难以负担，除非家里有矿，估计以后只能做奢侈品意思一下了。

再例如，她也可以做出肥皂香水漱口盐来，可堪堪能够温饱的百姓，哪个会去买这些？还有些东西，没有足够的燃烧热度和耐热器皿，她也烧不出来呀。

鲱鱼教授在上课时说过，爱迪生试验钨灯丝的故事，最大的价值不是什么感人肺腑的鸡汤文，而是告诉我们，无法工业化大生产和普及民用的科学发明，是不会被时代接受的。

所以，只能走小众的高奢路线吗？少商苦苦思索，自己上辈子虽然读书可以，但毕竟还没踏入职场，她隐隐觉得和顶级权贵阶层打交道没这么简单。

不过把步子迈小一点，也不是没有收获。

对于改良粮食种植，少商略有点眉目了，而且她觉得自己可以改进一下那笨重的水车和农具……然后，她第101次叹息，干吗不让她变成个男身呢，看看袁慎那厮神气活现的样子！

想到这里，少商忽然灵光一闪。她为什么觉得袁慎的声音熟悉，因为她听过呀！"走马灯"离那么老远，还根本没说话，所以袁慎就是那"竹绣球"了！

不过，她依旧不会给"竹绣球"办事的。

这日，程姎奉萧夫人之命要去程家的货栈里清点东西，顺便拉上无精打采的少商。少商想着去逛逛也好，便领了莲房、阿梅和几个健婢出门。

青茋夫人笑着回报此事："你说你起什么劲儿，怕这个委屈怕那个跛扈，真是枉做小人！人家小姊妹不知有多和睦亲热，登上安车都是手挽手的。"

一旁擦拭铠甲的程始闻言，当即满脸堆笑要说话，萧夫人伸出一指，瞪他道："你闭嘴！"然后回头与青茋负气道："行，都是我的错，成了吧！"

少商倚着马车窗，一手撩帘子一手压面纱，不住往外张望着——这已是她最近养成的新习惯了。无论去哪儿，凡是没走过的路她总要一路看着，心里才不算空落落的。

好在此时民风不拘束女子抛头露脸，可恼的是道路不好：黄土路稳，可恨风沙扑面；石板路倒洁净，却得一路颠簸。唉，她好生怀念柏油和水泥呀。

坐在对面的程姎望着她，微微出神。

她听首藄说，兄长们第一次带嫋嫋出门，既没去喧闹繁华的坊市，也不去看辉煌巍峨的宫城，而是叫人驾车紧贴着城墙内侧走了一圈，花了好几天工夫。每日都是晨光曦微出门，至掌灯时分才归，到最后一日伯母差点又要发火，好险忍住了。

"堂姊，你知道吗？"少商忽从窗口扭回脑袋，笑盈盈道，"凡建都城，必要看一山二水三地势。就是说，要背靠大山，水系广茂，地势平坦而雄阔。"最好还要前有关后有隘，方便屯兵存粮，繁衍人口。

程姎看她兴奋得像个孩童，便笑道："不只都城，你将来到都城外面看看，就知道那些世家豪族所建的坞堡无不是这样的。"

少商一脸艳羡："咱们家就没有坞堡，阿父只是重建了老家的祖宅。"到目前为止，程家也就是个有人当官的地主老财格局了。其实想想自己简单粗暴地用数字对那些家族做评估是肤浅了，还有很多边际因素没有考虑进去。

少商朝程姎做个俏皮的鬼脸，继续探出窗去。

俯瞰这座宏伟庞大的都城，就是一个纵长方形，东西南北四面高耸入云的厚重城墙，不平均地分布着十几扇城门。至今，她还未出过城门。

程家发迹晚，就如家宅一样，最中心最热闹的位置已叫别家占了，程家货栈几乎贴着城墙了，坐车要将近一个半时辰才到，还大多是破路，比她之前绕城墙都费劲。

设立这座货栈自然是萧夫人的主意，程家人丁少，不少俘获馈赠堆积在家纯属浪费，不如盘给商铺得利。而且根据物价涨跌，可提前囤些布匹柴炭之物。简单来说，就是批发、囤货，以及中转之用。

主家两位女公子大驾光临，又是来清点货品的，货栈管事自然恭敬万分，打开正面四扇连门，又领了十余个奴仆等在一边，活像镇尾那间洗头店的剪彩仪式。

程姎被颠得脸色发青，苜蓿恨不能将她整个人背下车来，不过程姎不愿堕了萧夫人的威风，强撑着自行下车，寒暄几句后就打起精神，由管事领到后面去点货了。少商不管这许多，她这副小身板才刚养好，可不能再出错了，便由莲房服侍着在前堂坐下歇口气。

掺了姜丝的温热酪浆几口下肚，少商方觉缓过劲来，四下打量。

这货栈的前堂中央砌了一座庞大的方形土烧火炉，融融地向屋内散着热气，少商独坐上首。看看左边，七八个货栈仆众跪坐成一排，神色殷殷，再看看右边，宅邸随行过来的奴婢跪坐成一排，情状切切。她心中大乐，这排场，用学生会主席换她都不做呀！

少商正想起身，谁知外面忽响起吆马勒缰声，随着一阵轮毂滚动之声，只见一辆四四方方华盖锦覆的辎车停在货栈门前，两匹膘肥体健的高头大马不住地嘶啼，鼻孔喷着白茫茫的气息。两个身着缎袄的童子跃下车来侍立在两旁，后面一位长身玉立的华服公子缓缓下车。

少商眼皮一跳，这货怎么来了？

其中一名童子上前，大声道："我家公子远远望见这里的徽记，敢问可是曲陵侯程将军府上所设货栈？因路途遥远，预备未足，想讨要些炭薪。"

少商沉着脸，一言不发。一旁的副管事看了，以为是小女娘羞怯，便小跑到门前，高声回道："可是锦阳坊袁侯府邸的车驾？天寒地冻，公子不如进堂歇息,老仆这就去预备。"那马车上也有明显的家族徽记,久居都城的老仆自是认得。

谁知袁慎既不上前也不说话,继续闲闲地立在马车前,目光却看向堂内,有意无意地扫在某人身上。少商咬咬嘴唇,这是上门讨债来了。

袁慎见少商装傻不表态,秀丽的长眉一扬,抬步就要进货栈。此时少商霍地起身,拱臂作了个揖,强笑道:"原……原来是袁公子,距上回家宴已数日不见了。家兄十分惦念公子,不知何时有机会再度诗歌唱和……"妈呀,她编不下去了!

那副管事流露出赞赏之意,觉得自家女公子说话得体,姿势优美,态度不远不近,不像都城里的那些小女娘,一碰上善见公子就跟狗熊遇着蜜糖般。

袁慎笑意盈盈,道:"女公子怕是弄错了,那日子肃贤弟说要下回再议的是赋,不是诗。"他故意在最后一个字上顿了顿,意有所指。

少商压住一口老血!

袁慎见她不说话,又上前一步道:"听子肃贤弟说,女公子不也十分喜爱舸通之赋吗?"

那副管事连同周围一圈仆众都望向少商,众脸敬仰。

大家心道:外面都传夫人的幺女被葛氏养坏了,如何粗鄙蛮横,没想却能与才名满都城的善见公子共论辞赋,果然龙生龙凤生凤,根子好,怎么也坏不了!

少商被众人看得脸上发烧,恨不能把袁慎抓来打一顿七伤拳,肚里不住地大骂:什么快通,我只知道申通、圆通、中通以及狗屁不通……行,她知道这厮的意思了!

好汉不吃眼前亏,她闭了闭眼,认怂了:"公子说得对,是赋,不是诗。"最后几个字,她几乎是挤出齿缝的。

袁慎知其服软,笑得春意盎然,更映得唇红齿白,人如美玉。这笑法太违规,把一直坐在车驾位置的中年汉子吓了一跳,跟随自家公子这么多年,真笑假笑他还是分得出来的。他连忙去看那立在堂内的女公子,果然粉雕玉琢的一位小小美人。

这时副管事适才派的扛了一大包细炭回来,那中年大汉跃身下车,拎过麻袋道了声谢,又奉上一囊金锭为资。副管事连连摆手道:"这么点拙物,倘若要了公子的钱,主人家定重责老奴,万万不可万万不可!"

那中年汉子便收回钱囊，谁知袁慎却还不走，侧颈遥望前方，然后再顿默地看了眼少商，这才拱手告辞。

人走了，余波荡漾。那副管事不住赞叹"袁慎果然风仪轩朗卓尔不群"云云，其余仆众也都窃窃私语，或赞叹或景仰。

少商低头沉思。

她觉得自己犯了一个很大的错误，急需修正。思忖片刻后，她问那副管事："咱们这货栈左右分别是何人家，平日不知可有来往？"

那副管事答曰："左边是一间制橘皮酱的老铺，常年给都城各大食楼供货。右边也是一家货栈，不过囤积的是木材石料之类的建造营生，之后便是一条巷子直通城墙了。"

少商心下明了，然后就说要四处看看。

没逛两下，她就屏开货栈里的奴仆，只带了自己的婢女往那后巷走去，说是要看看左右风光。走到巷口处，留下其余健婢，又往前走十来丈，果然看见一个突兀的拐角，少商再留下莲房和阿梅，并吩咐："倘听我呼声，立刻令大家来寻我。"

扭过拐角，只见袁家那辆华丽雍然的辎车赫然停在那里。袁慎披着一件雪白的毛皮大氅，双手笼着一尊小巧的白玉暖炉，手指纤长如玉，仿佛与那玉炉不辨彼此。

他面带微笑地站在车前，静静等候着，那两个童子和驾夫都不知避到哪里去了。

货栈坐落之处本就僻静，这条巷子更是冷清无人，少商冷冷地看了他一会儿，径直走过去，隔着至少三米的距离，才站住："袁公子有何见教？"

袁慎这次也不绕弯子了，直问道："女公子是否已向桑夫人传话？"

"没有。"少商干脆道，"我本就不想替你传话。"

袁慎生平甚少发怒，此刻却也不免暗暗生气："既然如此，那日为何答应在下。女公子可知'一言既出，驷马难追'的道理？"

少商睫毛都没动一下："我食言了又如何？"你还能打我一顿怎么的。

袁慎皱眉，仿佛第一次认识眼前的女孩，细细打量了她一番——这样纤弱妩媚的长相，却生了这样乖张邪僻的性情，估计整座都城也找不出几个了。

其实他也不是非传那句话不可，不过久等数日却无音信，就猜到她根本不打算信守承诺，然后一阵气愤，反而卯上了。

盯着程家门宅的随从今日一早来回禀后，自己就颠簸车马跟了一路，其实不过就是要当面质问一番。事到如今，他自己都分不清究竟只是想替尊长分忧，还是气不过这狡狯美貌的小小女娘。若叫同侪们知道此事，定要从朝堂上一路笑到陛台下的。

袁慎仔细想了想，认为不能只有自己不痛快。

于是，他沉下脸，几步逼近少商，冷声道："世上之事，不过恳切相求、威逼、利诱这三样。既然女公子不愿好好说话，在下也别有法子！"

少商吓一跳，连退几步。她自觉和袁慎是同龄人，可一旦两人走近些，就立刻能感觉到这青年身高和气势的压迫。适才他一靠近，她立刻闻到他身上隐隐淡然的松枝熏香，发觉仰头才能与他正面交谈。

她自然听出了袁慎话中的威胁之意，这也是她所忧之事。自己只是个毫无社会资源的小姑娘，这袁慎却是个已混迹朝堂宫廷数年的了得人物。倘若真惹恼了人家，他心胸狭隘起来，一定要报复该怎么办？

少商正忧，谁知袁慎脸色一转，又笑道："说起来，都是在下的不是，平白叫女公子传话。不如这样，在下薄有微名伎俩，倘若女公子替我传了话，将来我愿替女公子办件事，以作回报。"

少商有兴趣了："什么事都成？"她听他话音趋缓，心思就又活络了。她不是赵敏、郭襄，一定会好好使用这个承诺。

袁慎见鱼已咬饵，笑道："自然。除去忤逆谋反、背信弃义、不能娶你这三件事外，其余皆可。"

少商正要点头，听到最后一件时险些没噎死："你——"

她小脸涨得通红，恶狠狠地瞪着袁慎，像头小狼似的。她又不是真不懂事的小姑娘，会听不出这句话纯属调戏逗弄。她忍怒，冷笑道："公子大约平日里奉承话听多了，我何时何地说过要嫁你！我劝公子清醒些，莫把人家的客套当真了，还真以为自己是星宿下凡……"

话还没说完，袁慎就微笑着截断："原来女公子不曾有此念想，那可真叫在下吃惊了，今日见面不就是女公子引在下来的吗？"

少商的面庞快烧起来了，连连跺脚，气得都结巴了："你，你胡言乱语什么，明明是你……"

"倘若女公子对在下并无念想，那为何要先答应再毁诺，不就是想吊着在下，好引在下前来相见吗？倘若女公子真不想和在下有瓜葛，那为何不痛痛快快向桑夫人传了那句话,从此你我二人井水不犯河水!"

——他说得好有道理,我竟无言以对。

少商呆住了。倘若她不是当事人,没准儿也会觉得这是撩人的手段。

袁慎见女孩呆若木鸡,再不复适才那副高傲讥消的模样,很是出了口气。可转眼间又觉得她一脸茫然,甚是荏弱可怜。

他心中一软,温言道:"你究竟为何不肯传话给桑夫人,莫非有难处?你好好说与我听,看看我能否帮上忙。"他想到少商幼时殊不容易,也许内宅妇人间有不为他所知的隐情。

不过,这样善解人意的话倘叫别人听见,估计上至三公九卿,下至门下宾客,都会惊掉下巴,他袁善见居然也懂得怜香惜玉了。

谁知这话一问,少商更加呆滞了。

难道要她说,其实也没什么原因,只不过她从小就性格恶劣,不爱助人为乐。扶老奶奶过马路对她而言属于天方夜谭,就是黑板擦掉在面前她都能踩着过去。难得见义勇为一回,这不就挂了嘛,穿来这破地方把成长的苦头重新吃一遍。

"又或者,你担忧那传话之人与你叔父叔母不利?"袁慎看女孩怔怔地出神,声音更柔软了,"这你也可放心,前尘往事都已过去,长辈们都岁数不小了,如今不过是故人的牵挂之情。"

——所以那什么忧伤的兰台城南的宫殿不是讲建筑物,而是讲感情的?少商这下不但茫然,还尴尬了。只恨当初怎么不多问程姎几句。

不过少商为数不多的优点里,有一点很值得夸奖,就是讲道理。她踟蹰了片刻,组织好思路,这才开口:"是我的过错。"

她的确错了。

她没有调整好自己的新身份,还当自己是那个1800线的小镇姑娘。上辈子自己父母皆无,伯父只是个芝麻绿豆官,所以她可以耍赖,可以反咬一口,可以做很多不上道的事。

可现在不行了,程老爹至少在全国范围内属于中上等官员。何况这里重信诺,轻生死,举孝廉,倡忠义,在这个没有科举制的年代,德行特别好的人甚至会被直接授予官职——不管这德行是真是假吧,至少社会风气如此,自己居然顶风作案,当面毁诺!

少商平复好心情,恭敬地举臂一揖,道:"公子行事精细,想来也听说过我家的情形。"老规矩,都推给葛氏吧。

"我自小就怕是非,多做多错,不做不错。我并不曾结识过公子,那日骤然相见心中好生忐忑。为着快些脱身,才胡乱答应公子的。事后想来,不是不曾懊悔过。"

少商一脸诚恳,字字句句甚为真切。

"适才袁公子一番教诲,叫小女子恍然大悟。受人之托,忠人之事。这样吧,我今日回去就给三叔母传话,袁公子不用谢我,也请宽宥小女子的无礼。此事就此了结,如何?"

当初她浪子回头要好好读书,之前混道时的同伴不是没去学校找过她,连校领导都被她要和往事一刀两断的决心感动了,拿出同样的劲头,袁慎未必会揪着不放。

袁慎神色淡然,沉沉道:"倘若我以后还需你传话,该当如何?"

少商的满腔真诚好像被当头打了一棍,这货居然不感动?

她强忍着吐槽,答道:"若三叔母不介怀,以后公子还要传话我自不会推托。但若三叔母不喜,那……"她一脸正色,"那我自得以长辈为尊。如若这样,那以后我与公子,就江湖不见吧。"

说完如此正气凛然的一番话,少商大大松了一口气,顿觉得自己的形象高大了不少。然后也不等袁慎答复,十分端正地躬身行礼,扭头就走。

一直走到那突兀的拐角处,她始终没听见身后的响动,没忍住回头看了眼,却见那袁慎一动不动站在原地,因隔远了看不清他脸上的表情,只余巷子里的寒风吹得他鸦羽般的长发,微微拂动。

少商摇摇头,深觉这货段位有点高,看着清俊斯文,却是个切开黑,变脸如翻书,实在不好相与,还是早溜为安。

幽巷深处,袁慎又站了一会儿,直到僮儿和驾夫来催才缓缓上车。又是一路颠簸,回到豪族聚居的锦阳坊,已是炊烟袅袅的傍晚时分。

袁府是一座历经数代修建而成的古老屋宇,以星辰位数布置的十余棵巨木早长成了参天古树,铺天盖地的强壮枝条覆着厚厚的积雪,团团笼住整座宅邸,广阔且幽深。

幼年的袁慎走在这里,哪怕老仆引灯在前,也常觉得害怕。可母亲对他说:"这世上的事,不是你害怕就不会来的。月难圆,人难全,你要学着习惯这世事。"

如今的他，再也不会害怕了。

回到居处，一位慈眉善目的老媪迎上前来，笑道："公子总算回来了，一大早出去也不怕受寒。"说着便指挥婢女们服侍袁慎更衣用热汤。

"母亲在做什么？"袁慎用热气腾腾的帕子暖暖手，才问道。

老媪略惊，答道："夫人还在焚香祝祷。公子寻夫人有事？"这对母子平常三五日才见上一次。

袁慎动作一顿，道："叫母亲别太累了，早些歇息才是。"

也没什么事，他只是想告诉母亲，他近日遇到一个小女娘，总共才见了三次面，倒有两次是以她落荒而逃了结的。

他还想告诉母亲，头一次见面，他就觉得他和那小女娘很像。哪怕再是灯火辉煌，人间团圆，依旧喜欢跟在人群后面，依旧是踽踽独行。有一点风吹草动，首先是警惕地保全自己，怀疑对方的用意，没有全身而退的把握，绝不轻涉险地。

袁慎后靠着隐囊，再拿一条滚烫的帕子覆在面上，微笑着想，这次她总该乖乖传话了吧。

……

某人这次没料错，少商再不敢耽搁了。

此事若换作寝室长博客姐，那个一路班长优等生团支书长大的模范姑娘，大约会气愤"你凭什么要我做这做那又凭什么要挟我"，不过少商这个见习太妹却不以为然，人家要欺负你还需要理由吗？这可是封建社会！

她能在半黑不白的地方浑水摸鱼那么久，却从无要紧的把柄被抓住，靠的就是该硬时硬该软时软，见机不对，拔腿就跑。分清哪些人能惹，哪些人不能惹，这才能利落地浪子回头。不像鼻涕妹，脑袋一热真的被忽悠去行窃时帮人望风，要不是她爹妈后来在国外洗盘子洗出个小餐馆，可以把她接去了，不知还会被纠缠多久。

一回府，少商连口水都没喝，就赶紧跑到桑氏屋里。却见桑氏正手持一把小银刀给程止修面整须，一旁摆着盆热水和皂角膏，外加一罐润面膏。一面银刀刮动，一面老夫老妻还甜言蜜语以肉麻当有趣。

一个说："夫人这指腹摸在为夫的脸上，可真柔嫩如春枝花蕾。"

另一个说："你再笑，再笑，我可要刮破你的脸啦，到时君姑可是要哭倒城墙的呢！"

一个再说："我身上哪处不是夫人的，别说刮脸了，夫人想绣花都成，小生悉听尊便……"

少商恶心得不行，扭头就想走，想起袁慎那讨债鬼，生怕一时半刻没消息他又要想出幺蛾子来，她只好硬着头皮又折了回去，这次重重踏出脚步声，惊醒里面那对中年鸳鸯。

——"我与叔母有话要说，请叔父暂且回避。"她一脸的正色。

程止扯过一条热帕子捂脸，没好气道："回什么避！没看见长辈正忙着吗？什么要紧的事，晚些再说又如何？"这没眼力见儿的死丫头！

桑氏笑着戳了下丈夫的额头，亲热地拉过少商："别理他，嫡嫡有什么事？说吧。"

少商始终摇头，一定要程止回避。程止拗不过侄女，本想离开，谁知却叫桑氏拉住了，道："嫡嫡你说吧，我的事，你叔父就没不知道的。"她已猜到了几分。

"真要我说？那好，我说！"少商见桑氏老神定定，心想不瞒着叔父更好，便道，"这阵子有个叫袁慎的找到我，叫我给叔母传话，拽了一段乱七八糟的赋，我也没记住。总之意思是，有故人牵挂您，求只言片语。"

她一口气说完，赶紧盯着桑氏的表情。谁知桑氏一脸茫然："袁慎？袁善见？那不是胶东袁氏的大公子吗？除了那日宴客，我并不曾见过他呀。"她以为是另一个人。

倒是程止一拳捶掌："哦，我记起来了，这袁善见是不是那年他收的那个小弟子呀！他不是还跑到你兄长跟前得意了一番，说什么美玉良才的。"

桑氏"哦"了一声，释然道："原来是他。"又回头问少商："然后呢，他要做甚？"

少商吐血："我不是说了吗？故人牵挂，只求只言片语……好吧，其实我也不知道他要干什么。姓袁的就叫我传了这句话，别的就没有了……"古人真讨厌，就不能说明白些吗？

桑氏疑惑道："只言片语，什么只言片语，我与他十几年没见……啊，我想起来了。"她转向丈夫："我们回都城路上不是遇上他了嘛……哦，我知道他的意思了。"

说着便从书案上抽出一支木简，在木简上手书"咳疾已愈，勿念"六个娟秀小字，顺手递给程止，道："你叫人送过去吧。"

程止接过来看了看，失笑："原来是这事，瞧你这记性。当时他絮叨个不停，是你说痊愈了就告诉他。"他也没多说什么，就出去吩咐人了。

少商扯着桑氏，惊道："这就完啦？"六个字就解决了问题，那她还和袁慎那厮纠缠这么久，险些酿成血案！"你也不写个抬头落款的！"那样她就能偷看是写给谁的了。

桑氏笑眯眯道："他认识我的字，不必写。"

少商无力地扶着膝盖，蹲坐在绒垫上，好像一只呆滞的小青蛙。

她幽怨地看向桑氏："三叔母，您就不想跟我说说这其中的故事？"比如"那人"姓甚名谁，和您如何情缘纠缠云云……

桑氏捡起那把小银刀，指尖试了试刀刃："此事说来话长。"

少商哪肯罢休："咱们慢慢说好啦。"

桑氏瞪道："别人说'说来话长'这四字的时候，意思就是不想说了。"

"那我不问了。"少商无奈，她心知桑氏看似随和，主意却很定，只好退而求其次，"不过叔母总可以告知我，那姓袁的为何不直接上门来找您说，非要绕这样大的圈子呢。"

听了这话，桑氏停下手上的小银刀，沉吟良久，才苦笑道："因为，我曾对一个人说过，'以后，你也好，你的亲朋好友门人弟子也罢，都不要来见我，也不要送书信物件给我'。不过少时负气之言，可那人是个死心眼儿，答应我了。"

少商默然，心道自己所料不错，果然是狗血桃花。

桑氏见她久不说话，笑问："你怎么了？说我的事呢，你倒这副闷模样。"

少商摇头："我觉得叔母这话说得周严，差不多封死了那人所有能来找您说项的路。"

这话乍听不过寻常的负气之言，但细想想，的确断绝了所有可以直接联系桑氏的方法了。

又因事涉陈年情缘，当年知情的人未必肯传话——例如桑氏之兄。而程家其他人，袁慎显然也不愿把自己恩师的私事喊得人尽皆知。传话之人既要和桑氏亲密，又不能和程家众人太过无话不说，可不就轮到自己了嘛。

其实自己也不是最合适的人选，若是程娓大些，母女传话更合适。可惜程娓年纪太小，不小心弄巧成拙就糟了。

桑氏没料到少商会说这句话，一时怅然，心道女人这一生，还是没机会说这话才有福气。婶侄二人沉默片刻，桑氏忽想起一事，又兴头起来："对了，你怎么遇上那袁善见的，在哪里遇上的，什么时候？"

少商倒不奇怪这一连串问题，叹气道："此事也'说来话长'。"

桑氏瞪她，少商无辜地回看，两人对视一会儿都笑了出来。

桑氏摇摇头："你不告诉我无妨，回头你母亲问起来，你可要想好托词才行。你母亲看着不管你了，可你出去见过什么人，去过什么地方，她没有不知道的。"

少商故作高深道："非也，非也。只要叔母不说，应当无人知道那姓袁的托我传话。"

桑氏何等聪明，立刻追问："你俩是私下见面的？"脸上不由得浮起猜疑之色。

少商就怕这个，连忙拱手求道："别乱猜，别乱想，什么也没有。叔母不信的话，我可以发个誓——喏，上有天，下有地，倘若我与那袁慎有私事，就叫我……"

"打住打住！"桑氏连忙拦着，一手轻轻拍打少商的嘴，"小冤家！誓是可以乱发的吗？就是有又何妨，男女爱慕是人之常情，只要守着礼……"她一看少商又要着急上火，忙道，"成成成，我信你，信你还不行吗？"

少商瞪眼威胁了桑氏半天，气鼓鼓道："叔父也不许说，不然，我就再也不理您啦！说起来，都是为了叔母，我才受的牵连！"

谁知桑氏思路与众不同："人在家中坐，祸从天上来。人生在世，除非无亲无故孑然一身，不然谁都难保受牵连。要紧的是你受牵连后的应对……"她眼风一挑，笑道，"如今看来，你应对得不怎么样呀，是不是叫人拿住了短处？"

少商被问得脸皮发绿，丧丧地承认："没错。我一时不慎，落了不是。本来全是那姓袁的不对，可是我答应了又失言，便成了我也有不是。是以，我打算快刀斩乱麻，赶紧了结算了。"总而言之，还是因为她一直当自己是俞采玲。

桑氏微微一笑，少商可能不知道，她生就一副叫人想撩拨她胡须绒毛的模样。

少商见桑氏不语，赶紧道："叔母，你可千万不能说，还有叔父。"

桑氏满口保证："好好好，我绝不说。你叔父要是敢说，我把他赶出屋去！"少商并非矫情之人，听她把话说得这么绝，桑氏倒真信了二人并无他事了。

接下来几日，少商为防萧夫人来查问，屏气凝神，严阵以待，谁知居然一直没人来问她。她疑惑着，母老虎打盹儿啦？不过，也不是全无异样——

这几日，萧夫人时不时会用忧虑的眼神打量她的面庞身姿，看得少商浑身发毛。

程始看自己的目光越发得意，好像那年奶奶后园种的水萝卜得了镇上菜博会头名一样。最诡异的是大哥程咏，何其板正的一个人，近日见了少商竟有几分神情躲闪，她原想打听袁慎的老师到底是谁，却一直未如愿。

她所不知的是，原来那日当夜萧夫人就已知赠炭之事。她更不知，虽然无人知道她与袁慎在巷子见面，虽然她和袁慎都克制言行，但积年老仆的眼力，比他们想象的更敏锐——

那日晚膳后，程始捧了两卷万松柏门客录下的朝堂政议，慢慢给长子讲着。萧夫人则高坐在隔间上首，向那货栈的两位老管事询问程姎如何行事，谁知说着说着，竟带出了袁慎，直接把程始父子给引了过来。

"他们就说了这几句话？"萧夫人皱着眉头。

那副管事道："老仆一步不曾离开，小女公子和袁公子就只说了这几句，再无旁的了。"

萧夫人目光转向儿子，程咏忙道："一点没错。儿子是与袁善见谈论过辞赋，也与嫋嫋提过此事。"其实就随口提了一两句。

"那嫋嫋呢？"萧夫人迟疑道，"她没见过袁公子？"

那副管事摇头道"不曾见过"，一旁的正管事连忙笑着补上："那时，三娘子不是正和老仆在后仓点货吗？"

萧夫人听了，略有几分失落。

程咏心里却"咯噔"一声，暗骂自己乌鸦嘴，真是怕什么来什么。

他忙道："嫋嫋言行有礼，这样很好。倘无其他事了，两位老丈也回去歇息吧。"这两位都是跟随父母多年的老卒，为人稳重，阵战中伤了身子才去管理货栈的。

二仆正要告退，谁知萧夫人却瞥见那副管事眼带笑意欲言又止的模样，思忖须臾，便让那正管事先回去，留下了那副管事。

"有话你就直说。"萧夫人道，"是否有不妥之处？"

那副管事摇摇头："小女公子并无不妥，说话得体。不过，那袁公子……"他忍不住微笑起来，"瞧了我们女公子好几眼。"

他也是见过世面的。如袁慎这样自持守礼的世家公子，在没有长辈引见的情况下，初次见到一个小女娘，直面问候后若再有谈话，正常的做法是将视线定在身前数尺。

袁慎态度温和，对着众仆点头微笑。但老仆注意到，他多次都将目光落在自家女公子身上（其实是在看少商的反应），待女公子说了句"是赋，不是诗"后，甚至还笑如春风拂面，那种真切散发出来的愉悦气息实在不像客套。

程始父子和萧夫人听完了，神色各异。

"我们小女公子讨人喜欢呢。"那副管事笑盈盈的，仿佛一个老爷爷自豪漂亮的小孙女受人青睐一般。

萧夫人强笑道："这事你知道就好，不要说与旁人知道。"

那副管事连忙收了笑容，抱着军拳，肃然回道："老仆知道女公子名声要紧，绝不多言。"一家女百家求，自家女公子将来嫁给谁还没个说法，可不能风言风语的。

说完这句，他便躬身告退。

程始故作矜持地捋了捋胡须，正想得意两句，却瞥见妻子的眉头好像打了结，便道："你这副模样做甚，别又要怪嫋嫋了。姎姎在点货，又不是嫋嫋不让她见那袁善见的！"

萧夫人无力地出了一口气，这时看出"书案风波"的后遗症了，她但凡露出对女儿的一点不悦，丈夫儿子就会怀疑她又要偏心。她轻斥丈夫："你胡说什么，我怎么会作这般想？"若说对程姎可惜，不是没有，但有时候这就是缘分。

程始得意道："少年人嘛，什么慕什么少艾……唉，咏儿，那句话怎么说来着？"

程咏苦着脸："知好色而慕少艾。"

"对，就是这句。"程始一拍大腿，"好啦，你也先回去吧。今日的事别告诉嫋嫋，免得小孩儿胡思乱想。"

程咏应声，向父母行礼后退下。

程始见儿子离去，才转头对妻子道："这有什么好烦扰的？那袁慎若真看上了嫋嫋，上门来求亲，我们答应就是。前些日子你不是还叫我去打听他的品性嘛。不好色不贪酒，不躁不狂，立身甚正，还很得陛下的青睐，将来嘛，没准儿还能位列三公呢。我看好得很，唉，倒是咱们配不上胶东袁氏的清贵。"

说到这里，他叹口气："估计人家也就见嫋嫋生得好，多看两眼，你别多想啦。"

他行走官场多年，深知这些世家豪族联姻，除非如当初万老夫人和过世的万太公一样，属于真心爱慕难分难舍，不然多是门当户对。说句难听的，若不是这天下大乱，给了他们这些草泽英雄一个机会，袁程两家的家世更是云泥之别。

萧夫人忽道："我是不会让嫡嫡给人做庶妾的。"再如何高贵的家门，她都不愿。

程始吓了一跳："我当你在想什么呢，原来是这个，咱们不是早说好了吗？宁肯门第低些，也要叫嫡嫡过得平顺舒坦。"再怎样，他还是护得住女儿的。

萧夫人这才露出笑容，随即又高声道："大人不要妄自菲薄！什么配不配的，我们这一路走来，不曾欺压民众，不曾杀良冒功，保护一方父老，为陛下尽忠平乱，靠自己的本事搏杀出来，俯仰无愧天地，有何可自怜的！世家豪族难道是永世不变的，那些跟着戾帝助纣为虐的，那些跟错了僭主的，就算未被灭族也奄奄一息了。还有那些想要明哲保身却为兵祸所害的，也就这几年了，若族中再出不了能翻身的子弟，以后还能撑得起来？"

"说得好！"程始大声赞叹，蒲扇般的大手握住妻子的肩头，拥在怀里，他满心感激骄傲，"得你为妇，夫复何求！"

萧夫人眼中闪动泪光，她心道：自己才是真的有福。

第十回 尹府家宴

不论萧夫人是不是偏心，少商都要承认，人家的专业素质实在没的说。自那日筵席初识，不多久她就和尹夫人搭上了交情，书信礼物往来甚频。于是，在程二叔求学离家的第三日，程姎哭红的眼睛都没好，尹家老仆就送来了请柬。

程始大为惋惜，叨叨着早知道就让程承晚几日上路了，去尹家结交几个文官儒士多好，还险些要撺程止去追回程承，结果程母一通"心肝肉"叫唤无论如何都不肯。萧桑二妇则压着程姎和少商狠狠一通打扮，这次妯娌俩心意总算一致，一齐将两个女孩往端庄朴素方向打扮。

路上顺道拐到万家新宅，与万氏夫妇和他们的小女儿萋萋会合，两家人这才一道往尹家而去。

"那尹家我以前去过，人可真多。到现在我都分不清他家几房几丁。"万萋萋说话明快爽朗，"家母说过，那尹大人呀，原不是尹氏家主，可惜他前头几个兄长全被害了，尹家风雨飘摇之际他才继了族长。"言下颇有几分得意，因为她的父亲被千呼万唤地盼来后，立刻就成了万家下任继主。

万小姑娘生得丰润秀丽，高额凤眼，眉眼身量像父亲，嘴和下巴像母亲，倒是兼美了。今日她身着一件少商迄今为止所见过最鲜嫩最明亮的粉红色曲裾长裙，上头织有繁盛的琼枝花，镶在袖口裙边的都是金银丝线，颈上还戴了一枚沉甸甸的赤金项圈，在重量允许范围内镶坠了一堆五光十色的宝石美玉，脖子一动就"丁零当啷"，十分热闹。

少商被闪得头晕眼花，心道：这妥妥的是亲父女呀。

"萋萋，你又来卖弄，知道三分，非得炫耀五分不可……"

程颂骑在马上，将头探到马车舷窗边，笑呵呵地跟车厢内的三个女孩搭话。一旁的程咏皱眉道:"嬲嬲,你们把帘幕放下,在外面呢。"虽说他知道万姜姜是特意将尹家情形说给两个妹妹听的,那也不能如此明目张胆吧。

万姜姜瞪眼道:"长兄真是,好吧。"说着朝程颂挥挥手,然后扯下厚厚的车帘,隔断了外面的声响。然后她转头对二女笑道:"我比你们俩都大,在家中行十三,咱们两家又不分彼此,你们就叫我十三姊。以后有事,尽管来找我!"

程姎连忙称喏,少商却笑而不语,万姜姜追问为何,少商笑道:"次兄早和我说啦,说你是万伯父膝下最小的一个,今日必要在我们跟前充阿姊的。"

万姜姜忍笑:"程颂可恶,就爱说我坏话。你们别听他的!"

程姎怕她不快,忙岔开话题:"十三姊,你风寒好了吗?"

万姜姜抱怨道:"早就好啦,大母非要多捂我三日,不然那日你家设宴我就去了。"

少商叹气,若是那天万姜姜来了,她也许就不会负气乱走,也不会遇上那姓袁的讨债鬼了。

……

尹宅也位于锦阳坊,府邸与程家差不多大,却布置得花团锦簇,金梁彩栋,并且人丁繁茂,光是门口迎客的尹家各房子弟就有半个排,看得程母好生羡慕。

尹家很给面子,尹大人领长子次子亲自出府门来迎程家一行人。程始也是会来事的,上来没寒暄两句就从"大人"直升为"老兄",二人交臂而握,越说越投契,不知道的人看见了,还以为是老友久别重逢,看得一旁的万松柏酸溜溜的。

尹大人,名治,字子任,与万伯父年岁和官秩都差不多,人却生得清瘦温和,如今官居大鸿庐寺左卿,日常典掌礼仪,分管诸侯列王承爵夺爵婚丧以及外使朝见等事宜。

万松柏忍不住撇嘴。

要论才能魄力,这尹治一万个比不上他和程始哥俩。丰县尹氏本来也不过是和万家差不多的地方望族,不过人家地方生得好,邻近皇帝家乡,基本前脚皇帝起了事,尹家后步就从了龙。在皇帝最艰困之时也不曾离弃,老实巴交地跟着吃了一通苦头,是以虽没立什么功劳,才能平平,学问也平平,但新朝鼎立后,依旧能分到一大杯羹。

父母亲长走在前面，程咏几个则与万家众子攀谈，没一会儿就相伴着去少年人群里了。三个女孩由仆妇随行跟在后面，程姎扭头轻声道："看起来，尹家人很是和善呢。"

万菶菶撇撇嘴："你是没见到不和善的。"

待她们三个被引至内堂，见到那个被众星拱月的少女后，少商立刻明白她话中所指了。

万菶菶笑得不大痛快，但还是依着礼仪，引荐道："姎姎，嫋嫋，这是尹家的姁娥阿姊，只比我大了三天。姁娥阿姊，这是程叔父家的两位妹妹。"

尹姁娥生得温婉贵气，神态骄矜，身着一件金红色织锦花缎的三绕曲裾长裙，端端正正坐在堂内正中，身旁有一堆小女娘环绕着奉承说话。

她闻言，先挑剔地看了看万菶菶的衣衫，又瞥了瞥姎嫋二女，娇滴滴道："听你吹了许久，还当这两位妹妹是天上之人，今日一见，不过寻常嘛。"

万菶菶白眼："我什么时候吹过啦？我今天也是第一次见她们，难道你说人时不挑好的说？你还叫不叫我们坐下啦？"

程姎满脸惶恐，少商却低下头，心道：又是个欠揍的小姑娘。

尹姁娥漫不经心道："三位妹妹，请坐吧。"

万菶菶气得直瞪眼。

尹大人膝下有六子二女，其中一半是尹夫人所出。万将军膝下十三女零子，其中一头一尾是万夫人所出。两个女孩都是自家母亲许久没动静之后得来的，日常不免娇惯了些。

自万家回都城后，尹夫人便迫不及待去找儿时姊妹叙旧，谁知这两个女孩几乎是当场就杠上了：一个认为自己是金尊玉贵的高门贵女，长于天子脚下富贵窝里，几乎认识满城的贵人权爵；一个认为自己天南地北见多识广，岂不比你这装腔作势的强上许多。

仆妇们端上点心，尹姁娥姿态优美地请众女孩品尝："这叫金丝燕窝枣，用了十多道工序才制成，算得上精细，诸位尝尝吧。菶菶，你和程家妹妹们都没尝过吧……"

散坐在周围的女孩们或掩袖而笑，或窃窃私语，时不时发出讥笑之声。

此时宴客，地位愈高来得愈晚，万家是因为万夫人与尹夫人姊妹情深，特意提早来帮衬，顺便还饶上了程家。是以，除了万程三女，在座的众小女娘大多来自依附尹家的宾客门属。

万蒌蒌哪肯吃亏,大声道:"我手刃过一头花豹,亲自剖心剜骨给父亲泡酒。御前宴饮时家父拿去献宝,陛下还道'将门虎女',你们可有此殊荣?"

此言一出,众女孩全都脸色发白,也不知是怕那血淋淋的光景,还是艳羡万蒌蒌能得皇帝亲口称赞。尹妸娥勉强道:"好了,不说了,大家尝点心吧。"

万蒌蒌气得吃不下。少商火大,心道:老娘还吃过提拉米苏哈根达斯呢,你们吃过吗?

她心中不痛快,拒绝吃那见鬼的金丝枣,只捧了一碗粟米汤暖手。只有程姎好脾气,端起其中一碟点心,用银签子戳了一个在嘴里,轻声对少商道:"这金丝燕窝枣的确美味。"

谁知坐在她们旁边的一个女孩忽然大声笑起来:"哎哟哎哟,程家阿姊弄错了!你尝的这个不是金丝燕窝枣,是羊乳甜枣!"

众人赶紧去看,原来那金丝燕窝枣是用蜜糖燕窝裹牛油细面蒸炸而成,一个个小巧玲珑,润白如玉,还隐见几缕金橘糖丝在皮下,形如蜜枣却不是枣。程姎不知,就拿错了。

自尹妸娥以下,一众女孩都笑得前俯后仰,乐不可支。只有万蒌蒌和少商脸色铁青,程姎羞愧难当,几欲垂泪。

万蒌蒌气得浑身发抖,大声道:"什么金丝燕窝枣,来都城前我也没吃过,怎的?!"

尹妸娥慢条斯理道:"不怎的。不过看来屠兽剜心,也没什么了不得的,保不齐有没见识过的。"

万蒌蒌霍地起身,长吸一口气:"好好。如今兵祸刚歇,外面多是饥馑的民众,走远些不难见白骨盈野,妇孺啼哭。陛下平定天下还没几天呢,又常常倡议节俭,你这就开始以奢靡自夸啦……"

少商挑眉,表示赞赏这种上纲上线拿大帽子扣人的战术了。不过使用这种吵架方式呢,局限很大,首先你必须自己没有这方面的短处,不然结局就会很搞笑,例如贪官谈清廉,饕餮谈节制。

果然,万蒌蒌愤而起身时,浑身的金珠佩饰晃动,尤其那项圈上的金珠玉石"哗啦"作响,别人想不注意都难。众女孩心想:你打扮成这样,却做出这种忧民疾苦的模样好吗?

尹妸娥更加不吃这套,冷笑道:"你少说得这么冠冕堂皇,张口陛下闭口天下的,也不看看你自己身上的穿戴,还有你们万家的吃用。"她虽自幼被娇宠,但并非不知世事,尹夫人该教的都教了,哪里会被这么几句大道理就打退。

"万妹妹走南闯北,有大见识。我们这些没见过世面的,十几年来一直在都城里,听到的是一道道捷报频传,看到的是一个个纵横天下的豪杰跪倒在皇帝跟前俯首称臣。我们虽为小小女子,也是与有荣焉。如今日子渐好,难不成还要吃糠咽菜?我今日不过略略炫耀,就劈头盖脸吃了你这么一通,不过是夸耀你忠君爱国识大体,我们不识人间疾苦罢了!"

尹姁娥侃侃而谈,身旁一众"狗腿"立刻连连击案附和——

"粗鄙女子,还当茹毛饮血是美德呢!"

"她们以为都城是何地?不过一碟点心,要是叫她们瞧见真正豪富之家,岂非眼珠子都得掉出来啦!"

"自己没吃过用过好东西,就见不得人家吃好的用好的!这是妒忌!"

"这么体察百姓疾苦,怎么不自己穿上破衣烂衫,也去田里耕种,吃糠咽菜呢!也不知舍不舍得那一身金银宝玉!"

……

少商暗自叹气。那些小姑娘虽是冷嘲热讽,但也不全是妄言。尹治谨慎,日常并不夸耀豪富,真正的豪富世家如虞侯之流,每顿饭食必费上万钱,女眷们倒出来的梳洗水脂粉膏都能熏香整条后溪,那才是筵酢如水,靡费如雨,尹家这才哪儿到哪儿呀。

万小姑娘虽然斗志昂扬,但显然选错了战术,对付这种贱嘴皮的,绕什么弯子呀?就该单刀直入,一刀穿心,然后结束战斗。

"尹娘子。"少商忽然高声道,"小妹年幼言微,不知能否道一言?"

尹姁娥正和万萋萋斗鸡似的互相瞪眼呢,听了这话,散漫道:"程家妹妹,你说吧。"她想:在座小女娘中,就数程少商年龄最幼,又能说出什么来。

"今日尹家宴客,我们程家是接了柬书而来的,那柬书是阿姊家发的吧?"

谁知少商上来就是这么一句,尹姁娥有几分不自在,"嗯啊"了两声。

"我们程家是受了令尊令堂延请来做客的,不是缺吃少喝来尹府蹭一口这金丝燕窝枣的吧?"少商态度依旧很和气。

尹姁娥心下已知不大好了,努力挤笑道:"程家妹妹好厉害的嘴,这话说得,倒像是我等刻薄了你们……"

"我堂姊自幼长于乡野,邻近几个县都受了兵祸,人丁田地这几年才渐渐复养起来。即便是大户人家,也恪尽节俭之义,不是吃不起,而是不愿费这十几道工序来做点心，这是罪过吗？"少商盯着尹妁娥，脸色已冷。

尹妁娥笑不出来了，众女孩也渐渐静了下来。

"我倒是长于都城，可家父家母在前面血里火里搏杀，难道让我们在这平安的都城里大吃大喝？所以，我也没见识过这金丝燕窝枣，这是错处吗？"少商渐渐提高音量。

尹妁娥将微微颤着的手指藏入袖底，她身旁的婢女一看不好，连忙偷偷溜出门去。

"婪婪阿姊家并不逊于尹家，可她也没见识过这点心，难道是因为万家用不起吗？不是。是因为这十几年来她一直随父征战在外，每日跟着万伯母抚恤伤亡兵卒家眷，安顿逃难百姓还来不及，哪里有闲情逸致费十几道工序做点心？"

少商字字铿锵，目光巡视周围一圈，适才出言讥讽的小女娘俱避开目光，不敢与她对视。

"我们三人，都不识得这点心，难道是羞耻之事，要惹得诸位阿姊嗤笑连连？"少商一步步进逼，众女孩已是一句话都说不出口了，有几个甚至已露出惭色。

少商"唰"地推开食案，声音里隐含怒气："诸位阿姊能享用这些珍馐，上靠苍天庇佑，下靠陛下宵衣旰食，满朝文武尽心竭力。阿姊们就凭了这福分来讥笑我们姊妹，今日程家受邀做客，难道就是来受这羞辱的？"

尹妁娥被数落得脸皮发绿，暗骂少商好厉害的心计口齿，这样得理不饶人。这下她再也维持不住优雅姿态，连忙直起身子，补救道："程家妹妹也太较真了，我们哪有讥笑，不过开个小小玩笑罢了！只是玩笑！"

万婪婪终于跟上了吵架节奏，冷笑道："今日程家两位妹妹头回来你家，除了我她们谁都不认识。你们很熟稔吗？也好开这样的玩笑。你素来跟头回上你家的客人开这样的玩笑？我倒要问问尹伯母了。"

尹妁娥被逼得脸色涨红，激动地喊道："谁讥笑你们啦！你不要胡言乱语！不要污蔑人！你们说……"她慌乱地指向周围，"你们说，适才我们哪里有讥笑，是不是？是不是？"

周围女孩们连忙抢着应"是"，此起彼伏地表示根本没有讥笑之事。

万婪婪见她们耍赖，气愤得又要回敬回去，谁知却被少商扯住袖子。她回头去看，只见少商面露微笑，一字一句道："看来，适才诸位姐姐真不是在讥笑我等了？"

女孩们忙道："不是不是。"

少商直直看着尹婳娥，又道："可是我们没有见识，连点心都不认识呢！"语音婉转，仿佛玩弄掌中猎物。

尹婳娥嘴里发苦，只得勉强道："不认识就不认识，有什么了不得的。"其他女孩也连忙附和。

少商微微一笑，拉万萋萋坐下，又转头对程姎笑道："堂姊，你接着吃吧。根本无人讥笑于你，诸位阿姊只是太爱笑了。只是以后再笑，也分一分时候地方，免得叫人误解了……"

这下，非但没人讥笑，众女孩连笑都不敢笑了。

万萋萋心中痛快之极。

倘若此时面前有酒，她一定连饮三大碗，倘若此时身在马场，她一定策马扬鞭，绕城奔上一整圈！她现在终于理解自己老爹拉程叔父结拜的心情了，她此刻就恨不得叫人摆香案烧黄纸斩鸡头，然后当场拉少商去歃血为盟拜把子！

——哎，这个主意蛮好的，回头就去禀告大母和阿父。

万萋萋难掩喜色，转头对少商大声道："我在外面时，听过一句俗话。叫作'敢做不敢当，不如大王八'！哈哈……哈哈……"

她放声大笑，尹婳娥脸色难看极了，她的傲气丝毫不逊于万萋萋，适才自打嘴巴已是无奈之举，如今受此明晃晃的嘲笑，如何忍得？

眼看两个女孩又要翻脸，这时堂外进来一个少妇打扮的华服女子。尹婳娥眼睛一亮，仿佛找到了主心骨："长姊……"

尹氏四下一巡，果然发现众女孩脸色都不好，堂内气氛几乎是剑拔弩张了。

她瞪了尹婳娥一眼，佯嗔道："你呀你，就是这么做主家的？你自己懒，就拘着众位妹妹也陪你坐着。离开席还早，也不叫众位姊妹去园中逛一逛，一堆女娘闷在屋里孵豆芽吗？"

尹婳娥有委屈，万萋萋要告状，两个女孩都要张嘴。谁知那尹氏抢先一步，笑道："萋萋，万伯母找你呢……婳娥你也别愣着，阿母也叫你过去……"然后她又朝众人团团笑道："我家园子虽小，但近日移了几株新鲜的冬竹，弯弯绕绕的，模样很是新奇，就由我领着妹妹们去看，如何？"

众女孩都叫好，少商无可无不可地笼着手，程姎忍着气，不置一词。

然后，不等两个刺头再度碰上，尹氏就迫不及待地叫婢女将她们拘走，还连连催促，连话都不许她们再说一句，活像是押送囚徒。

尹氏自己则一手一个拉起程娆和少商，一边往外走着，一边笑道："两位程家妹妹头一回来我家，正该好好款待。吾家幼妹素来爽直，都是有口无心，何况两家长辈有心交好，两位妹妹都是量大福大之人，有些龃龉，就叫它过去吧……"

程娆想冤家宜解不宜结，便低声应了。

少商却默不作声，只在心中冷笑：打完巴掌，给甜枣来了。什么量大福大？难道继续理论此事就是没气量没福气了吗？

一直走到园中，被冬日冷风一吹，少商忽地晃过神来。

此事不过去又能怎样呢？万萋萋此去，必然被其母勒令不许宣扬此事，同理其他小女娘。再说了，难道为了小儿女吵架这点事，让程老爹平白结个仇家？老爹这么疼自己。

她郁郁地想着，有牵挂真不好，没心没肺才能无所顾忌，想做个天性凉薄之人，也不是那么容易的。

尹氏与其妹截然不同，年纪轻轻却能说会道，待人周全，对一众小女娘非常亲热，不但妙语如珠地介绍园中植株，还叫仆妇在园中搭好软帐并布置案枰饮食。不多久，女孩们都说笑起来，即便是程娆，经尹氏不断柔声劝慰，也渐渐释怀了。

只有少商，依旧郁郁的，便越发讨厌这热闹气氛，趁尹氏左右周全之际，悄悄溜走了。

其实她很羡慕程娆的性格，总能轻易地忍耐和原谅，大约天底下的长辈都会喜欢程娆这样的孩子吧。哪像自己，她会永远记住受过的委屈，绝不轻饶伤害过她的人。

说实话，跟以前相比，她已经宽厚很多了。小时候，哪怕有人往她头上丢个纸团，她都要扒开人家的领子，丢个蜘蛛进去作为回敬。可如今她已经不会动辄想要报复了，因为她学会了无视和调侃。

少商叹口气。她不认得尹家，为免迷路回不来，只好沿着一条小溪低头漫步，踩倒枯草，碾平土块，耷拉着脑袋也不知走了多久，忽见一片山石，雕琢出屏障流水之状。

山石前方，面溪之处，背面而站一个锦衣华服的青年男子，那人正低头望着化开冻的溪水出神，听得身后响动，回过头来。

两人一看，顿时面面相觑。少商愣住了：又是这个讨债鬼！

袁慎今日戴了一顶白玉冠，身着一件雪白兽毛镶边的浅蓝织锦曲裾深衣，更显长身玉立，谦谦儒雅。他一见是少商就笑了起来，当真眉目如雕，皓齿如琢。

少商定定神，心想话也传了，桑氏也回信了，两人应该没有过节了。这回要好好说话，绝对不要再结怨了，便抬臂作揖，满脸堆笑："真是人生何处不……"

"你今日怎么穿得像个老媪？"袁慎皱眉道。

她想和善为人，谁知人家不肯做个安分守己的美男子，非要不走寻常路。少商瞪眼，一口气哽在喉头，硬生生憋出来："关你何事？"

袁慎看女孩今日一身赭石色曲裾深衣，以暗红色丝线织上曲颈玄鸟纹路——可即便这样老迈暗沉的颜色穿在少商身上，却只衬得她肌肤如雪似玉，眉色浓翠，眼波盈盈。

他故意皱着眉头："我傅母都不穿这颜色了。"

少商怒道："关你傅母何事？"

袁慎不去理她恼怒，继续道："我恩师已收到桑夫人之信……"

少商不过脑子，继续抢白："关你恩师何事……呃？"

袁慎笑得耸肩。

少商脸红，不高兴道："道谢就好好道谢，干吗上来就说那气人的话！"

袁慎收住笑意，端端正正地作了一揖："恩师原本郁结在心，郁郁寡欢，近日已好许多了，今日在下特向你道谢。"

少商冷笑道："你道谢的法子，我不大消受得起！"

"嘴上道谢算得什么？"袁慎笑道，"在下言出必行，将来你若有难处，我定不推辞。"

少商最务实不过，一百句好听的话都比不过一张可随时提取的支票，她这才展颜，莞尔一笑："好，那我可记下了。你放心，我既不会叫你忤逆谋反，也不会叫你背信弃义，更不会叫你娶我的！不过……"她奇道，"我叔母才写了六个字，你恩师就好啦？"连她都觉得这个答复太潦草。

袁慎起先神色一滞，随即恢复如常，又笑道："你小小年纪，长辈的事你知道什么，怕是连话都听不懂。恩师说，那六个字叫他想起与桑夫人在孩童时的趣事。"

少商暗骂：这有什么不懂的，不就是现实太可悲，脑补当安慰嘛。

"对了，你是特意等在这里的吗？你怎么知道我会来？"她懒得计较陈芝麻烂谷子，倒觉得这事奇怪。

袁慎一哂。他也收到了请束，不过今日一大清早就登门，却把尹家众人都吓了一跳。他按下这些，只道："也不是特意等的，不过听说程家也来了，就来这里碰碰运气。"

少商更加疑惑了。

袁慎看着女孩微微蹙起的精致眉头，柔声道："其实，人皆有惯性。上回在你家，我远远看见你满坡乱走，最后落步在山石边的池塘畔，所以我就想，你若又不痛快了，大约会来这里。"他抬袖一指周围，果然依旧是石边水畔。

这段心理分析很到位，少商暗暗点头，谁知最后一句时又跑偏了。她忍气道："什么叫'又不痛快'了？你是在暗指我脾气乖戾吗？"

袁慎挑眉道："难道你觉得自己很和善可亲吗？"

少商一噎。这个……她刚刚得罪了一屋子的女孩，连主人带宾客，一个不落。

她吐了口气，决定不多计较，淡淡道："我已不负所托，只盼公子遵守诺言，记住'一言既出，驷马难追'。"

"守诺是自然的。不过……"袁慎听出她言中告别之意，故意道，"倘若以后我还想寻你呢，难道桑夫人叫你以后不许再传话了？"

谁知少商缓缓摇头："公子博学聪敏，何必说这话。只要传了之前那句话，不论后来如何，都轮不上我再插手其中了。"

袁慎兴味道："此话怎讲？"

少商轻轻一笑："叔母若是以后不愿再听到令师的消息，我必不会忤逆长辈之意。但叔母倘若愿意，以后也必会大方来往，难道还会要我一个小辈继续偷偷摸摸给她传话？所以，无论何种结果，都再没有我的事了。"

女孩眼神透彻，几乎不似其龄，袁慎一时竟无语。

少商继续道："送信之人是我叔父派去的，那信使可说了什么？"

袁慎默然半刻，才道："令叔父附了一封信函，言道，桑夫人当年那是负气之言，恩怨已消，以后老师若有什么话，直接送信即可。"

少商略带了点讥嘲的语气："恩怨已消，怕是情缘也消了吧。"明眼人都看得出桑氏早已放下。

袁慎不言，他其实也不赞同老师的作为。陈年旧事，既已无法挽回，何必念念不忘，伤身又伤心，时时消沉，不如奋力向前看。

少商又好奇起来，忍不住问道："对了。令师究竟是哪位呀？"

袁慎失笑："桑夫人没告诉你吗？"

少商无奈叹口气："叔母卖关子。我问了长兄，谁知他说……"她白了眼前的青年一眼，"善见公子多年求学，博采众家之长，是以从师众多。"这年头居然不讲究师出一门！

"大约我读的书都没有公子的老师多，就是不知道我认的字有没有比公子的老师多一些了。"她自嘲道。

袁慎闻言大笑，几乎笑出眼泪，看向女孩的眼神明亮如星，心中莫名欢喜。

少商抬眼，只见那讨债鬼长长的眼睫毛上沾了点湿润，清俊难言。她心中一肃，正色道："此事已了，以后公子不要再来找我了，我有事会去找你的。"回头被人看见他俩在一处，那真是没吃羊肉倒惹一身骚了。

"此事已了？"袁慎笑容顿住，心中不快。才说了这么几句，她就两次撇清干系了。

他正要说话，谁知却听山石屏障那边传来一阵急促的脚步声，其间夹杂着一对少年男女激烈的争执之声——

"楼垚，你给我站住，站住！我话还没说完呢！"清脆骄纵的女声。

"我都知道了，你不用说了！"一个急躁的少年声音道。

"你知道什么？肖家是有这个意思，可我阿父还没答应呢……"女孩的声音满是得意，"你若对我好些，我就跟阿父说回绝了这事！毕竟你我二人自小定亲，我也不忍这样待你！"

"不用不忍！你去嫁那人好了！"那少年的声音愤怒异常，"我从不留恋与你的婚约，只不过我们楼家重信守诺，我才忍到今天！如今你家肯另寻高处，我真是求之不得！"

"放屁！你别说得这么好听了，什么重信守诺，那还不是我阿父对你家有恩吗？"那女孩也怒了，"既然知道这恩情，你为何从小到大都不肯顺着我，不肯对我好些？不是骂我骄纵，就是处处嫌我！我实话跟你说，要不是阿父压着，我也不想嫁你！"

那少年吼声暴烈："别惺惺作态了！你以为我不知道，你前阵子已经见了那肖世子，人前人后夸他英俊勇武，善解人意，胜过我百倍千倍！好好，如今我不拦着你奔大好前程，你赶紧去嫁吧……"

说话声渐渐近了,眼看这对少年男女就要越过山石屏障。

袁慎纹丝不动,自言自语:"原来是他们。"少商却四下搜寻,虽然她不怕事,但多一事不如少一事,她瞥见那山石屏障有一处凹进去的地方,刚好可以容纳一人。

她正要过去躲起来,谁知袁慎一直在注视她,循着她的视线看去,也发现了那凹处。他心念一动,忽起坏心,仗着身高腿长,三两步跨过去,抢先躲进。这下,就把少商一人落在原地了。

这王八羔子!

少商眼睁睁看着自己寻好的地方被人占去,头发几乎根根竖起,恨不能活撕了袁慎!

这时,那对少男少女已经绕过山石屏障。

当先就是那少年,只见他生得浓眉大眼,面带怒色,看似十六七岁的模样,身量已颇高大。那少年一见这里站着个貌美纤弱的小女娘,当时就傻了。

少商也很尴尬,"呵呵"两声。

那少年心想刚才那番争执不知被眼前女孩听去多少,面孔迅速涨成了猪肝色,然后他一言不发,掉头就走。

随后跟着跑来的是那少女,生得倒是白净清秀,只不过神情泼辣凶狠,彻底破坏了原本的好模样。她见少商站在这里,劈头就是一句:"你看什么看?再看我挖了你眼睛!"然后不等少商回话,就急匆匆地追着那少年去了。

少商:"什么东西!"

等二人走开了,袁慎才悠然地从山洞里出来。

少商眼睛都气红了,再顾不得什么狗屁礼仪,大骂道:"你这浑蛋!"

袁慎倒也不怒,淡淡道:"你刚才不是说'此事已了'吗?我今日教你,这事完不了。"

说着,他上前一步,高挑的身形当头笼罩下来,立于朝堂多年的成年男子,气势并不是少商那些兄长可比。少商顿觉一阵压迫感,心里暗恨,她就知道这厮平日随和儒雅的模样是装出来的。

既然斗不过人家,不如及早抽身。少商反应极快,立刻躬身作揖,道了声"再会",干脆地扭头就走。袁慎却不肯放过她,长腿一迈,继续跟在后面,有一句没一句的——

"你可知那两人是谁?"

"不想知道!"少商疾步在前。

"他们一人叫楼垚,是河东楼氏家主之幼子,另一个叫何昭君,乃当朝骁骑将军何勇的独女。他二人自小定亲,也自小爱吵闹。"

少商倏然回头,不耐烦道:"你有完没完,我欠你钱了吗?吃你家粟米了吗?袁公子,你也是有头有脸的人,望你自重!"

袁慎毫不恼怒,听了"粟米说"还暗觉有趣,并且温言道:"你也大了,不但要读书识字,诸如世家谱系,祭祀礼仪,染香烹织,也该尽快学起来了。我看你除了使脾气和斗嘴,什么都不会。"

他忽想到什么,转言道:"令堂有何打算?是不是刚回都城,一时寻不到好的女师,我倒可举荐一二……"

"这到底关你什么事啊?"少商奋力大喊,气得浑身发抖,踉跄着往前走了两步,又回头大声道,"不许再跟着我!"

袁慎略惊,也不知这话如何触到了女孩的不快。他少年老成,知道没想明白的事不开口为妙,当下只默默跟在女孩身后。

少商知道袁慎一直跟着,也不去理他,只愤愤然地一路疾走,眼看前方就是适才离开的园子。她回头冷笑:"前面是小女娘聚集之处,你也要跟去吗?"

话音未落,只听侧面篱笆丛中传来一阵女孩的议论声——

"你说的是真的?那个程少商当真那样粗鄙卑怯!"一个怯怯的女孩声音。

"那是自然。可惜今日我随王家阿姊来得晚了,不然我当着众位阿姊的面揭穿她!装得一本正经,还当别人不知道她以前的行径呢!不就是仗着程将军夫妇回来了,连之前一道玩耍的小姊妹,她都装不认识了!"这个女孩声线尖厉。

"原是这样呀!我看她趾高气扬的,一句句逼迫姁娥阿姊,还当她多了不起呢……"

"放心。刚才我一听说,就立刻告诉姁娥阿姊了。"

……

四五个女孩你一言我一语,纷纷数落少商的斑斑劣迹。

少商并不生气,她只觉得那个尖锐的声音仿佛有些耳熟,略一回忆,立刻想起来了——这不就是程家筵席上那菱形脸庞的女孩吗?她正要上前去看,打算顺便收拾收拾这帮贱嘴的。

谁知身后的袁慎几步上前,一把揪住她的后领,利落地推到一棵树后,宛如打地鼠一般按下她的脑袋，然后自己大步往前走去。少商大吃一惊，赶紧从树后探出脑袋去看。

只见袁慎沉着脸色，径直走进那篱笆丛。

那几个女孩见来人是他，又惊又喜，长短不一地轻呼起来，这个娇羞，那个柔媚，还有一个很扭捏像个米老鼠。可不等她们表达敬仰之情，袁慎已冷冷道："你们适才在说什么？"

女孩们一时语塞。不论如何，被男神看见自己正在说人坏话，总是很不美妙浪漫的。

"粗鄙？卑怯？"袁慎神情冰冷而不屑，"依在下看来，毁人名誉，肆意诽谤，就是这世上最大的粗鄙！自己不敢出面，背后挑拨离间，唯恐天下不乱，就是最大的卑怯！"

此话一出，众女孩纷纷变了脸色，或惨白，或涨红。尤其那菱形脸的女孩，察觉到袁慎那如利剑般的目光直射自己，她恨不能钻进地缝里去。

"背后非议，鬼祟行事，难道旁人就会高看尔等一眼？程家娘子是何等人，人品好坏，旁人自己不会看吗，要你们来自作聪明！"袁慎鄙夷的眼神一一扫过女孩们，"我盼望众位好自为之，戒之慎之！"

女孩们被训斥得头都不敢抬，有两个几乎要哭了，随着袁慎最后一声呵斥，她们立即作鸟兽散。

袁慎怒气未平，在原地站了好一会儿，才回那棵树后去找少商，谁知却见树后空空，风吹叶动，草木徐徐，人已不知何处去了……

少商蔫头耷脑，有气无力地再次沿着溪流逆向而走。

比起被挖苦嘲笑，她更讨厌受人怜悯，她宁愿自己明刀明枪地争吵打骂。

垂头走着，她低头看见自己衣襟上的绣纹——今天这身打扮是她少数赞成萧夫人行为的例外。美貌是把双刃剑，既能让你攀上九霄云巅，如飞燕合德姊妹，也能让你堕入阿鼻地狱，例子数不胜数。倘若有权有势之人看上她的美貌，却不肯按礼迎娶，只想纳入后院，那该怎么办？而程姎就无此麻烦。

仔细想想，她从长相到性格处处都是麻烦，大概也是萧夫人不喜她的原因之一吧。

正值心情郁结，谁知迎面碰上正面走来的尹妰娥，身后跟着两个婢女。

她一见了少商，满脸喜色，迫不及待道："好哇，我正要去找你呢！我已经都听说了，当年你父母丢下了你，你那二叔母什么都没教你，你连字都不认识几个吧……"

少商眯起眼睛。

还没完没了了！她得想个办法，既收拾了尹姁娥，又不会给程老爹惹事。反正今日得罪了一屋子人，回去也会被训斥。

"姁娥阿姊不如先屏退左右，我有话要对您单独说。"少商故作低声下气的模样。

尹姁娥以为她是要服软道歉，便一脸大度地遣开婢女。少商却要她们再走远些，免得听见，尹姁娥心想还须给程将军留些面子，便叫两个婢女一直走到百尺以外，并且背面而立，不许偷看。

"你是什么人我都知晓了。撒谎斗殴，恃强凌弱，刚才倒好意思来训我？好啦，你小小年纪我也不跟你计较，不叫你在众人跟前给我赔罪了……啊，啊……"尹姁娥扬扬得意的语气立刻转为了痛呼。

原来少商不等她说完，默然猱身而上，上去就是一个下勾拳，重重打在尹姁娥的腹部，然后是绞臂拧手，一把揪住她的头发就是一通痛打！

尹姁娥被吓傻了，她打破脑袋也想不到少商居然动上手了。

少商几拳下去，尹姁娥胸背肋腹俱是疼痛，少商再手指用力，往要害处奋力拧掐，尹姁娥如同被拔了毛的小母鸡般尖叫了起来，想来衣裳下必是一片青紫。

少商暗暗冷笑，若论斗殴技术之娴熟，十八个尹姁娥加起来也不如她一个，只可惜她这副身子不够看，战斗力打了个对折。尹姁娥又足足高了她半个头，日常也偶尔拉弓骑马，寻常力气还是有的。最初的便宜占到后，少商立刻遭到反击。

不过尹姁娥显然不大会打架，除了一套毫无章法的王八拳，再没别的本事了，只能仗着人高力气大，胡乱挥舞胳膊。不一会儿，两个女孩就扭成一团，滚倒在枯草地上，直到这时，尹姁娥才想起放声大叫，呼唤婢女回来。

两个婢女首先回头，看清情势后大惊失色，赶紧奔过去帮自家小主人。

而另一边，正在寻找少商的袁慎也将将赶到，看见扭打成一团的两个女孩，不及细想就忙过去，想着好歹先保下人小力弱的少商再说。

树林那边，刚刚摆脱了何昭君纠缠的楼垚听到动静，也跑了出来。见此情形，少年当场目瞪口呆，迟疑了一刻，他想着不能有负楼氏子弟的担当，于是迅速跑过去劝架。

虽时值冬日，但阳光明媚，晴朗高阔，这是一个很好的日子。很好，很好。

少商被拉开时，头脸已经挨了好几下，她觉得脸颊火辣辣地疼，眼角似乎被打肿了，下巴好像还被划了一道小口子。再眯眼去看尹妁娥，她不由得暗赞自己：看家本事还没丢！

混乱中，她隐约看见一脸担忧的袁慎，那个叫楼垚的少年活像被雷劈了般，仿佛彻底拓宽了人生见识，匆忙赶来的尹氏又气又急直跳脚，然后一通手忙脚乱。少商和哭哭啼啼的尹妁娥一齐被送至尹府后堂的一间厢房里，那里有刚刚赶到的尹夫人、萧夫人以及万夫人母女。

乍闻此事，尹夫人险些一个趔趄从台阶上摔下来，匆匆托付待客之责给妯娌就过来了。萧夫人看着倒还镇定，但呼吸也隐隐急促许多。万夫人虽不是当事人，却无法置身事外，尴尬得不知道该站哪边。万萋萋则打定主意要义薄云天！

尹氏赶紧将当时场面拣要紧的在嫡母耳边汇报一遍，尹夫人松了口气。

没多少人看见就好，两个婢女是自家奴婢，她完全可以控制。袁慎和楼垚到底是男子，名声也不错，请丈夫好好拜托，不至于碎嘴地去外面乱传小女娘斗殴这种闲话。

唯独有些奇怪的是，那袁善见仿佛对此事莫名热情，若非长女巧言抵挡，他几乎就要跟着过来了，被劝退后还踟蹰着一再询问伤情，全不是丈夫说的那样"虽年少得志，常侍陛下左右，但谨言慎行，独善其身"——所以，人皆有怪癖，那袁善见喜欢看小女娘打架？

作为也有适龄女儿的母亲，尹夫人不是没想过让袁善见做女婿，不过丈夫却不看好，说袁善见"看似淡泊，实则内有深意"，未来所选的妻家必有大计较——也许会联姻极权贵戚之家，或干脆选个远离朝堂却饱负盛名的经学宿耆之女，也不是没可能。

本来尹夫人就对袁慎凉了一半的心，经过今日之事，让人家看见自家女儿殴打年幼世妹，彻底让她熄了那念头。

"妹妹放心，没什么人瞧见，这事不会传出去的。"尹夫人擦擦汗，安慰着萧夫人，然后转头怒骂女儿，"你这孽障！你既年长又是主家，居然殴打程家小娘子！书都白读了？礼仪也白学了？我告诉你父亲去，看如何责罚你！"

少商心中一乐：原来这时候的父母生气骂孩子都用"孽障"呀。

骂完女儿，尹夫人又柔声对少商道："少商我儿，你受委屈了！你放心，伯母一定还你个公道，待今日筵席散了，非要叫这孽障尝尝家法不可！"

被拉开的两个斗殴女孩都是形迹狼狈，不过少商明显更惨些，鼻青脸肿像个猪头，衣襟上还沾着鼻血。对比尹姁娥，除了头发散乱，脂粉糊了，脸上手上都好好的。外加一个人高马大，一个幼小纤弱，情形简直不言而喻了。

只有萧夫人心知女儿的性情和本事，这世上能叫她吃亏的实在不多，恐怕真实情形并非如此。但如果能这样糊弄过去倒也不坏，她便假作宽容地安慰尹夫人，同时吩咐随身的武婢过去查看少商的伤势。

听指责声声而来，尹姁娥如何肯认下罪责，哭得眼泪一把鼻涕一把，连声道自己冤枉，却又拿不出人证物证来，真是冤死她了！谁知此时，少商忽道："是我先打了姁娥阿姊的。"

尹姁娥呆呆地侧脸看向少商。

此话一出，厢房里众人俱是一惊。

尹夫人心头一松，心想这小女娘脾气虽坏，人倒还正直，有一说一。

萧夫人却心头"咯噔"一声，她望着女儿满脸是伤，却那样满不在乎，心情异常复杂。

一旁的万萋萋急了，努力扒开万夫人紧抓的胳膊，大声道："少商妹妹最讲道理的，她绝不会随便打人，一定有缘故。少商你说，你说嘛！"

少商等的就是这话，心里大喊"姊妹够意思"，然后就坡下驴，摆出一脸的倔强，道："她说我无父无母，没有教养，连字都不认识几个，粗鄙不堪！"

尹氏侧眼看见萧夫人已经沉下的脸色，头痛不已：殴打客人还是口出恶言，也不知哪个对妹妹名声的坏处更小些。她又看向嫡母，却发现尹夫人愣在那里，眼中竟有几分泪意。

这次尹姁娥没法喊冤了，因为她的确说过这些话。但她很想说，这不是事实吗！说实话还有错啦！可对着上面几位长辈难看的脸色，她也知道这话说了更要糟。

尹氏出来打圆场，笑道："我家妹妹就是不会说话，不知得罪了多少人，这回就算是她说错了话……"

"姁娥阿姊没有说错，她一字一句都没错。"少商的声音已带了哭腔，哀哀戚戚，甚为可怜，"正是因为没说错，我无可辩驳，才只能动手的……"

万萋萋听得怒不可遏，热血冲顶。

她奋力推开万夫人的拉扯，一下跳了出来，指着尹姁娥道："打人不打脸，骂人不揭短！难道少商妹妹是因为懒惰蠢笨，才没有好好读书识礼的吗？

你总卖弄都城闺阁的好教养。知道人家有隐痛，你还得理不饶人，这就是你的教养吗？"

尹姁娥张口结舌，这回万萋萋满口的冠冕堂皇，她无法反驳了，只能继续在心里大喊她说的真的是真话呀真话！

少商观其神情，微生怜悯：这世上最不能说的，往往不是谎言或污蔑，而是真话。

此时除萧夫人之外的其余人互看一眼，觉得事情很清楚了——应当是尹姁娥先出言不逊，程少商年幼，被惹急了就挥拳相向，可惜人小力弱，被尹姁娥压着打了一顿。怎么算，都是少商吃亏。

万萋萋不去理母亲的眼色，添上一把火，一股脑儿将适才那"金丝燕窝枣"之事和盘托出，然后还道："尹伯母，不是我挑拨，程姎妹妹也教她欺负了呢！"

尹夫人神色凄楚，怔怔道："那程姎在外祖家里长大，也是没有父母在身边。"

万萋萋不防尹夫人这种反应，愣了下，才道："没错！"

萧夫人见此情形，转头掩袖而泣："都是我的不是，当初我若不将少商留下，就不会这样了……"少商暗赞萧主任好演技，能软能硬，能屈能伸，上得点将台，下得戏文台。

这时，尹夫人反倒镇定了，向萧夫人端正地行了一个礼，说话有条有理："此事是我教女不严，你放心，我必会给两个孩儿一个交代。你我两家今日结交，意气相投，来日方长，妹妹不好这时离席，叫人看了笑话，不如先差人将少商送回家去休养。"

萧夫人何等机警，立刻看出尹夫人神色异样，必是另有隐情。但涉及人家家事，她也不好多作纠缠，当下领了女儿便出去。

万萋萋担心未来的把子会破相，撇下母亲跟了出去，嘴里还叨叨着："我家有上好的金疮药，我这就叫人回家去取。"

看她们离开，尹夫人一个踉跄，跌倒在枰上，泪水滚滚而下，神色凄凉难言。

尹氏大惊失色，她与嫡母感情甚好，连忙跪倒在尹夫人跟前，焦急地连声追问："阿母，阿母你怎么了？"

尹夫人只是捂着锦帕哭泣，不发一言。

只有万夫人知其过往,上前柔声道:"阿妗,过去了,都过去了,你……你如今阖家美满,也做大母了,伯父伯母泉下有知,一定……一定……"说着,她也掩袖轻泣起来。

尹夫人拭去泪水,走到呆若木鸡的女儿跟前,"啪"地扬手就是重重的一个耳光。尹姁娥脸上迅速红起一片,可见尹夫人用力之大。

"阿母!"

"阿妗!"

——尹氏和万夫人同时惊呼。

尹姁娥被打傻了。她自出生以来,父母娇宠,兄姊疼爱,别说责打,连重话都没说过一句,这下生平头一遭吃了耳光,连哭都哭不出来。

尹夫人瞪着女儿,冷冷道:"我也是自幼无父无母,十二岁之前没读过几卷书,不识得几个字,我也是粗鄙不堪,不配为汝母!你以后别认我了,我不敢当!"

泪眼蒙眬中,尹夫人想起自己也曾如女儿一般生在福窝里,阖家美满,谁知一朝遭人陷害,弄得家破人亡。她更是眼睁睁看着父兄被斩于宛市,母亲拼着一口气将她藏匿在万家,不多久也过世了。

因小小年纪受了大刺激,她一连数年都痴痴傻傻,幸亏万夫人如亲姊般悉心照料开解,十岁那年她终于清醒过来。后来局势变化,仇家也遭了报应,万夫人的父亲这才敢把她领出来,送到远方叔父家中。

叔父叔母都是慈爱之人,视她如己出。可哪怕如此,夜半被窝里,小小的她依旧凄凉惶惑,思念父母,更别说欺凌她的女孩们不知多少次地讥笑她"无父无母没有教养"。

尹氏和尹姁娥从未听过此事,一时都呆了。

那边厢,尹大人正在前面宴客,听仆妇传道妻子痛哭不止,卧床不能起身,连忙回房去看,知道其中缘故后,二话不说也给了幺女一个响亮的耳光,先骂了一通"不知天高地厚的孽障"云云,接下来再是一通训斥,手板、罚抄……只差没跪祠堂了。

顺风顺水活了十五载的尹姁娥小姑娘,这下一气把所有责罚都领全了。

与凄风苦雨的尹姁娥相比,少商这里简直和风细雨。

回到程府后,阿茟见她一头一脸的伤,心痛得不行,默默流了一脸盆的泪水。谁知给少商换下脏破的衣裳时，又发现她衣裳之下甚少伤处，细嫩的肌肤几乎完好无损。

"我早说了，这些伤不碍事的，我心里有数。"少商笑眯眯地拍拍阿苎的肩。

——技术！关键是技术！那姓尹的小姑娘乍看不严重，可少商知道自己是下了狠手的，哪怕这个身子力气不大，也得叫那尹妁娥坐卧不适，吃啥不香。

尤其是她在尹妁娥腿上踹的那一脚，腰上掐的那几把，前者走的是少林派浑厚圆融的路数，后者循的是武当派清风拂面的精髓，技术含量简直破表，姓尹的小姑娘至少得疼三天，少疼一天，她的名字倒过来写！

少商知道萧夫人回来后还有一场硬仗等着自己，梳洗完毕，吃完蔬肉丰美的午膳，就赶紧上榻歇息。抱着被子喷香地睡了一下午，醒来时已见日头偏西，才知道程家众人已如数回府。果不其然，阿苎忧心忡忡地说萧夫人叫她一醒来就去九骓堂。

少商先拿出那面二哥程颂刚送来的小靶镜，左照右照，对着镜中那只玲珑可爱的猪头"啧啧"称赞，觉得自己这回控制得真是好极了，就要这种效果。

这下她更加胸有成竹了。

少商换过一身柔软而服帖的半旧曲裾，先叫人去通传萧夫人自己马上就过去，然后不慌不忙地抬步过去。走到半道上，她想了想，又叫莲房去找几个兄长求救，叫她不妨把情况说严重些——万一惹出火来，可得把救火队预备好。

走到九骓堂，只见程始夫妇高坐上首，程止和桑氏坐在一旁，各人神色不一。

萧夫人肃穆屏气，摆明了要跟你"好好理论"的神情，桑氏打趣地朝她笑笑，使了个"我来救你"的眼色，少商心里大为感动。

程止强忍哈欠，他原本要小憩，谁知妻子一定要他过来看母女斗法，他只好跟着。

只有程始，虽早知发生了何事，但一见了少商依旧失声大叫："嫋嫋，不是说只是打闹吗，那姓尹的居然把你打成了这样！我的儿，你痛不痛……"

程太公艳惊四野，作为长子的自己偏偏半分都没遗传到，天晓得他幼时多么遗憾，好容易有个美貌的孩子，他容易吗？姓尹的居然还来搞破坏，莫非是忌妒？

萧夫人原本屏了一口严肃正直的气，听了这话"噗"地就破功了，她无奈地扭头看程始："尹家娘子也被打伤了，你别只顾着自家孩儿！"

程始疑惑："尹家小女娘的脸也被打成这样了？"他指着少商肿如猪头的脸。

萧夫人一噎，半晌才道："她，她伤在了其他地方了。"

"小女娘打架，花拳绣腿的出不了重伤，是能打断肋骨还是断手断脚呀，还有比脸更要紧的吗？！"程始大掌拍着案几，痛心疾首，"嫋嫋还没许人家呢！这脸要是好不了，我跟姓尹的没完！"于是堂内只闻程始的大声咆哮，而且听起来还很有道理。

萧夫人无语，她都忘了自己要说什么了。

其实，以她行事精干，怎会不防此事。别说她随身的那个武婢精通医治外伤，已断言无大碍，送少商回家前又顺道拐去了可靠的医铺，医者也说痊愈后脸上不会留疤。

至于衣裳之下嘛，阿苎早已来报过了。

桑氏低头憋笑，程止白了妻子一眼——他早就说了，有长兄在，侄女哪会吃亏？

萧夫人不去理睬丈夫，整理情绪后，径直问女儿："少商，我来问你，你今日可知错了？"

"都被打成这样了，你还要问她错？"

"女儿知错。"

程始和少商同时出口，然后父女俩互瞪。

萧夫人头痛得很，用力将丈夫推远些，示意他闭嘴，才道："好，少商，那你来说，你错在何处？"

少商抬头挺胸道："不论人家怎样羞辱刻薄女儿，女儿都不该出手打人。阿父阿母放心，以后除非还手，不然女儿不会再跟人打架了。"

萧夫人没料到她认错这样干脆，迟疑了会儿，又道："那你打算如何改过？"

"如何改过？"少商撇撇嘴，"也不用改了吧。反正以后女儿应该不大会与她们打交道了，再见不了几次的，点头之交就好。"

堂内众人俱是一愣，萧夫人皱眉道："你此话何意？"

少商早就想就未来问题跟父母摊牌了，眼下时机正好，于是她坦然道："以尹家家世，妁娥阿姊将来必会在都城中嫁个差不多的人家。而女儿不是归入乡野，就是嫁入山林读书人家，以后还能见几次面？"

简单来说,她将来的夫家,要么是葛家那样的乡野大户人家,在乡里有钱有权有名望,但是远离朝堂;要么就是耕读传家的富户,如果读书有成,兴许能混到桑氏娘家那样的级别,著书立说,开山授徒;如果读书普通……那就普通一生咯。

这话一出,萧夫人先是一愣,第一反应就去看丈夫。谁知程始也是一脸呆滞,见妻子灼灼目光而来,忙不迭摆手道:"我可什么都没有说!"他也很吃惊好不好,这明明是他们夫妻私底下的商量话,女儿怎么就知道了?

"兄长,你是不是说漏嘴了?"程止笑呵呵地给程始拆墙。

程始怒目而瞪:"竖子闭嘴!该不该说,我会不知道?"

少商略带几分嘲意,笑道:"原来阿父阿母也是这么打算的,这可想到一块儿去了。"她就知道是这样的。

萧夫人扭头不语,程始尴尬,程止知道自己说漏嘴,不敢去看长兄。

只有桑氏温言道:"嫋嫋,你是如何猜出来的?"此时民风开明,并不禁止女孩与亲朋好友自谈婚嫁愿望。

"这有何难猜的。"少商微微一笑,"今年年内我就及笄了,阿母素有成算,一定已有了计较。阿母不教我安抚部曲,笼络家眷,那是因为将来我的夫家不会有部曲。阿母不教我世家谱系,豪族贵眷来往交际的规矩,那是因为我以后不大会和这些人打交道。不过这些日子阿母倒把庄园的账本给我看了好几卷,还领了几个庄头跟我说田野庶务,又一直督促我读书写字……林林总总,可不就是如此了嘛。"

女孩说完这番长篇大论,堂内两对夫妻面面相觑。过了半晌,见长兄长嫂都默然,程止小心翼翼地问道:"嫋嫋,那你觉得这个主张如何?"

少商轻快道:"我觉得阿父阿母这个打算很好呀。"其实她早就想过这个问题了,当然,是作为未来经营计划的一部分来考虑的。

程始嗫嚅着,很想说"这可不是我的主张",终于还是忍住了。

谁知少商却一脸认真,正色对程始道:"阿父,您是知道我的,不肯吃亏又主意大。将来您给我挑郎婿时,千万看看人家全家的性情,要挑那好脾气又随和的,别来给我管手管脚缠七缠八的,不然我肯定跟人打破头!以后日子怎么过,我自有主张。"

有稳定的产业和社会人际关系,她就可以在庄园里尽情试验她的想法了,不论农具粮种还是高奢品,给她五年,她有信心可以让家里的经济状况大为改观。

反正她也烦见了那帮贱嘴的小姑娘,没事就知道瞎说,不是扯头花就是衣裳点心发饰脂粉和郎君,没有一点建设性。靠她们,怎么实现繁荣富强呀!

话说到这里,好像什么都不用说了。萧夫人看女儿笃定的神情,心里憋得厉害。

她觉得把四个儿子加起来都没这一个女儿让她上火。问题在于,少商说错她固然生气,可少商全说对了,她依旧生气,并且她都不知道自己在气什么。

"那如若我叫你去向尹娘子赔罪呢?"萧夫人双手撑膝,忽然说道。

"我不去。"少商利索道,"尹姁娥出口伤人,挨打活该。我是不该动手,大不了我以后避开她就是了。可她要是还送上门来讨打,可不能怪我!"

看着女儿桀骜不驯的神气,萧夫人霍地立起,冷然道:"好胆色!我倒要看看,你知不知道错,来人呀……"

话音未落,刚赶到九雅堂的程家三子听见这句话,赶紧扑了进来,程颂和程咏一边一个抱住萧夫人的腿,两人连声道"阿母息怒""嫋嫋刚挨了打可不能再责打了"云云。

程少宫则二话不说,一把拽住少商就往外跑,萧夫人还来不及说句话,两人就一溜烟儿不见了。

萧夫人气得浑身发抖,一脚一个踢开儿子:"都给我滚开!谁说我要打她了?"

程咏和程颂呆了下,他们适才听了莲房的传话,还以为已经火上房棍上身了呢。

盘腿坐在一旁的程始拍拍哥儿俩,闲闲道:"放心,你们阿母今日的确没想责打嫋嫋,不过她叫阿青备了些木简,大概是要罚嫋嫋写字吧。"

程始一边说着,一边瞥了眼妻子,萧夫人没好气地瞪回去。

"你们还不快滚?等着领罚吗?"程始一声大吼,两个儿子忙不迭地退出堂去。

程始再看一旁憋笑得直耸肩的幺弟和弟媳,忽然心里有了个主意,此时却先不说,嘴里只道:"你俩还想看戏多久,赶紧给我回去!"

桑氏忍笑,她原本是怕少商受萧夫人责罚,想帮着缓和一二,谁知却瞧了一场好戏,眼看戏已落幕,她赶紧扯了丈夫作揖告退。

临跨出门前,桑氏忽回头道:"少商还是太天真了。"

萧夫人和程始一时未解其意,桑氏却不加说明,径直和丈夫出门而去。

九雒堂内只剩下夫妻二人了。

萧夫人胸膛依旧起伏剧烈,程始双手按着妻子慢慢坐下,赔笑道:"我说什么来着,叫你别来自讨没趣,你偏不听。这么多日子你还没看出来,嫋嫋那动手前早想好辩词了!你又不能打她,除了平白生气,能落什么好?"虽是劝解妻子,但话中掩饰不住骄傲之情。

萧夫人埋怨道:"还不是你们父子偏袒她,左拦右挡,生怕我吃了她!若像咏儿几个小时候那样,让我搬出杖责之刑,不说真打,就是吓唬吓唬也好,看她怕不怕!"

"女儿怎能与儿子一般责打,嫋嫋那小身板经得起几杖?"程始这就不同意了,"当初你也说了儿女不同,儿子要闯大祸,女儿嫁了即可。既然如此,责罚也不能一样呀。"

萧夫人怒而挥开丈夫的手,瞪眼道:"好哇,你在这儿等着堵我呢!是我亏欠了女儿,你这辈子都打算拿这个来给她开脱了是不是?"

"好好,不说了,不说了,都是我的不是。我就不该提前去找万兄,若不是要两家一起走,我们晚些去尹家,筵席开了,伎人也上了,有长辈在旁,一群小女娘哪会扯出这许多破事来?"见妻子真动了气,程始赶紧上前哄劝。

好话说尽,哄了半天,程始又笑道:"其实,我还当你今日要责怪嫋嫋当面斥责尹家娘子之事呢。谁知你倒一句没提,怎样,你也觉得嫋嫋斥责得好吧……"

虽被丈夫说中了心事,萧夫人依旧不服气:"那是你们父子来搅局,不然我也要责问她怎么这样咄咄逼人,就不怕给程家惹事吗?忍一口气不成吗?"

"别装了,几十年的夫妻,我还不知道你?你要是肯忍气吞声,那年就不会叫我半夜去堵了浣水,将那姓窦的私账淹掉一半。"程始笑呵呵道。

萧夫人嗔道:"你个没良心的,那姓窦的在席间羞辱你,你倒肯忍着!他叔父看重你,他却愤愤不平,没本事的东西,他叔父都叫他连累了!"

"可那尹家小娘子羞辱的也不只是嫋嫋,还有姎姎呀。"程始拍腿大笑,然后凑近妻子的面庞,"你一直觉得嫋嫋性情不好,可要紧关头,她却肯护着自家堂姊,绝不叫别人欺负了去!她要是闷声不吭,才是没情义!"

萧夫人闷着不说话,半天才嘴硬道:"我们家的人,从来顾念手足之情,那孽障还算没走了样。"顿了顿,她又叹道,"我后来拉着姜姜细细问了经过。唉，姎姎还是弱气了些，就算不能当场回击，后来也该说两句场面话，免得叫人看轻了。不过，嫋嫋也是言辞太锐利了，也不怕惹下仇家……"

"怕什么怕，是我怕了尹治，还是我们去巴结的尹家？"

程始昂然道："尹家那么多子弟，总有不爱读书爱戎装的吧。我们两家互有所求，两相安好，凭甚低人一等？今日若不是嫋嫋当面顶了回去，那一众小女娘回家与亲长们一说，以后我程始还能抬得起头来吗？"

萧夫人叹口气，忧心道："这回也就罢了。尹家我们还惹得起，而且人家也宽厚，将来若是我们惹不起的人家呢？嫋嫋也这样横冲直撞，那可怎么办？"

程始十分乐观，故意逗妻子道："若是我们惹不起的人家，嫋嫋就不去了。叫姎姎去赴宴，反正她会忍气吞声。夫人意下如何？"

谁知这回萧夫人却没理丈夫的戏言，沉默片刻，忽道："前朝有位世家子弟，阖家权贵，后来自己也尚了公主。谁知夫妻二人性情不谐，天天争吵，最后那驸马忍不了公主的羞辱，一刀杀了公主。皇帝大怒，那驸马连同父母一起被赐死了。"

程始疑惑："你要说什么？"

萧夫人望着门边，低声道："我曾说过，我放心将姎姎嫁入任何人家，你还说我偏心。实则我心里知道，这是愧对二弟的诛心之言。说句难听的，姎姎嫁人后，最坏最坏也不过是受欺负不敢还手，哪天忍不下去了，绝婚回家就是。可嫋嫋呢，她可是要拼死一搏的，祸事多是这样惹下的！"

程始无法反驳了，最后无奈道："要不，我们真如嫋嫋所言，找个脾气好又随和的亲家？不过，嫋嫋已经答应我们了，以后不会再打架了。"

萧夫人语气中居然生出几分无力："真想不到，我萧元漪有生之年居然会忧心女儿打架……对了，他们将嫋嫋领去哪儿了？外面似是下雪了。叫她回自己屋吧，我不会吃了她的。还有舜华，唉，我知道她的意思了……"

女儿的确聪敏锋锐，也不贪慕虚荣，尹府花团锦簇，她丝毫不见艳羡之情，更知道友爱手足。但也的确很天真，没见识过真正的权势是何等铺天盖地，避无可避。在绝对的权势面前，生死荣辱都是一句话的事。

与丈夫相反，萧夫人生平第一次对自己的决定生出了犹疑之意。

第十一回 小惩大诫

此时，友爱手足的少商正仰面站在街口望天，从天上纷纷扬扬落下来的细雪，沁到脸和脖颈上，湿冷湿冷的，她心中一片茫然。

半刻钟前，胞兄程少宫将她领去三兄弟居处暂且躲避，然后自己跑回九骓堂打听消息了。少商蹲坐火炉跟前的当口，遇上刚替程颂收拾完箭镞弓弦的符登进到屋里。

旧友重逢，不免聊了起来。少商从符登那里知道了符亮已跟到了程筑小弟身边，符登也从少商处知道了阿梅又长高了两寸。然后符登不免问到少商为何在此，待知道内情之后，他越发忧心了。

"女君想罚之人，还从未落空过。"符登一脸为难，"卑下随着父亲在大人帐前多年，女君每每要杖责公子，无论哪位公子躲去哪里，总能寻回来，继续责罚。"

这下，少商坐不住了。

在她的殷切鼓励之下，符登还很诚恳地描述了那杖责之刑如何施行，造成了何等伤害，几位公子的惨叫频率，伤愈速度，以及愈后身心恢复状况。

符登的本意是想叫女公子知道躲得了一时躲不过一世，负隅顽抗不如端正态度，诚心诚意去认错，然后母女和好。

谁知，少商的思路却是"坦白从宽，劳改搬砖，抗拒从严，回家过年"。

说实话，她还是很珍惜自己这身皮肉的，别是没被尹妫娥打到，反而折在萧夫人手里。她一时心慌，决意像小时候那样先出去避避风头。

符登起先大惊失色，很是阻止了一番，见小女公子心意已定，就只能护卫着她一道出门。两人从程府侧门出去，仓促之间，符登还记得牵出两匹马来，可是一直走出五六十丈，少商才发现这番举动十分不妙。

首先，她不会骑马。

其次，她身上没穿外出的皮裘大袄，脚上蹬的还是那双浅碧色的软底绣花翘头履。

再次，外面温度是零下，而且又下起雪来了。

最后，这里不是老家的弄堂——街口有馄饨摊，街边有油墩子摊，街尾有臭豆腐摊，多走几步，还有大姐头开的录像厅。

眼下已近黄昏，远远近近的屋顶上炊烟冒起，街上人烟稀少，可供暂时落脚的食肆客栈什么的要在规定的坊间才有，不会像后世那样，街上随处可见。

——她和符登面面相觑，符登十分羞愧自己行事不周。

少商倒没怪他，符乙和阿苎是培养儿子做军士的，不是公子们随身的伴当。于是，她犹豫起来，自己是否该老老实实回家，哪怕被打一顿也比得一场风寒强。

话说，她也已经习惯有婢女随侍的日子了，上辈子出门她哪敢不带钥匙钱包呀？如今倒好，不论刮风下雨落雪，自有跟在身后的婢女忙不迭地给她打伞披衣嘘寒问暖。

真是由奢入俭难呀。

少商自嘲一笑，正打算投降回家，却听一阵熟悉的马车铃声……

"程少商！"——以及更加熟悉的年轻男人的声音。

少商抬头去看，只见袁慎披着毛皮兜风，从袁家那辆华丽的马车里探出半个身子，雪白的面孔被冻出一层浅浅的嫣红。他一看见少商甚为喜悦，随即又忧道："你怎么才穿这么点？快进马车来！"

符登略迟疑，那日程家宴客，他亦见过袁慎，虽知其不是歹人，但毕竟……

少商却不管这许多，连忙上前几步，三两下爬上袁府马车，袁慎笑吟吟地避开身子让她进去，坐在车头的那位驾夫还很贴心地扔了件毛毡披风给符登。符登默默接过披在身上，然后翻身上马，手牵着另一匹马，慢慢随行在车边，心里担忧小女公子的身体，他犹记得数月前母亲何等辛苦才救回她的小命。

少商的情形的确不大好，这具身体的单薄程度超过她的预料，才这么短短一阵，她已冻得从指尖到心腔都结冰了一般。幸而袁家公子的车驾不但外表华丽，厢内也是应有尽有——书案、靠几、羊皮壁灯、精美镂刻的白铁桐木制成的小小火盆，连厢壁都覆了一层柔软的锦缎丝绒，可惜少商的指尖已经冻僵了，摸不出那适意的触感。

袁慎皱着眉看她，小小的女孩冻得瑟瑟发抖，鬓发上的细雪融化后微微濡湿，不过因为被打得鼻青脸肿，倒看不出她脸色如何了。

他手臂一动，很想将自己身上的皮裘披到少商身上去，又觉得过于冒昧了，没想到少商已经自发自觉地扯过铺在壁板上的一条羊毛绒毯抱在怀中。

袁慎默然，松开拈着皮裘的手指："你想去哪儿？"

"阿母要打我，我躲出来了。"少商尽可能地靠近火盆取暖，愁眉苦脸道，"谁知什么都没带，要不还是回去吧。"

袁慎皱眉道："先别回去了，我们走一会儿。"实在不行，他倒有几处别庄可供躲避，不过，这样并不妥……

少商赶紧点头，她也需要想想下一步该怎么办。

袁慎捡过火盆旁的铁叉，缓缓拨动炭火："你这苦肉计使得不错。我离开尹府前，已听说尹娘子身体不适，没有在筵席上现身。"其实是他特意打听来的。

少商终于缓过一口气，坚决不认："什么苦肉计？我年少气盛，受不得尹娘子的气，这才失了分寸。袁公子慎言。"

袁慎放下铁叉，迟疑了片刻，从身后的暖巢中拎出一个玄鸟纹路的阔口漆器酒壶，他想了想，倒出半杯温热的米酒，然后递给少商。

少商不耐烦他那副小心翼翼的样子，一手压着绒毛毯子，一手接过双耳杯，手腕翻动一饮而尽。立志做太妹的，怎能不会喝酒？初中之前她已经尝过啤酒、黄酒、白酒，以及掺了糖的冒牌葡萄酒，这么一点点米酒当然不在话下——

"咳咳……咳……"少商剧烈咳嗽，险些咳出眼泪来。好吧，她又忘记了。

袁慎又好气又好笑，手掌张开又捏紧，忍着没去拍女孩的背。

"既知伤敌一千自损八百，又何必出此下策。"他低声道，"那尹娘子固然受到了责罚，可你难道就全身而退了？"

少商咳得半死不活，抬头冷笑："'全身而退'是有依仗之人才能说的话，袁公子你觉得我像吗？"她就不相信像袁慎这样走一步看三步的主会没有打听过她的情形。

谁知袁慎却淡淡道："这世上之人，并非个个都有父母亲缘。既生到了这世上，自要奋力好好活着。"

少商心下郁闷：她有好好活着呀，不论是太妹还是尖子生，上辈子她每一天都有好好努力呀，眼看前程似锦，谁知老天爷让她重新来过！

袁慎见她不语，温言道："过去就过去了，这回也不见得全错了。以后若非与你程家有过节的，想来也不会故意为难你。"

少商勉强地点点头，这才问起："对了，你怎么会在我家门口？"她家又不是市坊，左右住的不是富贾就是新晋文武。

谁知袁慎不答，反而顾左右而言他："其实，今日我还有话要与你说，原本家母想过两日邀程家女眷过府赏梅，谁知……"

"赏梅？你母亲不是从不过问俗务的吗？"少商大奇。

要说袁夫人也是都城里的奇景之一，一等封疆大吏的诰命夫人，娘家夫家俱是世家豪族，也不知怎么了，扬言要避世修道。不见客，不宴客，连宫宴都托病不去，除了没办法偶尔需要进宫领赏谢赐，几乎没人有机会见到她，其隐居程度只比世外高人严神仙差一点点。

夸张点说，袁府距今最近一次的大型宴请外客，是袁大公子的周岁宴。这些年来，除了零星招待亲朋的小家宴，连袁慎的冠礼都是在老师家中办的。

袁慎板着脸："没规矩，人家和你说话时怎好打断？"瞪得少商讪讪地闭嘴，他继续道，"原本家母要邀汝母过府一聚，可陛下后日要东巡，急召恩师与我随驾，只能等我回来后了……"他看似随意地去盯女孩的反应。

谁知少商思路清奇："咦？你要出门，家里就不能设宴了？你家是你在管呀！"

她心里嘀咕，难道程老爹发展前途这么好，袁家也要来结交？同时指着眼前的年轻男子，调笑道："既然你母亲不爱管事，你为何不早些娶妻，也免得这些不便？"

袁慎心道：哪里无人张罗？幼时有个族中叔母帮着料理这些的，谁知那族叔母管了几年，渐渐养大了心，不但手脚不干净，还敢私自攀连别家贵眷。

逐走那族叔母后，他小小年纪就自己管理府中庶务了——提领新管事，规治新章程，其实也不甚难。不过等他在朝堂渐渐崭露头角，人际应酬的需求越来越大，才发觉的确不方便。

袁慎故作薄怒，道："你以为娶妻是买菜还是挑瓜？结两姓之好不说，吾妇将来是胶东袁氏的宗妇，自然要端庄贤淑，怜弱恤老，更别说祭祀宾客，首领诸介妇……"

看他一脸挑剔的模样，少商腹诽：你妈也是宗妇，天子脚下都能隐居十几年，都快修道成仙了吧，不也好好的？不过她心里也知道，袁夫人这样必有隐情，前几十年天下大乱，天晓得发生了什么。

"行，袁公子您金尊玉贵，新妇自要这天底下最最好的，您慢慢挑。"她凉凉道。

袁慎瞪着少商，重重道："尤其要紧的，必得练达宽仁，明辨是非，绝不能像你似的，一言不合，挥拳相向！回头将满府宾客都打跑了怎么办？"

少商先是想讥讽回去，随后又隐隐觉得不对——这是调戏吗？

不等她想明白张嘴，却听外面传来一阵"少商，少商"的高声呼喊，她微微一愣，随即辨出声音，不由得脱口而出："是我次兄！"

想到程颂来追自己，必然是家中之事有结论了。少商喜出望外，不等袁慎反应，就自己七手八脚爬出马车，骑行在旁的符登也是一脸喜色——他真不知道怎么处理离家出走的女公子呀，大声呼叫"二公子我们在这儿"，并叫停了驾夫。

少商双脚稳稳落地，回头向探出车厢的袁慎屈膝行礼，笑道："多谢公子相救，不然等我家次兄来找我时，我早就冻死啦！"

说完就扭头要走，袁慎却叫住了她，从怀中取出一个小小的白玉罐子，递到少商手中，低声道："这是家中药师所制的紫玉膏，你……擦到伤处……"

这次不等女孩告别，袁慎轻轻喝令一声，那驾夫就驱马而去。

少商呆呆站在原处，两手捧着那只白玉罐子，上面还留着那人的体温——所以，其实他是特意在程府附近溜达，想要给她送伤药，顺便告别？

不一会儿，程颂已循着符登的叫声过来了。

少商回头去看，顿时眉开眼笑，要说还是自家兄弟靠谱，原来程颂特意没骑马，赶了辆小巧的安车出来。

"你这傻姑娘！这么大冷天，穿这样单薄就出来了，还不如回家去挨母亲一顿打呢！"程颂大声训斥着，恨铁不成钢地从马车上拎下一件程少宫的貂皮袄子覆在少商身上，又回头吩咐车驾旁的随从："你去寻大公子和三公子，女公子我找到了，叫他们放心回府吧。"

"阿登，你也是傻的，女公子不会骑马你不知道啊？"程颂一掌拍符登背上，说完又奇道，"少商不会骑马，那你俩是如何走这么远的？"他上下打量幼妹的气色，看起来不像冻坏的样子。

符登动了动嘴唇，没敢说话，只去瞥自家女公子。

少商笑呵呵地披上袄子，顺手将那白玉罐子塞进怀里，然后一脸不在意道:"出家门口没多久,我遇上了善见公子的车驾,善见公子好心,就搭了我一程……次兄不信,就问阿登,这是真的!"

程颂扭头,符登赶紧点头称是。程颂心下疑惑:"善见公子这样热忱?"

少商穿好了袜子,开始往马车上爬:"人家好心你也怀疑,你说,他能贪图我们程家什么?难不成贪图我的容貌?"她指着自己肿如猪头的脸,"不然,你去告诉大家好了。"

"算了!这事还是别叫阿母知道的好。"程颂想起母女大战就头痛,人家家里不过一头母老虎,他家里有两头,逮着机会搭上故事对上暗号就要大吵一回。

既然不能让萧夫人知道,那么其余长辈最好也别说了,程颂想了想,决意只告诉口风紧的长兄程咏。

少商爬到驾夫的位置上,讨好地问道:"次兄,阿母气消了吧?咱们回家吧。"

程颂不理这问题,反问道:"你搭着袁家的车,原本想去哪儿?"

"去德辉坊寻间食肆,边吃边等等看。说不定阿母看我跑了,就不打我了呢。"

程颂翻白眼:"放心。阿母本就没想打你,这回她要罚你写字!"

少商无语,萧主任真是不死不休。她叹气道:"也好,那就回去写字吧……"

"写什么写?"谁知程颂一抖哨鞭,驱动马车,"长兄去青姨母那里偷偷看了,阿母备了几百张木简,每张都有陶盆那么大,密密地画满了半寸见方的格子,要你三日内写完!还得写得好,不然没准儿又有别的责罚!"他们兄弟就是这么长大的。

少商大惊失色:"这么多?我可写不完!"这可是毛笔字呀,而且写不好萧夫人会洗掉木简,晾干了叫她重写。

"那我们怎么办?"她挨到兄长身边,可怜兮兮道。

程颂瞪了她一眼:"还能怎么办?去躲躲呗。先叫阿父劝劝,躲过这几天,阿母兴许能宽限你些日子!"

"那去哪儿躲呀?"

"万家!"

事实证明,说起来头头是道的程颂,真办起事来也不见得多靠谱,少商满心期待地进了自家的马车,却发现车内没有火盆。

隆冬时节，没有火盆的车厢，不过就是冰冷凄怆的小黑屋，除了能挡风，别无他用，少商总算从车板下找到一条粗毛毡垫，赶紧裹到身上，一边哆嗦着，一边痛悔刚才没将袁慎的火盆和绒毛毯子顺了来。

程颂听见幼妹又在后头打了一个喷嚏，也是十分焦急，越发急忙地驱车，幸而万程两家离得不算远，一阵急赶狠斥，眼看万府大门就在近边，程颂扭头，冲车厢里喜道："嫋嫋莫急，到了到了！"

少商已被冻出了鼻涕，闻言赶紧推开车门，在灌入的呼呼冷风中，看见万府大门前围了一圈人，被拥在当中那个面色醺红的大肚皮胖阿伯正是万松柏，似乎正在送客。

此时日头已落，天边镶着一圈若隐若现的余晖，正是暮色渐沉，万府门前的众人如同太极八卦图般被分成黑白分明的两拨人。衣着锦绣斑斓的那一拨人，面上笑笑呵呵的，毫无疑问是万家的随从家丁。

另一拨十余人，则是清一色的黑衣黑甲的健卫，个个臂挽弓弩，腰佩重剑，背上的羽箭尾羽雪白，映着这彻骨的天气，当真是"寒光照铁衣"。

他们见一辆马车慌里慌张地往这里冲，只听"唰唰"几声，众侍卫齐按腰间，亮出冰刀般冷彻的半截兵刃，肃容以待。一个下巴略方的少年侍卫上前一步，厉声呵道："来者是谁？"

程颂大吃一惊，使出浑身力气勒住缰绳，同时大喊道："万伯父，是我，是我呀……"

马车一阵颠簸歪斜，少商也吓坏了，以为自己要遭遇古代车祸，紧扒着车框不放。

万松柏的酒醉被吓醒了一半，赶紧摆着手大声道："哎哎，这个不是……不，那个，凌大人，这是自己人，是我自家侄儿侄女……莫动手，莫动手……"

这时，那群黑衣甲士从当中分开，现出一个身穿玄色曲裾长袍的年轻男子，身形极为颀长，外披黑色兽毛大氅，以暗金丝缕佩玄玉扣住，双臂皆缚着沉重的镶金臂韝。

他似乎向少商这边看了眼，然后微微侧身，朝万松柏拱了下手，道："公今日酒醉，某来日再拜。"告辞后，他转身而走。

不远处静静伫立着一辆通体漆黑的庞大马车，黑到发亮的漆木车框，两匹四蹄踏雪的黑色高头大马，连马辔头都是漆黑的冶铁。登上马车前他右臂抬了下，四周的黑甲卫士一齐收剑，围上那辆足有程家马车三倍大的车舆，上马随行而走。

程家兄妹吓得半死，一时无法动弹，少商更是被焊在马车上了一般。

万松柏目送黑色马车走远，赶紧上前道："你们俩怎么来啦？哎哟，嫋嫋，你脸怎么啦？哈哈，哈哈哈……定是你阿母打的你，不要怕，待我去跟贤弟说……"

程颂惊魂未定，颤颤地扶着幼妹下车，闻言大声道："阿伯，你又来了！不要一看见我们有伤就说是阿母打的！"

少商也气急败坏，道："就算是阿母打的，伯父，你看见阿母打我，这么高兴呀！"

万松柏明显在尹家喝得不少，说话时舌头都是大的，不过脑子还不算糊涂，只听他呵呵笑道："莫嘴硬，就算你的脸不是你阿母打的，今日躲过来也是因为她！好啦！别愣着，快进来，快进来……"

……

万家仆妇奴婢众多，前呼后拥之气派，远非程家可比。

万十三妹一听少商来了，喜出望外，连忙出来相迎。在堂前碰面时，少商发现萋萋小姑娘前后左右居然围了二十几个奴婢——前面四个提灯引道，后面四个手捧披挂锦盒，四周八个擎灯，还有外围数个顶火把的。

少商半晌无语，同时莫名感到一阵寒酸。人家大小姐不过从屋里走到堂前，这排场闹得跟元首出巡似的，自己离家出走这么大件事居然两手空空——她果然见识短浅，东宫娘娘烙大饼，还一次烙两张，一张涂糖，一张撒盐，简直太奢侈啦。

万萋萋是个实心眼儿的姑娘，捧着少商的胖猪头左看右看，不禁悲从中来，忙不迭地让奴婢把少商架去自己居处。等到了灯火通明的院落，少商惊恐地发现十三妹的人马还有三四十人之多。然后，她享受了一次白金巨钻皇冠级别的大保健服务——

散发重笼，温水泡脚，滚热的帕子捂热膝盖和手指，然后膏脂润肤，熏香更衣，一整套下来，少商舒服得好像重投了一次胎，惬意地叹口气，心里遗憾着：万伯父怎么不生个儿子呢，她一准儿让程老爹把自己嫁过来！

在品级制度还未出现的这个世界，官秩更多是用来区分位阶高低，谁还真靠几斛米粮过日子呀！比如这万家，家族在隋县世代为望族，田地庄园覆盖了县里两成面积。从长远来看，自家老爹虽然晋升空间比万老伯大，但就目前而言，程家绝比不过万家豪富。

万姜姜叉腰站在当中，一边咒骂尹妡娥满脸生痘疮永远好不了，一边指挥婢女犹如工蚁般团团围着少商伺候。收拾完毕，焕然一新的少商被她领着去拜见万老夫人。

一路走去，少商心下惴惴，她心里清楚，除了那些已经被萧夫人处理掉的奴婢，这世上唯有葛氏和这万老夫人有可能发觉自己的不妥。哪怕是前者，待隔上数年后再见，她也不再担心。谁知进到新版慈心堂内，她倒先被万老夫人吓了一跳——

室内药香缭绕，万夫人正跪坐在一位老妇跟前，服侍她用药。

万老夫人头发已然全白，但瓜子脸的轮廓依旧十分清晰，鼻挺唇丰，腰背挺直，尤可见年少时的英气秀美。只不过……她双目轻合，右边的眼皮之下凹了进去，显然是眼珠已经不在了，并且少了一只左耳。

饶是火烛明亮，但眼前老妇的面容仍有一种说不出的诡异，幸而少商此时面孔青肿未消，否则定然叫人看出她掩饰不住的惊讶之色。她决意少说为妙。

万老夫人衣着简单，首饰珠翠一概不用，衣料只求柔软舒适，头发也只用木簪挽了个简单的圆髻。为照顾眼疾之人，屋内摆设少而精，诸如香炉玉磬之类自是不能出现的。

少商老老实实给万老夫人行礼问安。

万夫人回过头来，笑道："少商来了，这回多住几日吧。姜姜上头的阿姊都出嫁了，自回都城后她整日闲散无聊，你们小姊妹一道读读书，写写字……"

一听"写字"，少商第一个反应是索性将萧夫人的木简拿来这里写。谁知万姜姜先嚷起来："写什么字呀？我要教少商骑马！还有呀，阿母你看看少商的脸，都是那姓尹的……"

"姜姜，还不把你身上那些石头摘了？"万老夫人忽然开口，"这都入夜了，你还这样满身'叮当'地给谁看，也不嫌重。"

万夫人"扑哧"一笑，少商忍笑。的确，哪怕在家里，十三妹依旧衣饰华贵，那挂圣诞树般的金项圈继续"叮当"响亮，哪怕盲人都没法忽视。

万姜姜讪讪辩解道："那什么，大母你不知道，如今都城就兴这样打扮……"

"你给我再找出一个你这样打扮的小女娘来，大母原样给你打一套这身珠翠，若找不出来，你将这身赠予我吧。"万老夫人淡淡道。

万萋萋蔫了，可怜兮兮地去看母亲。万夫人假装没看见，恰逢此时万将军满面堆笑地进来了。他显然是梳洗过才来，身上已不沾半点酒气。

"少商呀，子孚已回去了，事情嘛，我都知道了，你就在这儿多住几日，好歹等你阿母气消了啊。"

少商赶紧伏倒行礼，向万阿伯道谢。感谢这一头一脸的青肿，她如今连假作不好意思都不用了，反正也没人看得出。

万松柏显然听到了适才的话，转头道："阿母呀，您老眼睛不方便，其实萋萋这样打扮甚是好看……"

万萋萋抬头看父亲，满眼亮闪闪的欣喜。

万老夫人道："我喜简朴，汝父爱疏阔，你却自小这样，也不知当初那接生婆是不是抱错了。不过，萋萋是定然没抱错的。"

万夫人和少商都低下头，拼命不笑出声来。

万松柏咂巴了下嘴，对女儿道："那啥，少商还饿着呢，你赶紧领她去用膳。呃，顺便将衣裳换了，还有，咳咳，以后少戴几件啊……"

万萋萋耷拉着脑袋应了，拉着犹在憋笑的少商告退了。

万松柏看两个女孩出门，转头笑道："阿母，我今天……"

"闲话以后再说，今日凌不疑来访，必不是为了看你饮醉酒的模样，客师已在幕堂等你商量了，快去吧。"

万松柏心知这是正理，便恋恋不舍地离开了。

看丈夫女儿尽皆出去，万夫人挥退了随侍的婢女，亲自试了药汤，轻声道："君姑，药有些凉了，不如热一热再饮。"

万老夫人却道："不用。"然后接过漆碗来一饮而尽。万夫人连忙奉上清水漱口，以银箸送上一枚蜜饯时，却被万老夫人摇头拒绝。

"这下好了，萋萋之前结交的那些小姊妹都没来都城，如今有少商陪着，她总不会日日喊着要去游猎了。到底是小女娘，年岁也大了，该学着贞静贤淑了……"万夫人低头摆放着碗盏。

"有话就直说。"万老夫人道，"别来拐弯抹角那套，何况你拐的弯子也不甚高明。"

万夫人脸有些红："君姑，你是没看见。一言不合就上前殴打，这哪是名门淑女所为？我知道姁娥所言不妥，但就算受了委屈，也有其他法子解决，何必这样偏激粗蛮？"

"那你倒是说说，用什么法子解决，既能出了这口恶气，又能不伤和气？"

万夫人嗫嚅："我，我怎么知道，不过，兴许可以先告知长辈……"

"就算元漪两口子知道了，这般小事又能如何张扬？充其量叫那尹娘子受些责罚，如何出了那口恶气？"

万夫人素来心境平和，忧道："为何非要出气？忍下不就成了。"

"人活得就是一口气，没了气，行尸走肉尔。"

万夫人低头沉默。

万老夫人道："你原本不是想叫萋萋与那程婑为友吗？可这一天下来，她和程婑一桌吃，一路走，回家你可有听萋萋提起她半句？倒是口口声声惦记少商，今夜她俩怕不是要抵足共眠了。我也看走眼了，原来那孩儿之前在葛氏跟前全是装傻充愣。"

万夫人微微叹口气。

"不做才不错呢，做了就会有错处。虽说中庸之道有可取之处，可中庸过一步就成怯懦自保了。"万老夫人道，"倘若程将军也学什么中庸，你以为我会叫松柏与他结拜？乱世之中，不能在要紧关头挺身为你抵挡明刀暗箭的盟友，要来何用？"

万夫人悚然道："君姑！"

"萋萋像松柏，少商也像程将军。他们父女都是心胸开阔不拘小节之人。适才少商穿的是萋萋的旧衣吧？实则萋萋前两年还留了许多不曾上身的新衣，不过急着来拜我，才没去库房翻找。她自己满身琳琅，满室华贵，却让客人穿旧衣，但少商可有一点神色不好？"

万老夫人慢慢睁开左眼，眼珠已然黯淡，但精光犹现："没有，我看那孩儿举止自若，眼神清澈，全不在意这些。对萋萋的亲近感谢，纯出自然。"

万夫人根本没注意这些，听婆母说起，才努力回忆适才所见。

"十几年前，我们初来都城，置老宅时将偏屋赠予程家。这本是一番好意，但若是气量狭小之辈，不免会想'我与你兄弟相交，你却将我看作仆从之流，让我偏居你家大宅后侧'。但程将军毫不以为意，还喜于能省下一笔开支，还可叫我家就近照顾他的家小。当时我就想，叫他陪着松柏出去征战，我能放心。"

这个例子很让人信服，万夫人道："这倒是！要说程将军，待大人真如亲兄弟一般，不不，就算亲兄弟都未必能这样。松柏鲁莽，战阵上几次遇险，都是程将军以命相救。尤其那回，嗯，是妻妻八岁吧，程将军浑身是血地将松柏背回来，可吓死我了！"

想起当时情形，她依旧恐惧："尤其难得的，为着松柏受了那样重的伤，元漪何等刚强的人，扑在程将军身上，眼泪都下来了，却对我们没半句怨言。"

万老夫人缓缓闭上左眼："择友，不是你掏颗心出来就成的。得会看人，唉，我也是老了，这番话本该对孙儿说的，教他如何看人识人，如今却在这里和你叨叨……"

万夫人低头："都是新妇无能，不能繁衍子嗣。"

"关你什么事？"万老夫人嗤道，"一代如此，代代如此，祖宗们都这样，轮得到我们诚惶诚恐什么……"说到这里，她语气一转，"所以，你看上了儿孙众多的尹家？想给妻妻招个赘？"

万夫人大惊失色，惊恐万状，忙伏地磕头："新妇不敢！"

"没什么敢不敢的。你与阿妡亲如姊妹，动这个念头也不奇怪。"

万老夫人轻描淡写，挥手叫儿媳起来："不过，你愿意，妻妻愿意吗？松柏愿意吗？他们尹家有不少想从戎立军功的儿郎，我们和程家能帮衬的就帮点。但尹氏子弟繁茂，妻妻固然不蠢，可终究势单力孤。等我们都死了，你君舅置办下的这点家当怕是要都姓了尹了……"

万夫人吓坏了，连连磕头，泣声道："新妇绝无这等吃里爬外之心！我只是想，招赘为婿，与我家差不多的人家哪里肯？可低门小户又怕委屈了妻妻。本来程家最好，可他家本就人丁稀少，我哪敢张这个嘴。只有阿妡，她家旁支子弟那么多，没准儿能点头……"

万老夫人点点头："谁说不是，招赘就是这样麻烦。不过，我劝你还是先歇了这念头吧。我看松柏疼爱女儿，前头十二个都好好嫁了，何况妻妻是他的心头肉，必是要风光打发的。"

万夫人侧脸泣道："大人岁数不小了，膝下犹空。如若不招赘，难道过继不成？可族中那些，松柏得罪光了呀……"她不大敢看婆母的脸，因为其因正在她身上。

万老夫人道："你管这么多做甚，没准儿你死得比我和松柏都早呢。眼睛一闭，还操那份心，到时我那口金丝楠木棺可以先给你用。"

万夫人脸上泪水未干，呆呆地不知如何接下去。婆母的说话风格，她几十年了都未曾习惯，大概只有过世的万太公才喜欢得不行吧。

万老夫人所料不错，当夜，万婆婆的确要和少商睡一床。

换过一身淡粉绣花的薄绡寝衣，万婆婆又想往脖子上套条珠链。少商忍无可忍，阻止道："伯父刚才还说叫你少戴两件呢？"

万婆婆委屈道："我原本还要戴金钏和玉凤坠的。"

少商叹气，躺倒睡觉。

夜深无人，正是套话的好时候，少商赶紧问万老夫人的眼睛和耳朵是怎么回事。万婆婆奇道："这也不是什么隐秘，你居然不知？"

黑暗中，少商熟练运用声音演技，委屈道："一来家里不许议论，二来……也没人告诉我……"

万婆婆顿觉程家真是厚道人家，当下一五一十道来："那时我阿父还不到十岁，我大父去得太急，没来得及托付可信之人。所以旁支族人逼上门来，说我大母出身贫家，本就门不当户不对，叫她赶紧将我阿父交给他们抚养，自行改嫁去好了。大父给她的私产尽可全部带走，算作嫁妆。我大母不肯，他们就说我大母定然守不住的，说不定将来会把大父的家业贴了别的男人……"

少商吐槽："嗯，那帮族人倒是不会贴别的男人，因为他们会贴给自己！"旁支趁嫡支幼弱夺权的老戏码，没新意。

万婆婆呵呵一笑，随即又低落道："可恨大父的部曲中本就有不少万家子弟，他们都帮着自家长辈，等着分一杯羹呢。是以，不论大母怎样发毒誓，他们就是不肯罢休，于是我大母自剜一目自割一耳，将眼珠和耳朵丢到为首之人身上，说她绝不改嫁。大父的心腹原本不好插手万家家事，闻听此事也怒不可遏，当即火拼起来，要给大母撑腰出气。"

"那……后来呢。"少商听得惊心动魄。

"如此对峙了月余，我外大父带了人马从老远赶了来。他是我大父的结义兄弟，更是出了名的仁义豪侠，隋县无人不知。软硬兼施之下，那些混账叔伯才收了手！"

少商默然，道："原来如此。"

万婆婆恨恨道："后来我大母慢慢淘换将领，收服人心，渐渐立住了威望，我外大父终于不用一年往隋县跑七八趟了。又过得几年，我阿父早早加了冠，自己领了人马，就开始一个个收拾了当年逼迫大母的那些混账叔伯。"

"怎么收拾？"少商对具体步骤十分感兴趣。

万婆婆道："法子多了。叫他们的子弟去历练剿匪，这里死几个，那里死几个；或吃点官司，流徙路上再死几个。让那些老的，眼睁睁看着自家儿孙凋零。"

少商一阵惊悚，这个待自己亲厚无比的女孩，说起杀人这样轻描淡写，全不当回事。对她这个小镇太妹来说，生平最狠之事不过是用啤酒瓶敲人脑袋，还没敲破。

说到这里，万婓婓忽然大大叹了口气："所以啊，我们万家不但主支子嗣单薄，连旁支的儿郎也不甚多了。大母老说阿父对同宗血脉太狠，有伤人和，所以才膝下空空。可阿父跟我说，大母剜目割耳后，一时头痛，一时伤处渗血，整夜整夜无法入睡，熬了十几年才熬过去。他幼时目睹大母受这样大的罪，想起来就恨。"

少商沉默良久，久到万婓婓都以为她睡着了，才听她问道："你大父大母很要好吗？"这时代寡妇改嫁真再寻常不过了，尤其万老夫人当时不但年轻貌美，还有大笔嫁妆。

这次连万婓婓也安静许久，才道："我没见过大父，但听大母说，她出身寒微，可大父从不曾轻贱于她，一直很敬重她，爱慕她，用周全的礼数娶了她，还说她是这世上顶好顶好的女子。为着大父的这句话，她就是把身上的肉一片片剐了都不怕。"

说完这番话，两个女孩都静静仰卧着，半晌无声。

少商轻声道："……君以国士待我，我必以国士报之。"

万婓婓侧身靠到她肩头，轻轻哭了起来，哭累了，才沉沉睡去。

第二日起身，两个女孩眼眶都红红的，差别在于少商的红肿被掩盖在瘀青之下，看不出来，万婓婓的眼睛却恰如两个大桃子挂在脸上。少商赶紧贡献出袁慎所赠的白玉罐子，里头的药膏色呈淡红，幽香徐然，涂在脸上更是柔润舒适。

"这是哪儿来的药膏？比我阿父的金疮药还管用。"不过短短半日，万婓婓眼上的红肿已完全消退。

少商呵呵假笑，道："是我家三叔母给的，好像是白鹿山哪位弟子献给桑太公的吧。"

万婓婓道："原来如此！唉，不过好像对你不大管用呢。"她亲爱的把子依旧是面上青红肿胀，宛如隔夜泡发的八宝饭。

因为某人分不清外伤和内瘀的区别！如此看来，袁慎小时必然没打过架。

刚用过早膳,少商的三位兄长一齐来了。

程咏给万老夫人诚心致歉,道自家给万家添麻烦了;程颂拖着万萋萋在万夫人跟前说着外面听来的市井传闻,逗得她们笑个不歇;程少宫给少商带了满满一包袱零嘴,另有一张他刚替胞妹供奉好的自画符咒,叫她枕着睡,看看能否转转最近的背运。

同时,他们给少商带来衣物等随身行李,还道萧夫人已默许她在万家住几日,那些木简暂且记下,回去慢慢罚写。

至此,少商连最后的担忧都没了,便安安心心住了下来。除去伤势好得慢了些,她在万家的日子可谓十全十美。每日和万萋萋一处吃一床睡,锦绣绫罗,山珍海味,各种腐朽惬意,哪怕洗个脚都有四五个婢女分别捏她十个脚趾。

万萋萋还教会了她赌棋、投壶、掷花骰……有时博戏的人手不够,万萋萋还要拉上万松柏的几个年长婢妾。众人嘻嘻哈哈,笑闹不歇,偶尔赌急了眼还要找万夫人做仲裁,家庭环境和谐得不行。

"你这几位庶母和伯母很好呀?"

自来到这里后,少商一直暗戳戳期待围观一次纯粹的、正宗的、原汁原味的古代妻妾斗法,可惜程家压根儿不存在妾这种生物。

"你知道什么,我阿母待她们不知有多好,好吃好喝地供着,就盼她们给阿父留个后。可惜呀,我小时候庶母们还有些雄心壮志,如今一个个都颓喽……"万萋萋摇摇头,表示对这些庶母的专业能力和进取精神感到失望。

叹息完,她继续抓少商去玩。

若非冰面不牢,她还想拉少商去冰嬉,甚至偷了一坛万松柏的藏酒,两个女孩喝得酩酊大醉。又备下了几只五彩雄鸡,打算等少商不是猪头了就带她去市坊的斗鸡场见见世面。

两个女孩玩耍得欢天喜地,万夫人欲哭无泪,忧心待少商回家后,萧夫人发现原本虽然顽劣但诸事不通的女儿,去了趟万家小住,回来时已是吃喝玩乐样样精通了。

这时候,少商作为有自制力的成年人的灵魂就显示出优势了。稀里糊涂快活了几日后,她忽向万萋萋要了笔墨木简,又开始每日读书习字两个时辰,坚持学完才能玩耍——刚刚才学会的古文字,记忆还不牢固,可不能忘了。

一开始万萋萋还想强拉少商去玩闹,却抵不过少商的雄辩滔滔。

"这世上有两种朋友:一种叫酒肉之交,平日里吃喝玩乐,要紧时没半点用处；一种叫肝胆相照，就是看见朋友有难处，可以舍身相陪。"

为了肝胆相照，万萋萋只好舍出身体——陪少商一道学习。

万夫人立刻不哭了，赶忙向婆母表示：您老真知灼见，简直高瞻远瞩高屋建瓴天赋异禀天纵英才……然后被万老夫人不耐烦地赶走了。

不过，少商也有落单的时候。

万夫人虽不算交游广阔，但也需时不时带万萋萋出门筵饮，这时少商就会漫无边际地满府乱走，好奇地探索周遭的古式建筑，其中最叫她感兴趣的是一座小小的木桥。

这座弧形小桥不过丈余宽，七八丈长，高高拱起，宛如一弯新虹，通体木质结构，而无一根铁钉或一片铜楔，全靠木匠的高超技艺和精准计算，长短宽窄不一的木材上下左右地互搭互楔，层层交错而成。

有回和万府管事闲聊，少商得知之前的布氏一族叛逃案中，这座小小木桥受过来搜家的兵士冲击撞打，如今已有摇坠之感。偏这桥做得精巧，不是寻常工匠修补敲打一番能成的，管事说只能全拆了，重建一座。

少商暗叹可惜，这日独自午憩时，她忽然心中一动，求知精神发作，连忙披衣起身，屏退左右，小心翼翼地爬到桥底下查看——桥下小溪不足半尺深，薄薄的冰面下水流缓动，底下铺的五彩石子隐约可见，想来这桥和溪水原是作观赏用的。

少商蜷曲身子，弓腰驼背，努力仰着头，抬手去摸那几处要紧的关节。过了半晌，她微微一笑。原来根本不用费力找工匠拆除，只需抽掉几根小小的梢木，过不多时那座木桥就会自己散架。要重建也容易，因为她已可以原模原样地画出这座桥的结构图了！

正想到得意之处，少商忽闻头顶侧畔的岸上隐隐传来脚步声，她立刻意识到有许多人正往这边走来。少商顿觉尴尬，到人家家里做客，却满身泥土地趴在桥下东摸西摸，在古人看来，这该是什么怪癖？想了想，她索性不出去了，打算等人走后再爬上去。

那群人边走边说，步履缓慢，说话声由远及近，当前的正是万松柏那粗犷的笑声——

"凌大人说笑了，我万某人生平最爱美姬财宝，谁人不知？什么画呀图的，我哪里看得懂？没有没有，绝对没有，哈哈哈……"

然后是一个冷淡轻缓的年轻男子的声音："既然万侯说没有，那就没有吧。不过，昨日在下听闻万侯与王郎官相约蹴鞠，想来腿疾是好了……"

岸边的脚步忽然停止了，只听万松柏干笑数声，但少商已听出这笑声不大由衷了。

她额头隐隐冒汗，心里大喊你们快滚呀，老娘可不想听到什么不该听的！腿怎么了？就不兴人家腿好了想踢球呀！

好在这群人只驻足片刻，随即又抬脚走了，这次脚步急促，迅速离去，少商只隐约听到万伯父说了句"凌大人请随我来"，其余言语就微不可闻了。

待人走远后，少商迅速从桥底爬出来，拍拍身上的泥土，赶紧溜回屋去消灭证据。

这么被吓了一顿，午睡是睡不着了，少商梳洗过后，索性换了身折袖阔裙的束腰骑装，预备去马场巩固一下十三妹刚教她的马术。

管马厩的老卒很细心地给少商牵来她日常骑惯的一匹性情温和的小母马，还换上一副漂亮簇新的马鞍。少商很是欣赏了一番那马镫上锃亮的精致铜扣，然后开心地自行牵马离去，不叫那老卒跟着。

万家后院的马场并不大，从万伯父的肚皮来判断，光顾这里的人并不多。牵马站至场内，少商左脚一踩马镫，腾空跃起稳稳坐到马鞍之上，姿势标准优美——这具身体虽然弱了些，但四肢协调能力还不错。少商正得意，谁知一坐上去，她就觉得不妙了。

原来这副新马鞍不曾根据少商的腿长调整过马镫革带的长短，她落座后，才发觉两脚居然踩不到马镫上。

这是初学者常犯的小错。

少商深觉不该，骑马不是骑自行车，哪怕刹车不住还可以两脚落地，骑马风险可不小，如果自己不想摔个下半生不能自理，以后一定要慎之再慎。

因双脚悬空，她只能用大腿牢牢夹住马腹，避免重心不稳。幸而这匹小母马性情和善，身上的主人未动，它也老老实实地驻足原地，只偶尔踢踢脚，喷两下鼻息。

少商在马鞍上僵了半天，慢慢侧过身子，努力伸长左脚去够下面的马镫，打算下马去调整那革带再骑马。刚侧过一半的身体重心，忽觉得周围特别安静，她抬头一看，顿时吓出一身冷汗，险些直接栽下马去。

只见马场入口处，不知何时站了一圈人——依旧是十几名挽弩背箭的佩刀侍卫。不过，今日他们不穿黑衣黑甲了，而是雪白膝袍配褐色皮甲，静静地簇拥着那位"凌大人"。

根据万十三妹不大清楚的介绍：这人叫凌不疑，字子晟，天子心腹近臣。其中一个职位是光禄勋副尉，统领羽林卫左骑营，另分领北军五校之越骑尉，加官侍中，可入禁受事，等等。

——能记住这些拗口的名称已经拼了万萋萋的老命了，少商表示十分赞赏。

今日他身着一袭交领窄袖曲裾深衣，深红如血的袍子上织着繁复的暗金色狴犴兽纹，外披同色宽袖大袍，袒右臂，腰束五指宽的玄色织金带。风卷场内沙尘，带动他身上的袍裾，仿佛漫天卷起血色。

少商从没见过男人穿这样深红炽烈的颜色，只觉这铺天盖地的黄沙绯土，映衬着他肤白如玉，眉目俊美，有一种惊心动魄的美。

凌不疑从侍卫中缓缓走出，一步步走向那半挂在马上的女孩。

少商尴尬之极。

此刻，她上也不是下也不是，加上气氛诡异，饶是她机变百出，居然一时不知该如何是好。

凌不疑走到马前，少商正想打个哈哈，先寒暄两句，把气氛缓过去再说。谁知那修长俊美的男子一言不发，伸出右手托住女孩纤细的腰肢。

少商全身僵硬紧张，眼睁睁看着男子的白皙大掌几乎合捏她半边腰身了——天呀地呀，她现在急需萧主任普及礼法知识，这这这，这样合乎礼数吗？

不等她反应过来，凌不疑微一用力，将她斜挂的身子推了回去。

少商呆呆地正坐在马鞍之上，惊魂未定，却见那凌不疑低头去解马镫的革带，一边调整长度，一边漫不经心地问道："你姓万，还是姓程？"

少商两手紧紧捏住缰绳，定定盯着他漆黑的头发，还没罢工的直觉告诉她，最好不要让凌不疑知道她是谁，她艰难地笑了笑："万程两家唇齿相依，小辈们互执子弟礼……"

凌不疑道："哦，那你是姓程了。"

少商：……

凌不疑调整好一边革带，又缓缓转到另一边继续解带，又道："程家有兄弟三人，各有儿女。你父亲是哪一位？"

少商继续垂死挣扎，干笑道："手足亲密，儿女又何分彼此……"

凌不疑道："嗯，那你是程将军之女了。"

少商：那你干吗还问我？

两边革带都调整完毕，凌不疑抬起头来，直视马上的女孩。他个子很高，站在地上依旧能平视女孩的眼睛。这次，少商终于看清了他的脸。

　　——剑眉斜飞入鬓，眸如星辰，鼻如峰脊，意态风流，明明脸上笑着，却满身荒芜肃杀之气。他很年轻，比她想象的还要年轻，她原以为和万伯父官秩差不多的人，岁数也小不了，如今看来，大概与袁慎差不多大。

　　他看着满脸戒惧的女孩，淡淡一笑："适才，我与万侯的话，你听见了几句？"

　　少商心头一凉，这人果然察觉了躲在桥底下的自己！她努力镇定，用生平最真诚的语气回答："只有两句，你问万伯父腿疾可好了没有。别的就没有了，真没有了！"

　　凌不疑凝视着她，一手拉过马镫，一手扣着她的脚踝慢慢放进去。

　　女孩生得纤弱稚气，仿佛一只玲珑娇媚的小小鸟儿，隔着及膝马靴，他都可以合握她的小腿。然后，他慢慢收拢手掌："冰面未化，你在下面做什么？"

　　少商能感觉到小腿被紧紧握住，惊悚之极，仿若置身猛兽口中，巨大尖厉的兽齿下一刻就要撕咬她的皮肉。

　　她颤声道："我在看桥，真的，我在看桥底的木材是如何搭的。你要相信我！这是真的！"她知道这话有点扯，不知有几个古人能理解伟大的理工精神，但这话真是句句属实，她这辈子难得这么真诚呀！

　　凌不疑凝视女孩许久。他忽想起那夜灯市上，焰火辉煌，华彩如织，月牙般美丽的小女孩也是满脸好奇地仰着头，一眨不眨地观察一盏盏形态各异的走马灯。

　　他微微而笑："也许你不信，其实我信你的话。"

　　少商：被你说中了，我还真不信。

　　最初的惊悚过去，少商开始飞快转动脑筋：她是否该高声呼救？呼救后，应声而来的人能否在凌不疑捏死自己之前，冲过那群戴甲佩剑的侍卫？

　　至于凌不疑为什么要捏死自己，她也不知道。但做最坏的打算总是没错的。

　　正满脑子胡思乱想，谁知凌不疑不再说话，转回另一边，将少商的另一只脚也放进马镫，然后拂袖而去，不过片刻，连同那群侍卫都走得干干净净。

　　马场上的黄沙微微扬起，带来几片从远处庭院裹挟而来的枯叶，四周静谧得好像刚才什么都没有发生。少商呆了半天，直到好脾气的小母马不耐烦地踢起沙土，她才回过神来。

真可惜，她这样喜欢万家，这里既没萧主任管头管脚，府内又无容易闹绯闻的子侄，还有能陪她作天作地情投意合的十三妹，每日都过得自在惬意，本想再住久些的。但眼下，她觉得自己最好还是回家了。

少商擦拭额上冷汗，策马缓行，慢慢绕着马场兜圈子——

混迹市井数年，对她最大的好处，就是让她无师自通地拥有了一种小动物般的本能，直觉地知道趋利避害。

袁慎不好惹，但多见几面后熟了，偶尔还是能惹一下的。

凌不疑却是断断不能惹，惹了要出大事的，要客气客气再客气。

想了半天，少商忽然疑惑起来。平心而论，凌不疑是自己迄今见到的最俊美的男人，可称得上是倾城之貌了，自己也不是尼姑命格，为什么适才她没有丝毫旖旎之心呢？

一直绕到第九个圈子，少商摸到自己的脸，才恍然大悟：原来她此刻仍旧是一个猪头，那还旖旎个什么呀！

当日傍晚，少商就向万家众人表达了自己思家的情怀，舍生忘死地谢绝了众人的热情挽留，在万伯父充满希冀口气的"以后你阿母再要打你，还来伯父家啊"中，结束度假。

回到程家已是华灯初上，不及和手足团聚，少商就火急火燎地单独拜见程始夫妇，略过凌不疑不提，赶紧将在桥底听来的只言片语告诉他们。

少商的话一说完，程始就满脸惊异地转向妻子，喃喃道："不会吧？我们不是已叫兄长将那图交出去了吗？"

萧夫人脸色凝重："凌不疑两次登门，必是万将军隐没了那图。"

程始一拍大腿，唉声道："兄长这脾气真是！早知道我就硬将那图要过来，自己去交了！"

夫妻二人沉默，少商缩在一旁不敢出声。

"我早说过了，我们根底不牢，寻常金珠美玉，甚至兵械铜器，都尽可占了无妨，但权玺和堪舆图却是万万不能留的。"萧夫人皱着眉头，朝丈夫道，"还是你去说说吧，兄长若是已经交了那是最好不过。"

"最好什么最好！"程始瞪眼道，"兄长这样鲁莽，不论如今是交了还是没交，我都要告诉万老夫人，非叫她狠揍兄长一顿长长记性不可！"

萧夫人摇头叹气，又转向女儿，道："这次偷听……"

少商一直等着，闻言赶紧道："我又不是特意去偷听的，是无意碰上的。阿母你若因此责罚我，那我以后就是听见了也不告诉你们啦！阿父，你也不要将我在桥底下听见的事说出去，不然教万伯父知道是我告的密，以后我还怎么上门呢！"

女儿都发话了，铁杆亲卫队长程将军自然领命，忙道："是呀是呀，嫋嫋这回怎能算是错呢。若是此时兄长还没有交出那堪舆图，这就全靠了嫋嫋来通风报信。免于坏事，合该奖赏才是！嫋嫋，你放心，我就说是从别处听来的，没你什么事。"

萧夫人暗叹：其实她根本没想训斥女儿，只是想问干吗跑人家桥底下去了。唉，算了。

那边厢，程始已经笑呵呵地挪到小女儿跟前，将家里已商讨好的主意托出——

少商大喜过望道："真的吗？我可以随着三叔父和叔母去赴任！"

程始得意道："这是自然！你不是一直想出去走走看看吗？都城里有甚好看的，去外面大好山河转转，那才是天高云阔，鱼跃鹰飞！等赴了你万伯父的家宴后，你们就能动身了。"

少商欢喜得不行，颠颠地扯着父亲的袖子连声道谢，满口夸赞程始，简直上至三皇五帝下至隔壁杀猪阿力，全天下最好的父亲。

萧夫人默默看这对父女互相吹嘘，也不去戳破他们。

她心知丈夫是怕奉诏征讨期间，女儿会在自己手里吃亏，儿子们未必能拦住，这才提前托付给弟弟和弟妇，不信看看等他回来，是否会立刻去接回女儿。

抬眼望去，女儿脸上的伤虽还未愈，但神采飞扬，神采奕奕，较之在家时不知活泼明快多少。萧夫人莫名几分失落，仿佛有人从她手心抢走了什么。

告密完毕，少商就将十三妹赠她的美酒分作三份：头一份自是程老爹的，第二份孝敬未来数月的靠山三叔父，第三份则捧去酬谢三位兄长，并向程少宫再要一张辟邪符咒。

"这阵子真是一帆风顺！"少商眉开眼笑，"万伯父、万伯母还有老夫人和姜姜，都待我再好不过了。适才阿母居然说，叫我现在先养伤，等随三叔母去了外面再慢慢罚写。"

她扭呀扭到程少宫身旁，谄媚道："三兄，你再给我画张符咒吧，我路上用。这次画得再厉害些，更神通些，要逢凶化吉，遇难成祥，风调雨顺，人见人爱……"

程少宫翻着白眼："要不要走在路上都能捡金子？"

少商又惊又喜，深觉自己见识浅薄："世上还有这种符？那……也给我来两张呗！"

"来你个头！倒是罚写的木简再给你多带两张！"

——正举盏互酌的程咏程颂两兄弟闻言，放声大笑。少商故意板脸，心里却像棉花糖一样。她觉得吧，萧主任其实也没那么糟，至少她很会养儿子，这群兄长都很好很好的。

送完了酒，少商本要回去了，谁知大哥程咏在廊下拉住她，低声道："明后日，估计尹家会来人。到时人家与你道歉，你可得脸色好看些。"

少商吃了一惊。这才知道，她不在家的这段日子里，尹夫人已经带着尹妁娥数次上门致歉，两家长辈早无芥蒂了。果然，她回家的次日，尹夫人就投了帖，携女来访。

再见尹妁娥又把少商吓了一跳。

当初的尹妁娥好像一枝骄矜的凤仙花，挑剔得慢条斯理，高傲得得意扬扬。如今却成了棵低调朴实的小白菜，眉也顺了，目也柔了。与这段日子度假般快乐的少商不同，尹妁娥明显被收拾得很全面很彻底，似是一夜之间长大了。

寒暄致礼后，尹夫人、萧夫人外加桑氏三个女人到屋内谈成人话题去了，偏偏程姎这阵子在庄园查看开春要用的粮种，只余少商和尹妁娥面对面坐着，相顾无言。

"……不曾想，你的伤还没好。"最终，还是尹妁娥熬不住先开口了。

少商摸摸自己的脸，苦笑道："我也没想到。"这副皮子卖相好，质量却差，这么点小小殴伤痊愈慢得跟蜗牛爬似的。

"阿姊的伤呢？那日我下手也不轻。"

尹妁娥惭愧地笑了下："也就疼了三五日，如今早全好了。"

少商心道，早知自己的伤好得这么慢，当初应该再多打她两拳。

"……都是我的不是。"尹妁娥满心诚恳，"人生于世间，都有那么几件苦楚，哪有一生无忧无愁的？这些日子，我知道了外家当年好些事……"她忽然哽咽起来，"真是血泪斑斑，真不知道阿母当初是怎么熬过来的！倘若当年有人如我一般讥讽我阿母无父无母，我非活扒了那人的皮不可！"

少商默默地递了条绢帕过去，尹妁娥接过来擦拭泪水："本来阿母已多年不曾想起以前的伤心事了，都是因为我，阿母哭了好几夜，还病了一场。阿父阿姊还有兄长们都怨我，说我凉薄，无情无义……"

少商没想到自己歪打正着，也不知该得意还是惴惴不安。

"今日我诚心诚意向妹妹道声'对不住'，全是我平日得意太过，刻薄而不自知，以后我定要尽数改了。"尹姁娥端正地朝少商行了一礼。

少商赶紧回礼，讪讪道："这……这个，我也有过错……"场面话真难说！

尹姁娥见少商说不下去了，体贴地接过话头，笑道："过几日万家要设宴，万伯父素来豪阔，这次筵席必然热闹有趣，到时我们一道玩耍。"

少商抽了下嘴角，干干道："阿母说，倘若到那日我脸上的伤还没好，就不叫我去了，不然顶着这脸出去走一圈，再有好事之人传扬，姁娥阿姊拳脚了得之名便会传遍都城，以后旁的姊妹再见你，非得带上贴身侍卫不可。"

尹姁娥既尴尬又想笑："唉，萧叔母真是体贴周全之人……"

"嗯，我们的母亲都是好人。不过我们呢，大约是好竹出了歹笋。"少商重重道。

听到"歹笋"二字，尹姁娥掩袖笑个不停，少商调皮地甩甩袖子，二人相视而笑，这段梁子算是解开了。

尹姁娥一面抚平袍袖，一面期期艾艾道："好在一家就一棵歹笋，我阿姊和兄长们都很好，少商你的阿姊，还有兄长们，想来也是很好很好的……"

少商点头："那自然！我家兄长可好啦！拿满城的金山来，我也不换！"

九雅堂外的厢间，程咏静静端坐，听到里面女孩们欢畅的笑声，心知无碍，这才放下心来离开。心道：这下可好，直到这小祖宗离家前，总不会再有由头和阿母杠上了。

了结了和尹姁娥的恩怨，少商自己也觉分外轻松，再想想很快就离城远行了，颇有种"一笑泯恩仇，江湖就此过"的洒脱之意。也不知是不是程少宫那神棍的符咒持续发力，到万家设宴前日，程将军的小女儿终于不是猪头了。

宴客那日，万家满府披锦挂彩，宾客摩肩接踵，来往甚众。万松柏站在正门内迎客，双手搭在胖肚皮上，笑容可掬，不过一腿略跛。

少商跟万萋萋咬耳朵："伯父不是腿疾已愈了吗？怎么又这样了？"

万萋萋压低声音道："也不知道阿父哪里惹恼了大母，就在你走后第二日，大母莫名发起火来，叫护卫们压着阿父在园中，好生打了一顿。打得好狠哪！那么宽的板子……"她并拢自己的两只手掌，"打得'啪啪'作响，喏，这不腿又这样了！"

少商看着待自己很好的万伯父一瘸一拐的样子，顿时心虚不已。

万萋萋好动，做不来端坐室内商业互吹那套，也不爱饮浆作赋，直接在后园辟出一块空地，放置各色游艺之物，从蹴鞠到板羽，应有尽有，甚至还摆了数套弓弦箭靶。

小女娘们各自取便，随意玩耍：好静的就坐到廊下烤火吃喝，或笑谈，或围坐博戏；好动的就在地上你推我挤，嘻嘻哈哈地玩闹。

"……素闻姁娥阿姊文武全才，今日不如和小妹来一局？"万萋萋抬高下巴，一手持软弓，一手指着远方的箭靶。

哪知尹姁娥如今洗心革面，毫不受激，微笑道："哪里来的文武全才，不过是平日小姊妹们与我客气。这样远的箭靶，怕是我的箭都碰触不到。"

万萋萋悻悻地放下弓箭。

这已是她今日第四次口头挑衅尹姁娥了，也是第四次拳入棉絮，无疾而终——她忍不住暗想，要是尹姁娥死性不改该多好，人生在世，没个对头真是寂寞如雪呀。

因着今日最大的两头没能吵起来，小女娘们在园子里吃吃喝喝，玩兴甚佳，直到最后一拨衣着华丽的贵胄女娘姗姗来迟，园内气氛又为之一变。

当前那位女公子面如满月，朱唇黛眉，神色轻佻，周围由一群穿锦着缎的女孩簇拥着。

少商暗暗比较，觉得这人比当日的尹姁娥更为气派。因为尹姁娥并非特意收小妹，不过是聚拢一块时受受吹捧和马屁。而眼前这位，明显是有组织性地带领帮众。

那女公子笑道："萋萋，你怎么不来迎我？"

万萋萋当下脸色一沉，但碍着自己主家的身份，只好上前招呼。

万松柏虽然有功又有爵，有钱又有权，但远未到朝堂一等世家，自不可能将当朝权贵一网打尽，这回宴客只能邀请与自家有关的人家。很遗憾，王姈的父亲正在此之列。

少商挨着尹姁娥道："这人谁呀？"

尹姁娥低声："这是车骑将军之女，名叫王姈，是皇后娘娘的外甥女……"她想了想，加上一句，"表的。"

"我看十三姊很不高兴见她呢。"瞎子都看出来了。

尹姁娥撇撇嘴："我也不高兴见她。这人最爱攀附贵人了，为人阴刻，甚是可恶。"

少商听她说得咬牙切齿，失笑："莫不是你被她欺负过？"

尹姁娥咬着下唇："我还好，家父与她家素无往来，不过我有几位好友，吃过她的亏。只不过家势弱些，毫无过错地横遭她一番羞辱。"

"这有什么，你也羞辱过我呀，你俩应该相见恨晚才对。"少商打趣。

尹姁娥作势要打她，想想自己之前的行径也是好笑，道："这么说吧，我要为难人，至少得有一盘金丝燕窝枣来做由头。可她，哼……"她脸上不屑，"王姈眼里只有两种人，要么是须得巴结拉拢的，要么是可以欺负使唤的。全看有无权势。"

少商大摇其头："她这样就浅薄了，权势这种事可不是非黑即白的。像我家，家父的官秩虽不如王将军，也没有皇后娘娘为亲眷，但只要求不着她，那我又为何要巴结她？"官秩并不能代表一切，还要看家族地位和官位权限，以及受不受皇帝重用。万一皇帝只想给你高薪养老呢。

"谁说不是！"这话甚合尹姁娥心意，她越看少商越顺眼了。她父亲虽非要职，但皇帝一直待尹家很好，时常在人前说"尹治乃敦厚君子"。

王姈皱着鼻子，仿佛闻到什么不好的味道，挑剔地看着园子，道："你就这么款待我等？这么简陋的布置，还不如坊间食肆呢。"

"寒舍简陋，原不配你大驾光临！可你也不是头回认识我，我爱怎么宴客你不知道吗？"万萋萋不客气道，"既看不上我家，你今日来干什么？"

王姈不理这话，不在意道："听说，今日十一郎也来了？"

万萋萋愣了一刻，但她脑子转得快，随即笑道："来了吗？我不知道呀。"

王姈脸色一变，她身后钻出另一个年岁略小的圆脸女孩，急吼吼道："你别抵赖了！我们都打听过了，十一郎来了！"

万萋萋故意慢吞吞地说："来了如何，不来又如何？与我有什么干系，我又不想见他。倒是小阿缡呀，你今日跟王姈出来看十一郎，你阿母知道吗？"

少商大乐：原来是一群追星女孩呀！

那叫阿缡的女孩被万萋萋说得脸都红了。王姈见状，忙道："你不要牵扯阿缡，有话跟我说！我们适才听到，你父亲要领今日来的儿郎们去演武场耍耍，我们想去看看热闹。这是你家，我们不好乱闯，才来问你的。"这话说完，她身旁的女孩们一阵附和。

万萋萋笑道："这新宅我搬来不久，演武场呀，到底在哪里呢……嗯，在哪儿呢……"她故意不答，绕着弯子逗弄。

王崚也不是好惹的，看万蓁蓁有意拖延，眼珠一转，见站在一旁的少商，笑道："你别推三阻四，就算不为了我等，也要为了你如今最最要好的程家妹妹呀！少商妹妹，来，过来我们这儿，难道，你不想见十一郎……"

少商见自家把子应对得游刃有余，正闲闲地和尹妡娥看戏，冷不防被点了名，慢了两拍才反应过来——原来自己也是这帮追星少女的一分子！

"十一郎嘛……呵呵……"她努力回忆这个名字，实在想不出，只好道，"我并不想见。"

王崚讥诮道："早就听说自从程将军夫妇回来后，少商妹妹再不与从前的姊妹们玩了。不过也是，水涨船高嘛，自要与万家尹家这样门第的人家来往。以前的玩伴，区区情分尔，说丢也就丢了。可恨那些不知内情的，还以为少商妹妹趋炎附势，翻脸不认人呢，不过我们自然知道少商妹妹不是这样的人！"

旁边的尹妡娥本不想插嘴，此时却想起母亲说她年幼时无父母被指点的难堪，当下脸色一沉，道："王崚，你不要东拉西扯，你想见十一郎自去见好了。少商以前年纪小不懂事，不知择友，如今有了父母指点，自然不一样了。"

王崚正要反唇相讥，忽然一个少年的声音传来——

"阿缡，你怎么在这里？"

众女孩立刻转头去看，只见一个背负羽箭的华服少年站在园口，正惊异地看向这里。

少商一看，咦，这不是那个未婚妻很厉害的河东楼氏的楼垚吗？

阿缡一见楼垚，惊叫一声，慌乱地躲到其他女孩背后。谁知楼垚上前数步，一把将人揪了出来，斥道："阿缡，伯母不许你来，你居然偷偷跑出来！"

"堂兄，堂兄……你饶了我吧……"楼缡哀求道，"你别告诉我阿母！"

楼垚毫不怜香惜玉，说着就要扯小堂妹去找自家马车，好打包送回家。

王崚上前拉扯，尖声道："这关你何事？要你多管闲事，快放开阿缡……"她力气不小，只听"刺啦"一声，楼垚的袖子被扯破一个口子。她不得不住手。

楼垚回头道："阿缡跟你只会学坏，上次就是听了你的话，愣说伯母偏心兄姊，逢人就哭哭啼啼说自己受欺负不被看重！要我说，再不见你才好呢！"

王崚没料到楼垚会在众人跟前说出这些话来，一时尴尬。

不过她脸酸心硬，反口道："有没有欺负，只有你们自家知道，我想说什么就说，你管不着！要真是一碗水端平了，阿缡有何可哭的，说不定呀……"她冷冷一笑，"说不定真叫阿缡受了委屈吧！"

楼垚气得半死，激动道："你满口胡言！谁，谁欺负阿缡了？阿缡在家里最小，我们，我们怎么会……"

王姈得意扬扬，越发刻薄："你还有工夫来管阿缡？定了十几年的亲，人家一朝破除婚约，转头就要跟旁人成亲。天晓得你是如何不堪，如何颠顸无能，昭君妹妹才这样迫不及待。我要是你呀，早就没脸见人啦！"

楼垚气红了脸，指着王姈"你……你……"了半天，十六七岁的少年素日跟父兄学的沉稳寡言，哪有口舌本事和王姈这样的泼皮女子斗嘴？

见楼垚吃了瘪，王姈大是得意，朝少商继续道："我说，少商妹妹，你真不想见十一郎？我可听说当初你为了他神魂颠倒，扬言非他不嫁呢！呵呵呵……"

少商眉头一挑："这都城里扬言非十一郎不嫁的，只有我一人吗？"事实上，她根本不知道那个叫十一郎的是圆是扁。

王姈的笑声戛然而止。

万萋萋大笑："可不是！这都城里的小女娘，怕是有一半都说过这样的话！"

楼缡从她堂兄的胳膊下，努力露出脑袋："那不一样，咱们光明正大，不像你，明明心里喜欢，却硬说不想见十一郎！真是虚伪之至！"

王姈重新露出微笑。

"那么，这都城里扬言要嫁十一郎的小女娘，有没有奉父母之命另行婚配的？她们都是虚伪之至？"少商淡淡道，脸色纹丝不变。

尹姁娥笑道："自是有的。十一郎一直不肯婚配，她们年岁到了，却得嫁人。有好些个如今怕是都做了母亲吧。"

少商感激地看了看万尹二女，同时努力提醒自己，不要再轻易惹祸。

她转头朝王姈，道："这位王家阿姊，这世上有几个人自小到大是一点不变？有人幼时爱吃鱼，大了后半点鱼腥不沾；有人幼时懦弱，但长大后坚毅果敢。我听兄长说过，诸国纷争之时有个了不起的将军，他幼时总受人欺侮，连还口都还不上。可后来他兵锋所指，横绝天下。人长大后会变，这很稀罕吗？"原谅她听故事不认真，早忘记那将军叫啥了。

楼垚不自觉放开了抓着小堂妹的胳膊，呆呆地看着那个纤弱少女。

王姈冷笑一声："你倒是会给自己脸上贴金，还自比将军了，你也配？"

少商不去理她的挑衅，继续道："之前与我玩耍过的那些姊妹，也许是瞧不上我，也许是旁的原因，但她们在我犯错时不曾纠正我，在我困苦时不曾帮助我，在我怯懦时还有人拿我的愚笨来取乐。我不再和她们来往了，家母说这样很好，以后要我好好择友。如今我结交了万尹两位阿姊，王家阿姊，你觉得这回我是否对了？"

王姈面色略僵，正要开口，少商抢着道："我知道王家阿姊又要说我攀附。那敢问王家阿姊以及诸位姊妹，你们都不曾结交高于自家门第的好友吗？难道与高过自家门第的姊妹结交，就一定是攀附？"

女孩神色镇定，语气淡然，周围女孩都静静听她说话。

楼垚想起随兄长去明堂听大儒说经的场景，她仿佛明堂里那位最出众的学子，侃侃而谈，其余同学认真聆听。

"至于十一郎嘛……"少商笑了笑，"我以前神魂颠倒，现下不颠不倒了不成吗？如果诸位姊妹不信，不如我发个毒誓。"

那些簇拥着王姈的女孩也有些尴尬了，既有一种少了个对手的暗喜，又有一种少了个同伙的遗憾。王姈站在那里，阴着脸不言语。

少商转过身，朝着万尹二女及诸女，淘气地拱拱手，笑道："自从家父家母回来后，这便是我身上的两处不同，也不知这样变，是好还是不好。"

"再好不过啦！"万荽荽率先大赞。

尹姁娥轻笑，拊掌道："这是越变越好了。好好好，变得好！"

园中非王姈阵营的其余女孩总算反应过来，或快或慢，或高声或低弱，都纷纷称起好来。

王姈用力咬唇，冷笑道："真是好口舌……"

"王娘子！"楼垚忽发声，"我记得你幼时，与你外大父麾下几员大将的女儿们十分要好。后来你外大父事败了，虽然陛下宽宥，不曾问罪家小，但那些小娘子家依旧渐渐冷落，你怎么不接着与她们好了？"

这一下直接戳中了王姈的痛处，她眼珠都红了，厉声道："楼垚！你……"

"你若再跟阿缡混说什么，我，我就……"楼垚口舌不利，一时想不到厉害的杀招，慌乱中目光转动，正碰上少商如清水般的眸子。

他陡然心智通透，大声道："我就请伯父和父亲去问问王将军，王家非要插手楼家家事，到底有何意图？"

王姈脸色忽青忽红，既生恨又失颜面，恼羞成怒之下甩袖而去，那帮追随她的女孩赶紧跟着离去，只剩下楼缡呆呆站着。

万蓁蓁拊掌大笑，边笑边在后面大喊："我还没告诉你们演武场在哪儿呢……"

尹姁娥推了她一把，笑骂："都什么时辰了，还不领我们去开席？"

万蓁蓁笑得几乎直不起腰来，一手搀着少商，一手延请众位小女娘去赴宴。楼垚朝余下女孩拱拱手，又替堂妹辞谢宴席，然后揪着犹自叱骂挣扎的楼缡也走了。

在欢笑声中，女孩们三三两两往内堂走去，无人注意到少商脸上虽笑着，但眼中冰冷。乘人不注意，她稍稍回头向王姈那伙人离去的方向看了一眼。

这世上，唯一能叫她受了欺负而忍下的原因，就是她惧怕随之而来的后果。但如果她有办法消弭后果呢，那为何不报复回去。

从前种种，譬如昨日死，今后种种，譬如今日生。她有心要重新来过，可总有人不肯放过她。她打算设一个局，叫王姈这帮人吃个小小的苦头。

小小的，真的。

"阿母您说甚，那些小女娘落水是嫋嫋所为？"

筵席已毕，佳客尽散，醉意犹在的万松柏就被万老夫人请了去。当时他就吓醒了一半，还以为老母想再打他一顿，待到万老夫人屏退左右说清意思后，他剩下那半酒意也被惊醒了。

"这如何可能？儿记得，尹治的女儿忽然腹痛，为怕打搅长辈，嫋嫋就陪着尹娘子先回去了。蓁蓁还跟我酸了一顿，说嫋嫋待尹娘子比待她好。也就是说，那些小女娘落水之时，嫋嫋根本不在这里呀！"

万老夫人哼了声："若嫋嫋生了一副你的脑子，自然不可能。"

万大孝子哪敢反驳，只是"嘿嘿"傻笑。

原来，今日筵席中发生了一桩小小意外。

万府后园有座十分风雅的二层楼阁，名唤"畅春"，来赴宴的年轻儿郎们便将原先说好的投壶赛赋宴设在了那里。听到消息的小女娘们既不敢闯进去，又贪看俊俏郎君，于是就齐齐挤到畅春阁对面的一座小木桥上，踮着脚尖眺望楼阁里的人。

管事曾数遍规劝众女娘那小木桥不牢，更不能挤这许多人，然而春心殷切的少女哪肯听劝？挤上去不多久桥就塌了。好在桥面不高，底下的溪水更浅，那群小女娘除了些擦伤挫瘀，并未受重伤，就是冰水泥浆满身，形容不雅了些。

唯独那王姈，因为身处桥中央，又被众人簇拥，坠落时压在了最下面，捞起来时最是狼狈受罪，滚成了个泥人不说，连口鼻里都进了几根烂草叶。

这事传到席间，父执辈们都相视而笑。

待打听清楚，那些女儿不在其中的父亲不免得意几分，夸口自家女儿本分老实；那些女儿在其中的父亲，或是自嘲几句哈哈一笑，或是摇头莞尔道一句"少年男女真是的"，还有朝万松柏致歉压损木桥的。

借着酒意，万松柏领头夸耀自己年轻时如何如何俊俏，偷看他的小女娘险些挤破万府大门，可比今日那群生猛多啦。然后一群醉酒的阿叔阿伯纷纷扯起喉咙，比赛着吹嘘自己年轻时的俊俏风采。

这个说他家从来不用打猎，因为飞过的大雁会自动落在家门口。那个说他家从来不用捕鱼，因为池塘里的鱼儿都自己沉下去等他去捞。

这个说他成亲那日，全县的女娘哭晕了一半，剩下没晕的那一半非要挤进他洞房。那个说他少年时全村女娘都非君不嫁，要挟要投河的，威逼要绝食的，他连去打个猪草都要艳遇三四回，在家乡待不下去方才投军从龙。

其中韩大将军吹得最为别致。

说他年少之时太过才俊，引得乡里的两位族老为了抢他为婿，定时定点率子弟械斗，打起来那叫一个血肉横飞，惨不忍睹，堪比两军大战。为保全父老乡亲的性命，他才忍痛离家远走——这个牛皮吹得太过分啦，韩大将军被哄笑的众人扯倒灌酒！

此事中，万夫人应对十分得体，受到了全体夫人的一致赞赏。

她不但井井有条地指挥仆妇服侍众女娘梳洗清理及疗伤，还迅速调出她十几个阿姊留下的新衣头饰给女娘们换上。同时，她言辞恳切地要求其余姊妹绝口不提这番尴尬，再神色自若地延请王姈等人继续玩乐宴饮，浑似无事发生。

万夫人听足两耳朵的赞美夸奖，脸上不露，心中却难言骄傲喜悦，不免多喝了几杯，如今还醉得不省人事。

"落水这事可不能怪我们。"万松柏晃晃脑袋，"不对，大家都没见怪。管事说他还特意在桥头桥尾各立一块木牌，上头写了这桥不稳摇坠，她们非要上去，我有甚法子！"

万老夫人轻哼一声："难道那木牌是你叫管事去立的？"

万松柏愣了下，道："难道不是阿母叫管事去立的？"

看见老母宛如对着白痴般的神情，他自知问得蠢，干笑道："阿母你就说吧，儿愚钝，哪里能猜到。"

万老夫人道："我告诉你三件事：头一件，嫋嫋还未回家前，侍弄花草的张管事曾告诉我，程家女公子甚爱那座木桥，常见她闲暇时兴致勃勃地勘察那桥。"

虽说她年事已高，目力渐盲，但多年来坐镇都城府邸，独自料理大小事宜，一直保持着每日听众管事回报府内事宜的习惯。

万松柏摸不着头脑："那又如何？"

万老夫人继续道："第二件，署理宴饮的李管事说，嫋嫋建议他将投壶赛赋宴设在畅春阁，而非之前打算的偏院，这样更加风雅别致了。"

"第三件，内院的王管事道，嫋嫋说那木桥不大稳，回头摔了不知情的女娘们就不好了，叫他在桥头桥尾各设一块警示木牌。"

万松柏终于明白老母的意思——少商在万家住了许多日子，从老母到妻妾都对她十分看重，管事们多会听从她的意见。但他犹自不信："兴许只是碰巧了？虽说那桥摇坠不稳，但管事曾与我说还不到破败不堪的地步。嫋嫋怎知木桥何时会塌？"

万老夫人道："你们都不知道，那座木桥其实有个名堂，乃当年公输班大夫为相助楚国国君所制，学名叫'叠骨桥'，如今已无几人知道了。乍看是座轻便牢固的小桥，但只消抽除其中几根木头，再有人踩上去时，整座桥顷刻即垮。"

"这倒是个好法子。待己方过河后抽去几根木头，便可叫后面的追兵落水……"万松柏神色渐渐凝重，"母亲的意思是嫋嫋看破了其中奥妙，然后借机设陷诱入那群小女娘？"

万老夫人点点头，道："这样一来，她走或不走，在或不在，照样可使出计策。"

万松柏倒吸一口凉气，良久才道："要说程贤弟被萧氏管得服服帖帖，也不算全是吃亏，娶个聪敏的妇人到底是有好处的！嫋嫋这脑子呀，啧啧啧……"

万老夫人道："你若娶了元漪那般的妇人，大约婚后头一年就被打破头去见你父亲了。嗯，若是这样，我还能趁年轻改嫁。"

母子俩相对无言，瞎眼对铜铃眼，过半晌才齐齐笑了出来。

万松柏抹着笑出来的眼泪，先开口道："儿还当阿母您恼怒了嫋嫋，正寻思着如何替嫋嫋在您跟前周全两句，叫您别怪她呢。"

万老夫人笑着摇摇头："今日王家娘子出言尖刻，很是欺侮了嫋嫋一番，她这样也是情有可原。若换作我年少之时，更厉害也做得出来。"

万松柏笑道："您没怪嫋嫋将这局设在我们家就好，那孩儿可怜哪。我那贤弟每每提起她，都是又愧疚又怜惜。"

"有何好怪？"万老夫人道，"她若全然无心，也不必叫管事去立那两块牌子，不就是想将万家摘出来吗。劝说在前，木牌警示在后，无论如何也怪不到我家来。况且，我观那孩儿秉性，有股子悍不畏死之意。我猜，若非尹娘子腹痛，她应是会留下来，待事后会自行告知我们，再老实请罪。"

万松柏连声道："正是正是！妻妻和我说过，嫋嫋做事从不遮着掩着，就是使阴招都使得堂而皇之，好玩极了。"至于女儿是如何得出这个结论，他却不知。

"是呀，那孩儿这样与众不同。"万老夫人幽幽道，"我年少时若遇上这样的小姊妹，也会喜爱的。"

万松柏暗暗想，您老怎么会遇上这样的小女娘，您老自己就是这样的小女娘！当年谁要惹了您，都不用过夜，您当天就把仇报了，还得按时辰算上利息！

不过听了这话，他总算松口气，可谁知万老夫人又道："适才，我已修书一封，将这件事告知元漪夫妇了。"

"什么？"万松柏惊得险些岔气，"阿母，您不……不是不责怪嫋嫋了吗？"

"不用这么大声，我只是瞎的，又没聋！"万老夫人纹丝未动，"我并不责怪嫋嫋，但也不能替她隐瞒。她自有父母亲长，此事如何，该由程家定。"

"可是，可是若叫萧氏知道了这事，贤弟家又得一阵闹腾……"

万老夫人道："闹就闹吧，不破不立。也该叫元漪知道知道，她女儿究竟是个什么人！"

万松柏张口结舌："阿母？"

万老夫人沉默片刻，才道："两家相交几十年来，寻常亲眷同族也没我们这样亲近的。我观元漪，虽然聪慧过人，练达精明，诸事无有不妥。只两桩，一者自负聪明，二者自以为是，错了也不肯认。"

"谁说不是！"说起萧夫人的缺点，万松柏立刻来了精神，恨不能说个三天三夜外加消夜，"萧氏这妇人呀……"

"你住嘴，轮不到你议论元漪的错处。"万老夫人拍案呵斥，万松柏只好噤声。

"元漪将儿子们都养得很好,新妇告诉我,在外面时,寻常人家的子弟都不免钻妓帐闹意气,喝酒斗鸡,可程家几个儿郎,既上进豁达又洁身自好。日常来往的夫人们说起,哪家不夸?元漪为儿子们安排,无论是读书拜师还是习武历练,阿咏他们几个无有不从的。回都城后,元漪也理所当然地为嫡嫡做主,谁知却撞了南墙!嗯,这些日子她们母女闹了几场,如何闹法,还是我儿巨细靡遗地说与我听呢。"

万松柏心知老母在讥讽自己,把嘴闭得更牢些。

"元漪回都城前就决意驱逐葛氏了,可又觉得对不住葛太公和葛家女君,偏偏眼下葛家又无需程家相助之事,可不就得将一腔情意都灌注到那程妹身上了吗?元漪自认恩义两全,大公无私,夫婿和孩儿都该明白才是,可闹来闹去,全家都不买她的账。元漪也不想想究竟是何缘故,只知一味弹压,母女俩如坚冰遇铁凿,如何不闹起来?"

万松柏心里赞同老母,但又怕程始为难,忍不住道:"可是阿母呀,这样一来嫡嫡非受罚不可!"

万老夫人淡淡道:"人生世上,若不能敢作敢当,那还是趁早偃旗息鼓,老实过日子的好。嫡嫡既做下了,就该承受叫人看破的风险,难不成只吃肉不挨打。慢慢来吧,一道道关子闯过去,就知道自己的路该怎么走了。"

万松柏怔怔地望着老母伤残的面容——难道母亲是在说自家?正因父亲在世时她不肯低头弯腰半分,在县里树敌太多,父亲骤然过世时他们母子才会四面楚歌。

……

万氏母子没有猜错,程家眼看又是一场大闹。

程始和萧夫人自得知消息后,一直处于默然状态,夫妻俩对坐了足足半个时辰。萧夫人原本想说"被我说中了,她总要闯出大祸来的",顺便在丈夫跟前得意一番自己的先见之明。也不知为何,这话哽在她喉头,怎么也说不出来。

随后,程始默默起身,出去吩咐了一圈,又叫青苁请来程止夫妇,细细告知坠桥落水之事。程止和桑氏大吃一惊,面面相觑,夫妻俩从彼此的眼神中看出对方的意思。

程止硬着头皮道:"其实吧,这事也无甚恶果,那群小女娘不过狼狈了些,我看众位大人并不放在心上。"今日后半段几乎是牛皮盛宴,大家越吹越稀奇，作为当年货真价实的美少年，程止深深感叹了一番诸位大人的脸皮之厚。

桑氏也道："我幼时读到过'班公造叠骨桥以助楚君'数语，可那桥究竟长甚模样却不曾见。也就是万老夫人了，见多识广又心思细密，那些小女娘哪能知道？"

程止压低声音，又道："说起来，那王淳也不是甚好人，若非他，宜阳之战时万家兄长何须假作腿疾！今日他女儿又当众羞辱嫋嫋，何尝不是有意为之？"

桑氏接着道："这件事从头到尾嫋嫋都安排得毫无破绽。外头人便是听说过'叠骨桥'，也无论如何想不到其中缘由，怎么看都是她们咎由自取。兄长和嫂妇尽可放心！回头咱们好好跟万家诚意致歉，因着少商鲁莽，险些连累了他家。"

夫妇俩你一言我一语，句句替少商开脱。萧夫人又不是傻子，如何听不出来，却一言不发，只拿眼睛去看丈夫。

程始长出一口气，才道："这事不能就这样算了，这回我要罚她。重重地罚！"

桑氏急道："兄长……"

程始抬手制止她说下去，语气真挚，一字一句道："你这样喜爱嫋嫋，关怀她，教导她，你不知我心中如何感激。"

桑氏眼眶有些湿，低头道："兄长您别这么说，我只是觉得与嫋嫋投契。"

程止赶紧去看萧夫人，却见她依旧默然端坐。

"我知道嫋嫋在外面受了委屈，可我依旧要罚她。"程始神色肃穆，道，"今日好在是被万老夫人看破了，万程两家又亲厚，倘是旁人看破了呢？"

他又转头看向妻子："你曾与我说嫋嫋是'智足以拒谏，言足以饰非'，如今看来对了一半。她并非不知道自己所做不妥，但不妥她也要做。因为她自恃聪明了得，什么都不怕，什么都能糊弄过去！这的确是要闯大祸的！"

听了这话，桑氏也不语了。

程始继续道："闯祸怕什么，我像少商那么大时，也不见得温良恭俭。可我是迫不得已才行险招，她倒好，纯是为了出气。我今日就要折折她这偏激的性情！"

"你想怎样？"萧夫人终于开口了。

程始不答，高声呼呵程顺，然后侍立在堂外的程顺就领了个花白头发却衣着整洁的疤面老卒进来，那老卒手里还擎了根长长的刑杖。

程止与桑氏不认识此人，萧夫人却认识，惊异道："黔缯？"

"阿姊，这是何人？"程止问。

萧夫人缓缓道："这是你兄长帐下掌刑的。"她已经知道丈夫要做什么了。

程止大惊失色，叫道："兄长，不用吧？嫋嫋才几根骨头，您一巴掌下去就能扇晕了她，还要用……用……用这刑杖……"他指着那老卒手中那根等人高碗口粗的木棒，坚实沉重，暗黑如漆，叫人望之生寒。

桑氏微张着嘴，惊得说不出话来。

程始不去理他们，对着那老卒，正色道："今日本侯要用一用你的看家本事。这些年你少在军中行刑，只偶尔拷问一二细作，这刑杖的本事可丢了？"

那叫黔缯的老卒咧嘴一笑："将军放心。将军叫奴婢怎么打，奴婢就怎么打。要疼几日，留几日的伤，见多少血痕，奴婢保管一丝不差。"

老卒的声音尖厉细长，再观其形容，桑氏立知这人应是前朝某藩王宫中流落民间的老宦官。

"说到底，我只是要吓唬吓唬女公子，你可不能出错！"程始沉声威吓，"不然我活扒了你的皮！"

黔缯低头道："将军从尸首堆里将奴婢捡出来，还寻到了奴婢失散的老母和侄儿，妥善安置奴婢全家。奴婢若打坏了女公子，不必将军动手，奴婢自行了断去。"

程始点点头，挥手叫程顺将人带下去。

程止终于听懂了，结巴道："兄长，你你，你这是……"

"嫋嫋胆大心细，寻常阵仗吓唬不了她！"程始道，"非得下重手不可。我预备叫她狠狠吃番苦头，见点血，让她长长记性，但不能真打伤了。"

程止看看妻子，桑氏苦笑。

萧夫人哼哼道："你终于舍得了？也不怕嫋嫋就此恨上了你。"

谁知程始点点头，道："夫人说得没错。是以，不能由我打，该由夫人来打。"

——此话一出，九骓堂内剩余三人都瞠目望向他。

"这话你也说得出口！"萧夫人终于怒了，不是怒于女儿的胆大包天，而是怒于丈夫的厚颜无耻。他自己在女儿跟前做好人，把坏人留给她来做！简直无耻之极！

程始赶紧去抚妻子的背，柔声道："我这不是为了嫋嫋嘛。你想啊，收服她这样桀骜的孩儿，非得软硬兼施不可，打完还得哄呢。我们夫妻二人总得一个软一个硬吧？"

萧夫人一下挣脱丈夫的手掌，怒道："那我来行仁你来施威好啦！凭什么我做恶人？"

"若是之前……"程始笑道，"自是夫人做好人，母女俩可以说说贴心话嘛。可眼下嫋嫋不是对夫人有成见吗？若连一向疼爱她的父亲也对她棍棒相向，没准儿她伤心悲愤之下，反而梗着脖子不肯服软了！"

"你……"这话还是很有说服力的，萧夫人被噎住了，气得浑身发抖。

"我计如下。待会儿我先避出府去，免得心软，或又被咏儿几个拉来做保。等嫋嫋从尹家回来后，夫人你就大发雷霆……不不，不是朝我发雷霆，是朝嫋嫋！"

程始左挪右挡，努力避开萧夫人捶来的拳头，赔笑道："然后夫人大声斥责嫋嫋的诸多过错，把那什么圣人言夫子云的都搬出来，训得她无地自容，要多骇人就多骇人，先在气势上镇住她。然后就叫黔缯出来行刑——不要扒衣裳啊，小女娘要面子的，然后就狠狠地打——也不是真狠打，我会预先吩咐好黔缯的……"

萧夫人抽不开被丈夫捏住的手，怒极了连礼仪也顾不得，抬腿去踹丈夫。

"然后三弟和弟妇就假作匆匆赶来——记得要从正门进来啊，你们俩别贪图省力就躲在侧厢看戏，嫋嫋眼尖，莫露馅了——然后你们就声泪俱下地给嫋嫋求情，然后元漪一番为难才勉强应下，仿佛这样才保下她一条小命，两日后你们就带着嫋嫋启程赴任了……"

萧夫人用尽全身力气终于将丈夫一把推下杌去，自己也累瘫在原地。

"然后……"程始面皮老厚地站起，拍拍衣裳的皱褶，"哦，没有然后了。"

萧夫人又气又累，只能呼呼喘气。桑氏自小到大从未受过这样大的惊吓，始终处于目瞪口呆的状态。只有程止将脸埋入手掌，不想说话。

程始站在九骓堂正中央，身形魁伟，气势雄浑，目光炯炯有神，抬臂如指挥千军万马，呼喝出声如血海冲锋。

只听他道："今日一役，就是要叫嫋嫋知道，山外有山，人外有人，不能肆意行险，更不能仗着有人兜底就胆大妄为！就这么定了。待元漪打得差不多了，三弟和弟妇就进去救人，我们摔杯为号！"

受惊过度的桑氏缓缓转头，用目光询问丈夫。

程止也用目光回答：没错，我家兄长一直都是这样的。但你不必难过，错以为他忠厚鲁钝诸事全靠妻子筹谋的，你不是头一个，应该也不会是最后一个。

桑氏：看他们拳脚来往颇为熟练，莫非以前也这样？

程止：新婚时打得厉害些，我和次兄都知道。生下咏儿几个后，他们开始装模作样了。不瞒你说，其实我很怀念。

直到被抬上宽阔的辎车前，少商都对这两日发生的事情稀里糊涂。

那日她从尹府回家时，已是傍晚了，两个神色肃穆的武婢将她唤去了九雅堂，只见堂内巨烛高擎，萧夫人独立当中，面若寒霜。她立刻知道，事发了。当初设局时她就想到有可能被人看破手脚，只是不曾想这么快。是以，面对萧夫人的责问，她直截了当地认了。

"也无甚缘由，只是想出口恶气。"少商一脸冷漠且毫不知错。

萧夫人自是一番厉声斥责，这子那子的，一句句拽着古文，少商也懒得分辩。口头训斥结束，就轮到那传说中的"家法"了。萧夫人显然是有备而来，救兵貌似全不在府中，少商心知不妙，但她自小倔强惯了，二话不说，坦然受罚。

当四个武婢将她压在长方形条案上时，少商才有些慌，再看那阴森可怖的老叟持杖而来，她额头隐隐出汗——她虽然自小父不慈母不爱，冷眼偏见不断，但皮肉上真没受过什么罪！

眼看萧主任明显要搞个大的，少商本欲出言求饶，却怎么也开不了口。

当第一杖重重击打在她身上时，少商呼吸都停止了，臀腿那处仿佛在久旱干枯的草丛中一点火，疼痛如火苗炸裂般迅速蔓延全身。她想呼喊，却只听见自己喉咙里的嘶哑，仿佛一条被活着刮去鳞片的鱼儿那样，只能"咝咝"地吸着凉气。

为怕自己说出求饶的丢人话，少商将嘴唇死死咬住，哪怕疼至窒息也绝不张嘴吸气——至于为什么不求饶呢？今日萧主任并不如往日那样愤怒，她甚至觉得只要自己求饶，应能免受这罪过。可她就是不求饶！打死也不服软！

小学时有位对她不错的班主任，年迈慈祥，曾对她奶奶说："玲囡这样倔强硬气，说坏固然坏，但说好也好，什么时候她想明白了要好好读书，那是一定能发狠劲的。"

可惜，这班主任很快就退休了，接下来她就再也没遇到过这样的老师。后来再有老师对她好，都是在她成绩跃然人前的时候了。

一共打了几杖，少商已经记不清了，嘴里尝到涩涩的腥味，身子疼得麻了，反是唇上的咬破处疼得更鲜明些。头昏脑涨间，她被抬回了自己的居处，才听到阿茝的呼喊和哭声，她莫名心头一轻，然后就什么都不知道了。

半醒半昏之际，她觉得自己伤处一片清凉，应是上过药了。还有一只温暖柔软的手在轻轻抚摸她，从头发到面庞，再到伤处。那手掌皮肤细腻，与阿茝生有茧子的手截然不同，少商昏昏沉沉地想，大约是桑氏吧。

再醒来时，已是天色漆黑，只不知是半夜三更还是四更，少商被床头一个黑茸茸的巨大身影吓了一跳，那身影发出"呜呜"的哭声，跟破铜锣被夜风吹动似的，甚是吓人。但因伤痛在身，少商连对惊吓的反应都慢了许多，尖叫的力气都没了，只有呆呆看着。

程始坐在床头"呜呜"哭着，魁梧高大的身形一抽一抽，借着火炉中没入炭灰的微微火光，少商看见老爹的胡子上挂满了眼泪鼻涕，有点恶心。

然后她哭了。

受人白眼讥诮时她没哭，被人欺侮时她也没哭，受重罚杖责她依旧咬牙没哭，可此时她哭得稀里哗啦，活像幼儿园中班水平的程小沤昨日闹肚子痛那种哭法。

她一直嫌弃奶奶老朽无能，既不能替幼小的她抵挡外面的风雨，又封建无知，无法为她指点人生道路，让她小小年纪就独自面对那个满是恶意的世界。

她是臂套黑章去重点高中寄宿的，那会儿她还觉不出什么。直到校长在庆功会上亲自为她发奖状，大伯父乐得像只开了口的倭瓜，镇上的人纷纷夸她争气懂事能考上那么好的大学，简直是全镇之光——她忽然很想让奶奶看看这一切。

然而老人已去世三年，冢上青草蔓蔓。

这时少商才明白，世上真的只有自己一人了。子欲孝而亲不待，这七个字是这样血淋淋，毫无悔改的余地，你的歉疚和感激再无人可诉，只能梗着脖子朝前走。

少商伏在程始的膝头号啕大哭，撕心裂肺，恨不能呕出心肝来。

为什么她跟着大姐头混迹时从来谨慎小心，因为外面没人会替她兜着错处；为什么她敢在尹家万家与人争吵甚至斗殴，因为她知道程老爹一定会原谅她，为她善后。

她就是这样狗仗人势的卑鄙小人!

可她现在想对程老爹好,对兄长们好,对叔父叔母还有姊妹们好,让他们为自己喜悦和骄傲,而不是整日担忧什么时候又要为她收拾烂摊子了。

父女俩相对痛哭,哭得直到炉火都快熄了,阿苎才不得已进来添炭。

程始从头至尾都没对少商说什么,像女儿这样聪明的人,会不知道"不要轻易行险,不要树敌太多"这种烂大街的道理?

歇过一日后,少商就要随程止和桑氏启程了。程府众人为他们送行的那日,天光阴沉,无风无雪,萧夫人连托词都没有地缺席了。

程母照旧拉着小儿子哭天抹泪地舍不得,同时像饿狼护食般瞪着桑氏,威吓她要好好照看"老身的亲亲幺儿"。同样的神情,同样的唠叨,程始则对女儿反复道如何养伤,如何健壮,多吃肉蔬多动弹,再一般无二地嘱咐阿苎一遍。

程姎天不亮就领着庖妇们亲自下厨,给少商预备了满满几篮子点心好路上吃,程颂和程少宫则不住地往少商行李中搬东西,也不知塞了什么吃的玩的。

程咏在旁伫立半晌才走至车边,透过窗帘,他往少商手中塞了一块用油布包裹的新墨,低声道:"继续读书写字,别荒废了。"

少商撑起身子,探脑袋出来,看大哥眼睛有些红,便道:"长兄你以后别熬夜读书啦。小心不到三十就秃头眼迷!"

程咏摸摸束在幼妹头上的双鬟,叹了口气。

好容易摆脱程母和程始的热情,车队总算能启程了,可惜少商伤处依旧疼痛,只能老实地趴在车厢内,无缘见到穿过宏伟城门时那仰视穿顶的壮观情景。

另一辆辎车内,程止正跟妻子扯闲话:"今日元漪阿姊怎么没出来?她可从来不会做这样失礼的事。"

桑氏瞪了丈夫一眼:"明明白白的事,你问什么?"

程止又问:"那日不是说好了要打十杖吗?还差三四杖,阿姊怎么就摔杯啦?"

桑氏连语气都没变:"明明白白的事,你问什么?"

程止被妻子逗笑了:"你说,我们要不要告诉嫋嫋,免得她们母女越发僵了。"

桑氏道:"怎么说?'嫋嫋呀,你阿父本来要打你十杖,你阿母心软了少打你三四杖,你高兴不高兴'?"她学丈夫口气,说完翻了个白眼,"你若真说了,她们母女好不好我不知道,他们父女一定好不了。到那时,看兄长不把你活烤喽!"

程止哑巴了下嘴:"好吧,那就不说。回头我去劝劝嫣嫣,别老跟自己母亲置气。"

桑氏的白眼快飞出天际了:"你以为你在嫣嫣心中很了不得,你说她就听?兄长的话她且只听三四成呢!"

她深觉丈夫自我感觉太良好:"嫣嫣主意正,脾气又执拗,有些事非要她自己想清楚了才成。你还是省省力气吧,等到了任上寻些好吃好玩或新奇有趣的给她,旁的我来。"

程止垂下肩头,叹道:"嫣嫣可真硬气呀,打成那样愣是一声不吭。可惜是个女儿身,若是个男子,必能混出番成就来!"

桑氏沉默半晌,才道:"那黔缯真好本事,我看过嫣嫣的伤势,血痕斑斑却没怎么破皮,红肿瘀痕都不深,是以……"她忍不住伸手往丈夫背上一按,"真的很疼吗?"

程止立刻像活跳虾一样惊叫起来,哀哀呼痛。他一面反手护背,一面指着妻子:"你你你……你好没良心!是你叫我去挨一杖试试什么痛法,如今还这样待我?"当时一挨杖击,他疼得几乎半个身子都麻了。

桑氏笑不可抑:"若不叫你挨上一杖,单看伤势,我如何知道嫣嫣疼至何地步。"笑罢,她也叹道,"嫣嫣那不是硬气,是心有郁结。这阵子你别来烦我,我要好好疏解她!"

程止大为不满,正要张嘴,忽闻外面马蹄声至,家将隔车来报:"后头有一队人来追,说是太仆楼经之侄,兖州郡丞楼济之子,名叫楼垚,求见大人。"

"楼大人的侄儿?"程止一脸茫然,"楼家与我们有什么干系,兄长刚结交上的吗?我怎不知?"

桑氏略一思索,唇角便浮起笑意。

程止披袄下车,只见一队衣着整洁的护卫,各个骑着膘肥体壮的高头大马,拥着一个英气勃勃的少年等在不远处。

那少年一见程止,立刻翻身下马,屈身行礼:"小子楼垚,给程家叔父见礼了!"

程止回礼,说过几句客套话后切入正题:"楼公子此番为何而来?"

大约是策马疾驰的缘故,楼垚犹在呼哧直喘,额头冒汗,紧张道:"程叔父，我今日……不是，我之前见过令侄少商君，深觉……深觉她……我今日特来见她，不知叔父可允一见否……"

绕了一大堆，其实什么也没说清楚，少年的脸倒涨红了。

"你认识我家少商？"程止看看日头，觉得自己没头晕。

楼垚面孔愈红，也越发结巴："是，是见过，不算认识……但，但一见如故……"

程止越发惊奇："少商和你一见如故？"看来兄嫂还是疏漏了，侄女不单会闯祸，还能招桃花，这才出门赴了几顿宴呀，就引来河东楼氏子尾随，极好，极好。

"你在何时何地见过吾侄女呀？"

程止莫名趾高气扬起来，虽然女儿程娓还不到十岁，但他已经很自觉地提前进入老岳父的挑剔模式。

"大人真是，问这许多做甚。"谁知桑氏扶着仆妇款款下车，赶来拆丈夫的台，"楼公子说了与少商相识，难道会诓我们不成？"

她又对少年楼垚微笑道："少商略受了些病，就在前头车中，楼公子有话就去说吧。不过我们要在日落前赶至驿站，万望楼公子快些。"

楼垚正被程止问得满头大汗，听了桑氏这话，满脸的感激不尽，拱手作揖时差点将头点到地上，程止强忍着没笑出来。

不但如此，桑氏还很贴心地叫阿苎阿梅从少商车厢里出来，好让这对少年男女单独说话。程止没好气道："你不如给他们办席相亲宴算了！"

桑氏呵呵："相亲宴就不用了，你别来捣乱就行。"

程止哼哼几声，忽道："你是不是不满元漪阿姊那样待嬷嬷？"

桑氏默了半天，道："我生得福气好。父母通达，只叫我正直和善，旁的都好说。我不爱女红，父亲就说不用啦，我不爱和姊妹们待着整日说闲话，兄长就驾车带我去见世面。甚至后来我那样处置皇甫家的事，家里也依着我。可是，湘君就没那么好的命了。"

程止道："就是你那至交好友吗？我记得她已经……"坟头都长大树了吧。

桑氏心中隐隐作痛："若论才干本事，湘君半点不逊似妇。可惜，她既没遇上我那样好的父母，又被逼嫁了个不豁达的夫婿，这才早早含恨而终。"

程止回忆了会儿，道："所以前些年她家来寻你帮忙，你就敷衍过去了？"

桑氏恨恨道："明明家里就有千里驹，可驰骋天下。偏要锁着拘着，活该家势败落！哼，他们不是说规矩比家门兴旺更要紧吗，那就好好守着他们的规矩去！"

说到这里，她一阵伤感："湘君还是太仁厚了，不忍背弃父母家人。若能像嫡嫡一样，凭你是谁，敢踩到她头上立马翻脸不认，那……那她如今定然还好好活着……"

程止叹口气，虽然妻子这话有教唆孩儿不尊亲长的嫌疑，但他理解妻子的哀伤，便拢着她的肩头，不再言语了。

……

那边厢，楼垚扭捏着走到少商车前。

少商透过挂起的车帘看去，十分惊异：虽然和这人见过两面，但连话都没说过半句。

"不知楼公子有何指教？"她自忖没得罪过这人。应该，没有吧？

楼垚期期艾艾半天，偷眼去看车中女孩，只见厢内光线晦暗，越发映得她苍白荏弱，眉头轻蹙，好像被雨水打低了头的小小花朵，白净幼美，澄若秋水。

他想到程家车队还要赶路，鼓起勇气道："你……我，我想说，你很好，我，你很好很好……"

少商窘：您要不要再组织一下语句？注意一下主谓宾定状补。

"我觉得，那件事，你没有过错！一点都没有。"楼垚鼓了半天劲，终于发了个大招，"我心中十分仰慕你。"

他自认为这句话的重点是后半句，可车中女孩却把注意力都放在了前半句。

少商陡然沉下脸色："什么叫我没有过错，你在哪里听到了什么？"

楼垚被吓了一跳："没，没什么……就是你将她们弄下桥，这样做得对，没有错……"

少商心中一惊，用力撑起半边身子，小脸紧绷："你胡说什么！哪里听来的？"除了万老夫人，不应该还有别人看破呀，何况这人看着也不像很聪明的样子。

"我，我送走阿缡后，就回头去找你，想与你道谢……"楼垚看眼前的女孩目如赤焰，被吓到结巴，"可我没想好怎么说，就跟了你一段，看见你，你抽掉了几根桥木……"

少商颓然而倒。

果然人算不如天算，她自负智计百出，却不提防这个疏漏。这少年应是习过武，腿脚轻便，跟在后面她自是不察。

楼垚见她面若死灰，赶紧道："你放心，我谁也没说！哪怕父母至亲我都不会说的。我要是说了，就叫我即刻就死，苍天为证！"

少商总算宽慰了些，她知道这里的人对誓言诅咒看重之极，不亚于去公证处做财产公证的效力。那么，至少这件隐私不会传扬出去，不会给万程两家惹事。

"我年幼无知，闯下这样的滔天大祸，正是羞愧难当。"少商声音低弱，楚楚可怜，"不瞒楼公子，我如今不是受了病，而是受了家法刑杖，被驱逐出都城，勒令好好悔过呢。"

看她这副模样，楼垚何止心软了，连声音都软了："你别怕，也别难过。依我看来，此事你何错之有？王姈活该受罪！却叫你遭了长辈的罚！刑杖打了几下？还疼不疼？我家有好药，我去拿来给你啊！"

少商暗自吐槽，你拿什么啊拿，难道让程家车队等你回家去拿药？但声音却装得有气无力："那就谢过楼公子了，你慢慢去拿，咱们先别过吧。"

这话的语病简直病入膏肓，可楼垚不但没听出来，还笑呵呵地要应声告退，总算想起最重要的话还没说，又上前一步道："少商君，我，我……"

少年满身旭日阳光，语气坚定道："我要娶你！"他虽然订婚十几年，但这样表白却是生平头一次。

少商本就不耐烦了，听了这话，好容易压下去的火气又冒起来，语气讥讽道："娶我？楼公子的未婚妻子呢？"

楼垚赶紧道："她这个月就要嫁人啦！啊，不是嫁我！是嫁那个肖世子！"被悔了婚还这样欢天喜地，也是求生欲很强了。

少商冷笑道："楼公子的婚约被弃，就来戏弄我？你也欺人太甚了！怎么，如今你拿住了我的把柄，就有恃无恐了？我告诉你，姓楼的，你要说就去说好了，我不受你的要挟！"

市井中的少男少女不读书创业，闲着无聊还能干什么？她当时虽然还小，但见过的山盟海誓简直可以论打算。

温柔的阿强说"我爱你"，阿珍就跟他同居了，虽然几年后他甩了她另娶旁人。

酷酷的阿狗说"你是我的女人"，阿花就为他打胎了多次，后来弄得百病缠身，因为一直没结婚，少商也不知她还能不能做母亲。

精通语言艺术的阿彪说"迟早要结婚的，你的和我的有什么分别"，阿春多年的打工积蓄就走向共和了。

欺负她没见过世面是怎么的？少商怒不可遏："你给我有多远滚多远！娶我？你娶得成吗？父母相告了吗？媒人寻了吗？聘礼在哪里？空口白牙来消遣我！程家虽不如你们楼家煊赫，但也不受这羞辱……傅母，阿梅，你们快来！快找人来！将这登徒子赶走！"

楼垚做梦也想不到女孩居然这个反应，他结结巴巴道："不是，我，我真的要娶你……真的……我已经……"

少商不愿听他废话，用力扯下车帘。只听见外面一阵脚步杂乱，人声嘈杂，夹杂着楼垚的辩解，然后一切渐渐远遁，显然是楼垚被赶走了。

她伏在软垫上哀哀地哭起来，这日子没法过了，是个人都来欺负她！

过了一会儿，桑氏笑吟吟地钻进车厢，手上还拿着刚绞好的热巾帕给少商擦脸，又亲自帮她涂抹膏脂。桑氏的手凉凉滑滑的，少商觉得十分舒服。

少商不好意思道："让叔母见笑了。"

桑氏笑道："放心，你叔父已经打发楼公子走了。不过……"她十分兴味，"你为何不相信他？"

"为何要相信？"少商呆呆的，"难道不是遇事先不轻信才对吗？"这样才不会受伤害呀。

桑氏一怔，笑道："也对。"

然后，她从袖中抽出一支小巧玲珑的青竹横笛，递给少商，道："旅途枯燥，我来教你吹笛吧？"

少商迟疑道："不是你前阵子从大父屋里顺走了份曲谱，发觉除了你吹箫叔父抚琴，还需一个笛声来相和吗？"其实是程母为难桑氏，故意叫她去打扫已故程太公的旧居。

桑氏板起脸："顺什么顺，走什么走？同道中人互通心声能叫顺走吗？君舅在天之灵，知道我们奏他的曲谱不定多高兴呢！何况技多不压身，你多学一样有甚不好？"

少商吃过这位叔母的排头，苦笑着赶紧接过横笛。

这时外面忽响起一声悠长的鹰啸，破空而起，犹如利剑划破沉闷苍穹。桑氏忙掀开车帘，少商伸脖子看去，只见灰蒙蒙的天空中翱翔着一只矫健雄伟的苍鹰。

少商眼中浮上欣喜："这么大的老鹰，我可从没见过呢！"

桑氏看看女孩，也望向那只愈飞愈远的鹰："是呀，以后你会看见更多的。"

这时，外面再次响起驾夫此起彼伏的吆喝声，以及程家护卫们有力的发令声，车队缓缓启程了。

卷二

青青陵上柏，
磊磊涧中石

若是满眼繁华，你去千甚，多开几间锦缎铺子吗？

呃，不过这倒也不是不好。

第十二回 旅途遇险

滚滚浓黑烟气和冲天的火光，将天空染成隐隐血腥的灰色，四周沟深林密，杀声震天，前方是程府的护卫和家将，奋力阻挡一波波涌上前来的"贼匪"。

其实少商也不知道他们是不是贼匪，抑或是哪里过来的残兵败将，因为他们身上沾满血污的袍甲看起来像是有编制的。

这时，地上一个没死透的贼人发出微弱的呻吟声，她看了看，辨认出片刻前此人还挥舞着大斩刀狂叫着向女眷们冲来，便扭头对一名侍卫道："这里还有一个。"那侍卫领命，提刀过来狠戳几下，随着低低的惨呼及些许溅起的血水，又一条性命没有了。

小半年前，少商还是一个虽画风略清奇但到底三观正常的小女娘，碰上蟑鼠什么的也会叫两声意思意思，而如今她看着满地的残肢破尸已经连眉毛都不会皱一下了。

她低头看看自己，身上这件深色厚锦滚斓边的男子便装是前几日桑氏刚给自己改的，本要穿着去看蹴鞠赛的，如今却沾了斑斑血污。汗水顺着后颈流至背部，将原本柔软的细麻内衣粘到身上，湿漉漉冰冷得难受——所谓乐极生悲，正是她眼下的写照。

那日赶走表白错误示范的楼公子后，车队一路东行，沿途风光大好，连日天晴无雪。

还未出司隶，少商的杖伤就好得差不多了。她略感疑惑，当年打架导致手臂轻微骨裂，还没这回杖刑疼得厉害，那时她养了半个学期，怎么这回才六七日就好了。

难道是这身体的质量好？那为何她当初做了那么久的猪头，都是一样的伤药呀。想了好几天，少商最后得出结论，这身子的质量主要表现在筋骨上，而非皮相。

说形象点，如果她遭遇家暴，可能会毁容，但也可能参加自卫搏击班练成高手反扁回去，然后再反咬一口"叔叔你看看我的脸，情况还不够清楚吗？"——咦，她为什么动坏脑筋动得这么流畅？

此外，她还发现这身子自带音乐天赋。

接过那支横笛时，少商还颇忐忑，因为当年她在乐器选修课上号称"钢锯拉菊花"。谁知桑氏略教了几日，她的手指仿佛自行融会贯通，将一支简单的"竹枝调"吹得悦耳活泼——这样看来，程太公的基因没浪费，等将来她发财有空了就整点儿《高山流水》啥的，提升一下文化水平，免得一天到晚被人当文盲看。

确定底子不错后，桑氏开始教她吐纳练气，务使出气均匀绵长。为达成这个目的，桑氏理直气壮地要求少商每日都要骑马，步行，保持充足的睡眠和饮食。有时实是累极了，不论野外扎营还是颠簸的马车上，少商也能倒头就睡。对于女孩这样的顺服，桑氏颇出乎意料，她还以为要费去许多力气才能指哪儿打哪儿。

这日，桑氏夜里和丈夫道："你说我们要不要寻几个机灵的僮儿送去黔缯那儿学艺？兴许，咱们将来用得着。"所谓软硬兼施，定要硬得震撼，才能软出效果。

程止立刻明白妻子意思，眼神飘向装着程娴和双胞胎儿子的那两顶帐篷，半晌才道："我说呀，咱们能不能多往好处想想。兴许咱们几个孩儿用不着呢？"

桑氏不说话，静静地看着丈夫。程止摸摸鼻子道："不过人才难得，为免此等绝技失传，我们不妨送几个过去……咳咳，过去学点本事，长长见识，咳咳……"但是前事可鉴，真到开打时他是决计不会扮黑脸的！

九岁的程娴此时忽打了个喷嚏，躺在她身旁的少商连忙帮她掖了掖被子，絮叨着："你以后再夜里看书，我一定告诉叔母！"

"你们又不叫我车上看书。"程娴嘟囔着。

少商道："车行颠簸，你晃晃悠悠地看字，眼睛还要不要啦？"

"那我白日去阿广阿远的车里睡觉，晚上扎营时就不用睡，可以读书了。"

少商板着脸："人随天日生息，合该日出而作日落而息，你这样颠倒日夜，弄坏了身体，小心将来长不高！"她现在居然能将生物钟原理说得这么文绰绰的，真是可喜可贺。

程娓犹自挣扎："书中说，西蜀有一族，以山谷中明砂为生，必得夜里才能采得。这支族人寿命也不短。何况我也不会一直昼夜颠倒，到了县里再改过来好了。"

"你再不肯罢休，信不信叔母烧了你的书？"少商懒得谆谆教诲那套，直接上威胁。

程娓惊道："焚书乃暴秦所为！"

"始皇帝延请韩非之初也一脑门子的开明呀，后来韩王孙如何了？"要知道，开明的父母和暴秦之间只隔了一张成绩单，知识分子就是天真！

"那……那我回县里再读书吧……"

没错！程娓小姑娘正是传说中"好学不如乐学"的宅神学霸。就像少商遗传了程太公的乐感，程娓也遗传了桑太公手不释卷足不出户的习性。在都城程府时，少商几乎没怎么见到这位堂妹；在白鹿山，除了学堂和书房，也没什么人能看见桑太公。

遗传就是这么神奇。

更神奇的还有程止夫妇，要说他们真是天作之合，一个热衷风雅，一个热衷附庸风雅，活生生将一趟赴任之旅弄成游山玩水访友认亲之旅。

路遇名山大川或山野奇景，桑氏免不了要上前欣赏一番，偶尔行赋。程止就会想将场面弄大，邀请附近三五名士儒生及其家眷，众人来顿你吹我捧的野宴。

跟着桑氏，少商学起了另一种"排场"。不是万家那样简单粗暴的金银珠宝呼奴唤婢斗鸡走狗，而是要"浪"，要"漫"。浪得行云流水，漫得不着边际。少商骨子里榨不出二两浪漫，但很喜欢这样的聚会。

此时的儒生并不像后世的孔教弟子那样，他们多是腰悬长剑，见识广博，饮酒得兴时还会舞剑一曲。谈话内容更非"茴"字的九种写法，而是上至国策得失，下至前朝兴衰，高兴时喜极而泣，鄙夷时就破口大骂。

虽然野宴简单，菜肴也不过干果热汤炙肉几样，少商在旁听着看着，却觉视野开阔，心胸明朗。这时候的人们，仇恨与热爱都像天空一样清澈纯粹。

至车队进入兖州陈留郡城，少商不但已经能和程止夫妇合奏半部大父的遗作，更长了两寸身高，前胸后臀都有了可观的收成。又因为搞了几天艺术，整个人气质大为提升，原本不错的皮相终于有了用武之地。

那陈留郡丞是桑氏之兄桑宇的同窗好友，留程止夫妇做客，他家夫人素以保媒得力出名，当下便要给少商保媒。桑氏施展绝技，嘴巴笑称"吾侄年岁还小"，眼睛却闪闪发光地表示"有好人选赶紧端上桌来你磨叽什么"！

若非程止须在二月底前到任，车队稍做歇息后就匆匆离开陈留，不然郡丞夫人就要设宴让少商见见那几个少年才俊了。

如此一路欢天喜地，程家众人吃着火锅唱着歌，终于到了东郡。

然后，画风突变的日子来了——到任滑县前，途经清县，程止非要顺道拐弯去拜望在清县任县令的师兄。

桑氏呵呵两声，吐槽道："你们师兄弟毗邻任官，这几年三天两头碰面，有什么等不及的？"嘴里这么说，却没阻止丈夫。

"我甫上白鹿山，乡野小子一个，当真除了几个字甚也不知，师兄出身名门却不见嫌。不但指点我学问，还教我如何为人周全，当真亦师亦友！"

程止满脸追思之情，桑氏继续调侃："那是因为公孙兄见你容貌生得美，为人却蠢不可言，他不忍卒睹，才多有照看。"

少商暗暗帮她翻译成白话：公孙师兄是个颜控。

此时的"县"行政面积比后世大得多，尤其清县滑县这两座都是拥纳民众万户以上的中大型县城。进县城前，程止还顺手捞了个邻乡的三老作陪，少商身着男装骑马随行，算是完成今日份的运动量。

那三老姓李，乡里人称李太公，宛如笑口弥勒佛，道："犬子近日来函说，再过两年便能出师了。当初若非程大人照拂，以犬子蠢钝的资质，哪年月才能开窍呀。"

程止笑道："我倒盼师弟晚几年回来。河南陈氏素有名望，陈夫子膝下有数女，最近刚接去山上陪伴双亲，师弟多读几年，没准儿能给老丈寻个新妇回来！"

李太公大喜，花白的胡须都快抖成爱心状了："若能如此，那正是家门大幸！"

少商忍不住插嘴："那更得我叔父指点了，他可是连白鹿山主的掌上明珠都娶回来啦！"

众人放声大笑，桑氏在车里也是笑得不行，捡了个橘子掀起车帘丢向少商。少商假作中招，连声"哎哟"，周围笑声更重了。

一行人说说笑笑，漫步而行。眼看遥遥望见城门，程止忽地脸色一变：

"不对,城里情形不对。"

李太公也伸着脖子望去,神色一肃:"是不对!"

程止是清县常客,往年这时候,城门前挤满了络绎不绝的商队,挑担来卖收成的农家,硝好兽皮来沽的猎户,以及零散来寻亲寻路的外乡人。可如今城门紧闭,门前不但没有民人,连个卫卒也没有!

桑氏掀车帘伸出头来,望见丈夫脸上的神情,颤声道:"你,你要进城去?"

程止神色肃穆:"师兄怕是有事,我得去看看。"

桑氏心中不愿意,但也知道丈夫不会坐视,只能道:"那我也跟你去。"

程止摇摇头,道:"若城中无事,你们进来无妨;但若是有事,还不如轻骑数人来的进退便利。我带一队侍卫走,其余家将和丁卒留着护卫你们。"

少商有些诧异,她素日认为三叔父爱说笑好脾气,对妻子无有不从,对兄长无有不服。可骤逢大事,他似是忽然变了个人,行事干净利落,毫不拖拉。

程止抬头对李太公道,"老丈,我欲将妻儿托付……"

李太公拱手道:"程大人不必说了。请夫人领车队往我乡里去,那里有沟壑壮丁兵戈,足以抵御不测。且吾乡背倚密林山林,到处有躲避之处。"

此时承平不久,世人多对不久前的乱世记忆尤深,御敌抗贼都已习以为常。

程止点头,又对妻子道:"你别怕,我去去就回。"

桑氏含泪点头,伸手抓住丈夫宽大的袍袖,用力到指节发白了才松手。

夫妻告别后,程止领了七八个护卫扬鞭而去,李太公连忙催促车队掉头往他乡里行去。少商却一直眺望着清县城门,见程止他们叩门许久,又隔门说了几句,那城门才微微打开一条线放人进去。直到城门再度紧闭,少商才回头去追自家车队,一边策马,一边心头隐隐觉得不妥,仿佛不该离开叔父。

追上车队时,少商正听见李太公与车内的桑氏说话。

"夫人放心,陛下的銮驾才过去,前有执金吾,后有卫尉,羽林虎贲随行,这离了清县才几天,哪个胆边生毛敢犯上!"

桑氏低声道:"听老丈所言,我才宽慰些。"

少商忽道:"叔母,我们不如遣人去向陈留郡太守求些救兵,哪怕白跑一趟,大不了我们给军卒出重赏就是了。"

桑氏本来愁云满面,闻言笑道:"哟,好阔气呀。我家女公子这是发财啦。"

李太公也笑道:"女公子就算要求救兵,滑县距此不足两日路程,陈留却要三日轻骑,为何不遣人去滑县?"

"临走前阿父叫人抬了满满一箱钱给我零花呢,赏钱我出也行。"少商道,"滑县嘛,也遣两个去好了,有备无患嘛。"

看她神色肃穆,桑氏心知侄女机警多智,当下就使人去两处求救。

又走了一阵,众人忽觉得地面颤抖,一阵凶猛的马蹄踏地之声由远及近,惊恐迅速爬上每个人的面庞,随即是一阵阵此起彼伏粗暴高亢的呼喝声,然后从地平线那端冒出二三十骑挥刀匪徒急速往这里冲来。

程家领头的护卫反应最快,当即嘶声大喊:"布阵!护卫主家!"

近百数的程家府兵分作两半,一半团团围住少商桑氏等人的车辆,另一半挺刀向前,做迎战准备。不过须臾,两边短兵相接,看见这伙人狰狞的面目,嗜血的神情,少商忍不住心生怯意。尤其是贼匪望见这边辎重糜多,婢女们多年少貌美,更露出邪恶贪婪之色。桑氏捂着程娖的眼睛退回车中,婢女们多是满心恐惧,胆小者更已缩成一团低低哭起来。

起初对这帮贼匪恶劣形象的震惊恶心过去后,少商终于哆嗦着从车后驱马出来,拔出程颂所赠的短剑,横在胸前。默默算了遍敌我人数,她觉得自己这点英勇应该只需要停留在摆样子层面就行了。

谁知这伙贼人甚是凶悍,眼见人数对比悬殊依旧挥刀就上,显是笃定了家养的兵丁无甚战力。可惜现下他们面对的不是寻常府兵,临行前程老爹特意将跟随自己多年的卫队淘了一半纳入车队。刀山血海里滚出来的气魄胆识,同等数量对战,扑灭贼匪就如扑蛾子一般。

两边激烈打斗一阵,程家府兵已将这二三十人尽数斩杀,可躺在地上翻滚的贼匪垂死前犹自叫嚣"你们等着,后面就来将你等杀光斩尽"云云。

"他们只是贼匪的斥候,轻骑出来四处查探有否可供劫杀掠夺的靶子,后面还有大队人马。"李太公看着满地尸首,大冷天也不禁背心一层汗。兵荒马乱这么多年,他对匪帮的行事风格颇有经验。

遭遇此事,众人不再耽搁,赶紧往李太公乡里急速赶去。谁知祸不单行,因赶车太急,途中桑氏坐的车撞上没在土堆里的石坑,左轮断轴,辎车侧面翻倒,车内众妇皆被压在里面。

将人从损毁的车中拉出时,才发觉桑氏左腿受伤不轻,虽未骨折,但皮肉被拉出好大一道口子。少商差点咬碎牙齿,赶紧叫人将一辆安车中的行李大箱尽数推下，让桑氏等妇进去，又撇下几十辆不甚要紧的行李车，轻车简行继续赶路。

李太公见她小小年纪当机立断，不由得暗暗叫好。

谁知没走多久，后头再度传来杀伐呼喝之声，且声势比之前那拨人浩大许多，众人脸色皆变。少商见此地离李太公所辖乡野还有不少路，显然片刻之间是赶不到了，她又望望西边来时路，暗想其实自己也不是没办法逃生的。

一人独骑穿林而过，贼匪忙于劫掠车队，必然顾不得自己。她熟记路途，只要逃到陈留郡就安全了，到时假称车队被打散，自己是被驱赶至此即可。

可是——少商眼前浮现出失血苍白的桑氏，还有娓娓和双胞胎弟弟，她摇摇头。

再看道路两旁的山林有些眼熟，她忙抓住并驾的李太公问："我记得来时路上，太公说这里有许多空置的猎屋。敢问太公，这里可有哪处猎屋是背靠山岭，近处有上游流水？"

她没读过军事理论，但好歹知道"腹背受敌"这个成语。如果来敌比自家护卫人数多，车队里女眷不少，再像适才那样在平旷原野上圈地御敌，早晚会被攻破，那时必是死路一条。还不如依靠地形拖延，反正带了足够的食药，再有水源，扛几日不成问题，说不定能熬退这帮随机出门作案的贼匪。

再说了，快则两三日，慢则五六日，不论滑县还是陈留必有援军。但若是没有这样的猎屋呢？就只能背水一战，听天由命了。

李太公对本乡了如指掌，领着车队往山林深处而去，左挪右拐绕来绕去，果然寻到一处绝妙的庇护所——这座猎屋依山而建，背靠一面青苔丛生的凹形绝壁而建，屋旁的岩壁上有一脉溪水从高山流下。屋子的主人许多年前逃丁走了，李太公觉得此地险奇，便翻修了五六间大屋，以备将来游猎之用。

几位家将勘探了一番地形，都说此地甚好，说着便熟练地从林中砍下许多碗口粗的大树，照栅栏状扎成拒马，团团围在屋前的平地上，这般忙碌了近一个时辰，大队贼匪终于穿过密林找了过来。

这波贼匪有三四百之众，呼喝起来声势震天，打斗更是凶悍彪猛，令人闻之丧胆。但他们似乎是临时组合在一起的，配合既不默契，号令也不统一，兵备亦不足。头一波密密麻麻的箭雨过后，就只有稀稀拉拉的冷箭了。

加上屋前这片平地狭窄，贼匪们无法一股脑儿扑上去以多为胜，只能一拨拨人马陆续添灯油。为首的贼匪按照惯例喊过"兄弟们给我上，女娘财货随你们拿"之后，两边就"叮叮当当"打到现在。天黑了又亮，既没攻破拒马，也没赶跑贼匪。

最清闲时，两边都打累打饿了，狠狠互瞪着进食，心里盘算着如何突破或者抵御对方。

最惊险时，数十个悍匪仗着高头大马，趁夜越过拒马冲到猎屋前，想要一举击破防线。好在经验丰富的护卫预先在屋前布置了好几条绊马索，上来就绊倒马匹，然后一拥而上将落马的贼匪扑杀。饶是如此，依旧有十来个马术高明的悍匪跳出绊马索，迅速逃回前还探身抓了七八个四散奔逃的婢女，横压在马上带走。

少商原以为接下来对方就会以这些婢女为质，要挟他们举械投降，谁知她天人交战了半天，那些贼匪却并未如此。她立刻明白了：这个时代哪有为了区区七八个奴婢就出降的主家。连贼匪都明白这种"普世价值"，是以根本没提这种愚蠢的要求。

站在护卫组成的人墙后，少商心中苦涩，也不知是不是该庆幸自己的投胎技术。

被掳走的婢女中有一个左颊上生了酒窝的女孩，还不到十五岁，伶俐讨喜，平日深得桑氏的喜爱，常爱来听自己吹笛。

当时也有个贼匪冲向自己伸手欲抓，不过贴身护卫在她身旁的两名武婢俱是好手，当即挺身上前。一个"唰唰"数剑，齐根斩断那贼人伸出来的手掌，另一个就地一滚，连环双刀斩马腿。马匹吃痛，将贼人甩下马来，随即被众护卫剁成肉酱。

"贼匪不至于杀了她们吧？"少商努力站直身子。那两名武婢互看一眼，其中一个道："只有活下来，才能报仇。"

少商心头一凉，握住剑柄的手剧烈颤抖起来。

这两名厉害的武婢是萧夫人派在她身边的——所以，萧主任也曾遇过这样的险恶血腥吗？也曾这样奋力挣扎地逃亡过吗？也曾眼睁睁地看着身边的人死去？

"嫋嫋，快回来！你站那么前做什么？小心叫流窜的箭矢伤了！"桑氏被阿苎搀扶着，艰难地站在大屋门前焦急大喊。

少商小跑过去，却发现桑氏的左小腿又渗血了，她皱眉道："叔母你进去躺着。"说着便与阿苎一人一边，将桑氏硬扶了进去。

屋里正中生有火堆，李太公坐在火旁由婢女料理臂上刀伤，程娪和双胞胎已被带至别处安置。少商将桑氏扶上一旁简易搭成的床铺平平躺好，叫婢女将伤处重新包扎，阿苎又从火堆上吊着的铜壶里倒出一碗甜枣汤，喂桑氏慢慢喝下。

少商转头，躬身作揖道："连累太公了，好端端地在家含饴弄孙，如今在此受罪。"

李太公依旧笑得像个弥勒佛："当年兵匪沆瀣一气，作乱乡里，那才叫人间惨事哪！女公子不必担忧，昨日我已叫家丁从山路绕回乡去讨救兵了，定比滑县和陈留的援军还快。到时两面一夹击，我们护着夫人和女公子先走。"

少商已非刚穿来那会儿不知世事了，李太公乡里顶多能拿出百来个乡勇，战力还不好说。

李太公似是猜出女孩所想，又笑道："女公子莫觉得老朽在说宽慰之言，这七八年来道野清明，路不拾遗。老朽也不知这回究竟出了何事，但上有州牧，下有郡太守，他们原先也都是能征善战之辈，必不会坐视这帮贼人在境内胡作非为。咱们熬过几日就好啦。"

少商笑笑，没有说话——但若出纰漏的就是州牧和郡太守呢。比如万家宅邸原先的主人布氏一族，不是投而复叛吗？

想到这里，少商问道："太公，兖州州牧和东郡太守是原先就跟在陛下身边的，还是后来投效的？"

李太公一愣，开始摸胡子："这个……州牧大人嘛，老朽不甚清楚，不过那郡太守老朽倒拜见过几次，常爱在席间谈当年从龙如何艰难，陛下如何神武，想来是原先就跟着的。"

少商略松了口气。那边桑氏听见了，放下汤碗，笑道："投效来的原都是各方豪杰，陛下从不轻慢，多是在朝中许官的。"

这话很有内涵，少商点点头。不过，知道东郡太守牢靠就行。

桑氏不知想到了什么，哀哀道："我们这里都这样了，也不知你叔父如何？早知如此，我们还不如早些赶路，如今已到滑县了。"恩爱夫妻十余年，想到丈夫可能不测，她便如心口被剜去一块肉似的。

"我觉得叔父应当无碍，反而滑县不大好。"少商低低道。

桑氏不知是惊是喜："你怎么知道？"

少商叹口气，道："我们三日前离开陈留时，尚且无风无雨，李太公乡里也是一片祥和，可清县看着不妥。由此可见，若有事端必起于东面。"她捡起一根树枝在地上画起来，俯瞰地图，司隶、兖州、青州依次自西向东一字排开。

"陛下宣旨要东巡数州，从起驾那日算起，哪怕再慢也该进青州了，可如今我们都到兖州了，御驾却依旧逗留兖州东郡境内，这说明什么？清县诡异，陈留郡内没什么风声，这又说明什么？"

李太公被吸引过来，不自觉问出口："这说明什么？"

少商道："这说明，有人图谋不轨，先是拖延御驾行程，再突然发难，致使顷刻间周围无人察觉。太公说前几日陛下才途经清县，我猜出事就是这几日，是以清县以西才无人知道个中缘由。而且……"

她将树枝点在清县以东那处，画了个小圆圈："我疑心出事之处不在滑县就是毗邻滑县！是以公孙县令闻讯后才会急忙率人去救，致使县城没什么人防守。我们最初遇到贼匪斥候时，我记得他们是自东南方向朝北而行，若非先看见了我们，大约就会去劫掠清县了。"

桑氏喜悦难言，颤声道："照你这么说，你叔父如今反倒无事？"

"还不如叫他们去攻击清县呢！那县城墙垒那么牢固。"少商没好气地嘟囔，"叔母先担忧担忧咱们自己吧，如今外头还有一群欢天喜地的悍匪正等着拿我们开筵呢！"

她不由得暗骂三叔父真是个惊天巨坑！

在陈留时愣要赶路，多留两日让她相个亲会死啊；在清县时又一副大义凛然，非要撇下妻儿自己进城，长了个脑袋是做摆设的？就不能谋定后动吗？不然她们跟去县城也好过在这凄冷山林被追杀。还担心程止那个大猪蹄子？担心什么！回头桑氏没守寡，程止倒做了鳏夫，没了桑氏这把黄豆还有满世界的木瓜呢，看他会不会重新炖一锅汤？

李太公在旁抚须，哈哈而笑："到底是将门虎女，家学渊源，女公子好见解！"

少商无奈一笑。此时她强烈地怀念程老爹和萧主任，若是阿父阿母，一个大智若愚，一个满腹智计，哪里会让自己落到这步田地！

桑氏正要开口，忽听外面侍卫高声大喊："援兵来了！援兵来啦！"声音中满是喜气。

屋内众人又惊又喜，少商和李太公齐齐站起，桑氏本也想起身，但因腿伤和失血早已虚弱不堪，略一用力就晕厥过去。少商嘱咐阿茞好好照看桑氏，然后跟着李太公走出屋去。

按来回时间算，这波援军必是李太公乡里来的，少商原本犹疑乡勇的战力，谁知刚踏出户外，发现外面的搏杀声已如震天雷鸣般。

这山林原本如深水般，无论多少响动都如投石入深潭，不见波澜，可眼前腾腾杀气激荡得整片山林几乎都震动了。

少商抬眼望去，只见一片黑甲白羽的将士如潮水般涌来，马蹄似虎啸狼奔，片刻奔至眼前。他们也不管列队布阵，策马奔至就打，先到先打，后到补刀。

那群贼匪再顾不得程府这边，连忙掉转刀口和马头去抵御，可黑甲军精锐之极，不论单兵战技还是群体配合都远胜于这群乌合之众，更别说后面还有源源不绝的黑甲骑士赶到。

少商一愣，呆呆道："太公，这……这是您乡里来的？……好生神勇啊。"这年头地方农民武装都这么生猛？

李太公也傻了，口不择言道："哪里，哪里……"

少商无语地看着老人，所以您是承认了吗？

忽地，李太公看见在后来的黑甲军中有一群乡野壮丁夹杂其中，他当即朝其中领头长袍的年轻人大喊："五郎！五郎！为父在这儿！我在这儿……"

黑袍黑甲一气来了千余，迅速填充这片山林素净的颜色，除了前头数百正在斩杀贼匪，剩余数百将士勒缰掠阵。一面高高扬起的黑色镶金边战旗之下，他们齐齐拥着一名骑着墨黑骏马的将军，数百人就这么静静而立，宛如林中幽灵。

这时，前头那数百黑甲军已如饿狼噬羊般，转瞬间将带血的大部分羊肉扯咬得干干净净。谁知贼匪中有一个头领甚为骁悍，眼见同伙被灭得十不存一，剩余的已痛哭着投降，便集结了最后十余个对他死心塌地的匪众，奋力拼杀出黑甲军的包围，然后号叫着朝那将军冲去，似是打算拼死一搏。

那匪首奋力砍杀，在马上挥舞着一把巨形双手马刀，人间凶器般连续撂倒了挡在前面的数名护卫。那将军左手一摆，制止打算继续上前抵挡的卫队，右手摘下挂在马上的一件金色长形兵器，然后纵马相迎。那匪首杀红了眼，挥刀而来，将军手上一动，犹如拨着一弦金乌，霎时蔓延出一片金色的光彩。

少商暗暗想这位将军定然臂力惊人。只见他高高举起手中那轮金乌，犹如一只赤金色的凤凰般展开明艳的翅膀，然后重重地正面劈下，那匪首连巨刀带胳膊应声而断。

"好！"李太公撕扯着喉咙高声叫好，活像个情绪太投入的茶馆说书先生，"好一把赤凤擎天鋈金戟！端的是举世无双！"

他激动得胡须乱抖，转头对少商笑道："老朽有两个堂侄在羽林卫中，早听说此兵器英俊非凡，今日终得一见！"随即他又鄙夷地看着满地贼匪的尸首，"可恨贼人太无能，无缘得见兽纹破云双斧的神威！"

少商看着远方的情景，又看看李太公，所以这老头是在遗憾贼匪还不够厉害是吗？

她忽想到一事，问身旁的武婢："那我阿父用的是什么兵器？"

其中一人道："将军用一把九环厚脊长刀，重八十余斤。"

少商不想说话了。叫这么矬的名字，重二百五十斤也没用！

这时，前方正式战斗已经结束，程府护卫们陆续搬开栅栏拒马，黑色战袍的军队也慢慢收拢队形。此时虽是天光大亮，但阳光难入密林，只漏进几缕淡金光线。

那位将领收起赤凤鋈金戟，被卫队拥在中间缓缓驱马走近，此时忽抬头往这里一望，淡金色的光如丝线般，织入他漆黑的甲胄，跳上他白皙的面庞，清癯俊美，难描难绘。

少商看见这张脸，身子立时僵了半边——能不能换个救兵，她觉得自己这边还能再撑撑。

从幼年起，少商就秉持着"眼不见心不烦"的行事理念，对于那些有可能给她造成麻烦而又惹不起的人，她向来多是躲得远远的。因为，你是不可能天下无敌的。

比如知道她父母和她童年的同镇老乡，从去外地读书后她基本不再联系。比如目击她抽去桥木的楼垚，希望那次暴跳如雷能永远吓跑他。再比如，见过她在桥下摸索半天的凌大人——老天保佑他不会联想到万府宴席那日的坠桥事件！

不过当少商清点程府伤亡情形时，她又觉得哪怕为着减少这个数字，别说是多见凌不疑几面了，就是义结金兰都可以。

冷兵器时代的伤害未必如后世那样一击致命，但触目惊心犹有过之，除去常见的刀箭伤，还有皮肉被扯去一大片的，被剁去一截肢体，甚至有被马蹄踢得肠穿肚烂的。最可怖的是两名护卫的面部被劈了一刀：一个削平了鼻子，总算还能活；另一个从左目纵贯至下巴，刀伤深入颅骨，已是奄奄一息将入黄泉了。

桑氏既伤且忧，到后来还发起了低烧，总算李五郎行事周全，随行带来了乡里最好的医者，诊脉后即刻架锅煎药。望着昏迷中呓语不断的桑氏，陆续来回事的家将管事仆妇围在身旁絮絮叨叨，少商忽发觉自己眼下必须暂代程家家主了。

孩童有任性耍赖的本钱，那是因为有无所不能的家长顶在前面，一旦长辈无法出面，自然得学着成熟起来。

少商当下打起精神，履行主家职责——

先派几个老成的仆妇去贼俘中查问那几个被掳去的婢女去向，再派家将沿来时路寻回被撇下的几十辆行李车，贼匪忙着来追击，估计还没来得及分赃。

身上没伤的在屋外搭帐篷歇息，把伤患众人挪进屋内，砍树烧炭好给各处供火盆取暖。仆妇分作两拨，一拨埋锅造饭，一拨烧沸水清理伤处并烧草木灰来止血。

又将程老爹给的那箱零花钱取出一大半给那医者，叫他派人快马去乡里取成药来煎。天寒地冻，失血外伤，不论有伤没伤，大约每人都得喝上几碗驱寒止血祛炎症的汤药。

接下来就是精神抚慰。

少商需要一处一处走过去，慰问伤者，嘉奖有功之人。面对着近百名浴血奋战了一天一夜的家将府兵，她很想像个高大的将领那样滔滔不绝地来段激荡人心的演讲，说得战士们热泪盈眶热血沸腾。

可惜，她不能，她的嘴炮技能全放在挖苦讽刺等负向方面了。只能一再许诺"亡者残者安养家小，伤者必会抚恤"云云。

不过她也有优点，就是心肠硬。家将侍卫的活多，要搭帐收尸还要出去打探消息，仆妇们要管庖厨，所以处置伤患多是婢女。有几个年纪小的光是看见血肉模糊的伤处就吓哭了，无论大嗓门的医士在上面怎么叫喊指挥，她们也下不了手。少商路过看见，叫武婢给自己系上襻膊，二话不说就动手。

根据医士的指点，让拔箭就拔箭，哪怕血水四溅；让上烙铁就上烙铁，哪怕烫得皮肉发焦惨叫震天。这样一来，婢女们见自家女公子就这般，就都不好意思害怕羞怯了。

忙碌了半天，直到屋外李太公喊"凌大人来了，请女公子一见"，少商才急急忙忙从屋内出来，裙袍溅血不说，两只血淋淋的手好像刚从凶杀现场出来的一样。

清冷的日光下，凌不疑肤白如雪，身形高大颀长如冬柏，拢着一件黑色毛皮大氅，与环绕身边的六名佩剑侍卫静静地站在屋前空地上，仿佛林间白雪般有一种亘古深远的美丽。少商站在他面前手足无措，觉得自己像个正在满脸横肉赶业务进度的杀猪姑娘。

疗伤屋里的女性动物都活了过来，女孩们停下手里的活过来爬窗偷看，少商背后的惊呼私语清晰可闻——"生得可真俊""这是哪位将军呀""像画里的神仙郎君一样"……

少商强抑尴尬，装作什么也没听见，上前躬身抬臂作揖，恭恭敬敬道："不知大人追击穷寇已毕，小女子拜见来迟。"行完礼，她抬头继续道，"若非凌大人仗义相救，我等还不知会落到如何地步。大恩不言谢，以后凌大人有何吩咐，程家莫敢不从！"场面话先说好，但细节尽量虚化，不要在话上落人把柄。

凌不疑听到"大恩不言谢"，微微一笑："女公子客气了。"

少商已决定做个成熟的大人，再不要像个孩子似的置气顶嘴，何况眼下还有许多事要求要问，当下更不敢耍脾气，口气越发敬重："小女力量微薄，别的无可效力，但我观凌大人麾下也有伤者。为免误了大人行军，不妨将伤患将士留下，程家一定悉心照料。适才我刚备下两间最大的空屋，里面已置下了炭盆热水伤药和人手，可供受伤将士之用。"说着向左侧身后的两间屋子抬臂一指。这是她目前能想到最贴心的报恩方式了。

李太公连连点头，道："女公子这提议甚好，凌大人您看……"

凌不疑还未开口，他身旁一名方下巴的少年护卫已插嘴道："少主公，伤势不能再耽搁了，不如先进屋疗伤……"他话音未落，另一名年纪略长的侍卫也道："少主公，梁邱飞虽出言鲁莽，但话也没错，伤势不能再拖了。"

少商这才发现这名年长侍卫左臂上插着一支箭，大约是箭头入骨，一时拔不出来。她连忙热切道："这位侍卫的伤势不轻呀，赶紧进屋疗伤吧。"

那年长侍卫本是一脸忧心，闻言后惊愕地看向少商。凌不疑凝思片刻，终于点点头，然后抬步往那空屋走去。

少商一愣，难道他信不过把伤患交给程家照料，还要亲自去视察？她转过身来，赔笑道："大人放心，程家一定好好照料诸位伤患将士！"

那个叫梁邱飞的少年急了:"你!"

凌不疑不发一言,抬左臂将兽毛大氅掀开一边,只见打造成虎牙狮首形的漆黑肩甲下,玄色织金锦缎上露着一支断箭的箭杆,血渍已然凝结。

少商愣住了。

一旁的李五郎很应景地叫了起来:"哎呀,凌大人您受伤了呀,这都多久了?快快,快去请刚来的那位成医士,他是吾乡最擅治刀剑伤的医者了!"

少商默默一侧身,抬手做延请状——好吧,你也是伤员。

凌不疑脚步略一停,侧眼看去,女孩的袖子被襻膊高高扎起,抬手间露出粉嘟嘟的雪白小臂,腕间堪堪只有两寸宽,肌肤晶莹柔腻,甚是可爱。

思绪一转,他又迈步往屋里走去。

直到凌不疑和李家父子都进了屋,少商还在外面踟蹰不前,想着自己还要打听猪蹄叔父程止的下落呢,才鼓起勇气往屋里走去。

身旁的两名武婢终于看不下去了,一个道:"女公子,您还是洗洗再进去吧。"另一个赶紧端来热水和皂角团。

少商暗叹自己都忙得脑袋麻木了,苦笑着去洗手,然后急急进屋去,两名武婢赶紧追上前去。

空屋被烤得温暖干燥,众人纷纷脱下外罩的皮裘袄子,另一名脸上有刀疤的侍卫领数名士卒进屋巡查一番,并摆放了四把马扎。凌不疑高坐上首,李家父子坐左边两把,右边那把显然是留给暂代家主的少商。

少商进去时,看见成医士和那刀疤侍卫正站在凌不疑背后,小心翼翼地将他的大氅和肩甲卸下,再是胸甲和外袍,其后便是中衣和内衣,露出白皙的肩膀……

少商略窘,很想扭头就走,谁知从身边的武婢到李家父子都不觉得有什么不妥——也是,她适才在疗伤屋里看见的光胳膊光腿没有二十也有十八了吧。

既然大家都不介意,那她还介意啥,裸的她都见过。

李家父子已离开座位,凑到凌不疑身旁去看箭伤,少商便老实不客气地跟到李太公背后,探着脖子张望。待医士移开覆在伤处的布带,众人齐齐倒吸一口气——

一支生有铁锈的粗大箭头狰狞地露在后肩胛骨左侧两寸处,箭伤周围凝结成一圈黑红色,显见已有一阵子了。

最佳旁白李五郎惊呼道:"哎哟,凌大人这伤多久了?怎么不立刻治呢？这伤越拖越重呀！"

那名叫梁邱飞的少年侍卫既得意又愤然道："为着剿匪，我们已经两天两夜没休整了，哪有工夫治伤？本来今日可得片刻空暇，谁知半道遇上了你，哭哭啼啼央求我们少主公去救汝父，这不又打到现在吗？"

那刀疤侍卫沉声道："阿飞，不得无礼。"

听懂话中之意，少商耳朵一抖，慢慢地往李太公背后再挪进去几寸。谁知李太公闻言，激动地跨前几步，彻底暴露了身后的女孩。

老人神情激动，抱拳高声道："凌大人高义！老朽这里谢过了！以后大人但凡有差遣，吾乡无有不从！"

这话和适才少商说的大同小异，但李太公是家主，是族长，还是乡里三老，这话说出去掷地有声，无疑比少商靠谱不知多少。

于是，少商把头点得更低些，希望大家不要注意到她。

凌不疑微不可察地看了女孩一眼，微笑道："老丈莫要如此。若说高义，老丈才是，为着一句嘱托，硬是陪着程氏妇孺至如此险情。"

少商先是不高兴，然后又觉得这话仿佛，似乎，好像……没有错。李太公能派人绕路去求救，自然也能自行逃跑，但老人家一直坚持不走。

她既感激李太公对程家之义，又不愿意低声下气地自认拖累，便吞吞吐吐道："那个，叔父说过，李太公是自家人，恩情叔父会慢慢还的，两家天长日久嘛……"

这话说得十分得体，李太公朗声大笑："女公子说得好！两家亲厚，说什么恩情不恩情的！"

少商低着头，暗暗为自己的机智点了个赞。

凌不疑瞥了她一眼，淡淡道："拔箭吧。"

此言一出，李家父子和少商立刻屏气凝神吊着脖子去看。谁知那医士忙出满头的汗，依旧无法拔出那支断箭。

原来，凌不疑中箭时情势紧急，为了不扰军心，便自行折断箭尾，只留下手掌宽的箭杆长度在外面，并以战甲和大氅遮掩，打算之后再拔箭疗伤。

却不知那支穿肩而出的箭头只露出肌肤不足半寸，连箭杆都陷在肉中，拔时无处使力，再加上中箭时间不短，箭杆和血肉有了一定程度的粘连，是以那医士无论如何也拔不出来。

"何不用钳？"李五郎道。

那医士叹气地举起手中那把已经折断的小小铁钳。他这样的乡野村医，顶多给伤者拔几枚陷入皮肉的钉刺，这样厉害的铁箭哪里咬得住？

接下来办法只有两个：要么赶紧回军营找军中医士，找把专门钳箭头的长柄巨大铁钳来；要么以毒攻毒，以另一支箭杆将那支断箭顶出来。但前者不论是立刻回军营还是快马叫军医来，都太耗时了。而后者，凌不疑要吃两遍苦头。

凌不疑不假思索，当即道："阿飞，取支箭给你兄长。"

梁邱飞从背后抽出一支羽箭，颤抖着交给一旁的刀疤侍卫："少主公，您忍着点痛啊！"

凌不疑没有理他，定定地看向一侧，那身着染血麻衣的少女呆呆站在那里，右手托着左肘，左掌托着小巧白嫩的下巴，像个孩子似的稚气地歪头咬唇，不知在想什么。

他看女孩的时间有些长了，李家父子和所有侍卫都静了下来。少商这才发觉众人都在看自己，讪讪一笑："小女子有一策，不知可行不可行。"

说着，她从脖子上取下一串藏于怀中的珠贝。

数十颗珠贝坠于颈绳下方，微晃时五光十色，每片小小珠贝都被磨得形态各异，圆形、椭圆形、花朵形，还有三叶草形。微微晃动时，"叮当"清脆，光彩四溢。

少商又取出匕首割断颈绳，小心地将珠贝倒入随身锦囊中，只将那颈绳拿在手中，朝凌不疑走去。众人这才注意到这条颈绳似是数条细线编成。

旁人尚在疑惑，凌不疑已知其意，笑道："这绳子可牢固？"

少商忙道："我亲手编的，很牢很牢！"

那日天降大雨，外面又湿又冷，她和万萋萋躲在廊下闲得发慌，便从压箱底处找出许多根颜色各异的锦线、丝线、金线甚至铁线。她教万萋萋编制手链和十字结，剩下有多的就编成长长的颈绳来串珠贝。

她记得很清楚，三根柔韧的朱红锦线，三根玄色铁线，再加一根闪亮的金线，连沉重的枰座和案几也能提得起来。

少商站到凌不疑身后，用纤细的手指将颈绳小心嵌入皮肉，钩进那支生锈的箭镞下。她不敢用力，只能一点点嵌入。因离得近了，鼻端满是血腥铁锈之气，视线不免扩延。

凌不疑的身架生得高大舒展，骨骼修长有力，肩膀宽阔如苍鹰展翼，腰身纤细却有劲，背脊笔挺，肌肉束却走向内敛，并不如何厚实。但少商知其膂力惊人，就是这宛如男模般的臂膀，适才还把那名剽悍的匪首连人带刀对半劈开。

看了片刻，少商后知后觉地发现自己脸上略热，连忙把脸挪开些，虚拟的平面图画果然不能跟现实世界的活色生香相比。

凌不疑觉得后颈呼吸痒痒的，忽回头道："那珠贝是心上人所赠吗？"他神情和气，好像随意询问友人家中的小女娘一句。

谁知少商叹口气："要是就好了。"

凌不疑定定看了她一会儿，回过头去，"嗯"了一声。

那珠贝是万萋萋在外面搜罗的，两个女孩自己磨成各种有趣的形状，然后串成颈链，一人一条。现在想来，若万萋萋是个男子，她一准儿嫁过去。不敢说神仙眷侣，但做一对狼豺虎豹贼夫妻那是绰绰有余。那该多么完美！

"钩好了……"少商松了口气，她觉得钩得很牢，现在只要扯着颈绳拉出断箭就行了。

梁邱飞忍不住道："若是箭镞脱杆了，只拉扯出一个箭头怎么办？"

谁知众人哈哈大笑。梁邱飞这才想到，若是没了箭头就可以直接从前面将箭杆抽出了，当下脸红过耳。

少商也乐了，忽觉得右手一凉，却看见凌不疑拉过自己的手掌，在上面缠了一块雪白的锦帕。梁邱飞本想上前来扯箭头，却被身后的兄长一把扯住。

凌不疑望着女孩，微笑道："你小心点，别把自己的手扯伤了。"

少商一愣，然后木木地点头。其实她想说，她没打算亲自拔箭的，她是技术工种，不做体力活。不过，看到李氏父子犹自疑惑不解的眼神，少商觉得可能别人未必明白，只能好人做到底了。

她将颈绳绕了几圈在裹着锦帕的右手上，左手抵住男子白皙紧实的肩背，暗暗屏气，然后一鼓作气往外拉扯，用足吃奶的力气。随着一阵黏稠的"刺啦"之声，那支已被染成红黑色的断箭终于被拉出来了，然后男子强劲的背筋迅速收缩，凝结的创口再度破裂，一条细细的血流顺着白皙修长的背脊缓缓流下。

少商被这出血量吓了一跳，轻"啊"了一声。

凌不疑回头，看着女孩道："手痛吗？"

少商连忙摇头："我手不痛。你痛吗？"你背上那个伤口快成血窟窿啦！

凌不疑莞尔一笑，刹那间仿佛冬雪消融般丽色倾城："我也不痛。"

两人近在咫尺，少商被美色闪花了眼，这才发觉他的眸子是一种剔透的浓褐色，好像放在水晶盒子里的绝美琥珀。

她心想，自己对这个世界一直太尖锐了，其实世上还是好人多的，人家撑着伤情也来救命，她可不要老把人往坏处想了。

下次看见袁慎和楼垚她也要客气些，看她这次对这位凌大人稍微热情点，人家的态度多么和气呀。行走江湖就是要广结善缘嘛，对自己和程家都会有好处的！

站在下首的成医士见断箭已拔出，正要上前治疗，谁知凌不疑放在膝上的右手微微抬起摇了摇，然后他就被左右两名侍卫夹住，不得动弹了。

众侍卫，包括活泼的梁邱飞，此时都静静等待着。

其实凌不疑和程家女公子的这几句对话十分简单，语气也正常。可不知为何，李五郎总觉得屋里气氛有些怪异，仿佛带了几分古怪的柔软旖旎。

他扭头去看老父，用眼神表示：阿父，你觉不觉得……好像……

李太公：你闭嘴，装作没看见。

老人家很想得开。男未婚女未嫁，屋里又有这么多人，彼此多看几眼怕什么。更何况——李太公朝上首的一男一女看了看。

凌不疑此人心沉如海，他看不清说不好；不过程家小娘子嘛……老人心头一乐，要么是全然没领会，要么是会错意了。

这值得纪念的静谧气氛终结于成医士的一声大喊——"血还在流呢！"

两名侍卫制住了他的人但没制住他的嘴，作为一名正直的医者，他实在无法眼睁睁地看着伤者就在眼前汩汩地流血，而自己却呆呆看着。

少商醒过神来，侧眼一看凌不疑肩背上还在冒血的伤处，跨前一步不悦道："断箭都拔出来了，你还在那里磨蹭什么？还不上来治伤？医者父母心，你怎么都不着急呢？"

此言一出，成医士悲愤得恨不能仰天长啸！可不等他出声，身旁两名侍卫齐齐朝左右各边挪开些，这下他连话都说不出来了。

——没错，从女孩的角度，的确看不到医者被反握在身后的左臂。

梁邱飞想笑，被身旁的兄长用力扯了一下，少年连忙把脸板起来。

李五郎看不下去了，扭头去盯着门外；李太公呲巴了几下嘴，发觉适才心爱的胡子都被摸掉了几根，只好松开手坐倒在马扎上。

成医士沉默地上前履行职责，少商见状后退一步，想要回下首位置去坐，转身才见原本位置的马扎不知何时被人端了上来，就摆放在凌不疑上首正座的右侧略靠下些。

那名刀疤侍卫笑得十分和气："女公子您先坐。"

少商怔了下，然后木木地坐下。

她回忆起在程家，只要程母不在，程老爹正坐九雅堂上首见客时，萧夫人的座位就摆在这样的位置上。所以，这是礼敬地主的意思吗？可这房子是李太公的呀，虽然是她布置的。那是程家地位在李家之上的缘故吗？……

懵懵懂懂间，她忽闻到一股浓烈的酒香，定神看去，成医士正用整坛刚启封的烈酒反复洗濯凌不疑的伤处。

李太公耸着鼻子，笑着品评道："这可是上十年的好酒呀！"

梁邱飞微露得意之色："老丈好眼力，这是陈王宫库房里搜出来的陈年佳酿，也不知藏了多久。开年时陛下赐下的，本来打算庆功宴时饮用的。"

少商也吸了口气，心道这酒果然烈而不冲，醇香芬芳。她很想说，我可以给你提纯出高浓度酒精来，别浪费这么好的酒了，不如给我家程老爹吧。

这话当然不能说。人家救了你的命，连利息都没还呢，还要贪图人家的酒？

凌不疑微侧头看了眼女孩，再看看捏在自己手中的那束锦帕——适才拔出断箭，女孩随即递回锦帕，然后把颈绳绕回自己手中。她虽年幼，但心性清朗，没有一点牵丝绊藤的意思。

这时，成医士开始割除腐肉了。

"刺啦刺啦"的割肉声，一缕缕小片的黑红色肿烂腐坏被割下放在盘中，少商头皮都麻了。可那袒肩的男子静静地将双手置于膝上，神色淡然，除了苍白的脸色和微微抿着的嘴，好似什么都没发生。

侧面看他雪白皮肤上的殷红嘴角，少商莫名想着，这个级别的权柄，他也太年轻了……

割去腐肉，清洗伤处，敷药，之后成医士头也不回地背着药囊出去了。哪怕只观其背影，李五郎都觉得这位医者受到了很大的伤害。

凌不疑由梁邱飞服侍着一件件穿回衣袍，又饮了半碗酒才缓回一口气，抬手叫人进来。

两名士卒抬着一根长长的丝缎卷轴进来，然后缓缓在众人眼前展开，原来是一幅标有山川河流与村落的图册。少商看得一头雾水，李太公却知道这是兖州地图。

凌不疑神色凝重，道："兖州我路过几回，但东郡从未来过。眼下有数支残兵在此地四下作乱，这几日我击杀了两批，可还有一支追到清县以南的筱庄便不见了。烦请太公指点，如今东面有羽林虎贲挡着，他们多半会往哪个方向遁逃？"

李太公心头一惊，脱口而出："难道真如程娘子所猜，是圣上出了事？"

众人目光齐齐望向坐于上首右侧的少女，少商异常尴尬，肚里大骂李老头嘴巴太快！

凌不疑神色兴味："你猜了什么？"

少商连连摆手，紧张道："不不，不……我瞎猜的，作不得数，作不得数！"

快嘴李老头赶忙帮她补上："程小娘子说，有人图谋不轨，先拖延御驾行程，再骤然发难，是以往西这边都无人知晓。"

少商呵呵干笑数声。

凌不疑笑着看了她一会儿，才道："猜对了一半。的确有人心怀不轨，但陛下早有察觉，不过念着往日情分盼着他能自行悔改。谁知贼子歹毒，一看起事不成，便驱散近日刚从青州收拢来的降匪残兵，还散布'皇帝要斩尽杀绝'的谣言，随即祸首趁乱逃出。"

李太公想到好容易休养生息数年的乡里又要遭殃，不由得大声惋惜："陛下也太仁厚了，念什么情分？乱臣贼子就该立即处置了！"

少商想起昏迷的桑氏和伤亡的程府众人，也道："对呀，对呀。"

凌不疑觉得她凑着附和的模样甚是讨人喜欢，便笑道："封疆大吏，牵一发而动全身。陛下实已制住了大局，不过没料到他们歹毒至此。"

李太公啊了声，一拍大腿："封疆大吏？是不是咱们州牧作的乱？多亏了咱们郡太守奋力维持，是以才没祸延西面！"

凌不疑嘴角一歪："不，是你们郡太守受人蛊惑作的乱，兖州州牧忠心护卫君主，奋力平乱，清县以西方才大致无恙，过几日陛下就会昭告天下了。"

这次不用李太公嘴快，凌不疑直接转头朝向少商："这也是你猜的？"

少商尴尬得耳朵都红了，只能继续干笑："小女子无知，无知……呵呵……"

察觉到女孩正在偷眼瞪自己，李太公觉得不好意思，摸着胡须走到那地图前察看，又随口问道："不知那些贼匪从何处逃窜出来的？"

凌不疑道："事起滑县。"

李太公激动地转身，大声道："这下可叫程娘子猜对了！果然出事在滑县。幸亏夫人和女公子一行没去滑县，不然岂非正入虎口？程娘子好生聪敏！"他是厚道人，暗忖小女孩儿面皮薄，适才连续失了两回面子，这下总能扳回一局了。

凌不疑忍笑："这也不是。因陛下早有防备，驻跸于滑县以东的一处庄子中，祸乱一起，旋即被扑灭。是以若昨日你们去了滑县，应已是风平浪静，平安无虞。"

李太公"嘎嘎"讪笑两声，赶紧低头去看图。梁邱飞和李五郎各自转身去偷笑，自那刀疤侍卫以下，屋内众侍卫连同举着图册的两名士卒都在无声憋笑。

少商心说：太公，我求求你别说了！

东郡占地颇大，人烟稠密，李太公在图册前站了良久，迟疑难决："凌大人，实不相瞒，老朽对此地不敢说了如指掌，可道路河川也是尽知的。然这路贼匪会去哪儿，老朽实难……"

话未说完，少商就奋而起身，破罐破摔地大声道："太公不必为难。人有行迹，贼有图谋！若那支贼匪是为着劫掠杀戮的，自是往人多之处去；若是为着搅乱局势，趁陛下的人马剿匪之际脱身，那必是寻偏僻之路逃遁，尤其是那不易叫人察觉的山林间隙！"

这次李太公不敢随意夸赞了，赶紧去看凌不疑的意思，却见他正望着女孩，微微一笑，道："你说得很对。"素以肃杀干练闻名都城的将军，笑起来显得分外年轻俊美。

少商终于扬眉吐气，咬着一小处嘴角轻笑。

凌不疑眼睛看着女孩，道："若是早年乱世，哪怕放着土地荒芜，各地也要组一支勇壮护卫乡里。可这些年想来勇壮也都散回家开荒耕种去了。骤然遇乱，无疑纵狼入羊群。是以陛下下令诸事不管，先行剿匪。太公，这支贼匪乃首恶之一，预备南下逃入荆州，借道入蜀。"

李太公抚着胡子连连点头，转头去看图。

李五郎心道：凌大人你说得很好，不过说话时能不能脸朝着俺爹呢。

"所以大人这几日一直忙于追击贼寇，这才连疗伤也耽搁了？"少商这次明白了。

凌不疑微笑道："猛虎易屠，群蚁难灭。何况眼看就要开春破土了，人误地一时，地误人一年。百姓好容易能吃口安生饭，可不能出差错。"

少商顿觉得眼前之人形象高大起来，大概古代书上说的那些忠臣良将就是这样的吧，她回以甜甜的笑容："我觉得你说的也很对。"

凌不疑笑而不语，他看着女孩的眼睛，当真晶亮如星，生机盎然。

李五郎无声地去看老父：阿父，他们好像在打情骂俏欸。

李太公：你给我继续闭嘴。

最后老人家指着地图上两处地方，道："若要逃遁，应取这两路。"

凌不疑点头谢过，命士卒收起图册。少商赶紧问自家猪头叔父的安危，凌不疑道："清县县令忠勇，闻讯即刻赶去勤王，我出来时公孙县令正在陛下帐内回话。你叔父若进了清县，那里城墙高大，想来无碍。"

少商脸上笑笑，心里暗骂——臭叔父，脑子这样不好，活该只能做大猪蹄子！等我跟叔母告状，不好好添油加醋老娘不姓程！

这时，适才那名年长的侍卫进来了，原本贯穿左臂的箭已拔去，并包着绷带。他上前抱拳道："少主公，被俘的贼子共有四十二人。已甄别完毕，人人手上都沾了血的。"

凌不疑微微皱眉："怎么俘获了这么多？"言下之意是怎么不都击杀了。

李家父子俱是心头一跳。少商也是惊异，忍不住去看凌不疑。

不过须臾间，年轻俊美的青年就仿佛换了副神气。适才温和有礼，仁厚仗义，可说起贼匪时，轻描淡写中透着铺天的血腥，全不把他们当"人"看了。

她想，这人倒是好人，就是杀性重了些。

那年长侍卫似也习以为常，笑道："这群没用的厌货，劫掠妇孺时胆量十足，一看打不过了降得可快哩！"说着，便把为首的几个贼匪五花大绑提了进来。

一共提进来五个人，满头满身的汗渍血污，似有便溺落在衣裤上，一进来便恶臭四溢，少商嫌弃地皱了皱鼻子。

这五名匪首一进来就哭天喊地，凌不疑也甚好耐性，慢慢等他们哭诉完，才道："是以，你们都是迫于无奈，被逼成匪的？"

一名脸上长有大片青斑的匪首号啕大哭道："小的原本也是陛下麾下的一名伍长，好好当着差，谁知上峰叛乱，小的就稀里糊涂跟从了……"

他身旁少了一边耳朵的匪首赶紧接上："将军明鉴，我们都是听令行事啊！便是做了匪，也是偏将下的令，我们也想好好做人，娶妻生子呀……"

然后，你一言我一语，边说边哭，哭得连口水都淌出来了。另三个口才没这么好的，只能"正是正是""没错没错"地应声。

"你们是绕着清县东南的琮乡而来的？"凌不疑问。

那五人不解，只能点头。

"你们还说，你们都是张岁麾下？"凌不疑问。

那五人拼命称是，那个大青斑还道："若非张将军早早死了，我们也不会无头苍蝇似的，犯下大罪！"

凌不疑点点头："说起来，我年幼之时，张岁还教过我使刀。"他似乎想起了什么，叹道，"世事就是这般无常。张岁虽是盗匪出身，但自从被樊昌生擒后，就安分守己地做一名裨将。一别经年，没想如今乾坤颠倒，樊昌听信了挑拨之言欲行不轨，帐下头一个厉声反对的就是张岁。结果他被樊昌当场残杀，断其四肢，割其头颅……"

那五人眼中浮起希冀的喜色，更加大声地求饶，还提及张将军如何仁厚驭下云云。

谁知凌不疑连指尖都没动一下，淡淡道："拉出去，和剩下的一起，都杀了。"又指了下那个"大青斑"和"一只耳"，"这两个活埋。"

李家父子"啊"了一声，本来以为凌不疑要饶过他们的，谁知转变这样突兀。

少商也吓一跳，心想：这人倒是好人，就是喜怒无常了些。

侍卫们正要拖这五人出去，却听那"大青斑"犹自嘶哑号叫，凌不疑抬手让侍卫们略停一下，笑笑道："你们这些乌合之众，前几日本已被打散了，也是用这套言辞骗过了琮乡卫所的将士吧？然后趁夜将驿站中人，不分老弱妇孺尽数屠戮干净，盗取兵械后再度出来劫掠。"

说到这里，他冷下脸："全杀了，一个不留。"

那五人大惊失色，没想到眼前这年轻将领什么都查清了，那"大青斑"仍然不肯认命，还在大哭："他们要将我等交上去，那时我们还有命吗？实是迫不得已呀！"

这时，便连素来仁厚的李家父子也心生痛恨。

少商恨声道："哼，那位张岁将军是遭逢乱世才落草为匪的，想来但凡有第二条路可以走，他是决计不愿为匪的。你们倒好，稍有些乱子就迫不及待去劫掠百姓！什么迫不得已？找个山洞避过风头不会吗？隐姓埋名做平头百姓不行吗？陛下还能张捕文告来捉你们几只臭虫蚂蚱不成？"感觉自己发挥得有些过，她赶紧侧头赔笑："凌大人，对吧？"

凌不疑没忍住，轻笑出声："再对也没有了。"

李五郎回头看老父：阿父，他们真的不是在打情骂俏吗？

李太公很烦躁，不去理睬儿子，上前道："此等卑劣小贼死不足惜，不如将这几个领头的宰了，剩余的罚做苦役也就是了。凌大人，自古，杀降不祥啊。"

凌不疑语气依旧温和，但言语却不大客气："老丈这话说得晚了。这几日我数次击杀贼匪，老丈可见我携带俘虏？"

李太公为难地搓着手："可，可这个杀降……终究，终究……"

凌不疑神色淡淡的："白起长平坑杀赵卒近五十万，那叫杀降不祥；项王新安趁夜击杀秦军二十万，那叫杀降不祥。因这些军卒本可以奋死一战，拼个鱼死网破。可这些个……"他指了指那五名匪首，眼神中流露出讥诮之意，"刀架于颈项了，才弃械投降。他们就是不降，又能如何？"读过几年书，就是这样迂腐。

这时，少商忽然出声："凌大人，您把这些俘获的贼匪交予我如何？我来杀他们。"

这话一出，众人没有不惊异的，李太公差点将自己整把胡子拽下来，李五郎险些被口水呛死——这世道是怎么了？

刀疤侍卫和年长侍卫互看一眼，想着自家少主公已经够古怪的了，没想到这么个娇滴滴的小女娘也这样古怪。

"杀降不祥，可他们又没向我投降，是吧？"少商朝李太公道，"我杀他们就没关系了，对吧？"

李太公张口结舌，无言以对，这下轮到他去看儿子李五郎了。

凌不疑正想开口，却见少商回头问道："还有比活埋更厉害些的吗？"她对这个时代流行的刑罚不大了解。

被问到的正是梁邱飞，他看见自家少主公也在看自己，结巴道："……车裂？"

少商似是很满意地点点头，然后十分气派地站起身，往前两步。那几个正要把五名匪首往外拖的侍卫看见凌不疑的眼色，十分麻利地将人再推回屋内，摁住跪好。

少商问道："昨夜里，你们捉去我家几名婢女，她们现在去哪儿了？"

五名匪首面面相觑，赶紧抵赖，说并非他们作为，是别的已经死翘翘的头领干的。"

少商指着那个"一只耳",冷笑道:"别装了,那夜越过拒马栅栏的人中就有你!我记得很清楚,你逃回时也抓了一名婢女吧?"

那个"一只耳"见无可抵赖,连连求饶,还道自己没有亏待那些婢女。

少商眼中隐隐透出血色,一字一句道:"我派家将已查清楚了,被掳去了八个,现在只剩下两个了。"幸亏那两个女子生得丰腴窈窕,匪徒想留着继续淫辱才没杀掉。虽然惨不忍睹,但好歹活了下来,将来她要给她们周全安排才是。

那五名匪首一听这话,就知道完了,若是全杀光了没留下活口还能抵赖,如今留了两个活口,还有什么问不清楚的?

"我也不敢叫你们做什么正人君子,奸淫凌辱也就算了,你们还将迟迟无法攻破程家防卫的怒气发泄在这些无辜的弱女子身上,彻夜凌虐殴打,甚至今晨还将数女烹而食之!"少商毫不避讳,全盘抖出。

李太公是见过这种惨事的,当下心头大震,浑身冰凉,李五郎已被吓傻了。

屋内众侍卫并不知此事,闻言俱是愤慨难言。

少商一字一句道:"你们虐杀婢女,奸杀后烹之难道也是逼不得已?林中难道没有猎物吗?你们难道没有携带干粮吗?不过是兽性发作,分食人肉取乐,你们也配为人?你们既然不想做人,要做禽兽牲口,那我就当你们是牲口,想怎么宰杀就怎么宰杀!"

那"一只耳"自知难逃一死,悍勇之下竟然向前冲过几步,咆哮道:"你敢?我们兄弟化作厉鬼,也要彻夜撕咬你——"话未说完就被侍卫堵住了嘴,但他还在龇牙咧嘴低低咆哮,目光如野兽般凶蛮,李五郎见了也不禁心生惧意。

少商被吓得退后一步,但想起那两个女孩的惨状,若非家将死活拦着,不让她去看分食现场,想来她还会看见被啃食的尸骨和头颅。

她怒不可遏,又上前两步,冷笑道:"别给我来这套!你们做了鬼,只会被阎罗地府审判做下多少恶事,下十八层地狱去受刑!还有工夫来找我?哼哼,你们本事高强,就可以鱼肉弱者。现在落在我手里,我也可以鱼肉你们。眼下我想把你们撕成几块就几块!我已叫生还的女子去指认了,那些吃过人肉的,下手杀害的,一起车裂吧!"

剩下四名匪首还想怒骂挣扎,凌不疑一个手势,几名侍卫一齐用力将人拖了出去。

少商忍住腿软后怕，决心一鼓作气把事了结了，便对李家父子和凌不疑拱手道："我这就去主刑，暂且告退……哎哟……"

凌不疑不知何时已站过来，轻轻将她按回马扎，温言道："你别去了，车裂也太麻烦了，五马分尸吧。我去主刑。"

少商不肯，再度站起："不用，我去主刑！"

"你别去了。"凌不疑看着一脸倔强的女孩，"你没见过那场面，会做噩梦的。"

"我不会做噩梦的。"少商昂着头，"我从不做噩梦！"

"你会做噩梦的。"

"我不会做噩梦的！"少商恨声道，"你不叫我主刑，我也要去亲眼看着这些牲口怎么死的！"

凌不疑闭了闭眼，过了片刻，淡淡道："你爱看桥吗？我府内也有许多座拱桥，不乏以公输班的技艺所造的。"

这话说得没头没脑，满屋只有一人能听懂。

少商一阵头晕眼黑，果然，他还是猜到了。

她一下坐倒在马扎上，全身无力仍强作镇定："既然凌大人盛情难却，我就却之不恭了。"该认怂时就认怂，识时务者为俊杰，以后尽量少见这人为妙！

凌不疑无奈地摇摇头，起身往门外走去，临到门口时他忽然回头，对少商道："那些婢女被掳走不是你的过错，你小小年纪，这番作为已经很了不起了。还有……"他顿了顿，"今夜睡前喝一碗安神的汤药，记住了？"

少商怔怔点头，似懂非懂。

她心想，这人还是好人，就是控制欲强了些。

看着凌不疑一行人走出门外，李五郎长出了一口气，过去扶着老父：阿父啊，我仍旧认为他们是在打情骂俏。

李太公：不行，我要去告诉桑夫人和小程大人。

第十三回 楼氏求亲

就像来时那样，去时黑甲白羽的军队也如潮水般有序。

与此同时，程府众人忙着给自家尸首身下堆柴浇油，要集中火化然后分别装回去，那些贼匪的尸首则随意扔下山涧等着被鸦兽啃食。少商列于众人之首，吹笛送这些入了黄泉的无辜生灵。

悠扬的笛声传至刚刚开拔的黑甲军中，原本欢快的"竹枝调"被女孩降调并放缓节奏，宛如风穿过冬日冷阳下的竹林，清冷而忧伤。

凌不疑微笑着侧耳倾听，但不知想到了什么，神情忽变得十分冷漠自厌，像阴影下俊美高傲的岩雕。然后他高高扬起马鞭，策马率军飞驰而去。

吹完一曲，少商放下横笛，已是泪流满面。昨日还欢声笑语的许多儿郎和女孩，他们的亲人朋友再也盼不回他们了。事到临头，她才发觉自己还有很多无能为力的事。

幸存的两名婢女从俘虏中总共指认出十一名对她们下过毒手的贼匪，少商坐在屋里听着外面沸反盈天的吃瓜群众观看五马分尸，然后当夜的晚膳也毫不意外地剩下很多，尤其那些常年安居内宅的仆妇婢女，被血腥场面恶心得几乎什么都吃不下。

行刑完毕后，凌不疑立刻领军开拔去捉拿匪首，留下两百名黑甲军护送程家车队赶往滑县，领队的就是那位臂膀贯穿箭伤的年长侍卫。

少商这才知道他姓张名擅，已有数百石的官秩，为凌不疑帐下裨将。而那位看起来很和气的刀疤侍卫名叫梁邱起，与那爱插嘴的少年梁邱飞是亲兄弟。

次日清晨，少商再度穿上男装，骑上心爱的奶牛斑小花马。

程府众人，从包扎着伤处的家将护卫到扶车而行的婢女仆妇，顺着晨曦微光都仰头望着，等待这位年幼娇弱的女公子下令启程。少商用力挥下右臂，空中甩动马鞭，众车轮毂缓缓滚动——她骑在马上回望，终于可以活着离开这座杀戮流血的山谷了。

车队一路东行，这回沿途再无袭扰之事。少商觉得哪怕有小蟊贼想来打秋风，看见车队旁骑行着这么一支沉默肃穆的黑甲军也被吓回去了。

桑氏饮过汤药后退了烧，渐渐清醒起来，她歉意地看着来探望的少商："本想带着你散散心，四处玩耍，没想反叫你受了这样大的罪，还不如留在都城呢……"

少商连忙叫她打住："叔母可千万别这么说！就我这惹祸的性子，处处不消停，留在都城还不被阿母捏死呀！要我说，叔母这回领我出来是对了，见了那么多了不起的名士，走过那么多奇趣的地方，如今连贼匪作乱都见识了。以后回都城再赴宴时，还不得由着我吹呀！我要说我神箭无敌，例不虚发，一箭能射穿俩，众贼简直望风披靡……"她又对着车中仆妇婢女假作威胁状："你们可不许拆穿我！"

众女都被逗得笑个不停，桑氏病中苍白的面色都浮起了一层红晕。

少商并未在车内多停留，始终在车队前后来回驰行，既要照管伤者是否有发烧溃烂，又要时时询问前路状况，还要顾着程娌和双胞胎男孩……才大半日就累得浑身僵硬酸痛，好在张擅由李家父子陪着闲聊，不用她费心招待。

行至离滑县仅有半日路程时，就看见分别数日的猪蹄叔父领着老长一队兵卒从斜里疯狂打马过来。走近了见是少商一行，程止就好像一只踩到指压板的豪猪一样，"嗷"的一声扑了过来，着急忙慌地喊着："你叔母呢，你叔母，夫人呢，夫人呢……"

少商冷笑连连，本想当场挤对一番，却见他胡须拉碴衣衫落拓面黄肌瘦，连发髻都扎得歪歪斜斜，素来衣袂风流如玉人般的小程大人才两日不见就成了个孔乙己。

不等少商张嘴，身旁的家将已经指明了桑氏所在马车。程止连滚带爬地扑了过去，随即从车厢里传来叔父的号啕大哭和桑氏的喜极而泣。

少商顿时觉得自己很多余。

问了程止随行护卫才知道，原来那日程止一进清县县城就觉得甚奇，因为县城除了人烟冷清些其余一切都好。进了县衙却发觉县令师兄不在，县丞一问三不知，只说公孙县令自三日前率兵匆忙离县，日前才使人来报这日下午定回。

钝钝的小程大人坐了一个多时辰总算等到师兄回来，一问之下险些吓破苦胆。即使脑袋不大灵光，他也立刻意识到现在反而是盘桓在外的妻子和侄女一行比较危险。

为避免给四散的贼匪钻了空子，皇帝已下令各地官吏都须镇守城池不得随意外出。公孙师兄只好借兵给笨师弟去找人，然而此时程府一行人已逃往猎屋避难去了。

程止带着大队人马跟没头苍蝇似的绕了几圈，天色渐黑了才想到直接去李太公乡里找人，结果赶到乡里时孝子李五郎已领上乡勇连夜摸去救父了。

程止心急如焚，只知道妻子一行的确遇上了贼匪，乡里其他人又说不清自家太公究竟躲在哪里，他便连一刻也等不住要去找人，漆黑慌乱中大队人马一头栽进一处山谷，反倒弄伤了三成的护卫兵卒，到次日天亮才整顿好人马。程止这回聪明了，找了个当地人做向导，朝一处处可能建有猎屋之处摸过去，到今日清晨终于找对了地方。

结果到猎屋时，少商一行人已启程而去，只留下一堆酣战杀戮过后的零碎肢体和满地血渍，外加一大堆已然熄灭的火化现场。程止自行脑补后直接昏死过去，被侍卫泼水弄醒后劝他兴许程府众人已得救援走了，于是又一路追了上来……

听完这鸡零狗碎一大段，少商真是气不打一处来。这年头越是脑子不好越是运气好，最令人牙根发痒的是，这猪蹄叔父漫山遍野乱跑了几天几夜，愣是一个贼匪都没遇上！

要说，三叔父程止真是从娘胎里就一路走运至今的典范人物。

生下来就玉雪可爱，酷似一代美男程太公，兄弟姊妹全部颜值加起来都比不过他一半，程母爱他爱得要死，哪怕家计再艰难都没叫他吃一点苦。然后不到十岁长兄就起势了，乡里人人捧得程小公子顶呱呱棒棒的，又没几年长袖善舞的萧夫人搭上几个名士世家，顺势就把程止送上了白鹿山留学镀金。

本来学问底子薄家世又差的程止，绝难避免山上同窗的冷眼讥消，谁知遇上颜控师兄怜惜他年少俊秀又天真烂漫，一路罩他到自己毕业出仕——少商终于发现这是个看脸的年代。外面乱世，烽火连天，程止却欢欢乐乐地在与世无争的山中读书进学。

临出山前还得了山主之女下嫁，从此疼爱桑氏的老丈人和妻兄，也把他呵护得风雨不透官场顺遂，省下程老爹许多力气。

少商终于知道自己为什么一直看自家叔父莫名不顺眼了，作为一个自小运气就差的孩子看见程止这样的，能不妒火中烧吗？

和桑氏絮叨了半个时辰，程止才出来对张擅和李家父子千恩万谢。张擅也就罢了，言道"吾等只是奉命行事"，于是程止就将满腔惊恐慌乱化作谢意全部倾泻到李家父子身上，当场就要结儿女亲家。

程止表示：老丈人那边对他的长女程婳已有主张，不过双胞胎儿子还光棍着呢！皮相不错，筋骨强壮，您看看挑一个？

李太公想程家虽是新起的家门，但眼见有兴旺之势，便十分爽快地答应了。为表诚意，李太公把家底都亮清楚了，表示虽然我现在只有孙子没有孙女，刚有孕的两个新妇看怀相又是男胎，但看见我家五郎了吗？他最近和世交家的小女娘偷着拉小手亲小嘴我都当作不知道呢，回头我就去提亲，这两年让他们使使劲很快就有了！

李五郎：阿父……请矜持些……

程止还十分贴心地想到李家人也在担忧，便热情地劝父子俩尽早快马回乡，反正现在程府家将加上师兄借来的护卫兵卒，自保到滑县足矣。父子欣然同意。

不过，劝退黑甲军时程止踢到了铁板，张擅表示"军令不可违"，非要亲眼看见他们进滑县才算完成任务。

于是，接下来半日，程止就没出过桑氏的马车，连阿苎等人都被赶出来了，什么端茶喂饭换药包扎全都一手包了。

少商板着脸瞪着眼，一言不发，心里怒骂一百遍。看在猪蹄叔父虽然脑子不好，但对桑氏确是真爱的分儿上，她也老老实实地继续暂代家主统领车队。

临到滑县城门前，张擅一板一眼地上前拱手告辞，并且坚决地辞谢了少商从叔父箱笼里搜出来的两盒金锭，还道："女公子若要恩谢，不妨来日亲自谢过我家少主公。"

少商僵硬着脸颊微笑："正是，正是……"这里有两个问题：第一，捧着两盒金锭去打赏凌不疑，这么惊悚的行为她想都不敢想；第二，她好希望不要再见凌不疑了。

程止在滑县驻守多年，看守城门的兵卒一眼认出相熟的程府护卫和仆妇，当即开门迎接。

随着城门缓缓洞开，扑面而来的就是漫天白幡，路上行人也多披麻戴孝，一旁开启城门的小卒犹自抹泪，垂头喃喃着："小程大人，您终于回来啦……"

少商再迟钝也察觉出不对了，连忙将车里还在你侬我侬的叔父揪了出来。

程止站在城门口，愣愣地看向满街身着孝衣的百姓，甚至临街还有打造棺木的。他茫然了片刻，醒过神来吩咐妻子慢慢走，自己赶紧翻身上马往县衙奔去，少商连忙策马跟上。

拐过两道街口，高大素净的四进县衙大院就伫立在叔侄二人眼前，新铺的青石台阶整洁如昔，然而门前屋顶上也挂着许多白色招魂幡，随风飘动如大雪纷飞。

叔侄俩都傻了。

程止想：坏了，因出来找人匆忙，根本没向师兄询问滑县如何了。

少商想：凌不疑不是说滑县无恙吗？难道他也是个骗子？

待到衙吏出来看见程止，当即一个扑身跪倒痛哭流涕，反反复复也是那句话："小程大人您终于来了，来了……"再加上一句，"老程大人过世了……"

程止眼前发黑，身子一晃，眼看就要晕倒，少商连忙去扶住这不大靠谱的叔父。谁知程止不肯被她扶，伏在县衙台阶上不肯起来，失声痛哭。

滑县县令也姓程，不过与少商家不同的是，人家是河南豪族出身。程县令年近六十，为人温文尔雅，与其说是一名官僚，更像是不舍得责罚学生的和蔼夫子。

同僚数年，老程大人素日待程止这个自己同姓的下属犹如亲儿，日常公务更是手把手地教导。其实老程县令身体一直不好，若非乱世中程家子弟折损太多，如今家族在官场上青黄不接，他也不必一把年纪还受召出仕。

老人家酒后常爱叨叨："再两年我就致仕啦，总算可以回家品酒读书，消遣风雅了……"

这时程止就会在旁笑道："这话您说了有十八遍了，好歹再多担待几年，回头来个厉害的县令，我可吃不消！"

三日前，叛贼骤然发难，皇帝驻跸之处自是早有准备，未受波及。但未料穷寇散兵非但没有死心投降，还在有心人的煽动下四散劫掠，其中一伙异常凶猛的贼匪就扑向了邻近且富庶的滑县。

数年太平岁月，民众多已放下警惕，总算老程县令反应快，赶忙紧闭城门，令兵卒和城中壮丁大户前来助战守城。滑县虽守兵不多，但好在这几年修缮城防十分稳固，贼匪一时攻之不破。城中民众有厚重的城墙护着，可城外乡野的百姓没有，猝不及防之下，县城周围两处乡里死伤惨重。

于是，古代战史上最常见也最悲惨的一幕以缩小数倍的形式出现了。贼匪驱赶着从乡里捉来的老弱妇孺到城门下，要挟老程县令开城门，否则就开杀，说着就挑了个犹自啼哭的婴儿在枪尖上给城门上众人看。

城内是老程大人治下百姓，城外几处乡野也是，平日征粮收税分摊徭役时没忘了他们，此时怎能舍弃他们？老程县令长叹一声，便诀别老妻和早亡之子留下的幼孙，率领家将和一半兵卒，另加城中自愿的壮丁，出城迎战。

离开前，白发苍苍的老人家厉声下命，要城门小吏在他们离开后将门闩放下，以铜汁焊死，不全歼匪贼不得开城！

其实，众人都知道敌我悬殊，这点人马哪里杀得过悍匪？老县令也知道，他不过是想着杀乱匪军，好叫那些被掳来的民众逃跑。杀斗半日，被挟持的民众果然四散逃跑，然城中出战的队伍也死伤过半，眼看要全军覆没，救兵来了。

皇帝麾下的虎贲就分成数队尽出剿匪，其中两支闻讯赶来滑县，将这支悍匪击杀大半后，余下贼人一哄而散。城门上众人见状，哭着砸开被焊死的城门门闩，却怎么也找不到老县令的身影，随后检点战场，才发现老人缺了一边臂膀的尸首。

桑氏闻讯，不顾腿伤，蹒跚着赶来县衙，跪到老程大人灵前痛哭不止。程止已换上了素衣，泪水被寒风结在脸上，执意要为这位待己如亲长般的老人守灵。少商泪水在眼眶里打转，很自觉地去外面找了条白布缠在腰上，也一同跪到灵前。

满府的嘶哑哭声中，满身缟素的程老夫人却微微一笑，朝程止道："能避过乱世，活到这个岁数，我们也不算委屈了。吾儿死得早，大人早将你看作亲儿，你就在灵前陪他三日。三日过后，不可再作这般小儿女之态，县里还有许多事要你做。"

程止哭得声嘶力竭，已说不出声音，过了好半晌，才麻木地点点头。

老夫人又朝桑氏，温言道："我和他头发都白了，也算是白头偕老了。盼着你和子顾将来也有我们这样的运气，恩爱一生，矢志不渝。你腿上有伤，身上也不好，不要这样磋磨自己。"说着就叫身边的仆妇硬架着桑氏去养伤。

当夜宿在县衙后宅，少商跪在床边替桑氏换药包扎，忍不住道："老县令都这么大年纪了，为何还要出城涉险，叫家将和城门将士去不行吗？不一样是恪尽职守了吗？他这么大年纪了，我想陛下不会责怪他的。"

"这不全是为了皇帝。"桑氏哭得两眼通红,隔了半晌才郑重道,"陛下是不会责怪,可各家各族都看着,众目昭昭,没了这份志气,河南程氏的子弟如何有脸入朝争官?"

看少商被吓得不敢说话,桑氏自觉语气太重,抚着女孩的头发,温言道:"我们出身世家豪族的,原就应比庶民强些。逢敌先上阵,遇难自当先,不然凭什么身居高位,受庶民供养?倘若只求苟全,如何对得起祖先和百姓?"

少商嗫嚅着:"我们程家,还不是世家豪族呢。"

桑氏哂然一笑:"以后兴许会是的。从你阿父和叔父这代起,每代子孙都奋勇当先勤力不怠的话,我们死后,会在祠堂上立起高高的牌位,让后世子孙敬仰,延绵流长。程老大人是为救百姓而死,舍生取义,大贤也。这是死得其所。"

少商再说不出话来。

在她那个年代,有许多作品都是抨击世家豪族如何颟顸迂腐,如何拖时代后腿,如何偏安一隅妥协绥靖。但这个时代的世家子弟热血犹在,刀剑在侧,海疆雪域我自独行。

同时,她也第一次认识到什么是家族。如果她受了程家的庇护,享受了这份安乐衣食,那她就算不能为程家增光添彩,也绝不能给家门抹黑。比如肆意放纵,投敌叛国什么的。

她幽幽叹了口气,在这年代好好活着可真不容易呀。

停灵到第四日,皇帝的谕旨就到了。

先是华词嘉奖老程县令"广善大义,与生民恩众,名施于后世,天下之贤大夫也",不等跪在下面的少商腹诽,那黄门立刻宣读干货:"追封老程县令为二等关内侯,待其长孙加冠后袭爵并授官秩六百石,另赐钱万贯。"

见侄女听得半懂不懂,桑氏连忙在她耳边解释:就是等老程大人的孙儿成年,可自动获得六百石官秩这个层级的官职。至于是要职还是闲职,就要看那孩儿自己的本事了——这已经是十分丰厚的嘉奖了。

少商吐了口郁气,心想这皇帝还算上道。真要算起来,若非皇帝心慈手软,没有当机立断解决反贼,滑县和程府怎会遇上这场血腥的劫难?

陪着一道来宣旨的还有桑氏的兄长桑宇,程老夫人领着两个孙儿躬身谢过皇恩,然后叫程止夫妇陪着桑宇去侧堂说话。加上少商,四人团团围着炭盆坐下,因在老程县令灵堂旁,也不好大吃大喝,程止只能给妻兄奉上一碗热腾腾的蜜糖浆水。

桑家兄妹生得甚是相似，都是路人长相，不过桑宇到底是立门收徒多年，身上多了几分诗书厚重的气派。他捧着杯盏没喝，先问妹妹伤势。

桑氏笑道："这几日吃好睡好，又日日换药，好很多了。都是皮肉伤，又没伤着筋骨。"

桑宇松口气，又给众人带来第二条消息，说是皇帝令程止暂代滑县县令，安抚百姓，消祸乡里，估计明日上谕就到了。

少商一边暗骂叔父好狗运，一边礼貌地问道："桑夫子呀，为何这道上谕今日不一起发过来？"这一路程止夫妇宴请名士儒生，她都是这样作陪，间或搭上两句。

桑宇早从家书中得知妹妹甚爱程家长房的女儿，此时见女孩果然眉目姝丽，神采毓然，又想妹妹伤后多亏他小小女孩细心照料，心中早生亲近，便笑道："陛下仁慈，为怕老县令的家人触景伤情，特意晚一二日再发谕。"

少商无语，她不曾想至尊天子居然是这样温厚体贴的性子。

桑氏看她愣愣的模样，笑着对兄长道："她呀，前几日还和我埋怨陛下不够心狠手辣，早些除了那樊昌不就什么事都没了吗？"

少商惊得"哎呀"了一声，不满地在桑氏腰上挠了一把，桑氏反手去刮她小鼻子。

桑宇摇摇头，叹道："如今做这般想的大约不在少数，可世人如何知道陛下的难处。那樊逆从龙之功不小，除了脾气暴烈些，旁的也没什么。谋反行迹未露前，只凭风闻就拿下他……这，这个……"他抚了抚额下五缕文士须，又道，"再说了，从来共患难易，同富贵难。当初高祖皇帝诛杀不少功臣，如今外面都说陛下也会有样学样，未避免人心不稳……咳咳……"

少商暗暗点头，这样说来还有几分道理。

想罢此事，她清脆道："叔父，我去前头灵堂替你守着。你们和桑夫子好好说话，不着急啊。"说着起身出去，走到一半又回头道："桑夫子，我吩咐庖厨熬制了葱叶山菇酱肉羹，叔父不能吃，我们和叔母浇在热喷喷的麦饭上吃啊。"

程止本来心情沉郁，此时也不免拍着地板，笑骂道："你这孩儿，就是再瞧自家叔父不顺眼，也不要逢人就摆出来嘛！"

少商立刻回道："昨晚我还用骨头熬汤给你煮汤饼呢！"

"那不是程老夫人吩咐你多煮一碗的吗？"程止想起来就气，"不然你只打算煮给他们祖孙三人！我白疼你一场了！"

　　少商气急："叔父是大蠢蠢，老夫人发了话你才能好好吃呀！哼，今晚没你的汤饼了！"说着跺脚愤然而去，程止在后面吹胡子瞪眼，桑家兄妹皆笑倒在枰座上。

　　待女孩走出门外，桑宇拭去眼角笑出来的泪，对妹妹道："你这侄女倒伶俐乖巧，讨人喜欢。"又转头对妹婿道："这县城还好，可县外的乡里受罪不小，你要勤勉周全些，说不定能补上这县令之职。"

　　谁知程止却摇摇头，低低道："勤勉周全是自然的，不然也对不住九泉之下的老大人。不过这缺我还是不补了。待来年这里好了，我要让兄长另寻地方。"

　　桑宇皱眉，正要表示不赞成，桑氏连忙抢过，柔声道："我和子顾的意思一样。若非我们一路逍遥散漫，而是早几日到了县城，子顾怕也得出城杀贼，生死难卜。如今老大人以身殉义，我们却好好的，子顾若补上这缺，以后难免被有心人非议，说轻浮自在的反有福，尽忠职守的却遭了殃。"

　　桑宇抚胡，思索片刻后道："这么说也对。去哪里你们别担心，我知道数个小县可补缺县令，唉……就是不如这里富庶安泰了。"

　　随着皇帝逐一碾平群雄，收服诸地，其实需要地方官之处不少。但同样是县城，有如清县、滑县这样上万户的富饶大县，也有只几百上千户的贫瘠小县，去那里就是做县令也不如在滑县做县丞来得舒坦有油水。

　　"无妨。"程止认真道，"我也该学着自己顶门立户了，像老大人一样庇护一方百姓。就是……"他看向桑氏，"要不你回都城去，我自己上任。"

　　桑氏在丈夫腰上用力拧了一把，瞪眼道："要回去你自己回去，把官印给我，我替你去上任！早些年我跟着兄长哪里没去过，用得着你来怜香惜玉？"

　　程止"哎哟"一声捂住腰，怒道："妇道人家知道什么，我是为了你好！"

　　"行了！"看见这种场面，桑宇一阵头痛，"哪里就到了这个地步，我难道会给子顾找个穷山恶水满地刁民的地方？程将军也不会答应！何况，总得等陛下巡完兖州，再巡完青州，回了都城才能正式授官吧。"

　　苦口婆心说完这通，他越想越气，指着妹妹的鼻子，大声道："你，给我养好腿伤，不然哪儿也别想去！"又指着妹婿："你，给我保重身子，别弄得形销骨立的！不然给我回白鹿山替阿父校书去！"

　　吼完这顿，见这对夫妻小心翼翼不敢造次的模样，受人景仰的桑夫子终觉得舒服多了，长出一口气后，他道："去，吩咐令侄女把晚膳也预备好，我明早再回陛下那儿。"

桑氏抬头，奇道："咦？不是说过几日陛下就要拔营去山阳郡了吗，兄长不用立刻回去收拾行囊？"

桑宇无奈道："这两天陛下正发脾气呢，我要躲着点，行囊已让僮儿收拾了。"

程止也觉得奇怪："陛下是愤慨樊逆谋反之事吗？"骚乱时不见皇帝生气，现在樊昌及其附逆的一干人头颅都挂起来晒干了，怎么才生起气来？

"哪是为了这个。"桑宇捋着胡子，苦笑道，"前两日，樊昌和那几个挑唆谋逆的混账被十一郎追上后尽数擒杀了。这原是好事……"他顿了顿，"谁知十一郎在御前回禀时一头栽倒，陛下这才知道他已受伤数日，却始终隐瞒不报，硬撑着追击逆贼。如今高烧卧病，昏迷不醒……呃，不对，我出来时人已经醒了。"

程止和桑氏互看一眼，桑氏笑道："既然人醒了，陛下还发什么脾气？"

桑宇又气又笑，道："陛下在十一郎病榻前来来回回地走，反反复复地说，叫他赶紧成亲生子，不然死了也没人送终！"

"十一郎不肯？"程止道。

"废话！他肯的话陛下还发什么脾气？"桑宇无力道，"后来逼急了，十一郎就说，愿如他舅父那样娶到知心相爱之人，不愿像他父母，怨恨厌憎半生。"

程止拍手笑道："这话一说出来，陛下必是没招了。"

桑宇没好气道："他说不说这话，陛下都拿他没办法！四年前裕昌郡主要改嫁给他，陛下本想押他完婚，结果他独骑跑去了西北，偏巧遇上胡人犯边，险些把命送在那里！那之后陛下哪还敢硬来！陛下不能朝十一郎发脾气，还不得把气撒到旁人头上？"

程止忍不住道："陛下怜十一郎坎坷不易，抚养他如亲子一般。其实他若实在不愿成亲，不妨先纳妾生子？"其实成不成亲不重要，重点是先生孩子。

桑宇一口饮尽糖水，道："姬妾，哼哼，你以为陛下没赐？旁人没赠？不过十一郎也是古怪，那些姬妾来来去去，竟无一人服侍长久的，更别说子嗣了。唉，算啦算啦，等陪陛下巡完青州我就回白鹿山，伴驾的日子真不自在！"

桑氏若有所思，不置一词，此后也没提及此事。

守灵三日毕，程止立刻投入热火朝天的灾后复建工作。因为桑氏腿上有伤，除了与县城众大族夫人周旋讨粮，其余许多辅助工作便委实不客气地派给了亲亲好侄女。

少商读书时曾听过一句话，以前县以下单位的地方统治，基本依靠宗族士绅等土著势力。

之前她不懂这是什么意思，怎么会没法管控呢？村里有村委会和村支书，镇上有镇长书记和各级机关，到了县里那更是公检法各类辅助办事处整套齐全，收税抓赌扫黄打黑人口统计一条龙，简直指哪儿打哪儿，随传随到。

但是现在，少商全明白了。

滑县也算是个不小的县了，常住人口万户上下，配备县令一名，官秩比千石（不足一千石），县丞一名（程止），官秩从四百石至六百石不等，掌民政税收户口统计等工作，另官秩二三百石的县尉两名，掌管治安。

也就是说，这样大一个县城，好几万的人口，国家编制的官员才只有四个！四个！其余辅助人员都由官员自行配备。

所以——

老程县令养着四五个幕僚，还有从家族带来的家将兵丁，太平时写写奏折和文书，有人闹事时可以抓人来打板子。

小程县丞养了两三个门客，还有兄长源源不断送来身经百战的家将护卫。

就是两名地头蛇县尉也各有一班小兄弟跟随，平日里在街口集市和各商铺间吆五喝六，维持秩序。

本来少商想问"要是上任的县令县丞没钱没人怎么办"，后来想想这个问题太弱智。此时又不是科举制，可以做到"朝为田舍郎，暮为天子臣"。如今多是由朝堂和名士推举为官或谕旨征召，简单来说，能来当官的，无论是否世家出身，基本是有背景的人。

以袁慎为例，他就符合以上所有条件——他爹是州牧，响当当的封疆大吏，完全可以推举自己优秀的儿子入朝为官。他的几位老师不是当世大儒就是太学大佬，也能引荐得意弟子出仕。但他走了第三条路，十八岁在论经大典上一鸣惊人，被皇帝亲自征召授官。

当然，也有曲线救国的例外。

如一，隔壁公孙师兄下属的那位县丞就是来自寻常农家。但他自小聪敏不凡，被当地乡里夫子看中，收入门下还荐入太学。

如二，眼下东郡的郡丞本来自市井小贩之家，但他在乱世中觅得商机，靠贩卖马匹积攒了大笔财帛,据说还帮本朝几位大将在战时筹措过粮草。凭此,他战后捐了个不大不小的职位过过官瘾,也算光耀门楣。这回他的顶头上司作乱,他当面应得天花乱坠,还口口声声要为大业捐赠全部家产,然后扭头就向皇帝投了诚。

——少商忍不住为这位郡丞竖起了大拇指,人才呀!

少商本来觉得这种任官模式不利于底层人才上行,但看看手中沉重的竹简又觉得这想法多余,一个连纸张都尚未开发普及的社会,无法以廉价模式流通知识,无法开启民智,又何来大规模底层人才上行——这才是现实。

比如她现在站在西城角落的医庐中,兼作收容所和粥棚,小吏来问:"前日送来三十斛陈米,昨日送来四十斛杂豆,一口大锅要两斛米,每口锅每日可配给二十人份口粮,以三份陈米一份杂豆熬成浓豆粥,外面有一千二百余人,今日至少还需小程大人送来大约多少陈米多少杂豆?"

那边厢,程止派来帮忙的门客还没摆好算筹呢,少商拿着树枝在地上画了几个方程式就算出来了,把那小吏惊得合不拢嘴。

少商也被自己吓一跳,她明明记得只要不涉及高数及以上级别,桑氏心算和自己套公式笔算的速度和结果都差不了多少。那门客还算是文化人,至于棚中其余民众根本不知道少商他们在说什么,有些蛮荒未开的甚至连基本数数都不会,更别说加减乘除了。

少商忽然发现自己需要努力压制贪欲,因为欺骗这些农户猎户实在太容易了,收皮货粮食时稍微在数字上做些手脚,就无本万利——用力拍死凉薄老爹遗传给自己的奸商基因,少商板着脸埋头工作,坚定地赶走这些邪恶的想法。

因为虎贲军来得及时,那股悍匪能作案的时间其实只有短短半日,哪怕加班加点地奸淫掳掠,对人口和经济的破坏依旧有限。

如今这棚里的一千二百余人属于倒霉的重灾户,不但房屋被焚毁,家人被杀害致残,财物粮食也被抢掠一空。便是有亲戚家可供容身,身上的伤病却要糜费许多。是以,程止特意设了此处医庐,将乡里受祸害的民众收容进来治病疗伤,待身体复原再回乡。

少商:果然古往今来看病都很烧钱。

本来桑氏不欲少商来这种地方,但少商觉得整日陪着老程县令家的遗孤守灵,心情低落,还不如出来搞搞红十字运动,何况外伤又不会传染。

桑氏向来尊重她的意见,便只好答应了。

此时的医疗水平还十分低下，对待外伤多是三板斧，清洗、刮腐、上药，就完了。最多加上一道技术含量颇高的缝合，而且是用麻线活生生穿进肉里，看得少商心肝发颤。抗生素一类的更不要想了，最高级的治疗居然是让巫士在一旁跳大神唱咒语歌！

本来少商想将这帮迷信分子统统赶出去顺便打上一顿，但看这么一通装神弄鬼后，居然有不少伤患鼓起了求生的勇气——于是，无神论者程小娘子便客客气气地请众神棍每隔几日来表演一段，酬金好说。时间一长，县里居然传起了她敬仰天地恭敬神灵的好名声。

医庐里收容的都是在这次兵乱中遭灾的人，自然没什么好气氛，人人都有一肚子悲惨的故事。若是换寻常小女娘估计一天要哭几十次，也就少商这样凉薄心硬之人才稳得住场面。

将流出来的肚肠塞回去，顶着震天号叫将肚皮缝补起来，将少许挂着皮肉的残肢切去，没有麻药只能忍着，在烧成黑红色的焦烂皮肉上敷上药油⋯⋯

面对从整座县城召集来的医士学徒和帮手，少商面无表情地站在当中指挥。每日调集粮食、药物、清水，登记死去和伤愈离开的人名和籍贯，调配人手看护伤患，安排作息轮班时刻表，仔细统计支出、收入避免产生浪费和贪污。

程止原本只想让侄女应急顶几日，待他从修缮城防中抽出手来就另派可靠之人来管理医庐，谁知少商据理力争拒不肯退。

这些日子来，她几乎天不亮就起身从县衙赶往医庐，天色沉暮才回去，每日工作至少十五个小时。有时忙急了她就在医庐内堂凑合着趴一夜，反正身旁有可轮换的侍卫和武婢看守。

起初她只是为了避开满目缟素的县衙去外面避难，到后来却仿佛有一股莫名焦灼躁戾的力量在后面撑着她，催促着她日复一日地坚持下去。

医庐第五日——

面对一群群或痛哭流涕或心如死灰的伤患，少商已能够冷漠地应对如流：

"哭，哭有什么用，有这力气赶紧咬住医士手里的木头，挺住正骨啊！"

"别叫了，不就是被欺负了嘛。啊，欺负了好几次，一次和几次有甚区别？你未婚夫婿在外头等两天了，等你好了回去成亲呢。你若是不好，回头我给他做媒另找新妇了啊！"

"你父兄是被剁去四肢活活疼死的？吾甚哀哉！不过你若死了，家里那么多田地都得给别人了，你还是赶紧痊愈讨个媳妇生上一二三四五个，把你父亲兄弟的日子都活回来才是。"

"什么，你母亲姊妹都被活活凌辱致死？那幸亏你是个男的，不然你现在焉有命在？"——这句是腹诽。

医庐第十日——

少商写下"本日伤愈十二人，已归；伤故三十一人，移出庐外"时，她深刻觉得比起开发纸张传播知识，眼下最要紧的还是发展医疗技术。

靠如今这几下子，哪怕她尽量改善卫生条件，煮洗裹布，吃睡清洁，保证室内温度，最终依旧得看各人的身体素质，能熬过去的就熬过去，熬不过去的就拉去城外。

可毕竟不是人人都有凌不疑那股子狠忍的劲头和强健体魄，到这日为止，最初那一千二百余人已只剩下两三百人了。离去的人中有三分之一已成亡魂，尸首或被家人领回去安葬，或烧成骨灰撒入荒冢。

医庐第十五日，天降大雨——

少商伏在内堂一张安静的病榻旁，双手紧紧握着一只冰凉的小手，终忍不住泪流满面。

病榻上的女孩还不到十三岁，生得眉清目秀，颊上有个大大的酒窝。她原来阖家美满，可惜她家建在村口，遇上纵马而来的贼匪连逃都逃不及。

她眼睁睁看着全家人被屠戮殆尽，惨遭轮暴后又被捅了一刀在腹部，好心的邻人将奄奄一息的女孩从烧毁的房屋下捡出来，照看数日后始终不见好，才送来县城医庐。

小女孩的求生意志十分强烈，咬牙忍过一次次换药缝合的剧烈疼痛，哪怕昏迷中也喃喃着要活下来报仇，清醒时还会跟人说幼时父母兄长如何疼爱她。少商尽心竭力地照看她，亲手为她裹伤喂药更换衣裳，不住地在耳边鼓励她，拜求满天神佛不要让这孩子死去。

只要活着就行，只要活着。

可她还是去了，带着无尽的痛苦和不甘。临终前，她睁着大大的眼睛，对少商说："女公子大恩大德，小女子只有来世结草衔环再报了……"

看着女孩的尸首被人抬走，半个多月的辛劳和愤懑一起袭来，少商哭得气噎喉堵，浑身颤抖。泪眼迷蒙中，她想起那个脸上也有酒窝且爱听自己吹笛的小婢女，她连她的尸首都没看见，抑或是尸首根本就没有了……

少商忽然好想回家，回到那个白眼冷言的小镇也比在这里好。因为在那里，她天不怕地不怕。有人讥讽她，她能百倍骂回去；有人欺侮她，她总能找到机会加倍报复回去；到后来更是镇上人人都对她刮目相看。

可在这里，她是这样无能为力！她什么也做不到！只能缩在内堂无力地哭泣……

哭了许久，哭到脑壳都发痛了，护卫从外面匆匆进来，禀报道："女公子，外面有位姓楼的公子，说要见您。"

少商霍地一下站起，拿袖子用力抹干泪水，一副杀人般的神情冲了出去，两名武婢面面相觑，适才她俩劝了半天女公子都没止住哭泣，现在怎么立时不哭了？

少商迅速踏出内堂，"唰"地掀开外间的帘子，果然看见分别两月的楼垚站在那里，身旁还跟着三五个家丁。

楼垚似乎也赶了很久的路，满脸风霜之色，蓑衣下的衣裳也湿了半边。他乍见少商，满脸都是喜色，可还不等他张嘴说出半个字，少商已一阵风似的走过去，闷声不响地扯住楼小公子的袖子用力往外拖。

若论力气，三个少商也拖不动楼垚，但楼垚哪会跟女孩比力气？当然顺着少商被拉到屋外的庭院，几个家丁自有眼色，不会上前"护主"。

少商一头扎进瓢泼大雨中，双目通红，大声道："你来干什么？又来要挟我？"她现在真是烦透了这帮生在安乐窝里的公子小姐！

大雨滂沱，女孩转眼就湿了大半衣裳。楼垚一看不对，连忙将自己身上的蓑衣脱下来往女孩身上披，嘴里结结巴巴道："不是的，我上回说了，我十分仰慕你……"

少商用力推开少年手中的蓑衣，咆哮着尖叫："你给我闭嘴！谁要你仰慕？我是什么人你都不知道吧？看见三分颜色就'仰慕'，你这无知竖子，你知不知道这些日子兖州出了什么事？你还惦记这一文不值的'仰慕'？你吃饱了撑的呀！我告诉你，我这人尖酸刻薄，睚眦必报，心胸狭窄，心肠歹毒，满肚子鬼祟却无半分能耐！只靠着父兄庇护才张牙舞爪到现在，实是百无一用！有甚可'仰慕'的……"

楼垚不顾女孩犹自激愤地说个不停，上前一把拽住后奋力将蓑衣盖在她头肩上，然后连退三大步，鼓足胸腔的力气，犹如雷鸣般大吼道："你先听我说！"

少商被吓了一跳，呆呆地裹着蓑衣住了嘴。

楼垚深吸一口气，但因雨水流了满脸，险些将水吸了进鼻孔，狼狈地连咳数声后，他才大声道："那日都城外给你送行，我就想说了，其实万家宴客那日我一回去就跟家母禀明要娶你！家母起初当我说笑，我在她屋前跪了……跪了约有半炷香的工夫……母亲这才答应去信兖州向父亲询问此事。"

少商愣愣的：半炷香？好短呀，你母亲很好说话的样子。

楼垚继续道："谁知你那么快就要离开都城，所以我才追来想告诉你。我，我不是登徒子，不是轻浮之辈，我是真心仰慕于你的。"

说到这里，他有几分羞涩："你家车队启程后，其实我立刻回去收拾了行装，快马赶去山阳郡父亲那里，我，我想告诉父亲，你是很好很好的女子。"

少商失笑，几乎笑出眼泪："我，我很好？"这是她出生以来听到的最好笑的笑话。

楼垚此时已全身湿透，他抹了抹脸，坚定道："对，你就是很好。你勇毅过人，机智聪慧。敢说别人不敢说的话，敢做别人不敢做的事！我自小就被教导要退一步海阔天空，要对何昭君礼让。可我不愿意！为什么受了欺侮要忍气吞声？为什么明明不喜欢还要硬撑下去？若不是何家自行退婚，难道我一辈子就要懦弱隐忍下去吗？"

"我想……我想像你一样无所畏惧！我再不要像以前那样庸碌懦弱了。"少年一字一句道，他直挺挺地顶着漫天雨水，浑然不觉得冷。

"五日前，家父允诺了你我的婚事，已派人送信回都城让母亲向程府提亲了。我，我就先赶来看你了……

"你不要听信人言，继而自损自辱。我打听过你的事，你根本不是传言中的那样！我信我自己的眼睛！你也要相信自己！"

冬日雨水刺骨寒冷，但少年身上散发的热切真诚仿佛将这刺骨的寒意都蒸腾于无形。

少商怔怔地看着他，从心头生出一股暖意。虽只是微弱如夜灯般的小小温暖，但已足以予人希望。

她也不觉得冷了。

冬天淋雨，简直妥妥地寻死，环伺周围的家丁和武婢一看情形不对，赶忙将少年少女连拉带推也拖进屋内。本来楼家的家丁还不敢确定，待听见自家小公子在庭院里的那番热烈表白后，就十分自来熟地将楼垚和程家小娘子一道打包送去县衙，而同样目击现场的程家护卫武婢自不会拒绝。

这日傍晚，在县衙后院对账目的桑氏收到两份大礼包：浑身湿透已有受寒迹象的亲亲小侄女一个,浑身湿透但毫无受寒迹象的河东楼氏小公子一个。

沐浴更衣后,少商毫无意外地病倒了,头晕脸热流鼻涕,手脚发软连汤碗都捧不住,钝钝地一头昏睡过去。倒是连续长途赶路的楼小公子身板健壮精神抖擞,喝下三碗姜汤后连个喷嚏都没打,东张西望半天见不到少商,还羞羞答答地问晚膳是否"全家"一起吃。

桑氏笑眯眯地回答:"晚膳由我和你程世叔陪你吃,惊不惊喜,意不意外?"

一顿晚膳没吃完,程止夫妇就把楼小公子里外里问了个透。

桑氏支肘沉思,时不时地上下打量楼垚。

程止则再度摆出老岳父的挑剔嘴脸,拉长了声调:"你知道我们的去向,既然近在邻郡,又听闻东郡有乱,怎么不赶紧来看少商?"

楼垚吓得连连摆手:"不不,叔父误解我了。东郡出事前家父就打发我回都城了,说这婚事他会仔细考虑,随后我就慢慢骑马回去。半个月前我堪堪望见都城大门才听闻东郡太守樊逆作乱,我,我连忙掉转马头来找你们了!几日前,在官道撞上我家老仆一行,说家父已经答应婚事了,他们就是父亲遣回都城给阿母送家书的!"

程止撇撇嘴,算是八成满意吧。

作为负责任又自以为清高的监护人,程止次日就想送楼垚回山阳郡或都城,结果楼垚一听少商生病卧床,无论如何都不肯走,反而楼家有的是钱,想在县城买处宅邸住下。

程止一听就头大如斗,忙将楼小公子拖进县衙后宅的厢房安顿好。那日侄女和楼垚一通大吵大闹,医庐里里外外那么多人都看见了,他从城防回家这么小半日工夫就传到耳朵里了,若楼垚再住到外面去,人来人往,那还不闹得满城风雨?

与此同时,桑氏则得了一好一坏两个消息。

坏消息是,过度劳累心事郁结加上淋了一场冬雨,侄女的风寒貌似加重了,夜里发起了低烧;好消息是,之前怎样都无法劝侄女离开医庐,如今终可以顺理成章地给她办辞职手续了。

谁知少商一病数日,始终醒醒睡睡,桑氏不免越发担忧起来。好在医士反复确认,断言是过度疲劳而致风邪入体,慢慢将养总会好的。饶是如此,程止依旧从邻县公孙师兄那儿请来一位久负盛名法力高强的巫医,在县衙后宅狠狠做了一场祭祷。

话说，程止夫妇自从接手了侄女，简直没有一日不操心的。离开都城那阵担心她刚挨了打，小孩儿家会钻牛角尖，整日变着法地带她游山玩水骑马吹笛宴客访友。

好啦，心情开朗了，人也豁达宽厚了，结果劈头遇上一顿兵乱，让她小小年纪就看了一堆又一堆的死人，还大多四肢不全，死状凄惨。后来让她去医庐搭把手过个渡，谁知她把这事上心了，做得既认真又负责。

早出晚归，事必躬亲，眼看着她每日从医庐回来越来越忧郁伤怀的脸色，程止和桑氏直恨不能甩自己一个耳光，夫妻忍不住探讨起当初究竟是谁出的这个馊主意！

"哦，我记起来了，那时我还在屋里养腿伤呢，次日清早起身，就听阿苎说嫣嫣去医庐了。就是你，就是你出的这个馊主意！"桑氏看着榻上昏睡的女孩，忧心忡忡，同时扭头恨恨地瞪丈夫。

程止坐在床榻对面："不是你一直叨着既然碰上了这场大乱，就顺势给嫣嫣挣点好名声，什么悲天悯人呀，慈悲为怀呀。县城里也有著姓豪族，待嫣嫣的好名声传回都城，将来婚配也容易些。"

桑氏摸着女孩嫣红郁热的脸蛋，道："难道就只能去医庐？"

"那她还能去哪儿？是去城防看数千赤袒了半个身子的壮丁干活，还是去兵营听那么多大老爷们说荤话？再不然出城去各乡里安抚百姓，万一碰上漏网的贼匪怎么办？医庐就不同了。在城里，又有护卫家将看着，药材粮食由你筹集送过去，不过就是煮煮汤药清点清点账目嘛！"

程止觉得自己很冤："何况我看她这一路尸山血海过来都没大惊小怪，区区医庐自然不在话下。"

"你知道什么？"桑氏压低声音，"嫣嫣就是这个性子。若受了欺侮不平，那她是一点委屈都不肯受的，非要以牙还牙不可。可若是伤了心怀……"她叹口气，"嫣嫣反要藏在心里，压着不叫人知道了。"

程止长吁短叹："是呀，这病还是要快点好起来，都要成亲的人了。"

桑氏面无表情地看着丈夫："我觉得你忘记了两件事：第一，哪个说嫣嫣要嫁楼公子了？八字都还没一撇呢……"

程止急了："为什么不嫁？楼家那可是河东彭城第一世族啊！再说了，阿垚是多好的孩儿啊，虽说口舌笨了些，但一颗心是热的，这些日子你难道没看见？"

说起楼小公子的好处，程止简直停都停不下来："昨日老大人撤了灵堂，老夫人要带家人扶棺回乡，你我忙得分身乏术，未必没有疏漏，都是阿垚跑进跑出地张罗，从没什么烟气的细炭到皮毛做的帐褥，还一路骑马送出城外好几十里地。老夫人可说了，若非她两个大孙女早嫁了人，定要与我家抢郎婿的！如今这县城里哪个不夸我家好福气，河东楼氏这样的名门居然如此殷勤备至地来求亲！"

桑氏瞪眼道："这才几天工夫，你就满口'阿垚阿垚'的？将来事若不成，看你如何了结这尴尬局面！你忘的第二件事：嫋嫋不是你我生的，她自有阿父阿母来做主婚事的！"

程止默然，半刻后，长吁短叹道："谁说不是？若嫋嫋是你我生的，我立时就拍案定了这婚事！唉，也不知将来娓娓有没有这样好的郎婿！"

这次连桑氏也叹气了："是呀，若是娓娓，阿垚这样的郎婿我也是求之不得的！也不知姒妇究竟如何打算？"

"还能怎样？等着吧。只盼元漪阿姊别在这事上犯糊涂才好。"程止无奈道。

——不过，夫妻俩都预计错了。他们先收到的，竟然是程始的答复。

少商昏昏沉沉四日后终于退了烧，彻底清醒过来。之前虽时有醒来，但始终意识不清，手脚无力不听使唤。如今身体虽依旧虚弱，但明台清朗，显然无大碍了。

就在同一日，程止夫妇收到用军骑加急的丝帛家书一卷，上头的火漆封印正是自家兄长程始的军内徽记。夫妇俩一阵发蒙，展信一读，才知道程始此时正在青州平原郡，离楼父所在的兖州山阳郡不过两日路程。

程始信中意思很简单：楼氏望族也，程氏能与之结亲乃莫大幸事，此事只问女商之意，若她应下即可成就姻亲，若不应则拒之。

程止将这封家书读了三遍，向后坐倒："长兄真是，婚姻大事自是亲长做主，怎么能听孩儿的！嫋嫋知道什么？"

"你才是什么都不知道。"桑氏一把拢住丝卷，向外走去，"兄长大智若愚，你的聪明全长脸上了。就凭嫋嫋那性子和能耐，她自己若不愿，你给她定下亲事也给你闹个鸡犬不宁！反之嘛……"她微微一笑，"就会一帆风顺。"

说着便转身而去，回廊袅袅几处转折，径直走入少商屋内。

此时阿苎刚给少商梳洗完，服侍她用骨头粥和香蜜蒸饼。少商一径地求阿芒给开点儿窗透透气，不然满屋的病气和食物味道难受也难受死了。

阿芒脸黑如锅底，她费尽千辛万苦才将女公子从阎王手中拖回来，继而养得白白胖胖的，自然对所有不珍惜她努力成果的人都十分不待见，包括少商本人！

少商好话说尽，撒娇耍赖加上阿梅在旁助攻，阿芒终于肯将窗户开上半格，桑氏进屋屏退众人时，她又赶紧将窗户合上。

桑氏瞧阿芒离去时硬邦邦的背影，回头笑道："你若是下次再不爱惜身体，我就把你捆了送还给你阿母。你也不替我和你叔父想想，你阿父将你托付于我们，你若有个好歹，我和你叔父还有没有脸回都城？"

少商伏在榻上，双臂虚抬作了个揖，嘴里道："叔母饶了我吧，我已知道错啦。这些日子，阿芒一个好脸色都没给过我。"

桑氏上前将女孩按回被褥，拿出那卷丝帛递给她，拣要紧的说了几句。

"阿父怎么在青州？"少商迅速通读一遍，头一个念头居然是程老爹就是合她心意，不但用词通俗易懂，而且写的是她能看懂的字体。

桑氏将被褥的四角掖好，道："你阿父口风紧，我们也是才知道的。这阵子皇帝不是严令青州肃清匪患嘛，寻常蟊贼小匪俱是望风来降，只平原郡有一股悍匪，仗着深山高寨，始终难以攻灭。"

"皇帝让阿父去剿灭他们？多凶险呀！"少商立时紧张起来。老公嫁错了可以再嫁，程老爹那么好她可不想换爹呀！

"不是！以陛下现在的兵力，什么贼匪剿不灭？"桑氏按着女孩的肩膀将她推回被褥，"是皇帝听说那是什么义匪，多年来于战乱中护佑乡里，很得民众爱戴。陛下不忍大开杀戒，就想招安。你父亲当年在曲陵也曾招安过一座大大的寨子，前后周全，里外服气，陛下甚是满意，这才让他再去招安一回。不然换了吴大将军那样的，倒是悍勇无敌，可动辄屠城杀俘，弄得血流成河，陛下也是不喜。"

一听不用硬打，少商立刻松下双肩。

桑氏见她这样，抿嘴一笑，伸根手指戳了戳，道："喂，先别惦记你阿父了，我听说招安这会儿都差不多了。倒是你自己，怎么说呀，嫁还是不嫁？"她语气戏谑，存心逗弄小女孩，只等着看侄女脸红羞涩。

谁知少商半点娇羞也无，就如决定晚膳是吃汤饼还是羹饭般，轻描淡写道："嫁，当然嫁。请叔父赶紧修书一封给阿父，就说我答应了。"

桑氏吃惊道："你，你就这样定了？不再想想，想想别人？"

少商慢慢抬起头，看着她："叔母想说谁？"

桑氏小心道："袁善见如何？难道你对他一点意思也没有？你不是告诉我，他临行前还特意给你送药吗？还有……"她生生缩回舌头，没提另一个名字。

少商掂起那幅丝帛，缓缓道："那又如何？楼家可是前朝以来的名门，数世不衰。"

"袁家也是前朝以来的名门，也数世不衰！"

"楼公子待我至诚至情，质朴纯然。"少商十指纤纤，丝毫不乱地卷动丝帛。

"阿垚虽好，可论才学本事，仕途权势，那袁慎可百倍胜他！"

"那么，袁善见来了吗？"少商卷好丝帛，慢条斯理地用锦绳束好。

桑氏语塞。

少商将丝卷放在枕边，双手拉桑氏坐下，缓缓道："叔母，我来问你。楼家莫非名不符实？看似花团锦簇，实则空壳一具？"

桑氏摇头："楼氏殷实，不敢说富甲天下，富甲河东还是有的。朝堂之中，名声也甚好。"

"那楼公子莫非有甚劣迹，不堪许嫁？"

桑氏又摇头，苦笑道："阿垚先前的未婚妻是何昭君，那是有名的厉害泼辣的小女娘，阿垚若有什么不妥，她当即就喊遍全城了。"

"那么，是楼公子的父母嫌弃我名声不好，家世不显，是以不喜爱我？"

桑氏失笑，再度摇头："只看楼郡丞这般兴冲冲地给你父母两头送信，想来对你无有成见。至于楼二夫人……我多少知道些……"她笑了笑，"她本就不甚喜爱何昭君，不止一次示意何夫人该好好教导女儿。后来何家断婚，闹得她颜面无光，又疼惜儿子受辱，这会儿对你应是满心期待。"

少商摊开白生生的一双小手，笑道："既然如此，那我为何不能嫁楼公子？"

桑氏迟疑，也不知该如何措辞："难道……你不想再等等，等等看是否有更好的人选？"

少商笑了笑，向后靠着隐囊，道："叔母，我阅历不多，但我知道，这世上最难揣测的就是人心。人心隔肚皮，你如何知道人家心里怎么想的？既然不能猜其心，那就观其行。楼公子的确不如袁慎人才出众，可他是实实在在把一颗心捧到我面前的。"

桑氏默不作声。

"可那袁慎心里作何想头，我不知道，也没人知道。若他只是逗逗我呢，并无心思娶我，而我却为他推了这样好的亲事？"少商摇摇头，似乎自言自语，"我才不会呢。"

桑氏不由得叹气起来。

少商看着桑氏，甜甜微笑："叔母，你是自家孩儿看着最好，总觉得我这儿好那儿好。可我没有那么好，我只是最寻常不过的小女子。若说与众不同，大约就是嘴巴更刻薄些，脾气更坏些，更加诡计多端些。如今能得楼氏青睐，是我之大幸，再有贪念就成笑话了。"

桑氏沉默许久，只能道："你说的，也有理。"

"叔母？"少商忽然提高音量，笑起来，"你适才提袁善见时，是不是还想提凌不疑？"

桑氏心头一震，笑道："你说什么呢？"

"那日从猎屋出来，李太公与你说了半天悄悄话，是不是在说凌不疑对我如何关照？"少商饶有兴味地看着自家叔母，"可是适才你不敢提他的名字。因为你也知道，对像他这样位高权重之人，多一分念头就是自作多情了。又怕引我胡思乱想，索性就不提了。"

桑氏看着女孩清澈的眸子，竟一句也说不出来。

"凌大人气烈仁善，身负重伤还来救吾等性命，却要无端被人肖想，想来这种事他遇到太多了，才整日一副冷冰冰的样子。"少商很愉快地自嘲着，"十鸟在林，不如一鸟在手，这个道理我早就知道了。"

桑氏拍拍女孩的手，叹道："行，那我这就告诉你叔父。叫他写信给你阿父。"

——人家养孩子，总担心孩子拎不清看不明，自视太高。可自家养孩子，却担心侄女看得太清想得太明白，让人无端心疼。

还没叹几口气，忽听屋外庭院一阵重重的脚步声，然后是少年清亮急促的声音："傅母，你家娘子今日可好些了？"

然后是阿茝低沉的声音，屋里听不清楚。

少商笑了起来："叔母不知道吧？傅母告诉我，每日这个时候楼公子总会来问一句平安，然后在庭院里站上一会儿才走。"说着，她忽然用力提高声音："傅母，我好许多了，请楼公子进来吧！"

女孩清脆的声音传出屋外，过不多会儿，只听一阵慌里慌张的脱靴之声，阿苎缓缓将门推开，小心不让寒风吹入屋内，英武矫健的劲装少年大步踏了进来。

那日雨中没看清，两月不见，楼垚似乎又长高了几寸，面庞微黑，渐渐褪去了男孩的青涩倔强，倒像个堂堂的男子汉了。

楼垚先向侧坐榻边的桑氏躬身行礼问好，看到桑氏点头抬手请坐，他才在地板上一团毛茸茸的褥垫上坐下。

少商朝他微笑道："楼公子，我听婢子们说，这几日你里里外外奔忙，可辛苦了你。"

楼垚抬眼看去，只见床榻上的女孩在久病之后，皮肤白得几有晶莹透明之意，唇上只有淡粉一抹，黑漆漆的眼睛越发大了，弱不禁风的骨架撑着宽大的襜褕睡袍，甚是伶仃可怜。

可他觉得女孩美丽极了，仿佛蝴蝶破蛹，疼痛着剥去那层被团团呵护的婴孩式的圆胖气质，蜕变出一种惊心动魄的孤绝之美。

楼垚只看了一眼，就不敢再看了，脸上发红，嘴里胡乱说着客套话，始终避开目光。

少商拿起那丝卷晃了晃："楼公子，家父今日来信了。他答应这门亲事了。"

楼垚倏然抬头，惊喜不能抑："真，真的？！"

少商觉得好笑，忍不住道："自来军报有人冒充，赴任官文有人冒充，还没听说允嫁的家书也有人假冒的。"她忽地语气一转，柔声道，"公子还未有字，我听叔父叔母叫你阿垚，我好不好也叫你阿垚呢？"

楼垚看着女孩柔婉美好的神情，心头热气涌动，越发结巴了："行！那，我能不能叫你，叫你……少商……"

"自然可以。"少商笑得温柔，宛如芙蕖含苞，"我听叔父说，你将来想任一方父母，哪怕偏僻贫瘠些也好，要自凭本事立身。我会算账，看文书，也懂农桑耕种，到时候你带我一道去，好吗？"

楼垚眼眶一阵温热，竟激动地沁出泪水。他欢喜难言，大声道："好！我们一起去，筚路蓝缕也不怕！"

桑氏一言不发，侧眼看着侄女有气无力地说话，努力微笑出最好看的模样，将那少年迷得魂不守舍，心潮澎湃——这是天地间最自然的法则，年幼的雌兽终于长大了，懂得了如何利用自己美丽的皮毛达成所想。

第十四回 岁月如沙

当夜程止回衙后，桑氏即刻向丈夫转述少商所说的话。

程止久久无语，他原是最赞成这门亲事之人，此时却莫名情绪阴晦，独自对窗静坐许久，直至更声二响，才铺绢蘸墨给兄长回信。

军骑如风，三地相距又不远，不过七八日后程止就收到兄长手书，其中言道"与楼郡丞互换信物，婚约已定，待回都城后再周全礼数"。至于文定之信物，前者出一块羊脂玉珏，后者出一个金虎酒樽，两人还相约急骑至青兖二州交界处，饮酒三碗，击掌立约。

时人重信，如此婚约便算定下了。

程止扬了扬手中的书帛，叹道："兄长说，那楼郡丞虽是文人，但性情爽直，为人厚道，与之相交甚喜。"

桑氏连眼皮都懒得抬："这么多年来，兄长有与谁相交不喜的吗？"以程始之面憨心黑，哪怕心里觉得对方投胎时忘了带脑子，面子上依旧能亲热无比。

程止再叹气："嫋嫋和阿垚呢？"

桑氏也开始叹气了："不是在城内，就是在城外吧。"

夫妻俩大眼瞪小眼，相对无言。

事实上，早在七八日前楼小公子就以程府郎婿自居了，进进出出那叫一个喜气洋洋抬头挺胸。府衙中的奴仆哪个夯着胆子叫他一声"婿公子"，那赏钱简直哗啦啦的。

原本程止担心他年少气盛，钱袋子又松，如今无长辈在身边管束，会被城中纨绔子弟引出去玩耍。谁知自少商清醒后的这些日子，楼垚根本没出几次门。

每当城中世族送来拜帖，楼垚将打算出门赴宴之事跟少商说时，她就缩在床榻上一副落寞寡欢的模样："哦，你要出门啦……"

然后楼垚就心软得一塌糊涂，觉得年幼的未婚妻好容易挣扎着逃出病魔手掌，如今正是柔弱无助害怕孤单的时候，自己怎么能独自出去玩乐呢？回绝邀宴后，他就继续教少商读书识字，说说笑笑又是一日。反正在都城时，因为母亲和前未婚妻何昭君看管得严，他从小到大都没什么机会和那群浪荡儿接上头，也不觉得那些寻欢作乐有什么趣的。

"我学识鄙陋，你家里不会瞧不起我吧？"病弱的少女忧心忡忡。

楼垚何止心软，连人和声音都软了，柔声道："别怕别怕。我也是我家学识最鄙陋的一个。"楼氏主支共有两房，各自生有儿女数名，楼垚在这一连串中倒数第二，底下就一个大房堂妹楼缡。上面的兄姊不论嫡庶都素有文慧之名，只他投错了胎似的，不爱文墨爱刀剑，连太学都不肯去。

"天天教我写字读书，叫你费心了。"少商感激地笑道。

楼垚摇头如风车。他一点也不觉得费心，他简直喜出望外好吗！自小他在兄姊跟前都不大抬得起头来，如今居然被心上人用这样仰慕的眼神看着，细弱谦逊的声音问着一字一句，他简直心花怒放。

为了满足教学需求，素来避笔墨如洪水猛兽的楼小公子破天荒地勤奋起来，不但叫随从去山阳郡父亲书房里取书卷来当教材，还夜夜复习幼时曾背过的书籍内容。

待去取书的随从将前因后果说清楚后，本想叫回儿子的楼郡丞立刻打消主意，赶紧送去十几筒竹简，顺便还打包了许多衣物金锭，吩咐儿子"就在那儿住一阵吧，和程叔父学些为人处世之道，不用急着回都城"。

桑氏听说后，气得都笑了："楼大人是积年的郡丞，却叫儿子跟你一个县丞来学'为人处世'？"这真是她今年听到的最好笑的笑话。

"我如今已是县令了。"程止连忙纠正妻子。

"是'代'的！"

不论长辈心里如何盘算，楼垚在县衙住得越发心安理得。

少商也对这情形十分满意。如今摆在她面前的有两桩难事：一者，没料到自己这么快就有人要了，而且是很好的门第。是以只会通读处理事务用的府衙文书显然不够，她必须学会那种图画文字，并阅读高端书籍；二者，不论是不是为了未来的婚姻幸福，她最好牢牢抓住楼垚，尽快培养感情。

少商统筹规划一番，索性留住楼垚在身边，刚好两个难处一道解决。而楼垚便如一头撞上蜜糖做的石磨，心甘情愿地戴上笼头拉起磨盘来。每夜努力复习学问，然后白日里好反哺给半文盲的未婚妻。如此一来一往，整日忙得不亦乐乎，哪有工夫去外面应酬。

于是不过短短数日，"小程大人家风俨然，其侄看管夫婿严厉"的流言就传遍了全城。

桑氏无端中了一箭，真是好气又好笑，扯着丈夫的耳朵笑骂道："当初他们要赠你舞姬，我可是叫你收下的呀！这群人，好些年前的事了，还记着呢！"

程止连连讨饶："真要算家风，也轮不着你，上头还有元漪阿姊呢！回头咱们把这笔账跟她算去！来来，先坐下，坐我这里嘛……咱们先捋捋……"

不等夫妻俩在屋里情浓意厚地算完账，少商终于恢复得可以出门下地了。

此时已是早春二月末，大地回春，田间枝头的冰雪一齐融化，湿润的泥土间冒出细绒绒的青草尖尖。虽然骑在马上仍旧冷风扑面，但已不像严冬寒意那样肃杀无情，反倒带着几分好商量的脾气，是以楼垚便每日要带少商出门逛一圈。

有时在城内各商坊里转转，挑几样有趣的物件，有时会一路骑马出城，四邻乡野到处漫走。如今早已肃清月前作乱的贼匪，又有两家的家丁护卫尾随，倒也不怕遇险。

有时走得远了，往往天色将黑才回城。程止宛如个讨人厌的门卫叔叔，每日都要板着脸向这双小儿女重申一遍城门关闭时间。

楼垚和少商低着头，好像两只小鼹鼠一样在底下互看偷笑，然后抬头时候做出老实听话的模样，唯唯点头称是，然而第二日照旧往乡野深处跑。

更让少商欢喜的是，素来和自己互呛惯常的猪蹄叔父，居然送了她一辆极为轻巧精致的辎车——可供两人并坐的小小车舆四面敞开，通体漆红描金，宛如稚龄少女般鲜妍活泼，顶上是圆圆亭亭的轻盈伞盖，车轴弯曲如颈项，两个车轮不但牢固结实，为了防震还包裹了几层不知什么兽类的皮革。

"叔父，这真是送给我的吗？"少商爱不释手，不停摩挲着漆光锃亮的车壁。她还记得当初考上大学，舅舅送了她一辆超级可爱强劲的电动车，让她在校园内省下好些脚力。

程止笑得一派慈祥："不是我送的，是你叔母送的。"

"多谢叔母啦！"少商高兴得几乎跳起来，心里觉得叔母真是这世上顶顶好的人。也不顾就在后院马房，跳着扑上去在桑氏脸上亲了一口。她虽会骑马，但长久颠簸终究不适，如今有了这辆小小轺车，去哪里都便当了。

桑氏忍不住笑起来，同时暗中伸手拧了丈夫的腰上一把。

"可，可我不会驾车呀？"少商开心得差点忘记这茬。

程止和蔼得简直不像平常："让阿垚教你呀。"

楼垚自然奋勇应下。

就如会骑自行车的人很快就会骑电动车一样，其实会骑马的人学赶车也不难，不过两天工夫，少商已能将竹鞭甩得呼呼带风，鞭子都不用落到马臀，只凭竹梢轻拍和鞭响就能驱动这辆轺车了。其后数日，她迫不及待地驾着这辆朱红色的小轺车满城晃荡，自觉手熟之后，便和楼垚出城向东去看看。

早春寒风峭，少年马蹄急。

少商一手拉马缰，一手持竹鞭，轻轻巧巧地驾车缓行。美目四顾，触目所及俱是乡人农妇忙忙碌碌的身影，或在烧荒，或在犁地，或在沤肥。田间时有悠扬的农歌唱起，也不拘是谁先起头的，听到的人多会笑着和上两句，由近及远，此起彼伏，唱和不断……

来这里这么久，她仿佛这些日子才认识这个既熟悉又陌生的世界。此情此景，除了荒冢的无名墓地犹自冷风残月，月前那段血腥杀戮仿佛不曾发生过，不论是否失去过亲人挚友，泥土一样任人践踏又亘古永存的人们，始终充满着希望地向前看。

少商收停车驾，半晌才道："阿垚，将来咱们为一方父母，定要好好作为。"

楼垚在车旁伫立凝视许久，也道："嗯。不敢说如何富庶繁饶，至少要教化民众识礼。"

少商侧头吐槽："仓廪足方知荣辱，你先叫他们吃饱肚子才是首要的！"

楼垚笑道："那是自然！我阿父也时常这么说，百姓只要能丰衣足食，便什么乱子也生不出来。可是，可……我觉得，若由父母官扶着他们温饱，只是一时之计，将来换了官吏又怎么办？不如让他们自己明事理，求上进，知道如何想方设法丰衣足食……"

少商顿时对他刮目相看，连声称赞："对对，阿垚你说得真好！授人以鱼不如授人以渔，这样才是长久之道！"随即一连串夸奖，直把少年赞得满面通红。

这段时间，二人相处甚是和睦。

少商有意收敛尖刻习气，拿出对待万姜姜的好脾气，凡事有商有量。楼垚是个吃软不吃硬的性子，遇上少商这样和声细气的，自是诸事耐心。少商觉得这股发展势头十分喜人，爱不爱太虚幻，至少他们现在能彼此喜欢，就是成功的第一步。

少商再度扬鞭启程，后面骑行着一队侍卫，一行人浩浩荡荡向东而行。

楼垚骑马侧行在旁，笑吟吟地看着年少貌美的未婚妻娴熟地驾着小车，真是愈看愈得意，眼见行到一处异常清秀的山坡，侧边还有一片池塘，他忽道："这样好的景致，不如你吹笛一曲吧？"

少商四下一看，欣然同意，当下让楼垚坐到自己旁边，将缰绳和竹鞭递过去，腾出手来横笛在侧吹起来。

笛声顺风飘扬，曲调轻快舒畅，充满生机勃勃的希冀之意，春暖花开，否极泰来，承苍天庇佑，祝祷风调雨顺，保暖丰足——从随行的侍卫到田边的农人都面露微笑。

"好！好笛，好曲！"

一个圆熟有力的声音忽从山坡边响起，吓了众人一跳，车后的侍卫齐齐戒备。少商赶紧放下笛子，楼垚也收了缰绳，两人四下张望。

只见一个身着蓑衣背挂斗笠的中年男子从池塘那边缓缓走来。他虽是一手持鱼竿，一手拎鱼篓，一副渔人打扮，但他身后跟随着一群恭敬的奴仆。

那中年男子原本只是听见笛声才出来的，谁知看见少商所坐的轺车当即眉头一皱，看向少商的神色就有几分寻思了，缓缓道："你可是滑县程子顾的侄女？"

少商早不是初见袁慎时那般见人就怼了，眼见这中年男子气度不凡，排场也不小，又一口道破自己的来历，她赶紧拉着楼垚从车上下来，同时挥手让护卫们离远些，躬身行礼道："小女子见礼了，老丈说得不错。莫非老丈与程家有旧？"

楼垚从适才见到这中年男子就一直觉得眼熟，此时听他说话，忽大叫道："啊，您是皇甫大夫！竖子这里有礼了。"他曾被兄长抓着去旁听过人家的讲经。

少商于朝堂之事丝毫不懂，只知道这中年男子显然是个不小的官，当下便很有"妇道"地缩到楼垚身后，让他去应对。

谁知皇甫仪不去理睬楼垚，反而一径盯着少商，说笑道："程娘子，你既名叫少商，为何不抚琴一曲，反而吹起笛来？"

少商眼见躲不过去，干笑道："我，我不会抚琴，就这横笛，还是家中叔母不久前教的呢……"话说这家伙怎么知道她的名字？

抬头间，少商这才看清这中年男子的长相。

这个名叫皇甫仪的男子年纪很不小了，而且不善保养，明明眉目清癯，举止堂皇，却满面风霜，细细的皱纹布满脸庞，因此少商不敢猜测他的具体年龄。

皇甫仪听了这话，莫名怅然起来，将鱼竿鱼篓交给身边仆人，摆摆手让他们也走远些，才道："你叔母小时就不爱抚琴，说手指疼。不过，她后来还是学琴了，还弹奏得很好。"

少商收起笑容，沉默良久，才道："大夫与桑家有旧？"她已经知道这姓皇甫的是什么人了，不过，谈论人家的老婆用这样的口气好吗？

"自然有的。我自小在白鹿山读书，我离山之时，你叔父还没进山呢。"皇甫仪缓缓解下背后的斗笠，"没想到，最后是他娶了舜华。"

少商沉下脸色，拱手道："大夫若无事，小女子这就告退了。"说着转身就要上车，一旁的楼垚呆呆的，完全不知发生了何事。

"慢着！"皇甫仪忽提高声音道，捻须微笑道，"你可知，这辆辎车是我赠予你叔母的？"

少商冷着脸："那又怎样？"她心里一万遍痛骂猪蹄叔父，真是万年坑侄女不商量，还坑完一次又一次！

皇甫仪上前几步，缓缓抚摸那弯曲优美的车轴，道："我听闻她腿伤了，为免她出行不易，特意打造了这辆辎车送来给她。谁知却叫你叔父送了你！"

少商不乐意了："大夫说错了。这辆辎车不是叔父所赠，是叔母赠我的！"三叔父虽说脑子不大灵光，但颜值高身材好性情单纯真挚，叔母爱他爱得不行。时过境迁，你还想怎么样？也不数数你脸上的皱纹！

"至于叔母的腿伤，大夫不必担忧。从包扎、换药，甚至吮吸伤处的脓液污血，叔父都是不假手他人，一概事事亲为。"这种话，哪怕句句属实，一般小女娘也绝难启齿，但少商心硬皮厚，此时为着猪蹄叔父的脸面，也是拼了。

果然，皇甫仪闻言脸色大变。不过短短一会儿，他又恢复风雅自在的模样，只苦笑着连连摇头。他沉吟片刻，道："论辈分，我也算你半个长辈。翻过这山坡，就是陛下曾驻跸过的别院，女公子不如同去一谈。"

少商连连冷笑："叔母和我说，她曾叫你答应，以后请您或您身边的任何人都不要去找她，也不要写信或送东西给她。是以，就不必谈了吧。"这对师徒一副模样，提要求理直气壮，全然不管人家受不受得了。

皇甫仪微微一笑："你叔母果然待你亲厚，什么都与你说。不过上回善见托你传话后，你叔父就来信说，老友之间尽可相见无妨。"

少商咬牙切齿，恨不能把猪蹄叔父拖过来暴揍一百遍！

皇甫仪见这小小女孩神情多变甚是有趣，便诚恳地温言道："老夫没有旁的意思。不过是……唉，我想见你叔母，但我想她并不愿我再出现在她眼前。你是她身边亲近之人，和你说说话，便如见到她了一般。"

少商听他言语恳切，姿态又放得低，心想这人是袁慎的老师之一，大概率是有点来头的，可以的话尽量不要得罪，于是只能憋着气点点头。

山坡平缓，皇甫仪负手走在前头，少商默默跟着。至今仍不大明白情形的楼垚在后面十丈左右，牵马相随，其后是一大堆护卫和奴婢。

谁知还没翻过山坡，却见山顶上建有一座高大宽阔的亭子，檐顶铸有青铜麒麟，其下六棱八柱，舒展地延伸开来。

亭中有两个青年男子，穿浅蓝色文士袍的那位手持一卷竹简，面朝东边山岭而站；另一位身着素白色对襟暗纹锦缎褡裢，鹤势螂形，侧脸俊美依旧，静静地坐在石桌棋盘前，一手搭膝，一手腕拄石桌，白皙的指尖捏着一粒漆黑棋子。

少商一见这两人，顿时腿如灌铅，脑如岩浆狂涌，无论如何也走不过去了。

还是袁慎先看见他们，姿态优雅地朝皇甫仪躬身作揖，道："夫子，您该饮药了。"

明明少商就站在他老师旁边，他的眼光硬是一下都不扫过去，全当没看见。至于那位下棋的仁兄，更是连衣角都没动一下。

皇甫仪笑着向女孩解释："前些日子陛下巡完青州回都城了。可我身体不争气，不堪再经路途劳累，陛下就打发我来这儿养病。善见你是见过的，他来陪我。还有子……哦，凌大人……我和他前两日才来，陛下吩咐他好好养伤。"

少商尴尬地点点头。诚然她内心深处觉得这份尴尬来得很没道理，因为她不觉得自己有什么需要尴尬的，可诚然气氛就是没来由地尴尬。

皇甫仪走到一旁炉边，由僮儿扶着坐下饮药。

少商觉得自己需要打破这份尴尬，便上前两步，作揖道："袁公子，许久不见了，不知近来可好？"

神色冰冷的袁大公子终于将眼光挪了一点点过来，声音比神情更加冰冷：" 两月不见，听说程娘子已定亲了，我这里给你道喜了。"

语调十分优雅的一句话，"两月"两个字咬得重重的，颇有几分切齿之意。

少商吞了吞口水，不等她回复，从另一边拐出来个手捧托盘的少年，他一见少商就惊呼出声："程娘子……"

少商笑道："梁侍卫，原来你也在这里。"

梁邱飞莫名沉下脸色，阴阳怪气道："'才'一个月不见，听说程娘子已定亲了，阿飞这里给您道喜了！"

少商窘。

你为什么要和袁慎说一样的话？

正当少商以为此情此景已经尴尬至极的时候，她亲爱的未婚夫牵着马拉着小轺车"吭哧吭哧"地从后面赶了上来。他抬头望去，不待跟未婚妻说话，双眼已亮如火炬，扯开喉咙大喊道："子晟兄，兄长，凌兄长……您也在这里……"

少商眯起眼睛，楼垚这模样太眼熟了，室友博客姐看见隔壁班男神就是这个死样子！

少年声音洪亮，这一嗓子喊得方圆二里地都听见了，凌不疑再不能"沉迷棋局"了，终于转过身来，微笑道："阿垚，你来了。"

楼垚赶紧扯着少商往前走去，欣喜之情溢于言表："兄长，你还不知道吧。我定亲啦，喏，就是她，她就是您未来弟妇……"

少商半身僵硬如刚脱模成型的石膏像。诚然，她依旧不明白自己为何会变成石膏像。

这时，身后传来"咔嚓"一声木具脆响，众人回头望去，只见梁邱飞手上端着的方形小托盘莫名裂开一角。幸好少年侍卫手快，迅速扶住托盘上的漆木朱碗，这才没将碗里的药汁洒出来。

凌不疑神色丝毫不变，温言道："你不会做这些事，以后还是让僮儿来吧。"

梁邱飞身上一抖，赶紧捧着药碗跑进亭里，服侍凌不疑饮药。袁慎却皱起眉头，看向奔走如飞的少年侍卫，又看看其旁的凌不疑，眉宇间微露疑惑。

不过，少商听到凌不疑温和如旧的语气，顿时放下心来，笑着拱手道："凌大人别来无恙？月前曾听闻大人旧伤复发，程家上下好生担忧。如今见大人英武如昔，回去后我也好跟叔父叔母说，让他们放下心了。"然后又转头对楼垚道："你不知道吧？当初我和叔母在赶赴滑县路上曾遭贼匪袭扰，险些落入贼手，若非凌大人仗义相救，你就见不到我啦！"

楼垚心中越发敬佩，连声道谢。

他自小爱武，可楼氏全家都是文士，既不支持他习武，也没什么人脉让他去结交当世豪杰。不过在楼垚十二岁那年，大堂兄在外游学时遇险被凌不疑所救，楼氏全家感激不尽，连连致谢，楼垚便顺势结识了这位名满都城的少年英豪，嗯，还有小堂妹楼䌷。

凌不疑小小年纪就领有数职，平日忙得见首不见尾，楼垚并无许多机会求教，可但凡能碰上，凌不疑总愿意指点其一二。

楼垚满心感激，抱拳道："兄长您数次与我家有恩，真不知该如何答谢才是。"

少商听完未婚夫的简单讲述，也十分应景地跟着道："是呀，兄长您仁义秉直，威名超伦，实乃国之栋梁。"

此话一出，只听"咔嚓"一声，梁邱飞手中的空药碗也裂了。这次不等凌不疑开口，他连声自责道："是属下不慎，我这就下去，这就下去！"然后如逃跑般退了下去。

凌不疑垂着长长的睫毛，沉吟不语，左手反复捻动指尖的那粒黑子。

袁慎脸黑如锅底，冷声道："程娘子还是成了亲再跟着楼公子称呼不迟吧。"

楼垚有些愣，不知该如何应对。少商心头大怒，姓袁的这货莫不是在讽刺她攀着楼家巴结权贵，她当即用力瞪去，脸上明白地写着"关你什么事"！

袁慎冷哼着转过脸去。

这时，皇甫仪已在亭旁小炉边饮药毕，缓缓走了过来，笑道："好啦，早春寒气不减，咱们还是去别院说话吧。"

少商这时哪里还愿意去，冷着脸道："今日天色不早了，别院我们还是不去了。待来日有缘再与皇甫大夫好好叙旧吧。"

皇甫仪皱眉，正要规劝，谁知天上忽阴云密布，落下零散数滴水珠，其中一颗巨大的雨滴还直直砸在少商脑门上。女孩不防，木呆呆地"哎哟"了一声。

袁慎本来正在生闷气，见此情形不禁"扑哧"笑了出来。

少商横了他一眼，越发决意早些离开，径直爬上轺车。一边从腰际囊袋中抽出皮手套来戴，一边招呼楼垚快上马。

皇甫仪却盯着少商的手，目光不善："这是舜华给你做的吧。她是不是又弄破手指了？"

少商低头看去。这是一双柔软的薄绒羊皮手套，桑氏为着防她整日驾车弄粗了手，前几日刚为她赶制出来的。少商越发不悦，直截了当道："大夫您想多了。弄破手指的是我叔父，因为叔母只画了样子，缝好皮绳，其余揉搓皮子，穿孔磨形都是叔父来的！"

袁慎见老师被呛，忍不住出言相助："程娘子既然这样着意撇清，不如将夫子所赠的辎车还回来，那才是真的干净利索！"

"你——"少商气结。要说读书人就是嘴毒，真是言语如鞭，她要是真把辎车还了，难道淋雨回县城吗？她可不想再病一次了。

楼垚弄不清底细，只知道代表程家的未婚妻和代表老师的袁慎在吵架，但他嘴笨不会吵，就用实际行动来挺未婚妻的决定——叫家丁给自己穿戴蓑衣斗笠，准备整装出发。

"我不还车，也不去别院。袁公子又待怎样？"少商耍起赖来。

"那就别把话说得这么死，别把事撇得这么清。嫁个人罢了，弄得好似前尘往事都成了过眼云烟，一副老死不相往来的样子！"袁慎站得笔直，神色强自淡定，都不知道自己指责的是谁。

"我就要说死，我就要撇清，你能拿我怎么样？"少商坐在车舆中，气得手都颤了。

"不怎么样？只是看你适才装腔作势的模样就叫人生气！"袁慎说得慢条斯理，心里却真动了气。装什么彬彬有礼，一脸假笑客套，她程少商明明就是又尖刻又蛮横的性子，一言不合挥拳就打。刻薄蛮横爱打架有什么不好？他觉得挺好，就是为了要嫁入楼家才刻意装成这样吗？

"我装不装与你什么相干？"

"那我生不生气与你什么相干？"

……

此时僮儿已撑起巨大的油布伞，皇甫仪在伞下不住摇头。素日在御前奏对得体、在殿堂上辩政温雅的爱徒，这会儿在前头和小女孩冒雨吵嘴，还越吵越偏，越吵越不入流。

皇甫仪正想斟酌言语继续劝女孩去别院，忽见斜里驶来一辆眼熟的玄色精铁铸边的安车，他不由得一愣。

此时，亭中的凌不疑已放下棋子，起身向众人走来，道："阿垚，你们还是一道去别院吧。"也不觉他如何提高音量，这句话却清清楚楚地传入亭外各人的耳中。

男神发话，楼垚立刻停止穿戴蓑衣斗笠了，为难地去看未婚妻。

那辆漆黑的安车缓缓驶至朱红小轺车旁，坐在驾车位置的正是许久不见的梁邱起，还有两名负剑悬匕的劲装武婢大步随行在安车两旁。

凌不疑神情温和，边走边道："这轺车虽有伞盖，可雨夹风势，并不能抵挡多少。听闻程娘子病愈不久，若再受病岂不可惜？与旁人置气也就罢了，千万莫要与自己置气。"

少商听这话，暂停和袁慎的嘴架，既想答应又不愿受袁慎这货嗤笑。

楼垚连忙帮腔道："少商，兄长说得有理啊！"

皇甫仪见女孩有些动摇，怕爱徒弄巧成拙，忙将人拉到一边，袁慎负气着不肯说话。

凌不疑身高腿长，没几步就走到轺车边，亲自打开一旁玄色安车后的门，抬头朝车舆上的女孩微微而笑。此时方至初春三月，又逢雨水零落，朦朦胧胧的寒气扑在他的素色衣袍上，好似轻纱笼雾，被他身后漆黑如墨的安车一映，莫名有了几分难测的意味，便如北方的山水一般宏伟俊逸。

少商先在心中赞叹一番凌大人的美貌，然后怒瞪旁边的袁慎一眼，最后拱手道："如此，少商就听凭兄……啊……"

"长盼咐"三字还字还未出口，凌不疑向后略点了点头，那两名武婢齐齐上手迅速将少商连扶带托地塞进安车车厢。少商趴在车门口，欲向未婚夫招呼一声："阿垚，不如你也……"依旧没能把话说完，两扇厚厚的车门就被关上了，然后厢内骤然暗了下来。

少商一阵无语。凌大人真的真的人挺好的，她真的真的一点点意见也没有，不过能不能稍微控制一下控制欲呢？

这辆安车估计是凌不疑自己用的。内部高大宽阔，少商身形娇小，居然能在厢内站直身子。陈设简单凝重，漆木厢壁两侧各吊了一盏羊皮牛油灯，照着铺在壁面的黑狐毛皮绒黑油亮，当中是一张连带小柜的四方案几。此外，没有火盆，没有水浆暖巢，更没有香薰。

厢内若有似无地萦绕着一股弓弦油脂和隐隐的血腥味，又带着成年男子的气息，总让少商觉得置身妖兽巢穴般不大安稳。

这时，她听见外面凌不疑柔和却不容辩驳的声音："阿垚，就是待会儿雨停了，你们怕也来不及赶上关城门了，不如明日一早启程。我这就遣人回县城报信，你们大可不必着急……雨似是要大了，我们骑马回别院快些。"

楼垚还能说什么，少商都不用看，就知道他除了点头就是"对，对，兄长说得对"。

被关在车厢内的少商十分感动地叹息：凌大人真是谦和有礼，为人这么体贴周到，控制欲强点就强点吧。话说自己这门亲事结得还蛮不错的，这么一来二去地都和凌大人攀上了交情，不错，不错。

这辆安车看着高大厚重，谁知行驶起来却十分快捷灵活。少商刚把皮靴脱下来放置在车门处，前面车驾位置就有人敲车壁，只听梁邱起道："女公子，别院到了。"两名武婢再度缓缓打开车门，齐力将她扶了下来。

少商双脚落地回身一看，只见一片白墙黛瓦的院落，墙高院深，檐下飞凤瓦楞雕兽，尤其是朱红大门上那两枚沉重的紫金兽首门环上，还镶有四颗绿莹莹的翠玉充作兽目。

进门放目望去，只见高栋长梁，屋阔顶敞，虽不见如何富贵，但处处气派雍容。

少商被婢女们领入一处精致客居，随即被无微不至地服侍着梳洗更衣。此时贵族女子出门自然不会只带一个水壶一部手机，为防意外，换洗衣裳和梳妆箱格都是齐备的，用油布包裹好了放在轺车下箱中。

少商打扮停当时天色已黑，很快被引至一侧厅堂。

男人更衣收拾总比女子快，她踏进去时，只见上首左右两边已各坐了凌不疑和皇甫仪，其下两边各设座位席面，楼垚凑在凌不疑座位旁笑着说话，袁慎站在一盏半人高的巨大落地连枝灯前，灯火辉煌，身着银丝织锦的宝蓝色曲裾，公子长身玉立，若非脸色太臭，当真如春闺梦里的郎君般。

少商先向上首二人躬身行礼，然后看了堂下的座位设置，分别是右一左二，便想坐到左侧第二个座位中，好将第一个座位留给楼垚。谁知袁慎侧眼看过来，长腿一跨直接坐到左侧第一个位置。

袁慎还笑着朝楼垚招招手："楼公子，请就座吧。"他拂袖指着自己身旁次座，又对少商道："程娘子，请上座。"指指对面座位。

楼垚有些傻，这种情形，难道不是未婚夫妻坐一起的吗？不过人家把右侧上座让给少商貌似也很客气呀。最后在少商一阵皮笑肉不笑的咬牙切齿中，这对悲催的未婚夫妻只好照袁某人所说的落座。

食案上菜肴颇为丰富，嫩炙松鸡、清炖豚骨汤、醋酱烤河鱼，另有初春山中刚采下来的蔬果做成的菜肴两碟，甚至还有米酒一壶。侍婢斟酒后，众人举杯同祝，祝什么呢？

凌不疑神色淡然："愿战乱消弭，风调雨顺。"

皇甫仪颇有几分伤感："愿岁月不悔，往日不哀。"

楼垚没听懂，袁慎听懂了装不懂，少商暗自"喊"了一声，然后三人默默一饮而尽。

用膳时众人无话。

袁慎吃得斯文优雅，并不刻意做作，却几乎连咀嚼声都不闻，这是自落娘胎起就养成的克制自省的习惯。楼垚吃得很利索，毕竟楼家家教在那里，可与袁慎一比就显得动静略大。

皇甫仪没怎么吃，始终一卮接着一卮地饮酒。

少商至今无法习惯这种大块大块的食物，非要持匕将鱼肉切割成一小块一小块，方才放下食匕持箸进食。待她抬头时，发现凌不疑已悄无声息地把食物吃完了。

吃得六七分饱时，她放下玉箸，朗声道："皇甫大夫，您别老是饮酒啦。没下雨前您不是说要与小女子叙话吗？"

"你叫我夫子吧。"皇甫仪笑得落寞，"老夫已经辞官了。打算闲居乡野，写些经论之著，教几个不十分笨的弟子。"

少商略觉惊讶，但并未说话。

凌不疑乜了皇甫仪一眼，道："陛下器重夫子，何必如此？"

皇甫仪摇摇头："二十多年了！自从戾帝加害叔伯，我不得已离家，游历天下，已经二十多年了。老夫累了，也乏了。"

袁慎倒十分淡定，道："夫子歇歇也好，您才四十出头，如今看着都快比家父老迈了。"

皇甫仪失笑，指着袁慎笑骂："我就是收你收早了，有你这么个大弟子在，显得其余的徒儿不是笨，就是迂腐！"

袁慎道："大弟子？夫子您收其他弟子了？"大的小的都是他好不好！

皇甫仪略显尴尬："还，还没有。"

少商和楼垚都忍俊不禁。

皇甫仪酒意上涌，目光落到少商身上，忽道："程娘子，我今日倚老卖老，随你叔母叫你声少商可好？"

大概因为也喝了几杯米酒，少商顶着红扑扑的脸蛋，欣然允诺。

皇甫仪借着几分薄醉,大声道:"相逢即是有缘。今日我就与你们讲一个故事。记住,这只是故事啊!不许扯到旁人身上去啊!"

少商耳朵一竖,精神抖擞,知道桑氏那始终不肯讲的"说来话长"今日终于可以知晓了。

袁慎无力地叹口气,看看一旁似懂非懂的楼垚,又叹一口气。

凌不疑皱起眉头,挥手屏退堂内所有侍婢,并让梁邱起清空周围人等。

"许多年前,那时末帝还在,戾帝尚未篡位,在某地有位世家公子……"皇甫仪醉眼惺忪,说起来,"他虽父亲早亡,但因自小才具出众,十分得叔伯看重。无论族中、学堂,还是州郡,俱是名声斐然,处处受人吹捧。这位公子有个自幼定亲的未婚妻,可惜,他总觉得这未婚妻配不上自己……"

"这位未婚妻容貌如何?"少商忽然打断,难掩讥诮之意。

凌不疑和袁慎都去看她,二人神色各异。

皇甫仪怔了下,苦笑道:"你个小小女娘也太锐利了。没错,唉,这位未婚妻容貌平凡。而那位公子不但才气纵横,前程似锦,且有'宋玉'之称。其实想想,这位未婚妻才学品性俱是上上之选,公子实是肤浅,肤浅得很……"

少商撇了撇嘴,继续听故事。

"少年时,谁不曾想过娶个才貌双全的美娇娘,这位公子也不能免俗。书中有貌美多情的娥皇女英,有倾国倾城的褒姒妲己,还有无数可歌可泣的诗文……这位未婚妻容貌不佳,性情平淡,始终让这位公子心中有些遗憾,但他也知道这位未婚妻实是再好不过的女子,于是二人便这样青梅竹马地长大了。少年想着,将来娶了她,以礼相待就是了。

"谁知就在这位公子十七岁那年,族中叔伯在朝堂上指骂戾帝,一夕之间,公子族中所有成年男子俱身首异处,只留下一屋老弱妇孺。这位公子因在恩师山中读书逃过一劫,之后也只得远遁他乡。这位公子家世已败,于是未婚妻家中亲长便纷纷劝她退婚避灾,这一年,她才十四岁……"

听到这里,少商觉得自己基本已猜到结局了,便笑道:"夫子说得是,相逢即是有缘,这位公子和未婚妻看来是没缘分的了!"

谁叫你一开始嫌弃人家不好看,活该便宜了猪蹄叔父,哼,该!不过……好像岁数不对呀。她记得叔父娶叔母时,两人都已经二十多岁了……

"你知道什么?若真是这样,这位公子日后也不会哀悔岁月了。"皇甫仪眼中万般柔情,声音中却含着苦痛,"就在此时,这位平日不显山露水的未婚妻力排众议，无论如何也不肯退婚。不论是老父责打，老母哭求，她就铁了心地要等那位公子……"

少商大吃一惊，啊，难道猪蹄叔父做了男小三？！

说到这里，皇甫仪忽然气喘起来，袁慎默不作声地从暖巢中倒了杯热水，上前跪坐在旁服侍恩师喝下。皇甫仪顺了口气，继续道："非但如此，她一个小小女子，还要一力承担起照顾那位公子遗族的重任。那位公子家的府邸庄园被地方上的恶霸占了，孤寡弱儿的吃穿用度俱是那未婚妻从各处周济来的。她这一等，就是七年。"

少商嘴巴嗫嚅几下，忍着没说话。心道，换作她才不等呢。

"许多事这位公子还是日后才查问清楚的。七年于一个男儿而言，是闯龙潭踏虎穴寻机复仇的七年，可于一个女子而言，却是无休止的亲族责备，予取予求，殚精竭虑地为孤儿寡妇遮风挡雨，日常的鸡毛蒜皮和生老病死一概要寻她拿主意。"

皇甫仪眼中浮起泪光："可彼时那位公子太自负了，他以为未婚妻爱他甚矣，这些都是应当应分之事。还是在多年饱经世事后，这位公子才越发明白未婚妻当年为他受了多少苦，受了多少罪……"

素来沉默寡言的凌不疑此时忽然出声，道："夫子，恕我直言，也许那位公子就不该让未婚妻等。天有道，自不会让有情人分离，天若无道，人就该遵循天命。"

此话一出，厅堂内众人皆惊。如果这话是个饱经沧桑的老人或庸碌无能之人所说，那是一点都不奇怪。可凌不疑这样上天入海无所不能的青年权臣，正该是意气风发的时候，居然会说出这样听天由命的话，真是奇哉怪哉。

全场只有少商轻拍数掌，热情地称赞："凌大人说得好！"其实吧，她也是这么想的。

古往今来，苦守寒窑的大多没好下场。苦等几十年，命运隔岸的那位已经娶妻生子，儿孙满堂了。再不然做一天诰命夫人，附赠一位年轻高贵美丽的"好妹妹"睡你的老公打你的娃。酱缸士大夫们还要把你的倒霉故事千古流传，"激励"以后的女子继续效仿——尽管在少商看来，这故事更像警示。

依照少商的伦理逻辑，人不能和天斗。老天爷让你们分开，你们就听话地分开好了，各找各家，各自婚娶。重组家庭也有很多幸福的呀，例如俞父俞母，各自再婚不都过得很好吗？连人都变得平和乐观了。如果人人都这样想得开，古往今来必会少了许多悲剧。

话说出口后，少商看见旁人惊视的目光，才钝钝地察觉出自己好像赞错了。

好在楼小公子性情豁达阳光，天生不会疑神疑鬼，自发地把未婚妻那句话当作惯性附和男神的行为——因为他自己也常这样无意识地赞同"兄长说得好好好"。

不过，剩余几人显然都听出女孩这话全是发自肺腑。皇甫仪捻须苦笑摇头，凌不疑不知想到了什么，居然侧头轻笑起来。

袁慎便道："程娘子，倘若楼公子遇上这事，你等他还是不等？"

少商心里已将这货正正反反抽了十八个嘴巴，就知道这货一张嘴必没好事，亏得她反应快，脸上装笑道："袁公子，我也来问你，倘若你遇上这种祸事，要不要人家等你？"

袁慎挑眉道："我先问你的。"

少商瞪眼道："你不说我也不说！"

看两人剑拔弩张，楼垚小心地来做和事佬，道："少商，我不会要你等的……"

"你先别说话！"少商白了楼垚一眼，转向上首那对师徒，一字一句道："既然袁公子问了，我就答一句。其实简单得很，他若等我，我就等他！"

袁慎皱眉道："这是什么话？！"

少商凛然一笑："倘若他一心一意地待我，哪怕落拓江湖，家世败落，我也愿意等他。"大不了她来养家好了，咸鱼社长的妈就赚得比他爸多，不也和睦恩爱吗？

"可他若借口什么在外闯荡不易，什么有为难和苦衷，给我左一个右一个地风流快活，我是半个时辰都不会等的！"说完这句，少商眼光直射向皇甫仪。

皇甫仪看着女孩犀利清澈的目光，心口一痛，仿佛听见了桑氏当初的质问。

他接着道："家世未败落之前，确有许多女娘仰慕那位公子，若真论起才貌家世，哪个都不输于公子的未婚妻。不过那位公子信守承诺，对那些女子始终冷若冰霜。待到后来滔天大祸降下，那些浮花掠影自然散了。可是……唉，那位公子的亡父曾有位十分了得的护卫，后来在江湖上自立门户，颇有些名声。因承公子亡父当年的恩情，便自告奋勇护送公子南下，谁知，途中不幸殒命……"

少商眯眼道："那护卫不会有个女儿吧？"这么老套的桥段！

皇甫仪苦笑着点点头："正是。他膝下仅有一女，彼时年齿尚幼，由亲眷养育。直到数年后，戾帝暴虐，弄得各地豪杰举旗，府衙哪里还缉拿得过来。这位公子记得那名护卫的临终托付，才找到护卫之女予以丰盛财帛。"

"她不会在亲眷家里受尽虐待，苦不堪言吧？"少商赶紧脑补。

皇甫仪摇头失笑："这倒不曾。那名护卫在江湖上也是有头有脸的人物，他遗下的孤女身边也是有人护着的。后来……后来……"

"后来那孤女定是瞧上那位公子了，各种痴缠暗恋，是也不是？"

袁慎不悦道："夫子说话，你能不能不要一直打断？"

"谁叫你家夫子吞吞吐吐的，我替他说下去咯。"少商调皮地笑道。

皇甫仪摆摆手，示意袁慎莫和少商再吵了，继续道："少商说得不错。不过那孤女也并未痴缠，只是默默跟在公子身后。看到公子身边的侍卫日常有不周之处，便上前照料一二。不过尽管如此，公子依旧对她不假辞色。如此两年后，中原已是烽烟四起，戾帝自顾不暇。这位公子终于可以回乡了。"

少商心中冷笑，好一个"不假辞色"，不就是"不接受不抗拒"嘛。

"这七年来，公子四海游历，在许多当世豪杰幕下为宾客，也闯下不小的名头。公子心想，他终于可以风风光光地迎娶未婚妻了。于是他写信回去，说下月未来老岳丈大寿之日，他就捧着金凤朱袍正门而入，当着满堂宾客的面提请婚期！谁知，谁知……"

少商听得入了迷，此时也不插嘴了。

皇甫仪颤着声音："那位孤女就在公子启程回乡的那日服毒自尽了！"

"她死了？"少商大惊。这故事画风清奇呀。

凌不疑淡淡道："大约是没死。"

皇甫仪喟叹一声，道："因婢女来报得早，催吐及时，孤女并未死去。可眼见她奄奄一息，公子想起她惨死的父亲，如何能放置不理。公子识得一位方外名医，当下只能抬着孤女去寻那名医。这位公子下定决心，这样就算报了护卫的情义。这以后，哪怕这孤女死在他面前，他也再不理睬了。紧赶慢赶地将孤女送至山上名医处，这位公子日夜兼程地赶回乡里，寿宴早散去许多日了。"

"公子心知得罪未婚妻不轻，想找她说个明白，苦苦哀求数日才得开门相见。谁知她张口就要退婚！"皇甫仪手指微微发颤，"此时，亲眷宾客都倒过来劝那未婚妻宽心明理，不要太任性固执了，错失这桩大好姻缘，以后追悔莫及。可是……可是……"

少商冷冷道:"那未婚妻当初能扛住所有人的压力不肯退婚,此时也能孤勇直前,一意退婚。"退得好,简直大快人心!

皇甫仪点点头,道:"公子想,未婚妻此时正在气头上,待过些时日就好了。于是他对岳家众人道,先依未婚妻的意思退婚,只要她一日不嫁,他就一日不娶。哪日未婚妻回心转意了,公子立刻诚心迎娶。谁知……等来等去,公子等到的却是未婚妻要嫁旁人的音信。公子当即疯了似的去找未婚妻想要问个究竟。"

皇甫仪满脸痛苦之色:"可无论公子如何解释那孤女之事,又解释当时也遣人回来报信,然而信使在途中遇上兵祸身死,并非有意撂着未婚妻在寿宴上出丑。可未婚妻全都置若罔闻,只质问公子是否从未将她放在心上,是否从来不知道她要的究竟是什么?然后也不等公子回答,就言明一刀两断,从此不见。"

"公子实在不明白,未婚妻能等他七年,为他吃这许多苦,又自小宽宏大量,深明大义,为何眼见花期在望,偏在最后一件区区小事上固执!"皇甫仪捧着花白的脑袋,老泪纵横。

良久,堂内寂静得针落可闻。

楼垚听了这一大段,似懂非懂。袁慎是早知内情的,此时只能低头轻叹。只有少商满腔怒火,若非嘴巴闭得紧,恐怕吐槽辱骂就要排山倒海般涌出来了。

凌不疑瞥见女孩犹如一只圆嘟嘟翘嘴巴的小釜,煮沸了水汽都快要顶开盖子了,便抢先道:"夫子,子晟有数问,不知可否一言?"

皇甫仪满面泪痕,抬起头来:"子晟但言无妨。"

"夫子适才说,公子对那些来仰慕的女娘都冷若冰霜。子晟问一句,那位公子对未婚妻是否关怀体贴?"凌不疑略略侧身相问。

皇甫仪一愣,道:"嗯……这位公子自小冷静自持,并无这等……这等殷勤……"

少商忍不住道:"待别人冷若冰霜,待自家未婚妻不温不火,差别很大吗?"女人要的就是区别对待。对外面女人和老婆一个样,鬼才跟你混!

凌不疑忍笑,继续问:"听夫子所言,这位未婚妻乃冰雪聪明之人。这位公子虽知道娶妻娶贤,可依旧暗暗惋惜未婚妻容貌平庸。夫子猜猜看未婚妻是否早已察觉?"

皇甫仪急道:"我……她……那位公子少年时虽有此意,可到后来,他感动于未婚妻的深情厚意,再无这等轻浮之想了啊!"

少商怒道:"那未婚妻要的是公子的感动吗?我叔……"她生生忍住,改口道,"彼时谁知道戾帝会那么快自寻死路,那位未婚妻于希望渺茫时一意等待,可见是何等淡泊名利之人。所求的不过是希望心上之人也把她放在心上而已。谁知遇上个既自负又薄情的混账!"

皇甫仪语塞。

袁慎这次没替恩师出头,侧眼看女孩涨红的小脸,一双明亮的大眼熠熠生辉。他默默想道:要是有人这样待他,他绝不会像恩师这样清高冷漠,他一定会好好待她的。

少商忍着气,问道:"那孤女追随公子两年,想来乡里知道之人不少吧?流言是否传到了公子岳丈家中了?"

皇甫仪扶着袁慎的胳膊,起身急道:"知道是知道。但公子反复去信与族人辟谣,说那孤女不足一提!"

少商讥诮一笑,道:"可那未婚妻并不相信?"

皇甫仪如遭雷击。他布满皱纹的额头滴下冷汗,犹自辩驳道:"在公子心中,那孤女不及未婚妻万一,如何会舍彼就此!实是那未婚妻误解了!"

少商大怒。误解?男人最爱说的就是这两字!"夫子你……"可她片刻间又寻不到有力的反驳,总不能破口大骂吧。

凌不疑缓缓起身,走到那盏巨大的连枝灯前,拿铜针挑旺灯火:"皇甫夫子,倘若这未婚妻与孤女同在战场……"他摇摇头,觉得这个例子不妥,两个女子跑去战场做什么。

少商秒懂其意,连忙接上:"若是这未婚妻和孤女都掉入河中,公子先救谁?"

皇甫仪立刻要答,谁知凌不疑又补一句:"若那未婚妻懂一点点水性,堪堪能在水上浮得片刻,而孤女丝毫不会水。这位公子先救谁?"

听了这句,皇甫仪又迟疑了:"这……这……"常人思维,不是让能浮水的坚持一会儿,先救毫无水性之人吗?

少商觉得凌不疑这刀补得极妙,满眼赞赏地去看他,凌不疑虽目不斜视,嘴角却微微弯起。

袁慎看恩师满面为难困苦之色,便道:"凌大人,若换作是你,你先救谁?"

凌不疑干脆道:"自是先救未婚妻。"

皇甫仪颤抖着身子,道:"难……难道眼睁睁看着孤女去死……"

少商冷哼一声,若换作猪蹄叔父,那是百分百会救叔母的!什么孤女寡妇,统统死了也比不上桑氏多喝一口河水让叔父心疼!

楼垚虽然年少鲁莽,但思忖这等情形,也愣愣地来表达自己意见:"若是,若是我,我也是要先救少商的。"

少商大喜,扭头就抛了大大的媚眼给他,以示嘉许。

楼小公子飞红了脸,心里却十分受用。

凌不疑不去看小儿女眉眼作态,继续用铜针拨火,道:"那年吴大将军征伐僭王陈氏,我被陛下押在后面掠阵,心想闲着也是闲着,于是假装去攻袭僭王藏匿财宝的车队。不想陈氏昏庸,居然于杀伐正酣时抽了三成兵力去救援财物,陈氏大军至此兵败如山倒。"

连枝灯火映照,少商只觉得他侧颜美如玉璧。

"彼时我尚年少,实不明白只要打胜了什么财宝没有。可是那爱财如命的陈氏僭主不这么想,于他而言,城池可失,将士可亡,财宝却不能有一点闪失。"

凌不疑左手负背,看似谦逊地笑道:"夫子,未婚妻于那位公子而言,是否是一个不能有一点闪失之人?凫过水的人都知道,河床有高低,水中深浅未知,若有水草缠足,漩涡流经,后果不堪设想。公子有无想过,在他先去救孤女的那一刻,未婚妻可能就殒命了。若是公子真把未婚妻放在心头,怎容她有半分不测?"

袁慎又忍不住替恩师张目,道:"那未婚妻并未掉入河中。"

"那孤女也未掉入河中。她是自行服毒。"

凌不疑语气冷漠:"这等人,死就死了,然后给那名护卫过继子嗣就是,将来保他升官发财,子孙绵延,让那护卫香烟永继。"这番简单粗暴的言论听得皇甫师徒目瞪口呆,听得楼垚和少商努力忍笑。

袁慎道:"未免有些对不住那名惨死的侍卫。"

"对不住便对不住。人生世上,哪能人人都对得住?"凌不疑拨完最后一盏灯火,放下铜针,"倘若早知那侍卫舍命相护是要拿姻缘来换的,那位公子还不如另找江湖豪客来护送,旁人未必不能舍生忘死。"

少商讥讽道:"家父是武将,战阵之上为了护卫他这个主帅,死伤的将士多了去了,好好抚恤家小提拔儿女也就是了,也没见个个都有女儿妹妹要来嫁我阿父的！"

最烦这种舍命报恩论。照这种说法，那些将军元帅什么的，这个偏将为他死了要娶人家妹妹，那个参将为他残了要娶人家女儿，那可得多长几个肾了！

皇甫仪彻底哑火了。袁慎扶着恩师，觉得他半个身子冰凉颤抖。

楼垚也紧跟男神唱赞歌，叹道："兄长说得是。那孤女只是为了阻延公子回乡，就轻忽自己父母的生养之恩，也真是太不自爱了。"

袁慎争辩道："也许不全是为了阻延，而是孤女知道公子此去就要完婚了，心灰意冷之下服毒的。"

少商大声吐槽："要紧的不是意图，而是结果。结果是为了给她求医耽误了公子回乡，那么她就是为了阻延公子回乡而服毒的！"

袁慎叹气。恩师，我尽力了。

"说到底，那位公子早些打发了孤女就好了……"皇甫仪哀哀叹息。

凌不疑挑了挑修长的眉形："那孤女不过是跳梁小丑，不值一提。"他忽提声道，"程娘子，若是你叔父远游在外，传言凿凿说他另有了女子，你叔母可会相信？"

少商笑道："绝不相信。"又笑，"叔母还会找人赶紧去搭救，生怕我那手无缚鸡之力的叔父被路过的女大王看中，掳回山去了！"换作程老爹，萧主任还要担心那女大王被丈夫里应外合骗光家底。

凌不疑忍俊不禁。皇甫仪满心失落，却知道女孩说的是实话。

凌不疑转而又道："这位未婚妻既不能相信公子虽面上冷淡实则对她有心，也不能相信公子对那孤女确实毫无情意。如此不能互信互爱的两人，如何结为夫妻？她约是想明白了这点，才断然退婚的吧。"

皇甫仪喃喃道："可……可是他心中真的只有未婚妻呀！"

"七年生死相托，苦海无涯，未婚妻的心意乡里无人不知。可这位公子却不能让未婚妻信他，可见自负矜持之甚。"凌不疑言语如行阵，丝毫不给人留有余地。

"这位未婚妻用了七年的时光证明了她对公子的心意，又断然退婚，是为了告诉公子，她虽容貌平凡，但心意不容轻侮。"

少商想到叔母桑氏那么好的女子居然曾受过这样大的欺侮，就忍不住流下泪来。

凌不疑看着她，柔声道："子晟以为这位未婚妻实乃一位大智大慧的女子,拿得起放得下。一旦想清楚,绝不留恋分毫。"

皇甫仪颓然坐倒在地,以袖掩面,再不复出声。袁慎心中怜惜恩师,只能默然随侍在旁。

少商满心感激,觉得以后自己夫唱妇随,跟着楼垚一起仰慕男神也不是不可以。

凌不疑朝上座躬身拱手,道:"向夫子告罪,子晟僭越多言了。"

皇甫仪坐在地上,无力地挥动袖子:"你有什么罪过?老夫还得谢谢子晟,横亘心头多年的疑惑今日终于得解。是老夫的错,是老夫的错……"

这么多年来,他对桑氏虽饱含歉意和谢意,但午夜梦回,不是没埋怨过桑氏只为了那点小事就退婚断交,实有些小题大做。现在想来,他的过错不是误了桑太公的寿宴,而是从小到大始终傲慢自持,不曾回报桑氏的情意。之后,一年年一点点,岁月如沙,青春蹉跎,终于磨光了桑氏所有的热忱。

酒冷筵残,曲终人散。

袁慎搀扶着醉醺醺的皇甫仪回去了,凌不疑本待说些什么,谁知梁邱起从旁进堂,神色凝重地奉上一封玄色卷轴,少商和楼垚便先行告退了。

初春夜里寒气依旧浓重,幸亏之前喝了些米酒,两人沿着回廊慢慢踱步回屋倒不觉得冷。

楼垚呼出一口白气,叹道:"皇甫夫子的故事,其实说的是他和叔母吧。"哪怕他这么鲁钝的也听出来了。

"废话。"少商轻巧地哼了声。

楼垚又叹:"说起来,叔母早些看明白,就不会吃这么多苦了。还好你对兄长的思慕之情比不上叔母万一,不然吃的苦头怕是更大。"子晟兄长可不是皇甫夫子那样会怜香惜玉的。

少商嗤笑:"叔母若早些退婚,怕是轮不到我叔父啦!这都是天意,天意!唉……"她忽愣了下,什么什么,刚才楼垚说什么来着?

"我什么时候对凌大人有思慕之情啦?"少商一把扯住楼垚的袖子,目露凶光。饭可以乱吃,话不能乱说,她就算是只癞蛤蟆,也不能随意诬陷她想吃天鹅肉呀。

楼垚被吓了一挑,结结巴巴道:"你不是,不是那日和王姈吵嘴……吗?"

少商一捋思绪,疑惑道:"王姈说我仰慕的是十一郎呀?"虽然她并不知道十一郎是谁。

"兄，兄长……就……就是十一郎呀？"楼垚有些傻。

少商呆了半晌，神情好像是被砍了一刀，脑子里乱糟糟的："那他为什么要叫十一郎？"

"陛下有十位皇子，兄长与凌侯父子情淡，就自小养在帝后身边，入则宫掖起居，出则御驾随行。陛下就说，兄长是他的第十一子。"

少商的脸色忽青忽白，觉得头顶上天雷阵阵，"隆隆"作响。

一时庆幸这事是楼垚告诉她的，不然在其他地方露馅可不好糊弄过去；一时回忆起这些日子与凌不疑相处的种种，隐隐觉得不大好。

"你居然不知道兄长就是十一郎？"楼垚奇道。

少商连忙将疯狂脱缰的思绪使劲拉回来，讪笑道："那个，阿垚啊……要是我说，我自从和你定亲，就全然忘了十一郎，你信吗……"

"当然不信！"楼垚憋红了脸，他还没那么傻好不好？

少商自己也觉得这借口太烂，于是放开楼垚的袖子，无力道："其实吧，有件事我一直不大好意思说。二叔母与家母素有嫌隙，我自小被她关在内宅不得出门。既无闺阁好友，也毫不知晓外面的门第人物。某次宴饮中，姊妹们说起十一郎各个眉飞色舞，热切得不行。咳咳……你知道的，别人都喜欢就你不喜欢，显得你与众不同，好生奇怪的……实则我连十一郎是谁都不知道！"说完这番话，她小心翼翼地去看楼垚神情，暗自希望这个借口管用。

谁知楼垚居然十分买账，还心有戚戚焉地抓头笑道："你说得有道理，我不爱斗鸡，可市面上的公子哥儿都深谙其道，我也只好养了数只五彩雄鸡。其实吧，斗鸡究竟有什么意思呀？我是一点也看不出来。"

少商松口气，她就知道选择嫁给楼垚是对的！随即她又想到另一件更麻烦的事。

从那日万家演武场初遇，到猎屋援救，她就隐隐觉得凌不疑待她特别客气，笑起来那么温柔好看，说起话来也那么礼貌谦和。难不成还将自己各种殷勤客套当作了暗恋？

既然凌不疑就是十一郎，那他一定认为自己是暗恋团妹子之一，估计也会以为自己抽桥害人落水是为了他，因为他不像楼垚，看见过自己和王姈等人吵架！

再然后……再然后，她就定亲了……那凌不疑会怎么看自己？渣女，水性杨花？前脚还跟人家在猎屋里笑得跟朵花儿似的，后脚就开开心心跟新上任的未婚夫一起叫人家"兄长"？

即使少商这样属霸王龙的，也觉得好像没什么节操了。

思路走了一圈，少商忍不住问楼垚："你既然以为我思慕十一郎，为什么还要娶我？"她觉得自己无法理解楼垚的思路。

"因为子晟兄长无意于你啊！"

楼垚理所当然地回答："都城里思慕他的女子没一千也有八百了，还不是该成亲成亲，该生子生子！"小堂妹楼缡明年也要议亲了。

少商张着嘴。头顶上的雷声停了，云也散了，重见天日。

她用力拍着楼垚的肩膀，喜不自胜道："阿垚，你说得对！子晟兄长又无意于我！"

没准儿在凌不疑心中，她和王姈、楼缡没什么区别。那她还想这么多做什么，真是杞人忧天！

次日少商早早醒来，天还未亮就吩咐侍卫去叫醒楼垚，赶紧启程回滑县县城。楼垚本想和男神道个别再走，结果被未婚妻一瞪就老实了。

皇甫老师涕泪嗟叹了整整一夜，袁慎始终在旁服侍。根据楼垚打听来的说，本来皇甫仪只伤心了半夜，结果袁慎不知是想激励恩师还是惯性毒舌，把皇甫仪又刺激得捶胸顿足散发披袍发神经到天色泛白，自作孽的结果是他这会儿正趴在老师榻边打盹儿。

春寒料峭的清晨，楼程两家的车马悄悄摸出别院的大门。少商本想不告而别要跟管门房的兵卒费点口舌功夫，谁知门房守兵却告知，凌大人已领着黑甲军连夜离去了，临去前还吩咐过他们，如果少商和楼垚要走，就安静地放行好了。

楼垚满脸失落，本来还想男神在此处疗伤休养，自己可以时时从县城驰马过来探望，少商却有一种"兴冲冲天不亮早起背单词，结果隔壁学霸半夜起来用功"的错愕感。

然后那门房守兵恭敬地牵出少商的那辆小轺车，却见车笼曲轴上拴着一匹毛皮漆黑闪亮的高头大马，少商惊道："我的那匹黄鬃小马嘞？"

那门房守兵笑道："凌大人临走前为女公子换的。大人说，驾车用马是有讲究的。若是只在城中悠闲，用身量齐平车座的小马即可。但若要出城郊游，马匹身量最好在伞盖与车舆之间，不然费力又颠簸。"

少商心中感激，扭头对楼垚道："回都城后，你可要替我多谢兄长。"

楼垚却不愿意离开未婚妻，扭捏道："等我们都回了都城，一起去跟兄长道谢吧。"

他长这么大，不论在家中还是外面，都没有过少商这样投契合意的伴侣。少商虽是女子，但心境开阔，勇于为先。倘若同样屈居于鄙陋寒碜的屋舍，若是寻常贵女，大约不是皱眉不悦，就是悉心忍耐，等待情形渐渐变好。但少商一不忍二不等，会兴致勃勃地画图纸寻匠人，着手如何铺就能隔绝潮湿之气的地板，如何修补屋顶顺便加固栋梁云云。

女孩曾说过这样的话："满眼荒芜才能大展拳脚，成就一番大好作为，若是满眼繁华，你去干甚，多开几间锦缎铺子吗？呃，不过这倒也不是不好。"

楼垚觉得这话简直兼具气魄和胆识，于是将之顺手写进家书给伯父和父亲看，作为夸赞未婚妻真是好棒的重要论据。小两口每日谈论世情，读书说笑，相处甚悦。在这位新任未婚妻面前楼垚再无自卑怯懦，甚至开始具体思索未来要做什么，怎么做。

少商听过，想想也对，道谢要有诚意，还是亲自备礼去比较好。

换马后的小轺车果然脱胎换骨。这匹漆黑大马训练有素，性情沉稳不说，听到鞭声响起，便自行抬步拉车，速度不缓不急，平稳有力，少商坐着甚是舒适。

一回到县衙，少商本想立刻去找桑氏，谁知遇上刚要出门视察城防的程止。他当即端起长辈的派头，拉长个面孔，先让楼垚站到一边，揪着侄女扯到偏厢斥责。

可惜他耍威严太迟了，还没说上两句，少商张嘴就是："叔父你好运气，若非皇甫仪夫子自视太高自以为是，哪里轮得到你娶叔母？"

程止立刻就泄气了，愤愤道："我就知道皇甫仪留你和阿垚没安好心，陈年往事有什么好说的？又不是我撬他墙脚，是舜华自己向我提亲的！"

少商大吃一惊，低声道："叔母向您提亲的？你胡说！"

程止板着脸道："你叔母为人厚道，当时是私底下跟我提亲的，说若我不愿意，这事也没人知道，免得我因拒婚而不好见山主和桑师兄。"

少商不得不信，道："叔父，难道你就是因为叔母提亲才娶的她，你不喜爱她吗？"

程止俊脸一红，尴尬地捋着胡子："那，那个……自然也是，咳咳……"

"你不说，那我告诉叔母去！"少商扭头就要去告状。程止吓得连忙拉住这小祖宗，暗骂自己吃饱了撑的，"训斥夜不归宿的侄女"这种道貌岸然的工作干吗不留给妻子，摆道理训人是他们桑家祖传的"手艺"，自己非要来摆架子触霉头！

"好好好，我说！"程止伸脖子看看外面，见无人在旁，才道，"我上白鹿山时，皇甫仪已亡命江湖去了。我初见你叔母，并未将她看在眼里。说实话，我穿上女装都比她标志。"

"叔父这么有胆色，就当面去跟叔母说这话好了！"少商哪里肯让桑氏吃亏，驳自己叔父也不在话下。

"你再这么挑剔，我可什么都不说了啊！"程止作势就要走。

少商叹口气，只好妥协。

程止继续道："后来我看她一个弱女子，硬是扛住长辈的责罚和风言风语，这里张罗那里周济，有时累得腰都直不起来，我心中好生敬佩。"

"什么风言风语？叔母这样大仁大义，还有人说她坏话？"

程止闷声道："怎么没有？城中那些淑女自己不敢等皇甫仪，却要非议你叔母，说她一个相貌平凡的女子，难得能嫁皇甫仪这样的人中龙凤，自然要苦苦巴着了。"

"呸！可惜我不在，不然我一个一个撕了她们的嘴！"少商啐道。

"不过到此为止，我也只是怜惜好感而已。后来庚帝势败，皇甫家的人不用东躲西藏了，皇甫仪虽还没回来，但谁不知他以后定然前程似锦。可这时，你叔母忽然要退亲。"

程止用力捶了下门柱，接着道："众人皆觉皇甫仪误了寿宴不过小事，都劝你叔母算了。谁知你叔母抵死不从，顶着众人责骂，她还是退了亲。唉，我那时心口疼极了。我知道，她不是贪慕皇甫仪的盛名才貌，更不是为了什么名利富贵，她想求的，只是一份真心真意……可惜，我当时既未举业，也非出身世家豪族，哪里好意思张嘴？"

"原来如此。"少商点点头。

程止没好气地白了侄女一眼，不但没训话成功，还反被套出许多老事。这么厉害，难怪元漪阿姊都没压服了她！眼见时辰不早了，他只能悻悻地出门去了。

少商拉起等在外面的楼垚，赶紧往后面走去。安坐于后宅的桑氏看见一夜未归的侄女和未来侄婿居然什么都没问，先押着他二人在自己屋里用了一碗热腾腾的汤饼。少商堪堪咽下最后一口，就赶紧鼓励楼垚去演武场练练刀枪剑戟什么的，下次见到男神好显摆。

楼垚瞪眼笑道："不用你支开我，我自己会走。何必说这么假的托词？"他多聪明，立刻就知道未婚妻也要和桑氏说悄悄话。

少商道："那好。烦劳你先回避，我和叔母有话要说。"

楼垚道："你还是用托词吧，显得圆融些。"

桑氏一直忍笑看着，待少商支走楼垚屏退侍婢，才道："好啦，说吧。皇甫仪跟你说什么了？"她还不知道前任未婚夫的德行？

少商忙将皇甫仪昨夜所说的简要叙述一遍，然后道："叔母，他说的都是真的吧，没有诓骗我，是不是？"

桑氏静静听完这些，嘴角挑起一抹讥嘲之意："他倒是个大孝子，这么一段曲折的故事，他讲来讲去，却漏下了最要紧的一个人。"

少商一脸"果然不出我所料"的表情，拍案道："我知道。就是那个孤女，皇甫夫子定是漏下了她的许多事？"

"你耳朵生反了吗？我说的是'大孝子'！"桑氏戳着侄女的额头笑骂，又不屑道，"戚氏其人，不值一提。做出一副孤苦无依之状，以为能骗过所有人。后来倒是得偿心愿了，登门入室成了皇甫夫人，难道就很快活了吗？"

少商一呆："啊，她还是，还是嫁了……"若说叔父程止是个大猪蹄子，这皇甫仪就是猪脚毛！昨夜说得那么真诚可怜，口口声声"那孤女不及未婚妻万一"，结果转头就娶了她？

桑氏见侄女儿有夯毛之势，笑道："你别急，信叔母一句，戚氏嫁了过去，才是对她最大的惩罚。这些年，她过得怕是比囚室中的犯人强不了多少。"

少商安静下来，若有所思。

桑氏继续道："皇甫仪漏下的，是其母茶夫人。"

少商"啧"了一声。得了，白莲小三恶毒婆母都齐了，幸亏叔母逃得利索，不然现在哪能和叔父一天到晚地撒狗粮，全然不管别人受不受得了。

"这茶夫人怎么了？不是说后来皇甫家的孤寡老幼都由您照看吗？吃您的用您的，还敢在您跟前拿捏什么呀？"

桑氏笑道："她倒没吃我的用我的。因为皇甫伯父早年亡故后，她就改嫁了，其时皇甫仪还不足五岁。不过嘛……她两回改嫁都不如意……"

"改嫁两回？"少商莫名生出一股艳羡，"茶夫人蛮有本事的嘛。"

桑氏哼了一声，道："茶夫人甚是貌美，自有不俗的心气。可惜了，连嫁三回都未能如愿。皇甫伯父有才学能耐，可惜早早过世。第二位夫婿庸碌无为，茶夫人愤而绝婚。待她对第三位夫婿的前程也死心时，才知道自己与前夫之子已声名鹊起。彼时皇甫仪才十四岁，于是她赶忙回来摆太夫人的架子了！"

少商顿时心生鄙夷。

桑氏又道："皇甫仪年幼时，茶夫人忙着自奔前程，连看都没来看过几次。皇甫仪出息了，那么多仰慕他的高门淑女都抢着来恭维奉承，她可不是乐得很！"

"叔母，这茶夫人是不是为难过你？"少商寻思起来。

桑氏冷哼道："为难我也就罢了，我从来把她的话当耳边风。什么'我儿才貌过人，你要惜福'，什么'当年定亲也太仓促了，婚事有关终身，我看还要从长计议'……哼，有本事去找皇甫家的族老来退亲好了，我还少受七年罪呢。她也就能为难为难家母罢了！"

"后来皇甫家败了呢？"少商充满了幸灾乐祸，"她是不是一溜烟儿跑了！"

桑氏十分嘉许地看了眼女孩："不但跑了，还撇得清呢！她躲在夫家不敢出来，刺史着人上门去问，她就急慌慌地扯着与后夫生的两个儿子，道'吾独生此二子'！"

"就这样，后来皇甫夫子东山再起，她还好意思再出来？"这般脸皮的厚度，少商不知是该佩服还是唾弃了。

"人家说了，她有苦衷！"桑氏讽刺道，"稍待局势缓和，她就迫不及待地拿戚氏来压我，一天到晚在我跟前说戚氏多么温柔谦卑，照顾皇甫仪多么周到，比我强了不知多少。后来，呵呵，皇甫仪终于成全了她们。让她们二人真成了婆媳……"说着，她笑出声来，"这里我要替皇甫仪说一句，做得好！"

少商泄气道："茶夫人哪里是真喜欢戚氏，她不过是拿戚氏来断绝夫子和叔母您的婚约，等着以后再找更好的新妇呢！"

桑氏淡淡一笑，一针见血道："你不知道。茶夫人这种人，永远不会满意任何一个新妇的，若是可以，她恨不能自己嫁给她那前程远大的儿子呢！"

少商险些呛着口水，又惊又笑，上前抱着桑氏的胳膊，用脸蛋揉着柔软的细布袖子。她就喜欢这种又刻薄又直白的讥讽！

桑氏抚其面庞，柔声道："你相信叔母。皇甫仪娶了戚氏，是对戚氏最大的惩罚。他辞官归隐，则是对其母最大的惩罚。其实后来，他什么都明白了，只是说也无用了……"

少商兴味道："叔母倒想得开，什么都放下了吧？"

桑氏笑了笑，侧首回忆起来："当初和皇甫仪退了亲，要说不伤心是骗人的。我本已无心再嫁，可父母兄姊每日长吁短叹，动辄哭天抹泪的，我就想还不如嫁了算了。"

不过她不是自暴自弃的性子，就算要嫁人也要好好嫁，做不到恩爱缱绻，至少要互敬有礼。"其实吧，当时我虽误了花期，名声也不大好，但仗着父兄家世也不是没人要。山上那三五个性情温厚和善的未婚仕子中，我最后挑中了你叔父，一来嘛，他时常偷偷瞧我，还以为我不知道呢，二来嘛……"

她笑倒在案几上："不是我自夸，整座白鹿山，算上山下的两座县城，也找不出第二个比你叔父更俊秀美貌的年轻公子了！"

"叔母，你这样以貌取人好吗？"少商也想笑，却板着小脸。

桑氏掩袖笑道："所以我已不恨皇甫仪嫌弃我容貌了呀！对着你叔父的脸，哪怕之前两人不熟，日子也能好好地过下去。"

看对面女孩板脸瞪眼，她欢乐了半晌，才道："好吧，我不笑了……嗯，刚成亲那阵，我和你叔父都束手束脚的，不知该如何相处。他当时想的是，我嫁他后，吃穿用度都不如娘家的好，未免对不住我。我想的是要尽力帮衬你叔父，做好程家妇，谁知后来……后来……"

桑氏微微而笑，神回往日，在少商的追问下只好继续道："有一日，你叔父看天高气爽，就领我去踏青野游。他不知该和我说什么，就拉着我漫山遍野地跑，我俩跑得上气不接下气。然后他以山中野花编了一个大大的花环，戴在我头上，谁知那花环编得太大了，一下就滑到我脖子上，我笑得气都喘不过来，他脸红得好像做错事的稚子般。那时我便想，能嫁给他，真是太好了。我要跟你叔父好好过下去！"

少商心中替叔父叔母高兴，嘴上却道："是呀。自那以后，你们一有空就到处踏青玩耍！我听老程夫人说过的！"有时这俩货还要拉上老程县令阖家一道郊游野餐。

桑氏抹去眼角笑出来的泪水，不无惋惜地叹道："唉，我和皇甫仪一道长大，其实细想，我们颇为相似。我不爱抚琴，爱吹箫，偏他也爱吹箫，我只好耐着不喜去学琴。后来嫁了你叔父，他倒爱抚琴。我们一道研读新得的曲谱，闲了就合奏一曲。老大人曾说，这才叫姻缘呢，何必迁就来迁就去的。"

将少商揽在怀中，轻轻抚摸她柔顺乌黑的头发，桑氏对她道："皇甫仪不是坏人，只是……"她怅然道，"只是没弄明白。"

少商其实不是很懂，勉强地点点头。

两日后，程府众人用过晚膳，程娓照例去读书，双胞胎被赶去早早睡觉，只剩下程止夫妇和楼垚少商在庭院闲聊。少商见月色皎然如玉，便央求叔父叔母合奏一曲。

程止一面调试琴弦，一面豪气道："成！今夜就让你们饱个耳福！当初我苦练这支曲子足有两个月，才博了你叔母一笑的！"

桑氏眨眨眼，笑而不语。

程止起手一拨，声如转珠清亮，桑氏柔和的箫声随即跟上。少商听出这叔父叔母常爱合奏的一曲《郑风·出其东门》①，当即心领神会，莞尔一笑。

曲述情声，悠扬婉转。桑氏吹着箫，心思回转。

她自小主意笃定，但无人知道，其实她自己也不清楚究竟要的是怎样的感情。是不是当初只要皇甫仪放下高高在上的架子，对她软玉温存她就满足了？

直到程止向她弹起这支曲子，她才明白：她可以吃苦受罪，可以忍受冷言冷语，但她要的是如诗中那样专一不二的情意。

桑夫人侧脸去看丈夫，满眼都是深挚的情意——谢谢你，在我自己都已经放弃的时候，给了我最想要的。

少商看去，只觉桑夫人望向程止的目光潋滟如波，其人更是面泛红晕，那股喜悦之意仿佛要溢出周遭，平凡的面庞被这一映，竟然容色照人了。少商暗道，真该叫皇甫老头来看看，好叫他死心。

谁知人是经不起惦记的。少商刚有这个念头，高高的县衙后宅的墙外忽传来一阵苍老浑厚的男子歌声，唱的还正是此曲——

"出其东门，有女如云。虽则如云，匪我思存。缟衣綦巾，聊乐我员……"

庭院里众人一愣，都听出了这是谁的声音，俱面面相觑，无人开口，只有楼垚惊呼出声："是皇甫夫子！"

---

① 《诗经·郑风·出其东门》：出其东门，有女如云。虽则如云，匪我思存。缟衣綦巾，聊乐我员。出其闉闍，有女如荼。虽则如荼，匪我思且。缟衣茹藘，聊可与娱。评：现代学者一般认为这是写男子表示对爱恋对象（或其妻子）专一不二的诗。

此时程止和桑氏都停了琴箫,墙外的皇甫仪却犹自在唱:"出其闉阇,有女如荼。虽则如荼,匪我思且。缟衣茹藘,聊可与娱……"

歌声沉郁低缓,还带着几分喑哑,仿佛从远方传来,粗粝的石块敲打在冰面上,扯着声带的疼意,明了一切后的懊悔与痛苦——少商没有出言讥讽,只静静倾听。这是她迄今第一次对叔母的前未婚夫抱持着平和中立的态度,没有任何鄙夷讥诮之意。

她想,她明白叔母那句"皇甫仪不是坏人,只是没弄明白"是什么意思了。

这两日她听楼垚讲皇甫仪的经历,知道他不但学识渊博,还勇于任事,就如古时纵横七国的苏秦张仪,以文士之躯游说于诸侯之间,消弭了许多兵凶灾厄。一个并非小肚鸡肠的当世豪杰,只为少年时的那么一点不甘心,怎会牵挂桑氏十几年之久?

皇甫仪不但没有弄明白未婚妻心里所想,也没弄明白自己心里所想。

只是,此情可待成追忆,只是当时已惘然。

皇甫仪在墙外反复将《出其东门》唱了三遍,然后马车上的铜铃之声响动,越来越远,飘然离去。过得片刻,外面仆从来报:"皇甫夫子与前边门房留话说,他有陛下所赐的节令,今夜就自开城门离去,然后入山隐居。待数年后诸事看开了,兴许会再来叨扰老友。"

程止点点头,转而去握妻子的手,桑氏反手握回去,含泪带笑:"他能看开就好。这么久了,我也盼他能过得快活些,不要纠缠于过去了。"

庭院里静默了许久,不是很在状态的楼垚干笑两声,道:"那……什么,皇甫夫子歌倒唱得不错,以前在都城从没听过……"

程止夫妇本来心头怅然,听到少年呆头呆脑的话,不禁摇头失笑。

眼看夜色已深,众人起身走出庭院。

楼垚大步走在最前面,程止追上去拍少年的肩头,说什么要对吾家侄女好点云云,桑氏留缓脚步,转头轻问少商:"你觉得如何?"

少商撇撇嘴:"皇甫夫子也真是的,读书入仕都这么好,偏在这种事上稀里糊涂。都是太自负的缘故,不然,这世上怎有人会弄不清自己心里喜欢的是谁呢?"

桑氏脚下一个趔趄,深吸口气:"你说的,不错。"

然后默默地看着漂亮的女孩犹如颤动的花枝般,轻巧几步追上丈夫和未婚夫,大喊着"叔父,你又欺负阿垚了吗"。

阳春三月，上旬巳日将至，作为滑县暂代的父母官，程止需要为百姓主持祓禊仪式——就是领着百姓到河边泼泼水洗洗澡，去除之前一年的晦气阴霾。

至于高门女眷，虽然不至于真的赤身露体地去搞天体运动，不过也会穿着单薄许多，还要拿帷幔圈起来挡着。楼垚嗫嚅着问少商那日能不能给自己泼一瓢水，以示祝愿。

少商笑嘻嘻道："行呀。不过那日我要穿祖侧肩的襜褕，你穿什么呀？"这身子的两道锁骨纤细如蝶翼，超级漂亮的。

楼小公子当即脸红如酱油烧肉，也不知脑补到了什么，捂着脸跑了。

可惜，上巳节的前一日，程老爹和萧主任从天而降。严格来说，夫妻俩是相隔半日前后脚莅临滑县的。这下少商别说露锁骨了，坐言起行都得规范起来。

程始答应婚事时十分痛快，事后回味又莫名舌根泛酸。待招安工作全部完成，率军回都城时途经东郡，便领一队护卫急驰滑县来看女儿，顺便审查未来郎婿。

而萧夫人也被这桩婚事打了个猝不及防。

先是楼家二夫人托人来说亲少商，不等她平息错愕，又收到楼垚之父从青州寄来的恳切求娶信函——其实这信原是寄给程始的，只是写信时楼垚父亲还不知道未来亲家就在近旁。萧夫人刚刚认真考虑起和楼家结亲的可行性，就收到丈夫的加急书简，说这婚事他已答应了，还和楼二大人互换信物了。

萧夫人一阵气恼，也懒得理睬丈夫心中那点小九九，索性启程来滑县当面询问程止夫妇，顺便接女儿回都城。

"但凡碰上嫋嫋的事，你们兄长就拿我当贼防备呢。"萧夫人不无自嘲。

桑氏笑道："当初我说什么来着，别对少商太过严厉了，当心反噬得厉害。"笑过后，她又问，"家里一切可好？"

萧夫人道："胡媪陪着君姑将后园的花草都拔了，这会儿正商量播什么粮种呢！我看精神倒比以前好了，姎姎还在学打理庶务，性子老成不少，也敢给人翻冷脸了。"

"那现下你看少商如何？"桑氏笑盈盈道。

萧夫人沉吟，闭眼叹道："你将她养得很好……比我好。"

分别数月，女儿不但身量袅娜匀称，皓齿明眸，原先凝在眉宇间的那股戾气已消散不见了，看人的目光也不复往日阴郁孤僻，反倒透着善意和调皮。

大约是见识经历了许多，如今女孩周身的气度豁达自然，举止文雅中透着一股朝气蓬勃的天真明媚，叫人望之生喜。

桑氏左右顾盼，显摆道："你看看，我这里还是少商画了图纸改建的！"

跟着桑氏的目光，萧夫人四下一看，这间内室也不知怎么弄的，屋内温暖却不憋闷，更兼光线明亮，气息通透。

"前阵子，少商还给我挖了座沐浴用的灶，连上她找人新箍的大木桶，多冷的天都能在里头泡着。从砌砖到引水都是她的主意，简单又省钱，那些匠人没有不服的。"

萧夫人轻叹口气。

她过世的生母哪怕生下七子一女了，还是腰若折柳，形如少女，面庞茬弱明净，外面多少兵荒马乱家破人亡都打扰不到她安享富贵。现在少商长开许多，容貌几乎和生母是一个模子里出来的，可性情反倒越发不像了。

县衙后宅不算大，从外面隐隐传来程始浑厚的呵斥以及女孩气恼的声音，间杂着程止幸灾乐祸的笑声。妯娌俩听了，俱觉好笑。

萧夫人不无担忧道："阿垚也是楼家娇养出来的幺儿，你们兄长下手可别没个轻重！"

桑氏笑道："阿垚虽年少，可弓马刀剑都还来得，不是绣花架子，你放心吧！何况，有少商在呢！兄长也就是吓唬吓唬他罢了……对了，说起来，这婚事如妇怎么看？"

萧夫人无奈道："都互换信物了，还能如何？"

桑氏听出她语气中的不快，缓和道："说实话，这婚事若非兄长一口应下，而是交由姒妇来料理，您会如何？"

萧夫人沉默片刻，干脆道："我不瞒你。那日楼家托人来问亲事，我真是做梦也想不到。唉，少商桀骜不驯，在都城里的名声又不见得好，哪怕阿垚再喜欢，我想楼二夫人也要迟疑的，谁知……"她摇摇头，"这么快！"

桑氏笑道："如今何昭君嫁去了并州，阿垚的母亲正面上无光呢，再耽搁下去，怕是何昭君孩儿都要生下了，他们能不快吗？"

萧夫人点点头，又迟疑道："你说，少商嫁得这么好，将来姎姎的夫家要是没楼家的门第高，葛家会不会心生埋怨？"

"你又来了！"桑氏用力放下碗卮，道，"我早跟你说过了，雄鹰和家雀不能一样养！嫋嫋这样的相貌秉性，是遮盖不起来的！"

她心想，萧夫人还不知道凌不疑呢，不然更有的闹了："姎姎自有她的好处，将来也会姻缘美满的。你当初也说过，门第高不高与日子好不好过有甚干系？怎么，嫋嫋可以低嫁然后安心度日，姎姎就不可以了？"

萧夫人倒也没生气，叹了口气后，语气缓慢道："其实我现在也想开了，许多事不是我想怎样就能怎样的。楼大人在信中说，起初他也是犹豫的，便遣人去打听。巧了，正看见你们一行伤的伤，病的病，蹒跚车行往滑县而去。途中人困马乏，不堪者甚众，偌大的车队竟由她一个小小女娘主事……"

桑氏想起彼时自己腿伤，丈夫又哭又悔的，窝在车中死活不肯出去。

她不由得脸上一红。

"楼大人言道，不论都城里风传如何，他手底下的人，看到的打听到的，都是少商的好处——有担当，有胆识，孝顺叔母，体贴老程大人家的遗族，聪慧练达，还有一副怜弱悯孤的热忱心肠。楼大人还说，脾气好坏只是末节，少商年岁还小，将来慢慢教就是了。"萧夫人继续道。

桑氏失笑："哟，看不出阿垚的父亲这么宽厚和气，少商将来有福了。"

萧夫人苦笑一声，不无惨淡道："我自己的女儿，都不知道有这么多好处，楼大人一个外人却能看出来。舜华你说，我是不是错了？"

桑氏看素日刚硬自负的姒妇如今竟一脸失落，自我怀疑，她不由得心头一软，宽慰道："少商要学的还多着呢，单一个'自作主张，自负本事'就能把我和她叔父吓出身冷汗来！你不知道，之前少商还想自己开窑烧砖呢！可吓死我了，水火无情，稍有不当，窑炸了，砖爆了，烫到烧到脸上身上可怎么办？"她拍着胸口，至今想来还心有余悸。

萧夫人失笑："你劝了，她还是听的。可如今我说话，也得她肯听才行呀。"

桑氏轻道："这孩儿，只肯听待她好的人。"

萧夫人默然不语。

程始是溜号出来"为难"考校未来郎婿的，又有女儿在旁瞪大了眼睛盯着，除了射箭马刀意思比画两下，他拿手的甩掷石锁什么的都没能亮出来。

"阿父你这是干什么，难道考校出阿垚不好，你还能从楼伯父那儿把信物讨回来不成？"少商叉着腰，忍笑道，"阿父，我告诉你一句至理名言：婚事定下之前，要多探查探查人家的不足，婚事一旦定下了，就要多看人家的好处，这样日子才会好过！"

程老爹也是过来人了,哪里会被女儿难住?见楼垚已被仆从扶下去擦药了,便笑道:"你小小年纪知道什么,我是替你试试他武力如何。郎婿弱些才好呢,将来你们吵架,你也能和他对打两招,免得等父兄来救时,看到你一副鼻青脸肿!"

少商气结,大声道:"阿父你能不能盼着我点好呀?"敢家暴她,借他十个胆!

既然婚事已定,就不能放少商在外面继续开心了,该走的礼数流程走起来,该懂的礼仪套路和基本世家谱系赶紧培训起来。

当夜,萧夫人就吩咐家仆替少商收拾行李。正忙着,楼小公子羞羞答答来问"能否随程家一道回都城"。萧夫人无语望屋顶,半晌后勉强应下。同时她心中轻哂,难怪三弟夫妇这样老神在在,笃定轻松,看少年对女儿的这份黏糊劲儿,显然是已被牢牢拿住了嘛!

萧夫人是雷厉风行之人,车队休整两日,第四日就拎上女儿启程。楼垚照例骑马随行车旁,一脸遗憾着未婚妻不能和自己同骑共行。

少商恋恋不舍地和桑氏道别,泪珠在眼眶里打转,一个劲儿地叫桑氏注意身体养护伤腿,口口声声哽咽真挚,萧夫人在旁看得酸溜溜的。

发酸的不只她,还有在冷风中立了半天的程止。他状似自然地将妻子的手从侄女手中抽走,然后一脸关怀地念叨了几句陈腔滥调。

少商怜悯地看着自家三叔父。

程老爹是典型的大智若愚,小事放手,大事心里门儿清。萧夫人看着强势,但程老爹拿定主意的事,她也鲜少能改动。可三叔父吧,肚肠远不如面孔标致,被桑氏拿在手掌心且不自知,还总爱扬扬得意,可见当年该长到脑子里的营养都长到脸上去了。

程止也怜悯地看着侄女。

自家兄长自己知道,程始自小就从头顶到脚底都透着一股子敦厚实诚。说假话时像真话,说真话时要是没把人煽出泪来,那就算发挥失常了。萧夫人更是刚强烈性,智计百出。侄女再厉害,还能翻过这夫妻俩的手掌心去?一个弄不好,又要摔杯为号上杖刑喽!

程止摸摸侄女的头:"回家后,多听你阿父阿母的话,不要再犟了。"

少商拍拍叔父的臂膀:"叔父你也多听叔母的话,别东想西想的,听叔母的准没错。"

叔侄俩都在肚里觉得对方可怜,一时竟难得和睦,不再互掐了。

竹鞭扬起,车队启程,少商从车窗遥遥回望,只见城门在身后缓缓关闭,她轻轻呼了一口气——要回都城了,希望能早些和楼垚成婚,然后随他外出任官,那才真叫天高海阔呢!

话说,前人这样出彩,后人很难突破欤。

图书在版编目（CIP）数据

星汉灿烂，幸甚至哉 / 关心则乱著 . —— 南京：江苏凤凰文艺出版社, 2022.3（2022.9 重印）
ISBN 978-7-5594-6255-8

Ⅰ . ①星… Ⅱ . ①关… Ⅲ . ①言情小说 – 中国 – 当代 Ⅳ . ① I247.5

中国版本图书馆 CIP 数据核字 (2021) 第 180017 号

星汉灿烂，幸甚至哉

关心则乱 著

责任编辑	张　倩
特约编辑	彤　宇　曹　岩　杨雨娴
封面设计	商块三
出版发行	江苏凤凰文艺出版社
	南京市中央路 165 号，邮编：210009
网　　址	http://www.jswenyi.com
印　　刷	三河市冀华印务有限公司
开　　本	700mm×980mm　1/16
印　　张	21
字　　数	340 千字
版　　次	2022 年 3 月第 1 版
印　　次	2022 年 9 月第 4 次印刷
书　　号	ISBN 978-7-5594-6255-8
定　　价	52.00 元

江苏凤凰文艺版图书凡印刷、装订错误，可向出版社调换，联系电话 025-83280257